Die Erwählten von Aranea Hall

1. Auflage 2017

ISBN 978-3-7641-7070-7

Lektorat: Kathleen Neumann
Umschlaggestaltung: Favoritbüro GbR
unter der Verwendung von Fotos von © grynold; © isoga;
© 1000 Words; © Potapov Alexander; © Viktor Gladkov; © guteksk7;
© Jordi Prats / Shutterstock.com
Druck und Bindung: GGP Media GmbH, Pößneck
Gedruckt auf Papier aus geprüfter nachhaltiger Forstwirtschaft.
www.ueberreuter.de

SUSANNE GERDOM

Die Erwählten von ARANEA HALL

ueberreuter

1

Eigentlich liebe ich das Meer. Ich mag den salzigen Geruch, den Anblick der weiten Wasserfläche, die Wellen und das Geschrei der Möwen.

Und ich weiß, wovon ich rede, denn ich kenne so ziemlich alle Ozeane der Erde. Meine Mutter ist Reisejournalistin und sie hat mich in den ersten zwölf Jahren meines Lebens ein paarmal rund um den Globus geschleppt. Ich kenne die Nordlichter über der kalten grauen See genauso wie den warmen Wind, der über die strahlenden Blau- und Grüntöne eines tropischen Meers weht, und ich liebe dies alles.

Aber jetzt stand ich fröstelnd an der Reling eines kleinen Fährschiffs und starrte trübsinnig in die Gischt, die das Boot im graugrünen Wasser des Ärmelkanals aufwühlte. Ich fühlte mich hundeelend, kalt bis auf die Knochen, von der Welt und allen Menschen verlassen. Am liebsten hätte ich den Kopf in den Nacken gelegt und in die graue Wolkendecke hinaufgeheult. Daran hinderte mich nur der Umstand, dass ich nicht allein an Deck war. Ein paar Meter hinter mir konnte ich die Stimmen und das alberne Gackern der drei Mädchen hören, die nach mir an Bord gekommen waren und sich offensichtlich schon länger kannten. Und auf der anderen Seite war eine Gruppe von Jungs in ein Gespräch vertieft, das sich entweder um Fußball oder um Mädchen drehte, die gestikulierenden Hände ließen beide Schlüsse zu. Ich schloss genervt die Augen und atmete tief die salzige, kalte Luft ein. Kleine Tröpfchen Gischt landeten auf meiner Haut und perlten über mein Gesicht. Das sollte alles an Tränen sein, was die Welt von mir zu sehen bekommen würde, das schwor ich mir! Ich würde weder meiner Mutter noch meinem Stiefvater die Genugtuung gönnen, mich hier heulen zu sehen.

Jedenfalls, wenn sie mich überhaupt hätten sehen können. Aber die saßen ja warm und gemütlich zu Hause, spielten mit Junior, tranken Kakao und hatten mich wahrscheinlich schon total aus ihrem Gedächtnis gestrichen.

Ich wischte mit einer wütenden Geste die salzige Feuchtigkeit von meinen Wangen, streifte eine nervige grünblaue Haarsträhne nach hinten und zog die Kapuze meines Hoodies tief in die Stirn. Keine Tränen, Liv Noack! Nicht eine verräterische Träne wegen des Verrats. Sie haben dich abgeschoben, du bist ihnen zu unbequem. Finde dich damit ab. Nein, sei froh darüber, dass du sie los bist.

Gefährlich nah davor, in Selbstmitleid abzurutschen, zwang ich meine Gedanken in eine andere Richtung. Gut, sie hatten mich abgeschoben. Ich wurde gegen meinen Willen auf diese Kanalinsel verfrachtet, die so klein war, dass selbst Google Mühe hatte, sie zu finden. Während ich im Zug saß, hatte ich mit meinem Smartphone die Karte des Kanals nach meinem Zielort abgesucht, aber Stakkey war selbst mit dem größten Zoomfaktor nur ein imaginärer Punkt im blauen Wasser irgendwo zwischen Guernsey und Jersey, nicht mehr als der rote Zielpin, der anzeigte, dass die Insel immerhin zu existieren schien.

Und dort sollte ich also ab jetzt leben und zur Schule gehen. Nicht mehr in Hamburg, wo all meine Freunde und meine Familie lebten und wo ich mich in den letzten vier Jahren recht wohlgefühlt hatte, sondern irgendwo im Nirgendwo, am buchstäblichen Arsch der Welt, auf einer winzigen Insel, die nichts weiter war als ein Schulgebäude mit ein paar Felsen drumherum. Ein Gefängnis. Ein Hochsicherheitstrakt für auffällig gewordene Teenager wie mich. Rikers Island für jugendliche Protokriminelle.

Ich lockerte meine geballten Fäuste und lehnte mich an die Reling. Die Sonne kam heraus und ihr Licht glänzte auf dem Wasser und der Nässe, die das Schiff überzog. Das Gleißen blendete mich für einen Moment. Ich blinzelte die schwarzen Flecken weg, schob die Kapuze von meinem Kopf und grub in meiner Tasche nach der Sonnenbrille.

»Hi«, brüllte mir eine Mädchenstimme von hinten ins Ohr. »Was hast du denn mit deinen Haaren angestellt? Das ist ja grauenhaft, deine Eltern kriegen bestimmt die Krise!«

Ich drehte mich langsam und würdevoll zu der Rothaarigen um. »Bitte?« Ich hörte das Eis in meiner Stimme splittern. »Kennen wir uns?«

Sie starrte mich mit riesigen braunen Augen sprachlos an. »Ach, du Scheiße«, sagte sie. »Sorry. Tut mir echt leid, ich habe gedacht … Hab dich verwechselt.« Sie wollte sich abwenden, blieb aber beinahe widerwillig stehen und starrte mich weiter an. »Ich fass es nicht«, sagte sie. »Echt, du hast eine Doppelgängerin.« Sie runzelte die Stirn. »Oder veräppelst du mich gerade? Bist du es doch, Kaj?«

Ich sah sie angewidert an. »Zieh Leine«, empfahl ich. »Ernsthaft. Ich merke gerade, wie ich sauer werde, und das willst du nicht miterleben.« Ich drehte ihr nachdrücklich den Rücken zu und fand mich den Blicken eines Jungen ausgesetzt, der mich amüsiert musterte. Ich wollte ihn anfauchen, mich nicht so anzuglotzen, aber die Worte blieben mir regelrecht im Hals stecken und ich musste husten.

Er war ein Traum. Groß, selbst im Sitzen, breitschultrig unter der abgetragenen Lederjacke, die langen Beine in den engen Jeans lässig übereinandergelegt. Sein Haar war rabenschwarz und beinahe kinnlang, und ich konnte erkennen, dass es seine echte Haarfarbe war, keine Tönung. Dafür hatte ich einen Blick, denn fast alle meine Freunde färbten sich die Haare. Sein Gesicht war markant, gebräunt (aber keine künstliche Solariumbräune!), und wenn er keine farbigen Kontaktlinsen trug, dann hatte er die unwahrscheinlichsten, strahlendsten türkisblauen Augen, die ich je gesehen hatte. Vom Ansatz seines Kinns schlängelte sich ein Tattoo an der Seite des Halses hinunter, bis es im Ausschnitt seines schwarzen T-Shirts verschwand. Auch auf seinen muskulösen Unterarmen, die aus den hochgekrempelten Ärmeln hervorblickten, waren ineinander verschlungene Tribals in satten Farben zu erkennen. Ich fragte mich, wo überall er noch tätowiert sein mochte, und verbot mir den Gedanken auf der Stelle. Sein Anblick machte mich sprachlos, und das kam selten genug vor.

»Machst du dir immer gleich zu Anfang Feinde bei den Schönen und Beliebten?«, fragte er. Seine Stimme war klangvoll und tief und kitzelte mich an Stellen, die ich noch nicht einmal in Gedanken zu benennen wagte. »Du bist entweder mutig oder bescheuert.«

»Was hätte ich deiner Meinung nach tun sollen? Rumschleimen, liebe Öhrchen machen und behaupten, ich wäre eine andere?« Ich verzog verächtlich den Mund, aber meine Knie waren total weich. »Ich bin nicht so ein Loser, nie gewesen.«

Er saß entspannt da, die Arme ausgebreitet, und musterte mich ungeniert vom Kopf bis zu den Füßen. »Nein, danach siehst du auch nicht aus. Du bist eher die Sorte, die einem bei der ersten eingebildeten Provokation mit dem Hintern ins Gesicht springt.« Sein Lächeln wechselte von atemberaubend zu unverschämt. »Immerhin zumindest ein ganz ansehnlicher Hintern, soweit ich das beurteilen kann.«

»Pah«, machte ich und stolzierte über das Deck davon. Was für ein widerlicher, eingebildeter Machotyp! Ich spürte seinen

Blick wie ein Brennen zwischen meinen Schulterblättern und auf meinem Po. Blöder Wichser.

Das Mädchen, mit dem ich vorhin zusammengeraten war, stand in einer Gruppe von Freundinnen, die tuschelten und verstohlen zu mir hinübersahen. Alle sahen mich verblüfft und ein bisschen misstrauisch an. Ich lehnte mich ostentativ gelangweilt wieder an die Reling. Das war also die Starclique. Auch wenn dieses Internat wahrscheinlich eher eine Art Besserungsanstalt war, so gab es hier doch anscheinend genau die gleichen Grüppchen wie an jeder anderen Schule, die ich bisher besucht hatte. Und die Mädchen, die den Ton angaben, sahen auch immer ganz genau so aus: gestylt, geföhnt, langbeinig, mit perfekten Zähnen und über die Maßen von sich selbst überzeugt und zum Gähnen langweilig mit ihren ständig gleichen Themen: Make-up, Shoppen und Jungs.

Mit einem Mal schnitt ein so heftiges Gefühl von Verlust und Einsamkeit durch meinen Bauch, dass ich mich beinahe zusammengekrümmt hätte. Ich würde meine Clique nie wiedersehen. Keiner von meinen Freunden führte ein normales, bürgerliches Leben, die meisten hatten nicht einmal eine Familie oder einen festen Wohnsitz. Tom, mein engster Buddy, wohnte immer abwechselnd bei einer Tante und, wenn die ihn wieder einmal rausgeworfen hatte, bei jedem, der ihm einen Platz zum Pennen anbot. Das war dann durchaus auch mal ein windgeschützter Unterschlupf irgendwo auf der Straße.

Und alle anderen waren ähnlich unterwegs. Ich war die Einzige von uns mit einer verlässlichen Familie, einigermaßen regelmäßigem Schulbesuch und einem Bett, das auf mich wartete. Nun ja, gewartet hatte, bis vorgestern jedenfalls.

Wieder stieg mir säuerlich und bitter der Geschmack des Versagens in den Mund. Ich beugte mich vor und spuckte in das schäumende Wasser. Fort damit. Wenn sie mich nicht mehr wollten, dann wollte ich sie auch nicht mehr. Ganz einfach. Meine Familie war für mich gestorben. Ich war frei, und das war ein guter Gedanke. Frei wie ein Vogel, wie ein Fisch, frei wie alle meine Freunde, die nun ohne mich weiterziehen würden. Aber das war mir egal. Ich würde einen Weg finden, aus diesem Schulknast zu entkommen, und dann würde ich Tom suchen und mit ihm abhauen, irgendwohin, wo es warm war und man nicht viel zum Leben brauchte.

Mit einem tiefen Atemzug richtete ich mich auf und sah nach vorne.

Wasser. Rundum nichts als Wasser, das am Horizont mit dem Himmel verschmolz. Es war warm geworden, seit die Sonne die Wolken vertrieben hatte. Ich schälte mich aus meiner Jacke und hängte sie mir um die Schultern. Diese Überfahrt begann mich zu langweilen. Ich wollte endlich an unserem Ziel ankommen, mir das Gefängnis ansehen, in dem ich nach dem Willen meiner Mutter die nächsten Jahre zu verbringen hatte, und damit beginnen, einen Fluchtplan zu schmieden. Niemand sperrte mich auf einer Gefängnisinsel ein. Niemand!

Die Insel, die endlich vor mir aus dem Wasser auftauchte, schien nur aus schroffen Klippen zu bestehen. Vom Wasser aus war kein Haus, kein Baum, kein Grün zu erkennen. Ein hoch aufragendes Kliff, ein Felsen im Meer, auf dem es nichts gab als Möwen und Wind.

Einen Moment lang verspürte ich so etwas wie Panik, aber ich zwang mich zu einer unbeteiligten Miene, denn es wurde unruhig auf Deck. Kleine und größere Grüppchen von Jugendlichen tauchten auf, lachend und schwatzend, kämpften sich in ihre Jacken und warfen Taschen und Rucksäcke über ihre Schultern. Sie drängten zu der Stelle, an der die Gangway heruntergelassen wurde.

Ich blieb auf der entgegengesetzten Seite des Decks stehen und ließ meinen Blick an der Felswand emporklimmen. Hoch oben schimmerte etwas Grünes, also gab es hier wohl doch Vegetation. Nicht, dass mich das in irgendeiner Weise interessiert hätte. Ich gedachte nicht lange genug auf der Insel zu verweilen, um botanische Studien zu betreiben.

Das Deck leerte sich. Ein Gedanke schoss mir durch den Kopf und jagte meinen Puls in die Höhe. Was, wenn ich einfach nicht an Land gehen würde? Ich könnte versuchen, mich auf dem Schiff zu verstecken, und wieder mit zurückfahren.

Unauffällig ließ ich meinen Blick schweifen. Zwei Seeleute kontrollierten den hinteren Teil des Schiffs und sammelten Liegengebliebenes auf – eine Jacke, eine Sonnenbrille, einen Schal.

Ich drehte den Kopf – dort saß immer noch der schwarz gekleidete Junge in seiner lässigen Haltung. Er hatte den Kopf an die Wand des Deckshauses gelehnt und die Augen geschlossen. Es sah aus, als schliefe er. Die beiden Männer der Schiffsbesatzung gingen an ihm vorüber, als existierte er gar nicht. Einer der beiden warf ihm einen Blick zu und sagte etwas zu seinem Kollegen, der daraufhin lachte.

Ich knibbelte unschlüssig an meinem Daumen herum. Wenn ich die günstige Gelegenheit jetzt nicht ergriff, dann war sie vertan. Ich drückte mich in den Schatten und sah mich hastig nach einem Unterschlupf um. Unter Deck zu gehen erschien mir zu gewagt, ich hörte Stimmen und Schritte, die den Niedergang hinaufkamen. Also blieb ich eng an die Wand des Aufbaus gedrückt stehen und hielt die Luft an.

»He, Bell«, rief eine Männerstimme. »Hockst du noch immer

da wie bestellt und nicht abgeholt? Hat sich dein Wachhund verspätet?« Ein raues, nicht besonders freundliches Lachen folgte den Worten.

»Ich hab's nicht eilig«, erklang träge die Antwort. »Aber danke, dass du dich um mich sorgst, Winter. Grüß den Professor schön von mir.«

Wieder das Lachen, dann entfernten sich die Schritte polternd.

Ich wagte es, den Kopf aus der Deckung zu stecken, und sah mich um. Das Deck lag leer vor mir unter der strahlenden Sonne, die es ausleuchtete wie eine Theaterbühne. Jetzt oder nie – ich musste versuchen, in den Bauch des Schiffes zu gelangen.

Ein paar Schritte weit kam ich, dann schlug mein Pech zu. Ein Junge lief mit federnden Schritten die Gangway hoch. Ich fuhr herum und lehnte mich gegen die Reling, als wäre ich in den Anblick der Felsen rund um die Anlegestelle vertieft.

»Jayce Bell, edler Häuptling der Choctaw«, rief der Neuankömmling. »Frohlocke, die Freiheit naht.«

»Du hast dir ja ganz schön Zeit gelassen«, sagte der dunkel gekleidete Junge.

»Wäre es dir lieber gewesen, wir machen das vor Publikum?« In der Stimme des anderen klang Gelächter mit. Etwas klirrte metallen. Ich blickte neugierig geworden über die Schulter. Der Neue beugte sich über den, den er »Jayce« genannt hatte, und hantierte an dessen Arm herum. Mit einem winzigen Schock erkannte ich, dass er mit einer Art Handschelle an seinen Sitz gekettet gewesen war. Jayce stand jetzt auf, streckte sich und rieb sein Handgelenk. Er grinste, und die Haarsträhnen, die ihm der Wind ins Gesicht blies, gaben seiner Miene etwas Verwegenes.

»Wovor fürchten die sich eigentlich?«, fragte sein Befreier lachend. »Dass du über Bord springst und davonkraulst?«

Jayce schnaubte, und sein Grinsen verschwand. »Dafür kann

ich mich bei meinem lieben Vormund bedanken.« Er schlug dem anderen auf die Schulter. »Ab mit uns, alter Kameltreiber. Ich verhungere.«

Die beiden kamen auf mich zu und ich konnte den Blick nicht abwenden. Sie waren so total verschieden, wie zwei junge Männer nur sein können, und trotzdem glichen sie sich auf seltsame Weise.

Jayce Bell war der dunkle, dämonisch gut aussehende einsame Wolf, langbeinig und zäh, mit einem geradezu hypnotischen Blick unter dunklen Brauen. Sein Freund war zwar genauso groß wie er, aber schmaler gebaut. Er sah aus wie ein Tänzer oder Läufer. Schlank, schmalhüftig, mit einem ebenmäßigen Modelgesicht, einer goldenen Bräune und dunkelblonden Locken über goldenen Mandelaugen. Er wäre unerträglich hübsch gewesen, wäre da nicht der scharfe Schnitt seiner Nase, das kräftige Kinn und der ironische Schwung seiner Lippen, die der ganzen Welt mit einem Hauch Verachtung begegneten. Wäre er dunkel und glutäugig gewesen, dann hätte er das Ebenbild eines orientalischen Prinzen sein können, der mit einem einzigen Fingerschnippen tausend Sklaven in den Tod schickte und dem ein ganzer Harem von Schönheiten schmachtend zu Füßen lag.

Okay, das war garantiert der Fall, wenn ich an die Clique der Hübschen und Erfolgreichen dachte, die gerade vom Schiff gegangen war.

Ich war so in die Betrachtung der beiden versunken, dass ich komplett vergaß, in Deckung zu gehen. Und so geschah es unweigerlich, dass der Blick des Blonden auf mich fiel. Seine Augen weiteten sich, sein Schritt stockte. »Was?«, sagte er verblüfft. »Kaj? Ich dachte, du bist in New York.«

Schon wieder! Ich runzelte die Stirn und wandte mich ab. »Falscher Anschluss«, erwiderte ich schroff.

Der andere, Jayce, lachte sein tiefes Lachen. »Lass sie lieber in Ruhe, Malik. Sie beißt.«

Sein Freund blieb neben mir stehen und starrte mich an. »Verblüffend«, sagte er. »Aber da unsere geschätzte Kronprinzessin sich mit dieser Haarfarbe hier schwerlich hätte blicken lassen können, muss ich wohl oder übel davon ausgehen, dass dies hier eine unbekannte Schöne ist.« Ein Lächeln blühte in seinem Gesicht auf, das mir den Atem nahm, so umwerfend charmant war es. Winzige Fältchen bildeten sich in den Winkeln seiner goldbraunen Augen. Er streckte mir die Hand hin und sagte: »Malik bin Ikram bin Hafiz Al-Ansari zu deinen Füßen, holde Unbekannte.«

Ich schnappte nach Luft. »Das ist alles dein Name?« Die Frage war heraus, ehe ich sie hinunterschlucken konnte. Ich hörte Jayce lachen.

»Seine Freunde nennen ihn Kameltreiber«, sagte er und erntete einen nicht sonderlich zärtlichen Stoß mit dem Ellbogen in die Rippen.

Ich verschränkte die Arme und ignorierte die ausgestreckte Hand des Jungen. »Ich bleibe nicht hier«, sagte ich. »Es besteht also keinerlei Grund, sich anzufreunden.«

»Oooookay«, sagte Malik gedehnt und ließ die Hand wieder sinken. Seine Miene war verblüfft und zugleich belustigt. »Kein Problem. Du bist also auch nicht ganz freiwillig hier, wie ich annehmen darf?« Er warf einen kurzen Blick zu seinem Freund, der mich zwar mit finsterer Miene musterte, aber in dessen Blick ein amüsiertes Funkeln schimmerte.

»Vollkommen korrekt«, gab ich zurück. »Und jetzt würde ich mich gerne um mein Gepäck kümmern.« Ich nickte den beiden knapp zu und machte kehrt, um endlich unter Deck zu gelangen.

Doch wieder schlug das Schicksal mir ein Schnippchen.

Energische Schritte klapperten die Gangway hinauf und eine nicht minder energische Frauenstimme rief: »Noack? Olivia Noack?«

Da ging sie hin, meine letzte Gelegenheit zur Flucht. Seufzend sah ich auf und antwortete: »Liv. Ich höre nicht auf Olivia.«

Die ältere Frau, die in praktisch und robust aussehenden Kleidungsstücken in Khaki- und Brauntönen steckte, nickte nur und wies zur Insel. »Ich bin Henderson, die Hausdame. Ich bringe dich zum Haus.«

Eine *Hausdame*? Kein Witz? Ich war so überrumpelt, dass ich widerspruchslos meinen Rucksack zurechtrückte und hinter der *Hausdame* herstiefelte. Die warf im Vorbeigehen den beiden jungen Männern einen scharfen Blick zu und schnauzte: »Bell, Al-Ansari! Steht hier nicht so herum, ihr werdet im Haupthaus erwartet! Abmarsch!«

»Aye, aye, Ma'am!« Malik salutierte und Jayce grinste. Die Hausdame schenkte ihnen einen weiteren vernichtenden Blick und winkte mich dann weiter.

Die Felsen wirkten noch höher und schroffer, als wir vom Boot hinunter auf den Boden stiegen. Es war kühl im Schatten der hoch aufragenden Felswand, und ich fröstelte. Jetzt war meine Chance dahin, mich unauffällig von der Insel zu entfernen. Ich musste in den sauren Apfel beißen und mich erst einmal hier arrangieren.

Die Hausdame führte mich schweigend von der Anlegestelle zum Fuß einer ungeheuer steilen, aus dem Stein gehauenen Treppe, die sich an der Felswand empor in den Himmel zu schrauben schien. Wofür hielt sie mich, für eine Gämse?

Ehe ich protestieren konnte, griff sie nach meinem Ellbogen und zog mich ein Stück weiter. Hinter uns schlenderten die beiden Jungen heran, ihre tiefen Stimmen brachen sich zwischen den Felswänden des schmalen Einschnitts. Ohne uns weiter zu beachten, machten sie sich an den Aufstieg.

»Hier entlang«, unterbrach die Hausdame meine stumme Betrachtung zweier knackiger Kehrseiten in engen Jeans. Sie schob mich um einen Felsvorsprung und ich stand staunend vor einem offenen Lift. Henderson öffnete die Tür und ließ mich eintreten. Die Liftkabine war geräumig genug, um ein Sofa darin zu transportieren. Henderson drehte einen Schlüssel im Schloss und die Kabine setzte sich mit einem Ruck langsam in Bewegung. Hinter uns glitt die Felswand vorbei, auf der anderen Seite bot sich eine atemberaubende Sicht auf das sonnenglitzernde Meer. Zwischen mir und dem Abgrund befand sich nur ein offenes Metallgitter, durch das der Wind pfiff.

»Die Schüler benutzen selbstverständlich normalerweise den Aufstieg«, erklärte die Hausdame und verstaute den Aufzugschlüssel wieder in ihrer Jackentasche. »Aber im Moment genießt du noch Welpenschutz, du bist ja angeschlagen.«

Ich verdrehte die Augen. »Mir geht es gut«, sagte ich schroff.

»Du kommst gerade nach einem schweren Unfall aus dem Krankenhaus«, erwiderte die Hausdame kühl. »Wir haben eine gewisse Sorgfaltspflicht unseren Schülern gegenüber zu wahren.«

Ich nickte knapp und wir schwiegen, bis Frau Henderson mir oben die Tür öffnete. Wir standen in einem großen Lagerraum voller Regale und Kisten. Das erklärte mir auch den Aufzug, der vom Anleger heraufführte – er war für all die Sachen gedacht, die per Schiff hier angeliefert wurden.

Frau Henderson bestätigte meinen Gedankengang. »Alles, was auf die Insel gelangt, geht zuerst hier durch«, sagte sie. »Heute sogar mal eine neue Schülerin.« Zum ersten Mal seit unserem Zusammentreffen lächelte sie und sah damit gleich viel jünger aus. Ein spontanes Gefühl der Sympathie keimte in mir auf und machte mir das Herz schwer. Ich wollte niemanden hier nett finden. Ich wollte weder Freundschaften schließen, noch mich anderweitig häuslich einrichten. Ich war nur auf der Durchreise, keine Zeit für Spielchen.

Also erwiderte ich ihr Lächeln nicht, und sie nickte knapp und wandte sich ab. »Hier entlang, wenn ich bitten darf«, sagte sie kühl und führte mich ins Freie.

Wir durchquerten schweigend einen kleinen Park, dessen Anblick mich erstaunte. Damit hatte ich auf dieser schroffen Insel nicht gerechnet. Hier standen Bäume, wenn auch relativ niedrige, es gab Gebüsch und Rasenflächen, Blumen und Gewächshäuser. Ich fühlte mich fast wie zu Hause, in einem der Parks an der Außenalster.

Das alles beanspruchte meine Aufmerksamkeit aber nur so lange, bis das Haus hinter einem kleinen Wäldchen auftauchte.

Es war ein riesiges, altes Herrenhaus mit mehreren Flügeln, Dächern, unzähligen Kaminen und Vorsprüngen – auf einen Blick gar nicht zu erfassen. Ein paar Türme und Zinnen mehr und es hätte als originale Ritterburg durchgehen können. Mein Blick glitt wie über ein Wimmelbild über geschnitzte Erker, vorspringende Balkone, dunkle Balken und Bruchsteinmauern. Hier und da lugte sogar ein grotesker Wasserspeier aus dem Gewirr von Dächern, Vordächern, Regenrinnen und gemauerten Vorsprüngen. Das Gebäude sah aus wie der Albtraum eines übergeschnappten Architekten.

Ich konnte einen Ausruf nicht unterdrücken, den die Hausdame mit einem kleinen Schnauben kommentierte. »Aranea Hall«, sagte sie. »Dein zukünftiges Zuhause und deine neue Schule.«

Ich erwiderte nichts, was sie nicht entmutigte. Während wir in den Schatten des Herrenhauses traten und dessen unzählige

Fenster auf mich hinunterzustarren schienen, fuhr sie fort: »Du wirst dir dein Zimmer mit einer der anderen neuen Schülerinnen teilen. Ihr besucht die gleichen Einführungskurse, das dürfte also angenehm und praktisch für euch beide sein.«

Ich schnappte nach Luft. »Ich soll mir mit einer Fremden ein Zimmer teilen?« Meine Stimme klang schrill. »Das kann ich nicht, ich habe noch nie mit jemandem …«

Sie unterbrach mich, bevor ich in Zornestränen oder Wutgeheul ausbrechen konnte. »Alle Schüler teilen sich ihr Zimmer mit einem anderen. Du wirst dich sehr schnell daran gewöhnen. Das haben bisher alle getan.«

Ich schluckte jeden weiteren Protest hinunter. Es war doch ohnehin gleichgültig, ich wollte schließlich keine Sekunde länger als nötig auf dieser Insel bleiben.

Also folgte ich der Hausdame durch das einschüchternde Portal in eine weitläufige, düstere Halle, deren Decke irgendwo weit über meinem Kopf im Schatten verschwand. Ich fröstelte. Das hier war der Prototyp eines Spukhauses aus einem C-Movie. Jeden Moment würde ein axtschwingender Psychopath eine der beiden breiten Treppen herunterstürmen und uns massakrieren. Oder durch den finsteren Durchgang, den ich auf der linken Seite des fußballfeldgroßen Raumes erkennen konnte, käme eine Gruppe von weiß gekleideten, weißgesichtigen und stummen Kindern mit tief in schwarzen Höhlen liegenden, rötlich glimmenden Augen …

Ich grinste und rieb mir die Gänsehaut auf meinen Armen. Yeah, das war ein Ort, der Tom gefallen hätte.

Meine gute Laune verflog so schnell, wie sie gekommen war. Ich presste die Lippen zusammen und lauschte widerwillig dem Vortrag, den Henderson mir hielt. Ich hörte Worte wie »Hausordnung«, »Regeln«, »Wecken« und »Hausdienst« und konnte mir ein Stöhnen nicht verkneifen.

Die Hausdame unterbrach sich und sah mich fragend an.

»Was ist das hier nun wirklich?«, fragte ich, zu müde, um wütend zu werden. »Eine Art Besserungsanstalt?«

Ein Ausdruck der Verblüffung flog über ihre strengen Züge. Im Halbdunkel der Halle sah sie fast noch eindrucksvoller aus – groß, sportlich, mit straff zurückgekämmtem und zum Knoten gebundenem graubraunen Haar, das dick und dicht war, und schwerlidrigen, dunklen Augen. Sie war garantiert mal eine umschwärmte Schönheit gewesen. Und jetzt Aufseherin in einem Jugendknast. Ich fragte mich, was *sie* wohl falsch gemacht hatte.

»Besserungsanstalt«, wiederholte sie fassungslos. »Liebes Kind, so hat uns noch niemand genannt.« Sie schüttelte den Kopf, lachte kurz und trocken. »Der Professor wird entzückt sein.« Sie legte mir die Hand auf die Schulter, die Berührung hatte etwas Tröstliches. »Komm, ich zeige dir zuerst dein Zimmer und erkläre dir den Weg zum Speisesaal. Deine Tutorin wird dich morgen überall herumführen und einweisen.« Sie drückte meine Schulter und ließ sie wieder los. »Und natürlich kannst du jederzeit zu mir kommen, wenn du etwas brauchst.« Ein Zucken ging über ihr Gesicht und sie wandte sich hastig ab. »Besserungsanstalt«, hörte ich sie murmeln. »Du lieber Himmel.«

Das obere Geschoss im linken Flügel, in das die Hausdame mich führte, war im Gegensatz zu der düsteren Halle hell und freundlich und wirkte eher wie ein Hotel als wie ein Knast. Lange Gänge mit vielen Türen, robuste Teppiche auf dem Dielenboden, weiß lackierte Türen und Fenster, durch die man in den grünen Park mit seinen Bäumen und Blumen sah – es war ein schöner, friedlicher Anblick. Keine Gitter vor den Fenstern.

Aber warum auch, denn schließlich war das hier eine Insel. Von hier kam man nicht aus eigener Kraft weg.

Henderson öffnete die Tür zu einem der Zimmer und ließ mich eintreten. Ich muss zugeben, ich war verblüfft. Das war ein geräumiges, helles Zimmer mit einer großartigen Aussicht auf den Vorplatz mit vielen Bäumen, es glich eher einem schicken Hotelzimmer als dem Schlafraum in einem Internat.

»Gefällt es dir?«, fragte die Hausdame mit einem winzigen Lächeln.

»Ich bin beeindruckt«, gab ich zu. »Hier soll ich wohnen?«

»Such dir dein Bett aus«, erwiderte sie. »Ihr habt beide einen eigenen Schrank, einen eigenen Schreibtisch mit Computerzugang und ein Bücherregal.« Sie öffnete eine schmale Tür und wies hinein. »Und ein Bad.«

»Wow«, entfuhr es mir gegen meinen Willen. Ich hatte die Horrorvisionen von Gemeinschaftsduschen und dreckigen Klos auf dem Weg hierher mühsam verdrängt. Das hier war – »Luxus«, sagte ich laut und drehte mich in dem kleinen, aber voll ausgestatteten Badezimmer. Mein Bild im Spiegel über dem Waschbecken drehte sich mit.

»Ja«, sagte Henderson zufrieden. »Das könnte man wohl so ausdrücken.« Sie legte eine Plastikkarte auf den kleinen Tisch neben der Tür. »Das ist deine Schlüsselkarte, die solltest du immer bei dir tragen. Alle Räumlichkeiten, die du hiermit öffnen kannst, darfst du auch betreten.« Sie runzelte kurz die Stirn. »Die Einweisung bekommst du aber von deiner Tutorin. Entschuldige mich nun bitte. Im Schreibtisch findest du einen Plan des Schulgeländes und die Schulordnung. Vielleicht liest du dir das alles schon einmal durch.« Sie sah auf die Uhr. »Deine Uniform wird dir nachher gebracht. Aber vor dem offiziellen Schulbeginn mit dem morgigen Abendessen besteht keine Pflicht, sie zu tragen.« Mit diesen Worten schloss sie die Tür hinter sich.

»Uniform?« Meine Knie wurden weich und ich sackte in den Sessel neben einem der Bücherregale, der sich als erstaunlich bequem entpuppte. Aber ich hatte keinen Sinn für angenehme Dinge. Eine Uniform? Die wollten mich wahrhaftig in eine verf… in Anstaltsklamotten stecken? Mir wurde schlecht. Phantombilder von knielangen blauen Faltenröcken, Söckchen und Riemchenschuhen, Pullundern und weißen Blusen gaukelten vor meinem inneren Auge. *Oh my fucking god*, das konnten die mir doch nicht antun!

Oder gab es gleich den orangefarbenen Knastanzug, damit man schon von Weitem sehen konnte, wenn ein Insasse sich unerlaubt vom Gelände entfernte? Das hätte ich noch vor einer Stunde nicht für zu weit hergeholt gehalten. Allerdings – dieses geräumige und schöne Zimmer hatte so gar nichts von einem Jugendknast.

Ich atmete tief durch und stand auf. Das Bett unter dem Fenster war meins, ich hatte gerne frische Luft. Damit gehörte mir auch der Schreibtisch auf dieser Seite und der schmale Kleiderschrank neben der Badezimmertür. Ich setzte mich auf das Bett und prüfte die Matratze – gut, nicht zu weich.

Ich griff nach meinem Smartphone, um meine Nachrichten zu checken, was ich seit meiner Abreise gefühlt alle fünf Sekunden getan hatte. Mein Schock war unbeschreiblich, als ich entdecken musste, dass ich keine Verbindung bekam! Nichts, null, kein einziger wackliger Balken. Auf dieser Insel gab es kein Netz! Ich stöhnte und fiel aufs Bett, legte den Arm über die Augen. Deshalb hatten sie mir das Handy nicht abgenommen, ich hatte mich schon darüber gewundert. Es gab keinen Empfang.

Aber vielleicht galt das nur für das Schulgebäude. Ich würde die Insel abwandern und suchen, ob irgendwo Empfang möglich war. Es konnte doch nicht sein, dass die hier aufs Festnetz angewiesen waren, das war ja mittelalterlich.

Um mich von dem Gefühl abzulenken, von der Zivilisation abgeschnitten zu sein, inspizierte ich den leeren Kleiderschrank und setzte mich dann an den Schreibtisch. In der linken Schublade fand ich Schreibzeug und einen Briefblock, die rechte enthielt einen dicken Schnellhefter mit dem Wappen der Schule. Auf dem Tisch stand eine Tastatur, in die Wand dahinter war ein Monitor eingelassen. Halleluja, ein Gerät des 21. Jahrhunderts! Ich tauchte unter den Tisch, suchte nach dem Computer, aber da war nichts außer einem Papierkorb.

Ich berührte die Tastatur, fuhr über das Touchpad, und der Bildschirm wurde hell. Das Schulwappen, ein stilisiertes rotes Spinnennetz auf schwarzem Grund, leuchtete vom Monitor. Eigentlich ein seltsames Wappen für eine Schule. Darunter stand in schlichter Schrift: *»Sapere aude«*. Das war wohl das Schulmotto. Ich kramte meine rudimentären Lateinkenntnisse zusammen und kam auf »Wage es, zu verstehen.« Na, dazu brauchte man wohl nicht allzu viel Wagemut.

Ich tippte auf der Tastatur herum, aber der Zugriff war offensichtlich gesperrt. Dann erinnerte ich mich an meine Keycard und untersuchte die Tastatur, an deren Seite ich einen flachen Schlitz ertastete. Als ich die Schlüsselkarte dort einführte, verschwand das Schullogo und machte einem ziemlich normal aussehenden Desktop Platz. Ein Textprogramm, ein Rechner, diverse Icons, denen ich kein Programm zuordnen konnte – aber wo war der Browser? Ich rief die Programmliste auf, aber anscheinend gab es keinen Weg hinaus aus diesem Mini-Universum von Schule.

Frustriert schob ich die Tastatur in eine Ecke und nahm mir die Unterlagen vor. Ich blätterte sie durch, begann dann zu lesen.

Ah. *»Sapere aude«* bedeutete so etwas wie: »Wage es, deinen Verstand zu benutzen«. Okay, daran sollte es von mir aus nicht scheitern. Ich überflog die kurz gefasste Chronik des Internats, das anscheinend kurz nach Evas Vertreibung aus dem Paradies gegründet worden war. Gelangweilt überblätterte ich die Namen der Ehemaligen, die es zu Ruhm und Ehre gebracht hatten, und widmete mich der erschreckend umfangreichen Hausordnung.

Tatsächlich, hier stand es schwarz auf cremeweiß: Alle Schüler hatten eine Uniform zu tragen, und zwar während der Unterrichtsstunden, des Abendessens und zu offiziellen Anlässen. In den anderen Zeiten stand es den Schülern frei, sich nach eigenem Ermessen zu kleiden, wobei um ein Mindestmaß an Dezenz gebeten wurde.

Dezenz. Das Wort müsste ich erst nachschlagen, aber ich konnte mir denken, was damit gemeint war. »Fall bitte nicht auf, Schülerin.« *Holy shit*, in was für einem Etepeteteschuppen war ich denn da gelandet? Ich überflog die nächsten Seiten und fühlte mich in den Grundfesten erschüttert. Das Ganze klang nach einem Elite-Internat, einer Schule für die Kinder der Reichen, Schönen und Berühmten, nicht nach der Besserungsanstalt, in der ich mich gewähnt hatte.

Obwohl die Unzahl an Regeln, Vorschriften und Verboten irgendwie doch stark an einen Knast erinnerte. So ähnlich musste es hinter Gittern auch zugehen, jeder winzige Schritt war reglementiert.

Ich warf den Ordner angewidert auf den Tisch. Meine Lektüre bestärkte mich nur in meinem Entschluss, so schnell wie möglich von hier zu verschwinden.

Ich sprang auf und ging zur Tür, schnappte mir die heilige Keycard und trat in den Gang, fest entschlossen, mir den Weg von dieser Insel notfalls mit Klauen und Zähnen freizukämpfen. Nach dem Abendessen.

2

Das Gebäude war riesig. Fast erschien es mir drinnen noch weitläufiger, als es von draußen ausgesehen hatte. Ich wanderte kilometerweit durch Gänge, deren Steinböden – oder war das am Ende Marmor? – unter meinen Schritten hallten. In der Ferne konnte ich manchmal Stimmen hören, jemand lachte und eine Tür knallte hallend ins Schloss. Ich war nicht allein, und für den Moment fühlte ich mich nicht mehr ganz so verlassen und elend.

Den Plan der Schule hatte ich natürlich prompt im Zimmer vergessen. Ganz ehrlich: Ich begann mich zu fragen, ob ich das Zimmer jemals wiederfinden würde.

Verunsichert blieb ich auf einem breiten Treppenabsatz stehen und starrte auf das Fenster, das sich über mehrere Etagen über die gesamte Front vom Dach bis zum Boden zog. Es war bunt verglast, mit dicken Bleieinfassungen, und das Ganze zeigte irgendeine geschichtliche Szene, in der Ritter gegen andere Ritter kämpften, umschwirrt von mythologischen Viechern. Die einen trugen schwarze Rüstungen, die anderen waren ganz in Weiß gekleidet. Fahnen flatterten in einem unsichtbaren Wind, Trompeten wurden geblasen, Sterbende und Tote lagen überall herum und das Gras unter den Hufen der Pferde war blutbefleckt. Ich machte zwei Schritte zurück und versuchte, das gesamte Bild ins Auge zu nehmen, aber das ging natürlich nicht, denn die Decke und der Boden der nächsten Geschosse schnitten es ab. Trotzdem war es beeindruckend und dramatisch wie eine Filmszene. Die untergehende Sonne strahlte das Fenster an und ließ die Farben leuchten. Bunte Reflexe lagen über dem Treppenhaus und malten die Stufen farbig.

Ich trat in einen blutroten Fleck und lief die Treppe hinunter. Jetzt stand ich in der Eingangshalle, oder in einer Halle, die genauso aussah. Ich orientierte mich kurz und vergeblich und stieg dann die gegenüberliegende Treppe wieder hinauf, beobachtet von einem in verrenkter Pose sterbenden schwarzen Ritter, dessen brechender Blick mich zu verfolgen schien, bis ich den oberen Treppenabsatz erreicht hatte und mich in einen breiten Gang rettete.

Die hallenden Stimmen und das Geräusch von Stuhlbeinen und Geschirrklappern ließ meine Hoffnung neu erwachen, endlich etwas zwischen die Zähne zu bekommen. Mein Magen schmerzte schon, so leer war er.

Ich kam an eine Tür, die im Gegensatz zu all den schweren, holzgeschnitzten dunklen Türen topmodern war, aus Glas und Stahl, und hinter der ich einen großen Raum mit Tischen und Stühlen erkennen konnte. Ganz klar eine Cafeteria, schick eingerichtet mit spiegelnden Flächen und glänzendem Chrom, hell beleuchtet und leer bis auf einige besetzte Tische an der großen Fensterfront zum Park. Also lag die Vorderseite des Hauses wohl fast ein Stockwerk tiefer als seine Rückseite.

Ich zog die Tür auf und sah mich einen Augenblick lang meinem verzerrten Spiegelbild gegenüber. Die Glasscheibe warf meine schockfarben getönten Haare zurück wie ein grelles abstraktes Gemälde. Dagegen wirkten mein graues Kapuzensweatshirt und die Jeans erschreckend normal und langweilig. Genauso langweilig wie meine grässlich jungsflache Figur und die kühlen, reserviert blickenden graugrünen Augen. Langweilig.

Ich trat ein und sah mich um. Der Ausgabetresen am Ende

des Raumes lockte mit köstlich duftendem Essen und hinter Glas geschützten kalten Leckereien. Eine junge Frau in einer adretten blau-weißen Servierschürze lehnte sich mit einer Kanne in der Hand über die Theke und flirtete ungeniert mit einem rothaarigen Jungen in meinem Alter.

Ich ignorierte die Blicke, die mir durch den Raum folgten, griff mir eins der aufgestapelten Tabletts und stellte mich damit an der Theke an.

Der Junge drehte sich um und sah mich an. Er war nicht sehr groß, vielleicht einen halben Kopf größer als ich, kräftig gebaut und hatte die helle, empfindliche Haut der Rothaarigen, natürlich inklusive Sommersprossen. Ich nickte ihm zu und sah die Serviererin an.

»Hi«, sagte der Junge. »Ich bin Jeroen. Du bist neu hier?« Er nahm einen Apfel von seinem Tablett und biss kräftig hinein.

Ich bejahte kurz und wandte mich an die Servierkraft: »Ich hätte gerne einen Kaffee und was gibt es zu essen?«

»Castillo hat dich gesucht, glaube ich.« Der Junge war hartnäckig, das musste ich ihm lassen.

»Ich kenne keinen Castillo«, sagte ich abweisend und nahm den Becher entgegen, den die Serviererin mir reichte. »Ja, Nudeln mit Soße wären toll. Und ein Salat.«

»Karen Castillo. Deine Tutorin.« Der Junge klebte beharrlich an meiner Seite. »Sie hat dich auf deinem Zimmer gesucht, aber da warst du nicht. Und hast dich auch nicht abgemeldet.« Er grinste. »Sie schäumt. Du tust mir leid, echt.«

Es war mir so was von piepegal, ob irgendwer schäumte. Ich zuckte mit den Achseln und drängte mich an dem Typen vorbei. Der ließ sich nicht abschütteln.

»Du siehst Ihrer Hoheit total ähnlich«, sagte er. »Seid ihr irgendwie verwandt oder so was?«

Ich hatte die Nase voll. »Hör auf, mich vollzulabern«, fuhr ich ihn an. »Ich kenn dich nicht und ich glaube nicht, dass ich dich kennenlernen will. Also lass mich einfach in Ruhe, okay? Such dir eine andere, die du zusabbeln kannst.«

Unerwarteterweise grinste er mich an. »Okidoki«, sagte er friedlich und zog ab.

Ich zögerte verblüfft, dann schüttelte ich den Kopf – was für ein Idiot! – und ging zu einem leeren Tisch in der Nähe der Tür. Aus den Augenwinkeln konnte ich sehen, dass der Junge sich am Nachbartisch derselben Mädchenclique niederließ, die mich schon auf der Fähre so angegafft hatte.

Eine Brünette mit perfekt geschnittenem Bob drehte sich zu ihm um und fragte ihn etwas und er zuckte grinsend mit den Schultern. Dann sah die Brünette zu mir hin, hob eine Braue, bis sie in den Ponyfransen verschwand, und drehte sich ostentativ von mir weg.

Ich widerstand dem Impuls, ihr den Mittelfinger zu zeigen, und widmete mich meinen Spaghetti, die wirklich ausgezeichnet schmeckten. Zumindest das war ein Lichtblick.

Als ein Schatten über meinen Teller fiel, sah ich auf. Ein Mädchen in meinem Alter starrte mich mit in die Hüften gestemmten Händen wütend an. »Hier bist du also, Noack«, blaffte sie. »Ich suche die ganze Schule nach dir ab. Was denkst du dir dabei?«

Ich schob gemächlich die letzte Gabel Nudeln in meinen Mund und tupfte mir dann die Lippen mit der Serviette ab. »Kennen wir uns?«

Ihre dunkelbraunen Locken schienen sich zu sträuben wie das Fell einer wütenden Katze. »Ich renne seit einer halben Stunde hinter dir her. Du hast dich nicht aus dem Zimmer abgemeldet, das ist ein klarer Verstoß gegen die Schulordnung.«

Ich seufzte und warf die Serviette auf meinen Teller. »Was.

Willst. Du?!« Mein Geduldsfaden wurde mit jeder verstreichenden Sekunde dünner.

Sie verengte die mokkabraunen Augen zu wütenden Schlitzen. »Ich bin deine verdammte Tutorin und glaub mir, ich hab mir den Job nicht ausgesucht! Also, was hast du dir dabei gedacht, dich nicht abzumelden?« Sie tippte mit einem spitzen, rot lackierten Nagel auf meine Schlüsselkarte, die neben meiner Hand auf dem Tisch lag. Ich ballte die Faust und entspannte sie wieder. Es brachte nichts, wenn ich gleich an meinem ersten Tag meiner »Tutorin« die Nase brach.

»Ich bin neu hier«, sagte ich katzenfreundlich. »Woher sollte ich wissen, dass ich mich abmelden muss? Aber das erklärst du mir sicher gleich bis aufs letzte Komma.«

Sie holte tief Luft, und ich nutzte die Pause, um aufzustehen. »Ich bin dann jetzt in meinem Zimmer«, erklärte ich und brachte mein Tablett zur Theke.

Eine Hand packte meinen Ellbogen. »Moment«, fauchte das Mädchen. »Du kannst mich doch nicht einfach so stehen lassen!«

»Doch, das kann ich, wie du siehst.« Ich schüttelte sie ab und funkelte sie nicht weniger wütend an. »Du kommst an meinen Tisch, störst mich beim Essen, brüllst mich an – und ich weiß noch nicht einmal, wie du heißt! Tolle Manieren.«

»Ihr habt Publikum«, meldete sich der Rothaarige, neben dessen Tisch wir mittlerweile gelandet waren. »Solltet ihr euch prügeln wollen, wäre das jetzt ein hervorragender Zeitpunkt.«

»Fick dich ins Knie, Jeroen«, sagte das Mädchen, aber ihre Mundwinkel begannen zu zucken. Sie holte tief Luft und ließ die geballten Fäuste sinken. »Gut, Neustart. Ich bin Karen Castillo, deine Tutorin für dieses Semester.«

Ich nickte knapp. »Liv Noack.«

Wir sahen uns schweigend an. Sie machte eine Handbewegung, die den Raum umfasste, und sagte: »Die Cafeteria kennst du ja schon.«

Ich seufzte. »Du musst jetzt keine Führung mit mir veranstalten. Ich denke, dass ich mich in ein paar Tagen ganz gut zurechtfinden werde.«

»Denkst du das?« Sie schnaubte leise. »Du wirst dich wundern.« Mit einem Achselzucken schob sie die Hände in die Taschen ihrer Strickjacke. »Okay, ist mir recht. Meine andere Neue, deine Zimmergenossin, muss ich ja auch noch rumführen. Dann erledige ich euch beide in einem Aufwasch.« Sie ruckte mit dem Kinn. »Aber du solltest wissen, wie du mit deiner Schlüsselkarte umzugehen hast, sonst gibt es richtig Ärger.« Sie runzelte die Stirn. »Hast du echt deine Zimmertür offen gelassen?«

Ja, warum denn nicht? Ich hob nonchalant eine Braue. *»Omnia mea mecum porto.«* Alles, was ich besaß und was mir wichtig war, trug ich am Leib. Mein nutzloses Handy, meinen Ausweis, meine Geldbörse, die Kette mit Anhänger, die ich von meinem Vater hatte. Von meinem *richtigen* Vater.

Karen prustete. »Echt, Noack. Die machen dich hier platt.« Ihre Miene wurde ernst, sie zog ihre Schlüsselkarte aus der Tasche und hielt sie mir vor die Nase. »Das hier ist dein Ausweis«, sagte sie nüchtern. »Den solltest du nicht verlieren. Hiermit kommst du in alle Räume, die du betreten darfst …«

»Das hat mir die Hausdame schon erklärt«, unterbrach ich sie gelangweilt.

»Hör zu«, erwiderte sie scharf. »Das ist wichtig, Noob. Du öffnest dir damit Türen, aber du schließt sie auch wieder. Kapiert? Wenn du einen Raum verlässt, dann ziehst du deine ID-Card durch den Scanner. Immer.«

Ich war noch mit etwas ganz anderem beschäftigt. »Du nennst mich nicht ›Noob‹«, sagte ich drohend.

Sie schnaubte wieder. »Hast du kapiert? Abmelden. Immer.«

Ein unbehagliches Gefühl machte sich breit, als ich die Puzzleteilchen zusammenfügte. »Durch das Ding werde ich überwacht?«

Sie verzog verächtlich die Lippen. »Niemand überwacht uns. Aber wenn du nicht zum Unterricht erscheinst oder deine Tutorin dich vergeblich sucht, dann kann das Hausnetz deinen ungefähren Aufenthaltsort ermitteln.« Sie zog finster die Brauen zusammen. »Oder zumindest sagen, wo du nicht bist.«

»Also werde ich überwacht.« Das kalte Gefühl in meiner Magengegend verstärkte sich. »Scheiße, ich bin in einem Hochsicherheitsknast. Verpasst mir doch gleich eine Fußfessel.«

»Was hast du denn für Probleme?« Karen verschränkte genervt die Arme. »Also, noch mal zum Mitschreiben: Benutze deine ID-Card. Das ist Bestandteil der Hausordnung. Alle hier halten sich daran.« Murmelnd setzte sie hinzu: »So eine Zicke.«

Ich glaube, mich hatte noch nie jemand zickig genannt. Aggressiv, ja. Wütend. Bissig, angepisst, aufbrausend. Aber zickig? Ich war doch keins dieser Mädchenmädchen.

»Okay«, erwiderte ich schroff. »Botschaft angekommen. Sonst noch was?«

»Rutsch mir doch den Buckel runter.« Sie wandte sich ab und ging zu dem Tisch mit den gaffenden Girlies. Ich streckte im Geiste den Mittelfinger in ihre Richtung, verzichtete aber klugerweise darauf, das in die Tat umzusetzen. Ich musste raus hier, an die Luft.

Im Hinausstürmen rempelte ich an der Tür einen Jungen an. Ohne ihm einen Blick zu schenken, murmelte ich eine Entschuldigung und wollte mich an ihm vorbeidrängen, da schloss sich seine Hand um meinen Arm. »He, Kampfküken. Hat dich einer geärgert?«

Ich knurrte angewidert und zerrte an meinem Arm, ehe mir aufging, wer mich da festhielt: Es war der Junge von der Fähre, Jayce. Der mit den Handschellen. Und neben ihm stand lächelnd sein Freund mit den vielen arabischen Namen.

»Ah, der Schöne und das Biest«, sagte ich und riss mich los. »Zieht Leine und belästigt ein anderes Mädchen.« Hatte er mich tatsächlich ›Kampfküken‹ genannt? Was musste ich mir hier eigentlich noch alles gefallen lassen?

Der Bad Boy grinste und hatte mich mit einer unglaublich schnellen Handbewegung wieder gepackt. »Komm schon, hör auf zu gackern. Magst du einen Kaffee?« Ohne meinen Protest zu beachten, zerrte er mich durch die Tür und auf die Theke zu. »Kaffee oder Tee? Kuchen oder ein Sandwich?«

»Lass mich los!« Ich trat ihm gegens Bein, fest.

»Lass sie los, Häuptling.« Sein Freund schenkte mir ein mitfühlendes Lächeln. »Du bist ein Neandertaler, echt. So geht man doch nicht mit einer Lady um.«

»Lady? Wo?« Der Dunkelhaarige sah sich gespielt erschreckt um. Dabei glitt sein Blick wieder wie vorhin auf der Fähre höchst provokant über meinen Körper, verweilte an dieser und jener Stelle und kehrte zu meinem Gesicht zurück. Der Boy hatte einen echten Schlafzimmerblick und wusste ganz genau, welche Wirkung er damit erzielte.

Seine Lider hoben sich und ein Blick aus strahlend türkisblauen Augen traf mich und ließ mich für einen atemlosen Moment alles um mich herum vergessen. Wow, was hatte dieser Junge für hinreißende Augen! Wimpern wie dichte Fransen beschatteten klares Weiß und darin diese edelsteinfarbenen Regenbogenhäute, deren Farbe beinahe unecht wirkte.

»Trägst du gefärbte Kontaktlinsen?«, rutschte es mir heraus. Ich biss mir kurz und fest auf die Lippe. Erst denken, dann reden, Liv.

Ein träges megasexy Lächeln hob ein bisschen schief seine Mundwinkel. Eine Strähne des lackschwarzen Haars verirrte sich auf seine Wange und glänzte dort wie Gefieder oder seidiges Katzenfell. »Meine Augen sind ausgezeichnet, Kampfküken.«

»Darf ich euch mal kurz stören?«

Maliks Stimme, der man die unverhohlene Erheiterung anhören konnte, riss mich aus meiner träumerischen Stimmung. Ich spürte die Hitze in meinen Wangen und wandte mich betont gelassen ab. »Du störst nicht. Dein Freund geht mir ohnehin auf die Nerven.«

Ich hörte die beiden lachen, als ich hinausging. Sie hatten beide angenehme, dunkle Stimmen, gar nicht mehr jungenhaft, sondern fast wie ausgewachsene Männer. Der Klang kribbelte rau wie die Berührung einer Katzenzunge auf meiner Haut.

Die zufallende Tür schnitt alle Geräusche aus der Cafeteria mit einem Schlag ab.

Ich arbeitete mich durch die endlosen, stillen Gänge zu meinem Zimmer zurück. Schatten krochen über die Wände und kauerten in den Ecken wie unheimliche Kobolde. Ich fröstelte und war mit einem Mal unglaublich müde. Das Gefühl, von aller Welt verlassen und auf dieser Insel ausgesetzt worden zu sein, lähmte mich wie der giftige Stachel eines Skorpions. In einem der Flure lehnte ich mich kraftlos an die Wand, ließ mich daran herunterrutschen, legte meine Stirn auf die Knie und zwang mich dazu, ruhig und tief zu atmen. Aber alle Konzentration nützte nichts, Schluchzer begannen mich zu schütteln. Sie hatte mich weggeschickt wie ein lästig gewordenes Haustier. Fast mein ganzes Leben lang hatte es nur uns beide gegeben, meine Ma und mich – und jetzt war ich ihr unwichtiger als ein abgelegter Mantel. Wenn mein Vater noch am Leben gewesen wäre, dann wäre es nie so weit gekommen, er hätte es nicht zugelassen.

Ich rieb mit dem Handrücken über meine Nase und blinzelte die Tränen weg. Hier im Gang hocken und heulen wie ein Baby – das war nicht ich. Es war dieser lange, schreckliche Tag und all die Tage davor, die mich so schwach und jammerig machten. Morgen würde alles schon ganz anders aussehen.

Ich rappelte mich auf und stand einem Mädchen gegenüber, das sich unbemerkt genähert hatte. Sie starrte mich ebenso erschrocken an, wie ich sie musterte. »Alles okay mit dir?«, fragte sie auf Englisch. Ihre Stimme war hell und leise, ihr Akzent klang niedlich. Sie war Japanerin, klein und zierlich, mit einem lackschwarzen Bob, dessen Stirnfransen ihr in die Mandelaugen fielen.

Ich zwang mich zu einem Lächeln. »Alles bestens«, log ich.

»Miki Wakamoto«, sagte sie, und ich benötigte einen Moment, um zu begreifen, dass das ihr Name war.

»Liv«, erwiderte ich. »Liv Noack.«

Ein Lächeln erhellte ihr Gesicht. »Ah, du bist aus Deutschland?«, fragte sie in völlig akzentfreiem Deutsch.

Ich nickte verblüfft. Ihr Lächeln wurde noch breiter. »Ich auch«, sagte sie. »Aus Düsseldorf.«

Ich musste lachen und sie lachte mit mir. »Ich bin neu hier«, sagte sie. »Bist du schon länger auf der Schule?«

Ich schüttelte den Kopf und wedelte mit der Hand. »Bin auf der Suche nach meinem Zimmer.«

Sie lachte wieder. »Dann viel Erfolg. Wenn wir uns verirren, werden sie hoffentlich einen Suchtrupp ausschicken.«

»Rechne lieber nicht damit«, sagte ich düster. »Die sind seltsam drauf hier.«

»Wir sehen uns!« Sie winkte und stiefelte davon und ich wandte mich in die andere Richtung.

Ein paar Ecken weiter stand ich dann endlich vor meinem Zimmer. Ich öffnete die Tür, als sich leise Schritte näherten.

»Oh«, sagte Miki. Sie zog die Nase kraus und sah auf die Zimmernummer, dann auf mich. »Ah.« Sie ließ ihren Rucksack fallen und breitete die Arme aus. »Wir sind Zimmergenossinnen?«

»Sieht so aus«, erwiderte ich matt. Okay, es hätte schlimmer kommen können, Miki schien nett zu sein. Ich hatte keine große Erfahrung mit Mädchenfreundschaften, war mit Jungs immer besser ausgekommen. Aber nun musste ich mir wohl oder übel das Zimmer die nächste Zeit mit ihr teilen. Es würde schon schiefgehen.

Jayce stand am offenen Fenster seines Zimmers und stützte die Hände gegen den Rahmen. Seine Muskeln spannten sich an, als er sich weiter und weiter hinauslehnte, bis sein Oberkörper beinahe waagerecht über dem Boden hing. Aus dieser Position konnte er beobachten, was hinter dem Fenster zur Galerie der Bibliothek vor sich ging. Noch besser wäre es gewesen, wenn er die Fassade entlang und über das vorspringende Sims bis zum Fenster geklettert wäre, aber das wagte er nicht am helllichten Tag. Die Entdeckung wäre zu wahrscheinlich, auch wenn das Gelände kurz vor dem offiziellen Beginn des Semesters noch unbelebt und beinahe menschenleer war. Ein einzelner Blick reichte aus, um ihn zu ertappen, und das Risiko wollte er nicht eingehen. Nicht, wenn er die Konsequenzen bedachte.

Er streckte sich und fixierte das Fenster, hinter dem sich schemenhaft die schlanke Gestalt des Bibliothekars bewegte. Mr Sharma schien allein zu sein. Wie enttäuschend. Jayce hatte damit gerechnet, einen der Eingeweihten dort zu sehen. Natürlich nicht den Großmeister, der sich natürlich nicht auf der Insel befand, aber doch wenigstens einen seiner Komture.

Jayce zog grübelnd die Unterlippe zwischen die Zähne. Warum war es ihm so wichtig, eins dieser Treffen zu beobachten? Es würde ihm nicht mehr bringen als ein paar optische Eindrücke, keine Erkenntnis. Und Erkenntnis war das, was er suchte. Er musste *wissen*. Der Zustand der Unsicherheit, des Zweifels nagte an seiner Stärke, ließ ihn zaudern und raubte ihm den Schlaf. Er musste Gewissheit haben. War es richtig, was er tat?

Malik war immer so sicher. Er ging durch sein Leben mit der unbewussten Arroganz des Selbstbewussten, des geliebten Sohns, dem bei allem, was er tat, die Sonne aus dem Allerwertesten schien. Malik kannte keine Zweifel, er lachte über Jayce' andauerndes Grübeln und Hadern. Dieses Glückskind.

Jayce zog sich mit einer kurzen Anstrengung ins Zimmer zurück und streckte sich auf dem Boden aus. Er war sich unsicher. Das stand fest. Aber es war ihm bewusst, dass er etwas tun musste, sonst würde es ihn zerreißen. Dieser Drang, dieser beinahe übermächtige Zwang, etwas zerstören zu müssen, nur um den fruchtlosen Versuch starten zu können, das zuvor Zerstörte wieder zu heilen, das war es, was ihn Tag und Nacht quälte. Dieser Drang war schon sein Dämon gewesen, als er noch ein Kind war. Zu Lebzeiten seines Großvaters war Jayce in solchen Momenten zu ihm gelaufen und der alte Medizinmann hatte ihm geholfen, den bösen Geist niederzuringen. »Es ist kein Fluch«, hatte Okshakla gesagt. »Vielleicht fühlt es sich so an für dich, Nashoba. Aber dies ist deine Gabe und du wirst lernen, sie zu beherrschen.«

So wie sein Großvater.

Jayce seufzte und rollte sich auf den Bauch. Nun, es hatte sich nichts geändert, außer, dass der Zwang immer stärker geworden war und nun ihn beherrschte, statt umgekehrt. Sein Großvater war tot, sein Vater lebte nicht mehr und sein Vormund war kein Choctaw, sondern ein Stock-im-Arsch-Kanadier der

Upperclass, der Jayce ansah wie ein Stück Abfall, das an seinem Absatz klebte.

Jayce sprang auf die Füße und hieb ein paar konzentrierte Faustschläge in die Luft. Er musste sich bewegen, er musste sich auspowern, das hielt den Dämon im Zaum. Ein kurzer Lauf und dann an die Wand, bis die Muskeln zitterten und der körperliche Schmerz den der Seele übertönte. Danach würde er schlafen können und morgen begann ein neuer Tag.

Ein Tag, der ihn sicherlich in die Nähe der Kleinen führen würde. Das Mädchen war heiß. Was für ein Glück, dass sein Auftrag ihn dazu nötigte, ihre Gesellschaft zu suchen.

»Olivia Noack«, sagte er laut und seine Lippen wichen zurück, bis er die Zähne in einem wölfischen Grinsen zeigte. »Ich bin gespannt, wie gut du zu kämpfen verstehst.«

Miki richtete sich im Zimmer ein, ohne sich darüber zu beschweren, dass ich mir schon das bessere Bett geschnappt hatte. Sie schien es nicht einmal zu bemerken. Während sie ihre Koffer auspackte, die schon im Zimmer gestanden hatten, als wir eintraten, erzählte sie von ihren Eltern und ihrem Hund, ihren beiden Schwestern und ihrer besten Freundin, die sie hatte zurücklassen müssen. »Aber so ein Angebot darf man sich nicht entgehen lassen«, sagte sie und legte einen Armvoll T-Shirts in den Schrank. »Ich meine, da kann man schlecht sagen ›Sorry, ich möchte lieber in Düsseldorf bleiben‹, oder?« Sie blickte auf und strahlte mich an.

Ich hockte auf meinem Bett und starrte missvergnügt die beiden Koffer an, die vor dem Fußende standen. Meine Koffer.

Miki schloss die Schranktür und machte einen Schritt auf mein Bett zu. »Soll ich dir auspacken helfen?«

»Nein!« Ich fuhr auf und sie zuckte zurück, als hätte ich sie gebissen.

»Schon gut«, murmelte sie und setzte sich auf ihre Bettkante. Zum ersten Mal, seit wir hier im Zimmer zusammen waren, war das Lächeln aus ihrem Gesicht verschwunden.

»Tut mir leid«, sagte ich. »Ich mag es einfach nicht, wenn jemand mein Zeug anfasst.«

»Schon gut«, wiederholte sie.

Das Schweigen hing zwischen uns wie eine kalte Wand. Miki blickte auf ihre Hände, dann holte sie tief Luft, sah mich an und lächelte. »Und, warum bist du hier?«, fragte sie munter.

Ich riss die Augen auf. Was für eine unverblümte, geradezu unverschämte Frage war das? »Unfall gebaut«, sagte ich schroff. »Und was hast du verbrochen, dass deine Familie dich hierher verbannt hat?«

Unverhohlene Verwirrung zeichnete sich auf ihrem Gesicht ab. »Das war ein Witz, oder?« Ihr beinahe unerschütterliches Lächeln wurde fadenscheinig. »Ich meine – das hier ist ein Volltreffer. Eine echte Chance, ein Sechser im Lotto. Was für einen Unfall meinst du?«

Ich seufzte und streckte mich auf dem Bett aus. Das Gespräch mit Miki strengte mich an. »Autounfall. Danach hatte meine Ma wohl die Nase voll von mir.«

»Autounfall«, wiederholte Miki fragend. »Du bist aber noch keine Achtzehn, oder?«

Ich schüttelte den Kopf. »Sechzehn.«

»Wie ich.« Sie kicherte. »Du hast also einen Autounfall gebaut – ohne Führerschein und so? Deine Eltern müssen ganz schön wütend gewesen sein.«

»Ich bin nicht gefahren, das war ein Freund von mir.« Ich legte einen Arm über meine Augen, weil der Gedanke an ihn mich unerwartet schmerzte. Ach, verdammt, Tom, du blöder

Hund. Ich vermiss dich. Wenn du hier wärst, wäre das alles irgendwie erträglich.

»Ah, so.« Das Bett knarrte. »Aber noch mal von vorne. Wenn sie dich hier aufgenommen haben, dann musst du irgendwas besonders gut können oder so. Die Aufnahmekriterien sind irre streng.«

Ich öffnete die Augen und drehte mich auf die Seite, um sie anzusehen. Sie hockte auf der Bettkante, etwas vorgebeugt, als wollte sie aufspringen, und fixierte mich mit ihren schwarzen Augen.

»Aufnahmekriterien«, wiederholte ich. »Etwas gut können. Ich?« Ich lachte. »Mich in die Scheiße reiten, darin bin ich ziemlich gut. Aber sonst …«

Miki schüttelte den Kopf, dass ihre Stirnfransen flogen. »Du musst etwas Besonderes draufhaben«, beharrte sie.

Ich stützte das Kinn in die Hand. »Und du? Was hast du so ›drauf‹?«

Sie richtete sich auf und hob das Kinn, als erwartete sie eine Ohrfeige. »Ich bin ganz gut mit Computern.«

»Oh, ein Nerd.«

»Ich bevorzuge die Bezeichnung ›Otaku‹«, sagte sie steif.

Ich lachte und nach einer Weile lachte sie mit. »Mein Tick, sorry«, sagte sie. »Das bedeutet im Prinzip auch so was wie ›Nerd‹, nur eben auf Japanisch.«

»Otaku. Geht klar. Unsere Tutorin wird dich so oder so als Noob beschimpfen.«

»Soll sie nur versuchen«, erwiderte Miki unerwartet kämpferisch.

Ich richtete mich auf und zeigte auf unsere Schreibtische. »Kannst du was machen, dass wir damit ins Netz kommen?«

Sie warf einen Blick auf die Tastatur und den Monitor und runzelte die Stirn. »Ich seh mir das später mal an.«

Während sie duschte, las ich weiter in der Hausordnung. Was Karen gesagt hatte, beunruhigte mich. Wurden die Schüler hier tatsächlich auf Schritt und Tritt überwacht? Das würde meine Flucht allerdings erschweren.

Während ich einen langen Abschnitt über Unterrichtspläne und die Pflicht zu etwas, das sich »Kognitionsstunde« nannte, überflog, wanderten meine Gedanken zu den beiden Jungs, die ich auf der Fähre kennengelernt hatte. Malik war schon ein Sahneschnittchen, keine Frage. Ich konnte mir denken, dass sich die Mädels hier ihm reihenweise an den Hals warfen. Aber er schien nicht nur ein Schönling zu sein, er hatte einen sarkastischen Humor, den ich mochte. Da war definitiv auch ein Gehirn in dem hübschen Köpfchen.

Und sein düsterer Freund … nun ja. Ich ließ die Mappe auf meine Brust sinken und starrte in die Dunkelheit hinter dem Fensterglas. Ich hatte einen Hang zu Bad Boys. Eine fatale Neigung, wenn meine Mutter mit ihren Kommentaren recht haben sollte. Und Jayce Bell war ein Bad Boy, wie er im Buche stand.

Ich seufzte und streckte mich. Es bestand keinerlei Gefahr, denn ich würde nicht lange genug bleiben, um diesem speziellen Boy eine Chance zu geben. Fast war es ein bisschen schade …

Ein »Pling«, das vom Schreibtisch kam, holte mich aus meinen Tagträumen. Auf meinem Bildschirm leuchtete eine Nachricht auf. Als ich am Schreibtisch Platz nahm, um sie zu lesen, hörte ich das gleiche Signal von Mikis Station kommen.

Die Nachricht trug den Kopf und das Logo der Schule, darunter stand: »Sehr geehrte Miss Noack, der Schulleiter bittet um das Vergnügen, Sie morgen um neun in seinem Arbeitszimmer für ein erstes Kennenlernen empfangen zu dürfen.«

Gezeichnet war diese lächerlich steife Mail mit »Levallier, Sekretariat des Schulleiters«.

Der Schulleiter wollte mich also kennenlernen. Na toll. Ich schielte über die Schulter, auf Mikis Bildschirm schien die gleiche Nachricht zu prangen.

Miki kam herein, in einen weißen Bademantel gehüllt und sich die Haare mit einem Handtuch trocknend. »Post?«, fragte sie und beugte sich über ihren Schreibtisch. »Ah.«

»Wann bist du vorgeladen?«

»Um elf.« Sie warf das Handtuch auf ihr Bett und gähnte. »Wann gibt es Frühstück? Du hast doch die Schulordnung auswendig gelernt, oder?«

Ich lachte und warf ein paar zusammengerollte Strümpfe nach ihr.

Mitten in der Nacht wurde ich wach, weil der Mond mir ins Gesicht schien. Ich tappte zum Fenster, um die Vorhänge zu schließen, und blieb einen Moment lang wie verzaubert stehen, um hinauszublicken. Das kalte weiße Licht tauchte den Garten und die Gebäudeteile, die ich von meinem Fenster aus sehen konnte, in ein geradezu gespenstisch klares Licht. Fensterscheiben blinkten wie schläfrige Augen und auf dem Dach glitzerte eine Apparatur, die wie eine Kreuzung zwischen Satellitenschüssel und einem Unfall in der Besteckschublade aussah.

Die Bäume im Garten ragten düster in den Nachthimmel, ein stummes Bataillon von riesigen Wächtern. Und auf der Rasenfläche stand jemand und starrte zu mir hoch. Ich konnte nicht erkennen, ob die Gestalt männlich oder weiblich war, denn sie trug eine Art Umhang oder so was in der Art. Trotz der Kapuze auf ihrem Kopf, die das Gesicht vollkommen im Schatten ließ, fühlte ich ihren Blick auf mich gerichtet wie einen Suchscheinwerfer.

Ich fuhr zurück und verbarg mich hinter dem Vorhang. Mein Herz pumperte heftig, so hatte ich mich erschreckt. Normalerweise war ich kein Schisser, aber die fremde Umgebung, die gespenstische Szenerie und meine Schlaftrunkenheit hatten sich zu einem fiesen Gebräu vermischt.

Ich reckte den Hals und suchte nach der Gestalt, die mich so erschreckt hatte, aber die weite Rasenfläche breitete sich leer und friedlich unter meinem Blick aus. Wahrscheinlich hatte ich mir den Beobachter nur eingebildet. Nein, ganz sicher hatte ich das. Oder glaubte ich plötzlich an herumspukende Mönche?

Mit einem energischen Ruck schloss ich die Vorhänge so, dass sie keinen Spalt mehr ließen, und legte mich wieder ins Bett.

3

»Das soll ich anziehen?« Ich hielt den knielangen grauen Faltenrock anklagend in die Höhe und deutete mit der anderen Hand auf Bluse und Weste, die auf meinem Bett neben einem blaugrau-rot karierten Pullunder, einer dunkelblauen Strickjacke und braven Strumpfhosen lagen. All die Kleidungsstücke waren aus weichem Flanell und feiner Baumwolle, die Weste weinrot und Bluse und Strümpfe blendend weiß. »Darin sehe ich doch aus wie ein Clown!«

Miki probierte gerade ihren Rock an und drehte sich darin vor dem Spiegel. Die Falten blähten sich auf und fielen wieder zusammen. »Ich mag die Uniform«, sagte sie. »In meiner alten Schule war alles nur dunkelblau und weiß und der Rock viel zu kurz. Das hier sieht erwachsener aus.« Sie stand still und musterte mich mit schief gelegtem Kopf. »Aber stimmt, zu deiner Frisur wird das voll lustig aussehen.«

Ich stöhnte und warf den Rock zu den anderen Kleidern aufs Bett. »Das ziehe ich nicht an«, sagte ich düster.

»Dann wirst du vom Abendessen ausgeschlossen.« Miki hatte die Hausordnung gelesen.

»In dem Outfit krieg ich eh keinen Bissen runter.« Ich starrte das Zeug wütend an. Es gab sogar eine Hose, Flanell mit Bügelfalten, aber das versöhnte mich nicht wirklich.

Miki band die weinrote Krawatte, die zu der Bluse gehörte, und grinste mich im Spiegel an. In der Uniform sah sie so japanisch aus, dass es mich fast zum Lachen gebracht hätte. Fast.

»Mangagirl«, knurrte ich und zerrte den Reißverschluss meiner Jeans zu. Drauf gepfiffen, dass ich gleich eine Verabredung mit dem Schulleiter hatte. Er würde ja wohl kaum erwarten, dass ich in Uniform bei ihm auflief, oder?

Für ein Frühstück war ich zu spät dran, also trank ich einen großen Schluck Wasser aus der Leitung und konsultierte den Plan der Schule. Das Arbeitszimmer des Schulleiters befand sich im Erdgeschoss, im mittleren Teil des Hauses, mit Blick auf den Garten. Das sollte zu finden sein.

Eine Minute vor neun stand ich im Vorzimmer und wartete darauf, dass die Sekretärin mich ihrem Chef ankündigte. Ihr Blick wanderte mehrmals an mir auf und ab, wobei ihre Brauen nach oben schossen, dann griff sie zum Telefon und murmelte meinen Namen in den Hörer.

Sie legte auf, nickte mir zu und widmete sich wieder ihrer Arbeit. Ich verharrte unschlüssig vor ihrem Schreibtisch. Sollte ich jetzt irgendwas tun? Irgendwohin gehen? Warten?

Die Tür neben mir öffnete sich und ein großer grauhaariger Mann mit einem kurzen weißen Bart und hellen Augen sah mich an. Wenn er einen dicken Pullover und eine blaue Mütze getragen hätte, wäre er als der Prototyp eines Seebären durchgegangen.

»Liv Noack? Kommen Sie bitte herein.« Er trat zurück und lud mich mit einer Handbewegung ein.

Ich folgte ihm durch ein riesiges, mit dunklen Möbeln eingerichtetes und mit Büchern vollgestopftes Zimmer. Er war noch nicht so alt, wie seine Haarfarbe vermuten ließ, vielleicht ein paar Jahre älter als meine Mutter, und wirkte auf den ersten Blick ganz sympathisch, irgendwie hatte er was von einem in die Jahre gekommenen Piraten. Mir fiel auf, dass ich gar nicht wusste, wie er hieß.

»Setzen Sie sich.« Er zeigte auf eine zerschlissene Ledercouch und zog sich selbst einen Stuhl aus Chrom und Leder heran. Seine Hände tasteten über die ausgebeulten Taschen seines Jacketts und förderten ein Brillenetui zutage, in das er seine randlose Lesebrille verschwinden ließ. Dabei hielt er seinen Blick unbeirrt auf mich gerichtet. Er hatte Augen in der Farbe von Regenwolken. Sturmgrau. Gewittergrau. Seine Haare, die er für einen Mann in seinem Alter ganz schön lang trug, waren leicht gewellt und silbergrau, sein Jackett steingrau und seine Hose anthrazitfarben. Dazu trug er ein hellgraues Hemd und eine blaugraue Krawatte.

Er hob eine seiner dichten Brauen. »Was amüsiert Sie so?«

»Sie sind einer der grauen Herren«, sagte ich und erklärte, als er mich verständnislos ansah: »Momo. Das Buch.« Das hatte meine Ma mir vorgelesen, als ich klein war.

Sein Stirnrunzeln verschwand, dafür bildeten sich tiefe Falten in seinen Augenwinkeln. »Ah, ich verstehe.« Er beugte sich vor, machte ein finsteres Gesicht und fixierte mich. »Wollen Sie vielleicht ein Zeitsparkonto eröffnen?«

Wir lachten beide und ich fühlte mich plötzlich erleichtert. Das war kein Ungeheuer und kein Gefängniswärter. Er schien nett und vernünftig zu sein. Vielleicht konnte ich ihn überzeugen, mich wieder nach Hause zu schicken.

Er wurde ernst und blickte auf einen Aktenordner, der zwischen uns auf dem niedrigen Tisch lag. Ich sah mich um, während er schwieg, und betrachtete das Chaos in dem Riesenarbeitszimmer. Der wuchtige Schreibtisch am Fenster war unter all dem Papierkram, den Büchern, Kaffeebechern und allem möglichen Zeug kaum zu finden.

»Miss Noack«, sagte er und ich richtete meine Aufmerksamkeit wieder auf ihn. Sein Blick war ernst, aber freundlich. »Wie gefällt es Ihnen bisher bei uns?«

Ich zuckte mit den Schultern. »Wie heißen Sie eigentlich?«

Er hob die Brauen. »Habe ich mich nicht vorgestellt? Das ist unverzeihlich. Arvid Nygren, ich leite diese Einrichtung.« Er verbeugte sich kurz im Sitzen.

»Sehr erfreut«, sagte ich. »Olivia Noack. Aber ich höre lieber auf Liv.«

Er lächelte und nickte. Einen Augenblick lang kam er mir so vertraut vor wie ein alter Freund, es war, als würden wir uns schon ewig kennen. Dann verflog der Moment und er öffnete den Ordner, um darin zu blättern.

»Haben Sie noch Beschwerden? Unsere Schulärztin kümmert sich darum.«

Ich verneinte murmelnd. Ab und zu tat mir noch das Bein weh und ich hatte ein Knacksen im Nacken, wenn ich den Kopf drehte. Aber alles in allem hatte ich den Unfall gut überstanden. Bis auf die Albträume, aber das ging ja keinen was an.

Er nickte wieder und klickte an seinem Kugelschreiber herum. Das Geräusch ging mir ein bisschen auf die Nerven.

»Nur der Form halber«, begann er und tippte auf die Seite, auf die er gerade blickte. »Ihre Eltern …?«

»Kristin und Viktor«, sagte ich gelangweilt. Würde er mich jetzt all den bürokratischen Kram abfragen, den er ohnehin da schwarz auf weiß stehen hatte?

»Kristin und Viktor …?«

Ich seufzte. »Ich heiße Noack, meine Mutter heißt Noack, also dürfen Sie dreimal raten, wie mein Vater hieß.«

Sein Blick löste sich von dem Ordner und bohrte sich in meine Augen. »Noack also«, sagte er nach einer Weile.

Ich nickte.

Er legte die Hand auf die Akte. »Haben Sie Fragen, Miss Noack?«

Ja. Wie komme ich hier wieder weg? Ich kniff die Lippen zusammen und schüttelte den Kopf. Er wartete noch eine Weile, dann seufzte er und faltete die Hände im Schoß. »Sie erfahren alles, was die schulischen Abläufe angeht, von Ihrer Tutorin. Sie haben sich schon kennengelernt, denke ich.«

Es war keine Frage, also antwortete ich auch nicht. Er sah mich abwartend an, dann sprach er weiter: »Ihren Basis-Stundenplan finden Sie am Aushang, Sie werden die erste Zeit mit den anderen Neuen zusammen auf Ihren Kenntnisstand geprüft und dann später den passenden Lerngruppen zugeteilt. Wir haben hier kein Klassensystem, wie Sie es aus Deutschland kennen, von daher wird Ihnen unsere Schule zu Anfang etwas fremd erscheinen.« Er lächelte. »Aber das gibt sich in der Regel schnell.«

Das klang interessant, ich gebe es zu. »Es ist also wie an einer Universität?«, fragte ich.

Er nickte und schüttelte dann den Kopf. »Ja und nein. Sie werden schon sehen.« Er warf einen kurzen Blick auf seine Uhr. »Kommen wir zum Wichtigsten: Ihre regelmäßige Kognitionsstunde. Bis Sie sich hier vollständig integriert haben und wir wissen, wo Ihre Stärken liegen, werden Sie diese Stunde dreimal in der Woche absolvieren.« Er runzelte leicht die Stirn, was seinem Gesicht einen Anflug von Besorgnis verlieh. »Wenn Sie damit einverstanden sind, werden wir diese Stunden hier bei mir abhalten. Oder wären Sie lieber mit einem weiblichen Mitglied des Lehrkörpers ...«

»Nein, schon okay«, unterbrach ich ihn. »Ich bin einverstanden.« Das gab mir die Chance, dem Schulleiter selbst zu beweisen, dass ich komplett ungeeignet für seinen Laden war.

»Kann ich hier irgendwo telefonieren?«, fragte ich ihn. »Ich will meiner Mutter sagen, dass ich gut angekommen bin.«

»Ihre Eltern sind bereits von Ihrer Ankunft informiert worden«, erwiderte er knapp.

»Sie meinen meine Mutter. Bernd ist nicht mein richtiger Vater.« Das kam schärfer heraus, als ich es geplant hatte.

Der Schulleiter sah mich mit einem schwer deutbaren Ausdruck im Gesicht an. »Ihr Stiefvater also?«

Ich nickte. Das Thema war mir unangenehm, es tat mir leid, dass ich es überhaupt angesprochen hatte.

»Ihre Eltern sind geschieden?«

»Mein Vater ist tot.« Ich kniff die Lippen zusammen. Darüber wollte ich nun wirklich ganz und gar nicht mit ihm sprechen.

Er nickte, sah mich weiter an. Seine Augen blickten erstaunlich warm für ihre kühle Farbe. »Sie vermissen ihn wahrscheinlich sehr.«

»Ich habe ihn kaum gekannt.« Unwillkürlich verschränkte ich die Arme vor der Brust. »Ich war vier, als er starb.« Ich holte tief Luft. »Aber ja, ich vermisse ihn schrecklich.«

»Erinnern Sie sich noch gut an ihn? Wie er aussah …«

»Wie soll ich das können? Ich war erst vier!«

Er lächelte, und sein gerade noch bohrender Blick verließ für einen Moment mein Gesicht, um sich auf seine Hände zu senken. »Es gibt Schüler hier, die das können«, sagte er. »Sie erinnern sich an alles, jeden Moment seit ihrer Geburt.«

Einen Moment lang war ich abgelenkt von dem Aufruhr, den seine Fragen in mir verursacht hatten. Ich vermisste meinen Vater, obwohl ich mich kaum an ihn erinnerte. Es gab keine Fotos von ihm, meine Mutter hatte nie von ihm gesprochen, es war, als hätte sie ihn nach seinem Tod vollkommen aus unserem Leben gelöscht.

Aber die Worte des Schulleiters erinnerten mich an Mikis Frage, welches meine besonderen Fähigkeiten seien.

»Ich kann nichts besonders gut«, sagte ich, als hätte er mir diese Frage gestellt. »Ich bin keine so schlechte Schülerin, meine

Noten sind sogar etwas über dem Durchschnitt, aber ich habe keine besonderen Talente.« Seltsamerweise schmerzte mich der Gedanke. Ich war nichts Besonderes, ich war langweiliger Durchschnitt, in allem. So langweilig, dass meine Mutter mich abschob, weil sie ja jetzt einen Jungen hatte …

Der Schulleiter beugte sich vor und fixierte mich. »Das finden wir heraus«, sagte er nüchtern. Ich war ihm dankbar, dass er kein Mitgefühl heuchelte. »Dafür sind unter anderem die Kognitionsstunden da.«

»Ich bin hier falsch«, sagte ich heftig. »Wirklich, ich hab keine Kunststückchen drauf. Computer oder Musik oder Bilder malen, Bücher schreiben, irgendwelche tollen Experimente oder großartigen Ideen für ein Start-up. Ich bin einfach nur langweilig und durchschnittlich. Schicken Sie mich doch bitte nach Hause. Mein Vater hätte nie zugelassen, dass ich in so einer Einrichtung eingesperrt werde!« Ich erschrak vor meinem eigenen Ausbruch, er war mir ein bisschen peinlich. Ich spürte, wie meine Wangen brannten.

Die hellen Augen des Schulleiters sahen mich unverwandt an. »Sie haben das Gefühl, dass man Sie hiermit bestrafen will?«

»Das klingt so hart, aber ja.« Ich war mit einem Mal schrecklich traurig. »Ich habe Mist gebaut, vielleicht war meine Mutter es einfach satt. Da war dieser Unfall, ich hab eine Zeitlang im Krankenhaus gelegen und durfte gar nicht mehr nach Hause zurück. Sie haben mich gleich bei meiner Entlassung hierher geschafft. Das fühlt sich an wie eine Strafe, ja.«

Er nickte verständnisvoll. »Das verstehe ich«, sagte er. »Das Timing war sicherlich nicht günstig.«

»Ich hab mich von niemandem verabschieden können.« Ich rieb mir über die Augen, wütend, dass Tränen darin kitzelten. »Nicht mal von meinem besten Freund.« Tom. Der auf keine meiner SMS geantwortet hatte, der nicht ans Telefon ging, der wie vom Erdboden verschwunden war. Ich hatte auf dem Weg zur Insel gefühlt tausendmal versucht, ihn zu erreichen, und war ohne den Schimmer einer Ahnung, wie es ihm ging und wer sich um ihn kümmerte. Das machte mich vollkommen verrückt.

Der Schulleiter zog die Brauen zusammen. »Ihr fester Freund?«

Ich zuckte mit den Schultern. »Wir gehen nicht miteinander. Wir sind einfach nur befreundet.« Was es nicht ganz traf. Wir waren ein Paar Schuhe. Siamesische Zwillinge, jedenfalls im Kopf. Wenn ich einen Satz anfing, konnte Tom ihn beenden. Okay, wir hatten sogar mal probiert, was miteinander anzufangen, aber der erste Knutschversuch hatte in einem geradezu höllischen Lachanfall geendet, und dann waren wir Pizza essen gegangen und hatten nie wieder davon gesprochen. Wir waren einfach Freunde.

Der Schulleiter blätterte in seinem Ordner herum. Ich betrachtete seinen gesenkten Kopf und fragte spontan: »Kann ich vielleicht mit Tom telefonieren?«

Nygren hob den Kopf und sah mich mit einem Ausdruck in den Augen an, der mir das Blut gefrieren ließ. Seine Hand ruhte auf der Akte. »Thomas Konrad, ist er das?«

Ich nickte, mein Mund war mit einem Mal staubtrocken. »Was … was ist mit ihm?« Ich wusste, es war etwas Schreckliches passiert. Ich wusste es mit jeder Faser meines Körpers.

Der Schatten über seinen Augen hob sich, er lächelte. »Natürlich. Passen Sie auf, wir machen einen Deal. Sie schauen sich das Ganze hier eine Zeitlang an und probieren, ob es Ihnen nicht doch am Ende gut gefällt. Dann dürfen Sie telefonieren – mit Ihrer Mutter und allen Freunden, die Sie anrufen möchten.« Er lachte leise. »Wir sind ja kein Straflager.«

Ich war so erleichtert und überrumpelt, dass ich unwillkürlich nickte. Nygren reichte mir die Hand, ich ergriff sie und stand auf. »Dann …«, sagte ich und schüttelte den Kopf. Hatte ich tatsächlich gerade eingewilligt, zumindest für eine kurze Zeit brav hier zur Schule zu gehen?

»Fein«, sagte er und drückte meine Hand noch einmal. »Und wenn Sie möchten, können wir gleich heute Abend Ihre erste Kognitionsstunde abhalten. Wäre das in Ihrem Sinne?«

Wieder nickte ich, völlig entwaffnet von seiner freundlichen, bestimmten Art.

»Dann um halb sechs, vor dem Abendessen?« Er machte eine Notiz, ganz altmodisch, kein Smartphone, keine Kalender-App – nur ein gebundenes Büchlein und ein zierlicher silberner Stift.

»Ich habe gerade tatsächlich zu allem Ja und Amen gesagt, richtig?« Mein Magen grummelte.

Er blickte auf und lachte. »Nun, Sie sind eine vernünftige junge Frau. Warum hätten Sie das also nicht tun sollen?«

Ja, warum nicht. Ich saß doch ohnehin hier fest. Ich zuckte die Achseln und wandte mich zum Gehen.

»Bis heute Abend«, rief er mir nach.

Auf einen Schlag, als hätte es Menschen geregnet, war die Schule voller Leben. Gestern war ich noch durch menschenleere Räume und Flure gelaufen wie ein lebendes Gespenst, aber als ich aus dem Sekretariat trat, rannte ich gleich in einen laut giggelnden Pulk Schülerinnen. Zwei von ihnen sahen mich, stutzten und winkten mir dann halbherzig zu. Wieder dieses Doppelgängerding.

Ich schlenderte zur Informationstafel, an der inzwischen mehrere Dutzend Aushänge mit Namen, Zeiten und Kursräumen hingen. Neben der Pinnwand standen Terminals, auf denen man sich wohl das Ganze auf einem Monitor ansehen und entweder ausdrucken oder auf sein eigenes System schicken lassen konnte. Ich beobachtete zwei Schüler dabei, wie sie voller Konzentration auf dem Touchscreen herumtippten.

Gegen meinen Willen neugierig geworden, schob ich mich zwischen die anderen Schüler und suchte die Wand nach meinem Namen ab.

»Die Einführungskurse sind hier«, sagte eine Stimme in mein Ohr und eine Hand tippte auf ein gelbes Blatt. Würziger Duft nach einem herben Rasierwasser drang in meine Nase. Ich drehte den Kopf und sah in Maliks goldbraune Augen. Er beugte sich über meine Schulter und sein Atem strich weich über meine Wange. »Du bist in meinem Sciencekurs«, sagte er. »Ich hoffe, du bist kein allzu hoffnungsloser Fall in Physik und Mathe?«

Ich stöhnte. »Komplett«, gab ich zu.

Er grinste breit. »Dann zieh dich warm an. Ich bringe es dir bei.«

»Von dir lass ich mir gerne alles beibringen«, sagte ich.

Sein Lächeln verschwand, sein Blick wurde so intensiv, dass ich ihn beinahe körperlich spürte. »Ich nehme dich beim Wort.« Er machte einen Schritt zurück und rief über die Köpfe der nachdrängenden Schüler: »Wer von uns ist eigentlich das Biest, Bell oder ich?«

»Rat mal«, rief ich und tauchte in der Menge unter. Mein Herz schlug schnell und hart. So offensiv hatte ich ihn nicht angehen wollen, schließlich war ich nicht die Bohne an ihm interessiert. Aber er hatte mit dem Anbaggern begonnen, oder nicht?

Ich boxte mich zu dem gelben Anschlagzettel durch und las, was dort geschrieben stand. Da war mein Name neben einem knappen Dutzend anderer, ich sah Kurse wie »Organik I«, »Science« und »Die andere Seite der Geschichte« und stöhnte wieder. Schule war für mich immer ein notwendig abzusitzendes Übel gewesen, eine Einstellung, die eine erstaunliche Zahl von Lehrern zu teilen schien. Aber denen hier schien es bitterernst zu sein, was das Eintrichtern von Lehrstoff anging.

Ich kam zum Ende der Liste, übertitelt: »Workout«. »Waffenlose Verteidigung« war der oberste Punkt. Ich traute meinen Augen nicht und las weiter: Segeln. Yoga. Bogenschießen. Klettern. Tanz. Rudern. Fechten. Aikido.

Was war das denn für eine wilde Mischung? Ich gebe zu, das klang interessant. Ich mochte Sport, und das hier war mal was anderes als diese lahmen Völkerballspiele, Leichtathletik-und-Turnen-Events, die ich vom Schulsport kannte.

Ich wartete an einem der Terminals, beobachtete, wie die Schüler vor mir ihre Schlüsselkarte in den Eingabeschlitz schoben und dann ihre Pläne an den eigenen Workspace schickten. Das sah nicht allzu kompliziert aus.

Ich war an der Reihe und steckte meine Keycard in den Schlitz. Eine Eingabemaske erschien und forderte mich auf, meine Auswahl zu treffen. Ich stocherte ein wenig orientierungslos in der Ordnerstruktur herum, und erneut atmete mir jemand ins Ohr. »Noack«, sagte meine missvergnügt klingende Tutorin, »du kommst klar?«

Ich hätte sie am liebsten weggeschickt, aber hier war mal ein Punkt, an dem sie sich nützlich machen konnte. Ich rückte beiseite und zeigte auf den Bildschirm. »Meine Stundenpläne.«

Karen stellte sich neben mich und zeigte mir, wie ich mich in dem System orientieren konnte. Wenn man es einmal begriffen hatte, war es ganz einfach.

»Okay, danke«, sagte ich, »das kriege ich jetzt alleine hin.«

Sie blieb wie angenagelt an meiner Seite stehen. »Wo ist deine Zimmergenossin? Ich würde euch jetzt gerne herumführen und alles erklären.« Sie wartete meine Antwort nicht ab, sondern sah auf ihre protzig breite Armbanduhr. »Miki Wakamoto«, murmelte sie. »Aha, bei Professor X.« Sie blickte auf und zuckte mit den Achseln. »Dann kommst du in den Genuss einer Privatführung. Komm mit.« Ohne meine Antwort abzuwarten, schob sie sich durch die anderen Schüler. Ich zögerte einen Moment, dann folgte ich ihr. Das würde mir wahrscheinlich einiges an Herumsucherei ersparen, also biss ich in den sauren Apfel.

Sie schlug ein zügiges Tempo an und redete währenddessen unentwegt. »Die Cafeteria kennst du ja schon.« Handbewegung zu der Glastür, die gerade aufgestoßen worden war. Von drinnen erklang ein Höllenlärm, eine Kakofonie aus Stimmengewirr, Geschirrklappern und Gelächter. Die Tür schnappte zu und der Lärm erstarb. »Dort kriegst du fast rund um die Uhr Essen und Getränke. Wenn die Ausgabe nicht besetzt ist, stehen die Kühlschränke vorne zur Verfügung, die öffnest du mit deiner Keycard.«

»Wie alles hier«, murmelte ich, wider Willen beeindruckt. »Kannst du uns echt über das Teil an deinem Arm orten?« Ich deutete auf ihre Armbanduhr.

Karen grinste. »Ich hab euch unter Kontrolle, Baby.«

Ich musste lachen und entspannte mich ein bisschen. Vielleicht war sie doch nicht so unangenehm, wie ich zuerst gedacht hatte. Wir hatten ja auch keinen sonderlich guten Start hingelegt.

Wir besichtigten die Aufenthaltsräume, die eingerichtet waren wie altmodische, extrem luxuriöse Wohnzimmer. Dann führte sie mich durch eine Reihe von Arbeitszimmern mit Computerplätzen und erklärte mir, dass man sich rechtzeitig vorher in eine Liste eintragen musste, wenn man einen dieser Räume reservieren wollte. Das interessierte mich jetzt nicht so besonders. Ich dachte über etwas ganz anderes nach, während wir den nächsten langen Gang entlangwanderten.

»Warum Professor X?«, fragte ich und unterbrach einen endlosen Monolog über die Einrichtungen der Schule. Meine Frage hätte auch lauten können: »Was ist ›Organik I‹ für ein Fach?«, aber die ulkige Bezeichnung für den Schulleiter spukte mir schon die ganze Zeit durch den Kopf.

Karen unterbrach sich und starrte mich groß an. »Was?«

»Du hast gesagt, Miki wäre bei Professor X«, erklärte ich ungeduldig. »Warum?«

Sie biss sich auf die Lippe, als müsste sie ein Lachen hinunterschlucken. »Er wird halt so genannt.«

Von hinten rief jemand ihren Namen. Sie drehte sich um und verzog das Gesicht. »Der hat mir noch gefehlt.«

Ich sah über ihre Schulter und erkannte den Bad Boy, der lässigen Schrittes auf seinen langen Beinen auf uns zuschlenderte. Er war so cool, dass er wahrscheinlich in der Kühltruhe übernachten musste.

»Hi, Castillo«, sagte er und sah mich dabei an. »Führung für den Rookie? Pass auf, das Küken beißt.«

Ich murmelte das F-Wort. Der Typ ging mir langsam, aber sicher auf den Draht.

»Lass sie in Ruhe, Bell«, schnappte Karen.

Er grinste träge und wandte den verhangenen Blick nicht von mir. »Du siehst nicht aus wie eine Hupfdohle. Ich empfehle Klettern. Das dürfte dir gefallen.«

»Was?« Ich verstand kein Wort.

»Klettern. Das betreibt man an der Kletterwand. Oder in den Bergen, aber davon haben wir hier nicht allzu viele. Allerdings ist die Steilküste für die Fortgeschrittenen abschnittweise freigegeben. Unter strenger Aufsicht, versteht sich.« Sein Grinsen wurde gefährlich.

Ich sah Karen fragend an, die mit emporgezogenen Brauen wiederum Jayce ansah. »Du arroganter Arsch«, sagte sie und nahm meinen Arm, um mich weiterzuziehen.

»Wir sehen uns, Kampfküken«, rief der Bad Boy hinter mir her.

»Halt dich von ihm fern«, riet sie mir. Ihre Stimme bebte vor unterdrückter Wut – oder war es etwas anderes? Ich warf ihr einen Blick zu, dem sie auswich. »Er baggert alles an, was nicht bei drei auf dem Baum ist. Sei schlau, lass dich von ihm nicht einwickeln.«

»Schlauer als du?«, riet ich ins Blaue.

Sie bleckte mit einem Fauchen die Zähne. »Ich zeige dir noch die Sporthalle«, sagte sie dann kühl. »Und dann möchte ich mich wieder um meinen eigenen Kram kümmern. Du erreichst mich über deinen Computer. Wenn du eine Frage hast, einfach nur @KaCas in den Messenger tippen.« Sie ging mit schnellen Schritten voraus, über die Haupttreppe ins Freie. Ich blieb ein bisschen hinter ihr und sah mich um. Das Gelände war weitläufig und unübersichtlich, es würde sicherlich einige Zeit dauern, bis ich mich hier zurechtfand.

»Tut mir leid, dass ich so biestig zu dir war«, sagte sie unvermittelt, als wir die Rasenfläche hinter uns ließen und auf eine Reihe von fensterlosen Gebäuden zugingen. »Ich war nur sauer, dass ich gleich zwei von euch Neuen aufs Auge gedrückt bekommen hatte.« Sie seufzte. »Aber das wirst du auch noch erleben, ab dem zweiten Jahr erwischt es jeden mindestens einmal.«

Ich zuckte mit den Schultern. »Hab nicht vor, so lange hierzubleiben.«

Ich konnte ihr Erstaunen fühlen. »Aber es ist toll hier«, sagte sie. »Wart nur ab, wenn das Heimweh erst mal erledigt ist, wirst du es lieben.« Sie zog schwungvoll die Tür eines der lang gestreckten Backsteingebäude auf. Jetzt erst sah ich, dass es doch Fenster hatte, aber sie waren klein und lagen wie Lüftungsschlitze hoch oben in der Wand.

Wir betraten einen kahlen Vorraum, an dessen Wänden Spinde aufgereiht standen. »Hier kannst du dein Zeug lassen.« Karen zog ihre Schlüsselkarte durch den Scanner eines der Spinde. »Das Licht zeigt dir, ob der Schrank schon belegt ist.« Sie öffnete die Tür und warf ihre Jacke hinein. »Hast du eigenes Sportzeug? Dann kannst du einen Spind drinnen für dich blocken.« Sie schlüpfte aus ihren Schuhen und schloss die Tür. »Keine Schuhe im Dojo«, sagte sie und sah mich abwartend an.

Ich hätte ihr beinahe einen Vogel gezeigt. Die nannten ihre stinkige Turnhalle tatsächlich wie eine Übungshalle für japanische Kampfkünste? Hoffentlich zwangen sie mich nicht auch noch, mit Meditation oder einem ähnlichen Scheiß anzufangen und mich vor Bildern von zauselbärtigen Gurus zu verbeugen.

Karen starrte mich immer noch an. Seufzend bückte ich mich und stieg aus meinen Sneakers.

Wir betraten eine riesige, mit Matten ausgelegte Halle. Das gedämpfte, grünlich durch die Oberlichter gefilterte Licht ließ die Umgebung surreal erscheinen, wie eine stille Welt unter Wasser.

»Hier findet das Kampftraining statt, natürlich auch Yoga, im hinteren Raum das Tanztraining, dann gibt es noch Spezialkurse, die jeweils am Aushang angekündigt werden. Fechten und Bogenschießen laufen nebenan, bei gutem Wetter auch viel davon draußen.« Sie warf mir einen ironischen Blick zu. »Die Kletterwand ist in der Nachbarhalle.«

Ich nickte stumm. Die schiere Größe dieser Anlage erschlug

mich. Allein hier in der Halle konnten locker dreißig Leute trainieren, ohne sich gegenseitig in die Quere zu kommen. Und das war nur eine der Hallen!

»Ihr macht aber viel Sport hier«, sagte ich nach einer Weile.

Karen lachte laut und winkte mir. »Ich zeig dir die Umkleide und die Duschen. Hast du noch Fragen?«

Die hatte ich, allerdings. Aber ich schüttelte den Kopf und murmelte: *»Too much information.«*

»Verstehe ich.« Sie öffnete eine kleinere Tür am anderen Ende der Halle, hinter der sich ein Gang und mehrere Räume anschlossen. Umkleideräume, Duschen, Toiletten. Alles vom Feinsten.

»Hier riecht es überhaupt nicht nach Schweiß.« Ich hasste Umkleideräume und Gemeinschaftsduschen. Irgendwie waren die immer stinkig und versifft, aber hier blitzte alles und roch schwach nach Zitronenaroma.

Für Karen schien das keiner Antwort zu bedürfen. Sie öffnete die Tür am Ende des Ganges und führte mich wieder ins Freie. »Alles per Schlüsselkarte zu öffnen, du kennst das ja inzwischen. Wir dürfen jederzeit zum Training, auch nachts. In der kleinen Halle dort drüben gibt es die Geräte.« Sie sah mein Gesicht und grinste. »Du glaubst gar nicht, wie viele von uns das nutzen. Total gut, wenn man nicht schlafen kann, vor Prüfungen oder so.«

Eine Schule voller Fitnessfanatiker. Ich schauderte. »Gibt es hier eigentlich auch so was wie eine Bibliothek?«

Ihr stand buchstäblich der Mund offen. »Du stellst Fragen …!« Sie sah ein wenig genervt auf ihre Armbanduhr. »Na, meinetwegen. Aber zügig.«

Hatte ich tatsächlich »Habt ihr so was wie eine Bibliothek?« gesagt?

Meine Tutorin war froh, mich endlich los zu sein, und hatte sich verabschiedet. Ich stand mitten in dem Saal, der sich bestimmt über drei oder vier Etagen erstreckte und hoch über meinem Kopf von einer opulent bemalten Kuppel gekrönt wurde. Und rundum, so weit ich blicken konnte, türmten sich Bücherregale in die Höhe. Das hier war die verdammte Bibliothek von Babel, sie existierte tatsächlich, und zwar hier auf dieser gottverlassenen Kanalinsel.

Ich hörte das Rascheln von Papier und leise Schritte, irgendwo murmelte eine Stimme. Aber in diesem turmhohen Saal konnten sich wahrscheinlich Legionen von Lesern aufhalten, ohne dass sie weiter aufgefallen wären.

Ich wanderte wie verzaubert durch den Irrgarten von Regalen, atmete den Duft von Papier, Leder und Bücherstaub ein und fühlte mich zum ersten Mal richtig wohl in meiner Haut. Ja, okay, es macht vielleicht auf den ersten Blick nicht den Eindruck, aber ich bin ein Bücherwurm. Bücher sind Freunde, vertraute Welten, Fremdheit, die nicht erschreckt, sondern anzieht, Unbekanntes, das lockt, ohne zu zerstören … eben alles, was das normale Leben nicht ist.

In diesen Regalen fand sich nicht nur trockene Fachliteratur. Hier stand wirklich alles, vom langweiligen Mathebuch bis zu Romanen, die mich verführerisch anlachten. Lies mich. Nimm mich in die Hand, schlag mich auf, folge meinen Worten …

Ich fuhr mit den Fingern über die Buchrücken und war mit einem Mal vollkommen versöhnt mit meinem Schicksal. Musste ich hier tatsächlich eine Weile aushalten? Kein Problem, ich würde mich genau hier vergraben und nur zum Essen herauskommen. Deal!

Stimmen störten meine Versunkenheit. Ich hörte sie zuerst nur als unterschwelliges Murmeln, dann schälten sich einzelne Worte aus dem Geflüster und weckten meine Aufmerksamkeit.

»... wirklich ungünstig, wenn wir zu diesem Zeitpunkt auffielen«, sagte eine Männerstimme. »Wir sind so weit gekommen und haben so viel riskiert.«

Ich beugte mich unwillkürlich vor. Was ging da ab?

»Wir sind vorsichtig, das weißt du«, sagte ein Zweiter. Seine Stimme klang undeutlicher, als stünde er in einer Halle mit Echo. Etwas daran kam mir vertraut vor, aber ich konnte es nicht einordnen.

»Vorsicht alleine genügt nicht. Ich brauche eure ganze ...«

Ich machte einen Schritt und wie bei einem Handygespräch mit schlechtem Empfang legte sich ein Störgeräusch über die Stimmen. Ich ging wieder zurück und plötzlich erklang die erste Stimme wieder klar und deutlich in meinem Ohr, als stünde ich neben den Sprechern. Was war das für ein seltsames Phänomen? Ich konnte ganz klar sehen, dass sich niemand in meiner Nähe aufhielt.

»... gänzlich ungeeignet, obwohl sie so vielversprechend wirkte«, sagte der erste Sprecher. »Wir müssen uns also jetzt vor allem auf die Anwärterin konzentrieren.«

»Wir haben sie schon im Visier«, sagte der zweite, undeutlichere Sprecher. »Sie ist interessant.«

Der erste gab ein angewidert klingendes Geräusch von sich. »Sie soll euch nicht interessieren«, sagte er scharf. »Vergesst nicht: Wir brauchen sie. Wenn ihr das versaut, dann wird es kein Pardon geben, denn für sie finden wir so schnell keinen Ersatz. Er wird uns allen den Kopf abreißen, wenn ihr das Mädchen vom Haken lasst.«

Meine Güte, wen belauschte ich da? Einen Mädchenhändlerring? In meinen Ohren wummerte der Puls. Musste ich irgendwas tun? Oder verstand ich gerade irgendetwas ganz schrecklich falsch? War das eine Lesung, eine Fernsehsendung, die Probe für ein Theaterstück?

»Welche Fähigkeiten hat sie? Worauf müssen wir aufpassen?«

»Das wissen wir noch nicht. Aber ihr werdet es rechtzeitig erfahren.«

»Wir vertrauen voll und ganz auf die Weisheit unseres Großmeisters, Seigneur«, sagte der andere beinahe unterwürfig.

Ich pustete den Atem aus und entspannte mich. Das war dann wohl doch eher eine Lesung, es klang wie irgendwas von Dan Brown.

Ich ging um das Regal herum, neben dem ich stehen geblieben war, und die Stimmen verstummten. Während ich mich umsah und nach den Sprechern suchte, wünschte mir jemand einen guten Tag.

Ich fuhr herum wie von einer Nadel gestochen. Der Mann musterte mich mit amüsierter Miene. »Habe ich Sie erschreckt?«

»Zu Tode.« Ich presste theatralisch meine Hand auf mein Herz und schnappte nach Luft. »Ich habe gerade jemanden sprechen gehört, waren Sie das?«

Er verneinte lachend und legte die Hände vor der Brust zusammen. Mit einer winzigen, formellen Verneigung sagte er: »Dipaka Sharma. Ich bin der Bibliothekar.«

Ich verneigte mich spontan auf die gleiche Weise und sagte: »Sie haben einen tollen Job hier.«

»Den habe ich.« Er musterte mich aus kaffebohnenbraunen Augen. »Falls Sie eine Nebenbeschäftigung suchen, ich brauche immer Leute.«

Das war eine angenehme Vorstellung. Ich ließ meine Hand kreisen. »Das System hier blicke ich nicht. Die Bücher sind weder alphabetisch noch nach Sachgebieten sortiert.«

Seine Augen verengten sich leicht, aber das strahlend weiße

Lächeln blieb. »Richtig. Wir haben eine neuartige Systematisierung probiert, die sich hervorragend bewährt. Sie beruht auf dem Prinzip der Quantenverschränkung.«

Das machte mich mundtot. Quanten waren irgendwas mit Physik, das wusste sogar ich Physikblondie. Wie man damit Bücher kategorisierte – keine Ahnung.

»Ich … ich melde mich«, sagte ich verlegen.

»Gerne.« Er verneigte sich wieder und zog sich zwischen die Regale zurück. Ich legte den Kopf in den Nacken und betrachtete das Gemälde in der Kuppel. Es schien sich um eine erweiterte Version des Schlachtgetümmels auf dem Fenster im Treppenhaus zu handeln. Ritter gegen Ritter, Fabeltiere aller Art, Schwerter und Lanzen, Pferde und viel gemaltes Blut. Sehr martialisch.

Ich schlenderte gedankenverloren zum Ausgang. Das war eine seltsame Schule, wahrhaftig. Aber die Bibliothek war ganz und gar mein Ding.

4

»Niemand wird hier gegen seinen Willen festgehalten.« Der Professor lehnte sich zurück und legte die Fingerspitzen vor dem Mund zusammen. Seine kühlen Augen musterten Jayce durch die Gläser seiner goldgefassten Brille, nüchtern und wachsam.

Jayce grinste ihn frech an, obwohl ihm alles andere als nach Lachen zumute war. »Dann kann ich also einfach gehen, Prof?«

Ein Lächeln vertiefte die Fältchen in seinen Augenwinkeln. »Gut, du hast mich«, gab er zu. »Du bist die Ausnahme, die die Regel bestätigt, Jason.« Seine Miene wurde wieder ernst, er nahm seine Brille ab. »Ich wollte, es wäre anders. Ich wollte, du wärest freiwillig hier und würdest all deine Anstrengung in deine Ausbildung stecken, statt dich dagegen zur Wehr zu setzen. Ich dachte, wir hätten uns im letzten Schuljahr miteinander verständigt und du hättest dich mit deiner Ausbildung hier versöhnt.«

Jayce verschränkte die Arme vor der Brust. Warum fühlte er sich in der Gegenwart des Professors immer so schrecklich in der Defensive? »Mein Vormund und Sie lassen mir ja keine eigene Wahl«, sagte er scharf. »Ich habe zu tun, was Sie beide anordnen. Das hier ist meine Bewährung, Prof, und Sie sind mein Bewährungshelfer. Mein Vormund hat sich sehr klar dazu geäußert: Entweder ich pariere oder gehe zurück ins Gefängnis.«

»Jason …«, begann der Professor und seufzte. Er streckte versöhnlich die Hand aus. »Ernest will nur dein Bestes. Er, dein Vater und ich waren …«

»Das weiß ich«, unterbrach Jayce ihn schroff. »Ich weiß das alles. Mein Vater hätte gewünscht, bla bla bla.« Ein Knurren löste sich aus dem festen Knoten in seiner Brust. Der Gedanke an seinen Vater schmerzte wie die Hölle. »Ihr wisst einen Teufel, was mein Vater sich wirklich gewünscht hätte. Und vor allem hätte er auch meine Wünsche berücksichtigt.«

Der Professor ließ den Ausbruch reglos über sich ergehen. »Du findest uns rücksichtslos«, merkte er an.

Jayce nickte, zögerte, hob dann die Schultern. »Ich weiß, dass Sie mir nichts Übles wollen«, gab er widerwillig zu. »Sie sind in Ordnung, Prof. Aber mein Vormund hasst mich. Ich kapiere immer noch nicht, warum er mich damals überhaupt aus dem Knast geholt hat.«

Ernest hatte ihm unmissverständlich klargemacht, dass er bei der kleinsten Verfehlung, dem kleinsten Zeichen von Unbotmäßigkeit schneller wieder dort landen würde, als ihm lieb war. Jayce hatte an sich halten müssen, ihm dieses Zeichen nicht augenblicklich zu liefern, so zornig war er gewesen. Ernests unverhohlene Verachtung hatte mehr geschmerzt als jede Verurteilung. Es war ihm nach wie vor ein Rätsel, welche Drähte Ernest hatte ziehen müssen, um sein rechtmäßig verurteiltes Mündel aus dem Gefängnis zu holen. Wahrscheinlich hatte er ein paar Gefallen eingefordert, woraufhin alte Schulden beglichen worden waren und natürlich hatte der Orden seine Verbindungen spielen lassen. Das war die stille Macht, die hinter allem steckte, überall auf der Welt. Der Gedanke machte Jayce ungeheuer wütend, denn hierfür hatte sein Vater sein Leben gegeben.

»Ernest hasst dich nicht, wie kommst du auf diesen absurden Gedanken?« Der Professor lehnte sich vor, ganz offensichtlich hatten ihn Jayce' Worte aus der Fassung gebracht. Das musste er sich merken – der Professor war sonst nicht so ohne Weiteres zu irritieren.

»Er ist nicht daran gewöhnt, sich mit jungen Menschen zu beschäftigen, das ist alles«, sagte er. »Und du kannst eine ganz schöne Prüfung sein, Jason Bell.«

Jayce musste lachen. Eine Weile herrschte angespanntes Schweigen, dann schüttelte Jayce den Kopf. »Warum hat Ernest mich überhaupt rausgeholt? Er konnte doch froh darüber sein, mich vom Hals zu haben«, fragte er ohne große Hoffnung. Diese Frage stellte er nicht zum ersten Mal, und wieder erhielt er nur die unbefriedigende Gegenfrage: »Was denkst du, warum er das getan hat?«

»Hören Sie auf, mir pädagogisch zu kommen.« Jayce wurde sauer. »Vergessen Sie doch ein einziges Mal, dass das meine Kognitionsstunde ist, und reden Sie mit mir wie ein normaler Mensch!«

Der Professor legte den Kopf auf die Seite. »Was macht dich so wütend?«

Jayce grinste und schüttelte abwehrend den Kopf. »Ganz billige Nummer, Professor X«, spottete er.

Der Professor lachte leise und lehnte sich zurück. »*Gnothi seauton*«, sagte er. »Erkenne dich selbst. Ich bin nur der Spiegel, Jason.«

»Ach, gehen Sie doch und …« Jayce schluckte den Rest des Satzes hinunter und schnitt eine Grimasse.

»Ich denke, das werde ich nicht tun.« Der Schulleiter knetete seine Nasenwurzel und setzte die Brille wieder auf. »Möchtest du, dass ich mit Ernest rede? Ich habe kein gutes Gefühl dabei, wenn du nicht aus freiem Willen hier bei uns bist.« Sein kühlgrauer Blick bohrte sich in die Tiefen von Jayce' Seele.

Jayce überlegte. Er kaute auf seiner Lippe, dann seufzte er

und schüttelte den Kopf. »Nein, es ist okay. Ich wüsste wahrscheinlich nicht, was ich mit mir anfangen sollte. Es ist nicht schlecht hier, Prof, verstehen Sie mich nicht falsch. Aber ich werde jedes Mal in Handschellen und an die Reling gekettet hierhergeschafft. Das fühlt sich ganz und gar nicht freiwillig an.«

Der Schulleiter nickte. »Ich rede mit deinem Vormund.« Er warf einen Blick auf seine Uhr. »Unsere Stunde ist um.«

Vor der Tür holte Jayce tief Luft und lockerte seine Schultern. Diese Sitzungen waren anstrengend, er musste ungeheuer aufpassen, dass er nichts Falsches sagte. Erst beim zweiten Hinsehen erkannte er das Mädchen, das in einem der tiefen Sessel am Fenster hockte, den Kopf über einen Reader gebeugt, fahrig an einem Daumennagel knibbelnd. Nicht sehr groß, schlank, eine jungenhafte Figur, die dennoch ihre Reize hatte. Die papageienbunten Haare leuchteten wie ein Signalfeuer, das um Aufmerksamkeit bettelte. Aber Jayce wusste, wenn sie aufblickte, dann würden ihre skeptischen grauen Augen ihn auf Abstand halten – und das reizte ihn umso mehr. Kühl, distanziert und bissig. Die Herausforderung, hinter ihre Verteidigungswälle zu gelangen, erhöhte den Reiz des Spiels. Dieses Mal würde die Trophäe ihm gehören!

Er näherte sich mit geschmeidigen Schritten, ein Raubtier auf der Pirsch. Seine Beute spürte seine Anwesenheit, sie blickte auf und schenkte ihm einen dieser unterkühlten Blicke.

»Sieh an«, sagte sie mit ihrer ein wenig rauen Stimme, »das Biest. Darfst du ausnahmsweise mal ohne Aufpasser herumlaufen? Wo ist dein Kumpel?«

Was für ein stachliger kleiner Kaktus. Jayce spürte ein erwartungsvolles Kribbeln durch seinen Körper rieseln. Das würde eine spannende Jagd werden. »Du wartest auf deine erste Sitzung mit dem großen Meister?« Er lehnte sich scheinbar entspannt neben sie ans Fenster und steckte die Hände in die Jackentaschen. Das Fieber der Jagd raste durch seine Adern. Die Luft roch süß nach ihr, ein Aromagemisch aus Zitronenmelisse und Vanille.

Das Misstrauen wich nicht aus dem kühlgrauen Grund ihrer Augen. Es war die Art von Misstrauen, die er selbst gut kannte: tief verwurzelt, fest sitzend, zur zweiten Haut geworden. Er lächelte ihr in die Augen und streckte eine Hand wie zur Besänftigung aus. »Keine Sorge. Er beißt nicht.«

Sie lachte, ohne dass der Zorn aus ihrem Blick wich. »Ich habe keine Angst vor ihm. Ich frage mich nur, was dieser Zirkus soll.« Ironie färbte ihre raue Stimme: »›Erkenne dich selbst.‹«

Er zuckte mit den Schultern. »Das gehört zur Philosophie dieser Schule«, sagte er. »Da musst du einfach durch. Betrachte es als nettes Plauderstündchen.«

»Sehe ich so aus, als würde ich mich mit Plauderstündchen auskennen?«

Jetzt war sein Lachen echt. »Nein, Kampfküken, das ganz sicher nicht.«

Ihre Brauen zogen sich finster zusammen und ihre Lippen formten eine strenge, schmale Linie der Missbilligung. Sie hatte einen schönen Mund, sanft geschwungen, aber voller Energie. Das ganze Mädchen steckte voller vibrierender Energie, sie summte in seinen Zähnen, als stünde er neben einer Hochspannungsleitung.

»Okay, ich bin dann mal …« Sie erhob sich, aber er hinderte sie daran, gleich wieder wegzurennen, indem er so tat, als wollte er ihr aus dem tiefen Sitz helfen. Seine Hand landete auf ihrem Ellbogen und ein Schwall von Empfindungen überschüttete ihn mit unerwarteter Heftigkeit. Er blinzelte verwirrt und ließ sie hastig los.

»Danke«, sagte sie nicht ohne Schärfe in der Stimme. »Ich bin noch nicht total gebrechlich.«

»Das werden wir sehen.« Er bemühte sich um eine gleichmütige Miene, obwohl alle seine Nerven vor Erregung vibrierten. »Du kommst doch zum Klettern, oder?«

Sie war schon halb an ihm vorbei, blieb noch einmal stehen und sah zu ihm auf. Ihre Blicke verhakten sich ineinander, ein stummes Kräftemessen, von dem er nicht hätte sagen können, wer es gewann.

»Wir werden sehen«, antwortete sie langsam. »Wer weiß – vielleicht wäre es ganz lustig.«

Er sah ihr hinterher, wie sie durch die Tür des Sekretariats ging, und pfiff leise durch die Zähne. Ja, das würde es werden, ganz sicher. *Lustig.*

»Bell!« Schnelle Schritte, eine Hand auf seiner Schulter. »Was siehst du dir da Hübsches an?«

»Eine ausnehmend appetitliche Kehrseite.« Jayce drehte sich um und grinste seinen Freund an. »Komm schon, Wüstenprinz. Überlass sie mir, sei kein Frosch. Ich kriege die und du nimmst die nächste.«

»Könnte dir so passen.« Malik lehnte sich neben ihn und verschränkte die Arme vor der Brust. Seine Augen funkelten. »Sieh sie dir an, die will zu mir.«

»Abwarten.« Jayce reckte sich. »Sie kommt zum Klettern.«

Malik lachte. »Und damit hast du freie Sicht auf die Kehrseite und jede Entschuldigung, sie anzufassen, du Glückspilz. In meinem Kurs wird sie garantiert nur einschlafen.« Er hob in gespielter Resignation die Hände. »Das ist ein unfairer Vorteil, Alter.«

Jayce ließ nicht locker. »Ernsthaft jetzt, Mann. Du hast doch was mit Ihrer Hoheit am Laufen. Sie steht auf dich.«

Malik schüttelte den Kopf. »Wahrscheinlich müsste ich erst

eine Aufnahmeprüfung bestehen – vor all ihren Freundinnen. Und dann atmet mir noch ihr Vater in den Nacken. Das ist mir einfach zu anstrengend.«

Sie lachten, aber Malik wurde schnell wieder ernst. »Zur Sache, Bell. Wir wurden gerufen. Ich soll dich holen.«

Jayce schnitt eine Grimasse. »Ich hab grad so gar keine Lust auf diese Spielchen. Kannst du nicht behaupten, du hättest mich nicht gefunden?«

Malik umfasste mit festem Griff seinen Arm. »Keine Chance. Mitgefangen, mitgehangen.«

Jayce stöhnte, aber er folgte seinem Freund. Wenn der Ruf erklang, dann gehorchte man besser.

Der Bad Boy hatte etwas Verstörendes. Als er meinen Arm berührte, war das wie ein inneres Feuerwerk, das mich beinahe von den Füßen geholt hätte. So hatte ich noch nie auf eine harmlose Berührung reagiert, und es machte mich nervös. Der Typ war einfach ätzend, ich wollte nicht, dass mein Körper das anders sah.

Ich war so durcheinander, dass sogar der Schulleiter es bemerkte. »Geht es Ihnen gut?«, fragte er. »Haben Sie sich über etwas geärgert?«

Ich verneinte und streckte die Beine aus. Der Sessel, den er mir angeboten hatte, war saubequem.

Nygren nickte und setzte sich mir gegenüber. Er wühlte in seiner ausgebeulten Jackentasche herum und förderte eine Pfeife zutage, die er auf dem Tischchen neben seinem Stuhl deponierte. Dann faltete er die Hände auf seiner Brust und fixierte mich über die Fingerspitzen hinweg. Sein Blick war kühl und taxierend.

»Erzählen Sie mir etwas über sich«, forderte er mich schließlich auf.

Ich imitierte seine Haltung und seinen Blick und glaubte, einen Schimmer von Erheiterung in seiner Miene zu erkennen. »Was wollen Sie hören?«

Er neigte leicht den Kopf zur Seite. »Was immer Sie gerade bewegt.«

Ich verzog das Gesicht. »Was genau ist das hier? Ich hab schon Psychostunden hinter mir, das brauche ich nicht mehr.«

Er lachte und begann seine Pfeife zu stopfen. »Erkenne dich selbst«, sagte er. »Das ist einer der Grundpfeiler unserer Schule. Wer sich selbst nicht kennt, nicht weiß, welche Stärken und Schwächen er hat, der wird wenig Freude an seinem Leben haben. Wofür interessieren Sie sich?«

Das klang allerdings sehr nach Psychokram. Ich seufzte. Schulpsychologen hatten sich bisher die Zähne an mir ausgebissen, also war ich nicht sonderlich besorgt, dass der hier mehr aus mir herausholen würde.

»Ich bin ganz gut in Sprachen und Bio«, sagte ich. »Mathe und Physik liegen mir weniger, weil mich das langweilt. Ich lerne nur gut, wenn mich etwas auch interessiert.«

Er drückte den Tabak mit dem Daumen fest und fixierte mich. »Ich habe nicht die Schule gemeint«, sagte er sanft. »Es geht hier bei uns nicht ums Eintrichtern von Wissen. Wir wollen, dass unsere Schüler sich wirklich interessieren.«

Ich kaute auf meinem Daumennagel herum. Verflucht, das klang allerdings nicht übel. »Was mich interessiert …«, sagte ich zögernd. »Geschichte. Wie Menschen früher gelebt haben. Nicht wer gegen wen Krieg führte.«

Er nickte und machte eine aufmunternde Handbewegung. Die Pfeife tanzte durch die Luft und landete zwischen seinen Zähnen, wo sie unangezündet blieb.

»Ich mag Musik, aber ich spiele kein Instrument.« Ich überlegte. »Bücher.«

Er hob die Brauen. »Was für Bücher?«

Ein tiefer Atemzug, dann die Wahrheit: »Alle.«

Sein Lächeln bekam eine herzliche Wärme. »Alles, was gedruckt ist, auch die Rückseite von Cornflakespackungen und Kochrezepte?«

Ich grinste. Das sagte meine Mutter immer. »Ja, kommt wohl hin. Ich lese sogar Bücher über Mathe, wenn sie spannend genug geschrieben sind.«

Seine Hand zuckte zum Feuerzeug und hielt in letzter Sekunde inne. »Haben Sie unsere Bibliothek schon gefunden?«

»Umwerfend.«

Wir schwiegen eine Weile und ich sah interessiert seinem Kampf mit der Pfeife zu. »Wenn Sie rauchen wollen …«, ermunterte ich ihn.

Er schüttelte mit einem bedauernden Seufzen den Kopf. »Meine Frau bringt mich um, wenn ich hier drinnen rauche. Noch dazu im Beisein einer Schülerin. Aber danke.« Er legte die Pfeife weg und begann mit seinem silbernen Kugelschreiber zu spielen. Eindeutiges Suchtverhalten, Herr Schulleiter. Ich unterdrückte ein Grinsen.

»Erzählen Sie mir von Ihrer Familie.«

Ich lehnte mich zurück. Nicht mein derzeitiges Lieblingsthema, wie man sich vorstellen konnte. »Mutter, Stiefvater, Halbbruder«, sagte ich knapp. »Meine Ma ist in Ordnung. Mein Stiefvater eigentlich auch, er lässt mich ziemlich in Ruhe.«

Nygren nickte abwartend.

Ich senkte den Blick und knibbelte am Reißverschluss meiner Jacke. »Mein Bruder ist so süß, dass es Zahnschmerzen macht«, sagte ich widerwillig. »Ich habe ihn total lieb.«

»Obwohl er Ihnen den Platz streitig macht?« Nygrens Blick

war bohrend. »Er ist der goldene Kronprinz, der ersehnte Stammhalter.«

Das hatte ich immer laut und wütend gesagt, wenn ich mich mit meiner Ma gestritten hatte. Woher wusste er das?

»Dafür kann Tobi ja nichts.« Ich presste die Lippen aufeinander und griff Halt suchend nach meinem Anhänger, der wie immer an einem Kettchen um meinen Hals baumelte.

Nygren beugte sich neugierig vor. »Darf ich das einmal ansehen?« Er streckte die Hand aus und berührte den Anhänger, drehte ihn herum. »Ein Tetradrachmon«, sagte er mit einem Ausdruck in der Stimme, den ich nicht einordnen konnte.

»Sie zeigt die Pallas Athene«, erwiderte ich. »Und auf der Rückseite ihre Eule.«

»Die Kopfgeburt ihres Vaters.« Er ließ die antike Münze los, als hätte er sich daran verbrannt, und rieb sich über die Augen. Mit einem Mal wirkte er müde und beinahe angewidert.

»Athene ist die Tochter von Zeus«, sagte ich laut. »Die Göttin der Weisheit und des Kampfes.«

Er nickte und griff wieder nach seiner Pfeife. »Woher haben Sie die Münze?«

»Mein Vater hat sie mir geschenkt. Mein richtiger Vater.«

Er nahm geistesabwesend das Feuerzeug und paffte seine Pfeife in Brand. »Der Vater, an den Sie sich nicht mehr erinnern«, sagte er zwischen den kleinen blauen Rauchwolkenpaffern hindurch.

Darauf erwiderte ich nichts. Das ging ihn doch schließlich alles nichts an.

Wir schwiegen eine Weile. Dann legte er die Pfeife energisch weg und sagte: »Ich möchte, dass Sie sich für unsere kommenden Stunden ein paar Dinge überlegen. Führen Sie Tagebuch?«

Ich verneinte verdutzt. Was war ich, ein alberner Teenager?

Herzchen und Blümchen und Fotos des aktuellen Boy-Group-Idols?

»Auf Ihrem Computerplatz finden Sie ein digitales Diary«, sagte er. »All unsere Schüler sind angehalten, darin ihre Gedanken, Zweifel und Entwicklungsschritte festzuhalten.« Er schüttelte leicht den Kopf, als wollte er meinen aufkeimenden Unmut über diese Gängelung ersticken. »Es gibt keine Kontrollen. Das ist eine freiwillige Übung, und Sie können mir glauben, dass Sie allein den Nutzen daraus ziehen werden, niemand sonst.« Er blickte auf seine Uhr. »Probieren Sie es. Ich möchte, dass Sie zu einer unserer nächsten Stunden Ihre Zweifel mitbringen. Woran zweifeln Sie? Woran verzweifeln Sie? Was macht Sie unsicher oder zornig?« Er griff nach seinem Notizbuch und machte einen Vermerk. »Wir treffen uns dann übermorgen wieder. Danke, Ms Noack. Bis nachher beim Abendessen.«

Ich stand auf, unsicher. Was hatte all dieses Gerede für einen Sinn? Ich murmelte einen Abschied und ging zur Tür.

»Liv?«, hielt er mich noch einmal auf. »Könntest du in Erwägung ziehen, diesen Anhänger für eine Weile abzulegen?«

Was? Was war denn das für eine absurde Frage? »Aber natürlich nicht!«, erwiderte ich scharf.

Er nickte, als hätte er diese Antwort erwartet. »Bis nachher dann.«

Erst, als ich meine Zimmertür öffnete, fiel mir auf, dass er mich geduzt hatte.

»Ich bin so aufgeregt.« Miki tanzte vor ihrem Schrank herum. »Das erste offizielle Abendessen! Das ist der Schulbeginn! Oh, ich freue mich so!«

Ich muss zugeben, dass ich ihr einen ziemlich schiefen Blick zuwarf. Ihr Enthusiasmus ging mir gewaltig auf die Nerven.

Sie hockte sich auf die Bettkante und zog akribisch ihre Kniestrümpfe glatt. Ich schauderte. Miki blickte auf und runzelte die Stirn, dass ihre Ponyfransen bebten. »Ziehst du dich nicht langsam mal um?«

Ich drehte den Faltenrock in meiner Hand. Die Schuluniform anzuziehen bedeutete so was wie Kapitulation, und ich hatte nicht vor, so schnell die Waffen zu strecken. Mit einer energischen Bewegung hängte ich den Bügel zurück. »Ich bleibe so.«

Mikis Augen wurden groß und kugelrund. »Dann kriegst du nichts zu essen«, japste sie. »Uniform ist Pflicht beim Abendessen. Sie werden dich nicht mal reinlassen in den Saal!«

»Darauf lege ich auch keinen gesteigerten Wert.« Ich knallte die Schranktür zu und stürmte aus dem Zimmer.

Ich begann meine Entscheidung zu bedauern, als ich mich dem Speisesaal näherte. Es roch zu gut und mein Magen knurrte heftig. Ich begegnete dem Blick des Jungen in geschniegelter Schuluniform, der an der Tür stand und mich mit gelangweilter Miene musterte. Er schüttelte den Kopf, als ich mich näherte, und wies auf meine Jeans. »Kann dich so nicht reinlassen. Sorry.«

Ich erhaschte einen kurzen Blick auf das Innere des Saals – ein Raum mit hohen, getäfelten Wänden, langen Tischen und vielen Schülern in Uniform. »Hogwarts 2.0«, murmelte ich und zog mich schaudernd zurück. In so einer Umgebung bekäme ich ohnehin keinen Bissen herunter.

Ich lief ein bisschen ziellos durch die Gegend. Hunger machte mich gereizt, das war immer schon so. Ich stieß die Eingangstür auf und holte tief Luft. Eigentlich war es schön hier, der weite Park und dahinter schroffe Felsen und das Meer. Die Luft roch salzig und so frisch wie nach einem Gewitter.

Hinter mir schnappte die Tür, dann stand jemand neben mir und sah ebenfalls auf den Park. »Na, Küken?«, sagte der Bad Boy. »Schwänzt du die heilige Abendmahlzeit? Professor X wird sehr betrübt darüber sein.«

Ich sah ihn an, er grinste frech. Ich grinste zurück. »Na, das tut mir aber leid.«

»Und? Was hast du mit dem angebrochenen Abend vor?« Er zog ein zerdrücktes Päckchen Zigaretten aus der Tasche. »Die letzten, hier gibt es nirgendwo Nachschub.« Er hielt mir das Päckchen hin.

Mein Magen knurrte.

Jayce zog die Zigaretten zurück. »Nein, dafür geb ich sie nicht her«, sagte er. »Komm, eh du mich anfällst ... lass uns was zu essen organisieren.«

Ich stolperte atemlos hinter ihm her, als er mit einem Affenzahn wieder ins Haus, die Treppe hinauf und durch einen Durchgang lief. Dann standen wir vor der altbekannten Glastür.

»Was?«, entfuhr es mir. »Die Cafeteria hat auf?«

Er öffnete die Tür und ließ mich eintreten. »Die Cafete hat immer auf«, erklärte er und schob mich zum Büffet. »Daria, wir haben Hunger!«

»Schwänzt du wieder das offizielle Essen, Jayce?«, hörte ich die Stimme der Küchenhilfe aus der Küche schallen. »Das gibt Minuspunkte in deiner Akte, Darling!«

»Als ob mich das interessiert.« Er lehnte sich auf die Theke. »Was hast du für uns?«

Ein rotes, rundes Gesicht blickte durch die Schiebetür. »Hier oder mitnehmen?«

»Wir essen draußen.«

Sie nickte und verschwand, um kurz darauf mit zwei Lunchboxen wieder aufzutauchen. Sie stellte die Boxen auf die Theke und musterte mich eingehend, ehe sie ihre volle Aufmerksamkeit wieder Jayce widmete. Ihr rundes Gesicht unter der weißen Haube leuchtete förmlich auf, und ihre blauen Augen glänzten. »Also, mein Hübscher? Wo geht es hin zum Picknick?«

Er lächelte auf sie hinunter, was noch mehr Röte in ihre Wangen zauberte. »Mal sehen, Daria. Wohin würdest du mit deinem Freund gehen?«

Sie plinkerte mit den Lidern. »Ich hab keinen Freund, das weißt du doch.«

Ich räusperte mich, das Ganze wurde mir unangenehm. »Was ist jetzt?«, fragte ich schroff.

Jayce zwinkerte der Küchenhilfe zu und griff sich die beiden Boxen. »Auf, Kampfküken«, sagte er. »Mir nach.«

Es ging mir auf die Nerven, dass er mich konstant so betitelte, aber ich schluckte meinen Protest hinunter und folgte ihm. Hunger macht gefügig, sogar mich.

Er führte mich durch eine schmale Tür hinaus ins Freie. Wir standen auf der Rückseite des Hauses, vor uns breitete sich der wilde Teil des Parks aus, eher ein verwunschener Wald. Das Licht der Abenddämmerung tauchte alles in ein verzauberndes Licht, ich erwartete beinahe, Einhörner und Feen zu sehen.

Der Bad Boy stiefelte wortlos voran. Ich rief ein paarmal seinen Namen, aber er reagierte einfach nicht. Sein dunkles Haar schimmerte im sterbenden Licht wie Rabengefieder. Ich stellte meinen Protest ein und genoss stattdessen den durchaus sehenswerten Anblick seines knackigen Hinterteils in der engen Jeans, seiner ewig langen Beine und der geschmeidigen Art, mit der er sich bewegte. Ein schönes, gefährliches Tier in freier Wildbahn.

Wir liefen zwischen Bäumen und dichtem Gesträuch hindurch und gelangten schließlich an eine Art Lichtung. Als ich aus der beinahe schon nächtlichen Dunkelheit des Waldes in die Helligkeit der Abenddämmerung trat, verschlug der Ausblick mir den Atem. Wir standen am Rande einer schroffen Steilküste und vor uns versank die Sonne in aller Farbenpracht im Meer. Knorrige Pinienbäume rahmten den Ausblick so malerisch ein, dass ich versucht war, sie anzufassen, um herauszufinden, ob sie nur Kulisse waren. Ihr würziger Geruch und das weiche Gefühl der Nadeln unter meinen Füßen überzeugten mich aber sehr schnell vom Gegenteil.

Jayce marschierte auf eine der Pinien zu, die beinahe waagerecht über den Abhang hinauswuchs, und kletterte auf den Stamm. Er balancierte nach vorne und ließ sich dann rittlings auf dem Stamm nieder, den Blick zu mir gewandt. Er hob eine Augenbraue und begann sein Lunchpaket auszuwickeln. »Hast du keinen Hunger, Küken?«

Ich bleckte die Zähne und kraxelte über ein paar große, scharfkantige Steine, zog mich an der rissigen Borke der Pinie empor und schwang mich auf den beinahe waagerecht liegenden Stamm. Ich robbte vor, bis ich in Jayce' Reichweite war, und machte dann den Fehler, nach unten zu blicken.

»Was ist los, bist du etwa nicht schwindelfrei?«, hörte ich durch das Sausen in meinen Ohren. Ich klammerte mich fest an den Stamm, die Borke schien unter meinen Fingern zu zerbröseln. Meine Füße hingen frei über dem Abgrund, hinter mir war die schroff abfallende Felswand, unter mir nichts als gischtendes Wasser. Scheiße.

Ich wartete, bis der Schwindel abebbte, dann richtete ich mich auf und sah zum Horizont. Schon besser. »Alles okay«, sagte ich mit zusammengebissenen Zähnen. »Ich hab mich nur kurz erschreckt.« Ich zwang mich, eine Hand vom Holz zu lösen und sie auszustrecken. »Mein Lunchpaket, Großmaul.«

Er lachte und reichte es mir rüber. Er saß so lässig da, als wäre das hier ein breiter Sandstrand, auf dem man sich fläzen konnte.

Ich konzentrierte mich auf mein Essen und wickelte ein Sandwich aus. Ei, gegrilltes Geflügel, Tomaten und Salat mit Mayonnaise. Nicht besonders gesund, aber lecker. Ich beugte mich vor, um mich nicht von oben bis unten vollzukleckern, und ignorierte Jayce' Lachen, das durchaus anerkennend klang.

Die Sonne versank am Horizont und hinterließ einen farbenprächtig glühenden Himmel, an dem die ersten Sterne blitzten. Der Wind frischte auf und brachte die Zweige und Blätter zum Rauschen. Tief unter uns klatschten die Wellen an den Fels. Es war beängstigend und prachtvoll zugleich. Ich atmete tief durch und sagte: »Großes Kino. Ganz, ganz großes Kino.«

Jayce blickte einen Moment lang ganz still und ernst drein. Seine Augen schimmerten im gleichen Farbton wie der Abendhimmel. »Ja«, bestätigte er gedämpft. »Das ist mein Lieblingsplatz.«

Der Moment der Andacht verflog schneller, als er gekommen war. Jayce sprang auf, dass ein Beben durch den Baum ging, turnte wie ein Eichhörnchen über den Stamm und verschwand in der dichten Krone. Ich sah Äste zittern und hörte das Knacken kleiner Zweige, dann schüttelte sich das Laub und Jayce fiel aus dem Baum in die endlos erscheinende Leere.

Ich stieß einen lauten Schrei aus und wäre beinahe aufgesprungen. Mein Herz wummerte heftig gegen meine Rippen. Ich beugte mich vor, wollte sehen, wo er ins Wasser gefallen war, und schrie ein zweites Mal – denn der Bad Boy grinste mich frech an. Er hing an einem Ast, der sich gefährlich unter seiner Last bog, seine Beine baumelten über dem Nichts, aber er hing da genauso entspannt, wie er eben auf dem Stamm gehockt hatte.

»Du … du bist irre«, sagte ich mit trockenem Mund. »Wie willst du da jetzt wieder hochkommen? Ich helfe dir nicht!«

»Brauchst du auch nicht, Kampfküken.« Die Muskeln in seinen Armen schwollen an, er machte einen mühelos wirkenden Klimmzug und hockte kurz darauf wieder neben mir. Ich schwöre, er atmete noch nicht einmal schneller!

»Bist du lebensmüde oder gehört so was bei dir zum Imponiergehabe?«, fragte ich so kühl, wie es mir mit meinem wummernden Herzschlag möglich war.

Er zuckte nonchalant mit den Schultern. »Nicht nötig, darum so ein Geheul zu machen.«

Ich schnaubte und blickte ostentativ gelangweilt zum Himmel. Wir schwiegen, während der Himmel dunkler wurde.

»Sag mal«, fragte ich, von meiner unbezwingbaren Neugier getrieben, »bist du einer dieser sagenhaften schwindelfreien Irokesen?«

Jayce verschränkte die Arme vor der Brust. »Ich bin kein Ami«, sagte er abwehrend. »Kanadier. Choctaw.«

Was immer das zu bedeuten hatte. Dass man hier auf dieser Insel nicht schnell mal was googeln konnte, nervte gerade so richtig.

»Du hattest heute deine erste Sitzung bei Professor X«, sagte er nach einer Weile unvermittelt. »Und?«

»Was ›und‹?« Ich rieb über eine Schramme an meinem Ellbogen. »Wieso nennst du ihn so, hat das irgendeine Bedeutung?«

Seine Augen weiteten sich. »Sag bloß, du kennst X-Men nicht!?«

Ich verdrehte die Augen. »Ja, klar doch. Und das hier ist natürlich das Institut für begabte Jugendliche und ihr seid alle Mutanten.«

Er lachte, und nach einer Weile lachte ich mit ihm. Es fühlte sich gut an.

Der Wind wurde frisch, ich fröstelte. »Sollen wir umkehren?«

Jayce rückte näher und schirmte mich vor dem Wind ab. »Hier findest du nur Leute, die das alles ganz großartig finden«, sagte er mit gedämpfter Stimme. »Den Professor, die Lehrer, die Schule, alles, was diese Schule ausmacht. Das hier ist eine verschworene Gemeinschaft, Küken.« Der Wind zerzauste sein langes Haar, peitschte Strähnen gegen seine Wangen, die er ungeduldig beiseitewischte. »Sie werden dir hier in den höchsten Tönen vorjubeln, wie toll und edel und großartig alles ist. Mit einem Abschluss von hier stehen dir sämtliche Türen offen, bla, bla. Eliteunis, hochdotierte Jobs … der übliche Seilschaftkram. Aber du machst mir nicht den Eindruck, als würde dir all das was bedeuten.«

Ich schüttelte den Kopf, weniger, um seine Frage zu verneinen als aus Verblüffung. »Wieso bin ich hier?«, fragte ich. Natürlich erwartete ich keine Antwort, woher sollte er das schließlich wissen?

»Du gehörst immerhin zum Schuladel.«

Ich schluckte. »Was?« Mein Lachen misslang. »Auf was für einem Trip bist du denn hängen geblieben?«

Er sah mich eindringlich an. Seine Lippen waren sanft geschwungen, ohne den zynischen Schwung, mit dem er sonst seinen Mund verzog. Ich starrte ihn gedankenverloren an.

»Schuladel«, wiederholte ich nach einer Weile, in der wir uns nur angesehen hatten. »Was soll das sein?«

Er blinzelte kurz, als wäre er in Gedanken ganz weit weg gewesen. »Na, alte Familien«, sagte er mit einer wegwerfenden Handbewegung. »Seit Generationen hier. Deine Mutter, dein Vater …?«

Lachend schüttelte ich den Kopf. »Da hat dir einer einen Riesenbären aufgebunden. Meine Mutter ist in Bremen zur Schule gegangen.«

Er sah mich abwartend an. Ich wurde ärgerlich. »Und mein Vater ist schon lange tot. Er hat mich garantiert nicht hergeschickt.«

Jayce runzelte die Stirn. »Ich dachte … du kennst doch aber den Professor.«

»Nein.« Ich ruckte mit dem Kopf, genervt von diesem unsinnigen Gespräch. »Und du? Alter Schuladel?« Ich erwartete, dass er lachen und verneinen würde, aber seine Miene verhärtete sich.

»In gewisser Weise«, sagte er schroff. »Lassen wir das. Ich habe da wohl etwas falsch interpretiert.« Er zog die Beine auf den Stamm, stand auf und balancierte frei über dem Abgrund. Der Wind zerrte an seinen Kleidern und peitschte seine Haare. Mir wurde allein vom Anblick schwindelig. »Lass dich nicht einlullen, Küken«, sagte er. Sein Blick war so düster wie der Nachthimmel hinter ihm. »Sie werden es versuchen, wie sie es mit allen tun. Das ist Gehirnwäsche, was sie hier mit einem machen. Sei einfach wachsam!«

Die Worte, der Tonfall, die finstere Miene machten mich sprachlos. Ohne mich noch einmal anzusehen, turnte er an mir vorbei und sprang auf den Boden. Er verschwand in der Nacht und ließ mich alleine auf dem schwankenden Baumstamm zurück.

Nach einem Moment der Verblüffung kämpfte ich mich zurück auf festen Boden, was sich in der Dunkelheit alles andere als einfach gestaltete. Ich schwitzte und meine Knie zitterten, als ich endlich wieder Gestein unter meinen Füßen fühlte. Ich hockte mich kurz auf einen rundlichen Stein und wartete, bis mein Atem wieder zur Ruhe kam. Das dauerte ein paar Minuten, weil in mir der Zorn brodelte. Dieser Mistkerl, lockte mich hier raus ins Nirgendwo und ließ mich dann buchstäblich über dem Abgrund baumelnd eiskalt im Stich. Jetzt konnte ich zusehen, wie ich im stockdunklen Wald meinen Rückweg fand.

Glücklicherweise verfügte ich über einen ganz gut funktionierenden Orientierungssinn. Während ich durch den finsteren Wald tappte, immer auf der Hut, nicht über einen Ast, einen Stein oder eine Wurzel zu fliegen, dachte ich über Jayce' Worte nach. Schuladel? Warum hatte er geglaubt, dass ich dazugehören könnte? Ich wich einem Schatten aus, der ein Felsen, ein Bär oder eine Leiche hätte sein können, und marschierte weiter.

Mein Vater? Also mein leiblicher Vater? Nygren (ich weigerte mich sogar in Gedanken, ihn »Professor X« zu nennen) hatte mich nach ihm gefragt. Ob da eine alte Verbindung war? War das der Grund, warum meine Mutter mich hierhergeschickt hatte? Aber dann hätte sie mir doch bestimmt etwas gesagt, und sei es nur, um mir einen vernünftigen Grund für mein Exil zu liefern.

Und warum hatte Jayce es für nötig gehalten, mich zu warnen? Denn das hatte er getan. Vorsicht, hier ist alles nur Fassade, dahinter lauert – ja, was?

Albern.

Durch die Bäume schimmerte Licht und ich ging schneller. Auf einmal war ich froh, das Schulgebäude zu sehen, und freute mich auf die Wärme und Geborgenheit meines Zimmers.

5

Der erste offizielle Schultag begann damit, dass meine Tutorin mir in der Halle vor allen anderen den Kopf abriss. Wie hatte ich es aber auch wagen können, nicht zum Abendessen zu erscheinen? Das gemeinsame Abendessen war höchste, heilige Pflicht – natürlich in voller Uniform!

Ich hatte mies geschlafen und beim morgendlichen Zähneputzen Mikis grauenhaft gute Laune und ihr Dauergequassel über mich ergehen lassen müssen. Ich teilte mir das Zimmer mit einem Morgenmenschen. Ausgerechnet. Und dann musste ich noch wohl oder übel diese bescheuerte Schuluniform anziehen, in der ich mich so verkleidet fühlte, dass ich jedes Mal zusammenzuckte, wenn ich mein Spiegelbild irgendwo erblickte.

Trotz allem ließ mich Karens Standpauke erstaunlicherweise komplett kalt. Ich nickte gelegentlich und wartete, bis sie sich ausgekotzt hatte, dann lächelte ich sie an und ließ sie stehen.

Die Neuzugänge hatten morgens die Anweisung auf ihren Computern gefunden, sich nach dem Frühstück in der Halle zu versammeln. Da standen wir also in unbehaglichem Schweigen, musterten uns gegenseitig und warteten darauf, dass irgendetwas geschah.

Wir waren alle ungefähr gleichaltrig, aber ansonsten so unterschiedlich, wie Menschen nur sein können. Miki, die ausnahmsweise mal still war, sah sehr auffällig nicht zu einem blonden Jungen hin, der in lässiger Haltung am Treppenpfosten lehnte.

»Dein Typ?«, flüsterte ich.

Sie grinste in sich hinein und hob beinahe verlegen eine Schulter. Ihr Typ, definitiv.

Die anderen Neuen waren die übliche Mischung aus nervös von einem Fuß auf den anderen tretenden Mädchen und sich betont cool gebenden Jungs. Ein Pärchen stach aus dem Durchschnitt hervor, ganz offensichtlich waren die beiden Zwillingsschwestern und irgendwie wirkten sie speziell, ohne dass ich hätte sagen können, woran ich diesen Eindruck festmachte. Nicht, dass es mich irgendwie interessiert hätte.

Ich sah mich genervt um. Wie lange wollten die uns hier verschimmeln lassen?

Als ich gerade eine Bemerkung zu Miki machen wollte, erklangen energische Schritte und eine große, weißhaarige Frau betrat die Halle, dicht gefolgt von einem jüngeren Mann im Rollstuhl, dem ich zunächst keine Beachtung schenkte. Die Frau strahlte so eine übermächtige Präsenz aus, dass sich alle Blicke wie von einem Magneten angezogen auf sie richteten.

»Cornelia de Freytas«, sagte die Frau und blieb vor uns stehen. Ihr Blick war durchdringend, ihre Miene weder freundlich noch unfreundlich. Sie wirkte unnahbar und streng, wie eine altertümliche Königin. »Ich begrüße Sie in Aranea Hall. Wir werden in Ihrem ersten Semester viel Zeit miteinander verbringen, weil ich Ihre Tutorin bin. Ich unterrichte Alternative Historie, Literatur und Kulturgeschichte.« Sie wies mit einer eleganten Handbewegung auf den Mann im Rollstuhl.

Der nickte uns freundlich zu und sagte: »Andrew Holland. Ich bin Vertrauenslehrer und Ihr Ausbilder in Waffen- und Nahkampftechniken.«

Ich gebe zu, ich habe an dem Punkt laut Luft geholt. Ich meine, der Typ saß im Rollstuhl! Ich konnte den Gesichtsausdruck des Blonden sehen, der schräg neben mir stand, und musste mir auf die Wange beißen, um nicht loszulachen.

Die Frau sah uns missbilligend an und fuhr fort: »Wir beginnen gleich mit der ersten Unterweisung. Da einige von Ihnen durch Ihre Familien bereits mit unserer Institution verbunden sind, benötigen sie die Einführung nicht.«

Ich sah mich um, zwei der gelangweilt blickenden Jungs nickten, drei Mädchen lächelten wissend. Okay.

»Sie folgen bitte Mr Holland. Die anderen«, sie sah mir direkt in die Augen, ohne zu lächeln oder nur die Miene zu verziehen, »kommen bitte mit mir.«

Die Gruppe der »Eingeweihten« versammelte sich um den Mann im Rollstuhl. Der sah mich auffordernd an und rief: »Ms Noack, nicht trödeln, bitte.«

Ich starrte ihn an, war einen Moment lang wie paralysiert. Ich wusste nichts über diese Schule, also gehörte ich auf keinen Fall zu den »Eingeweihten«. Aber seine Aufforderung war so bestimmt, so vollkommen sicher, dass meine Beine schon zuckten, um dem Befehl zu folgen.

»Andrew«, sagte de Freytas scharf, »darf ich dich kurz sprechen?« Die beiden steckten die Köpfe zusammen, tuschelten kurz, dann hob Holland den Kopf und winkte seiner Gruppe zu. »Hier entlang bitte.« Ohne mich noch einmal anzusehen, rollte er mit seinen Schülern aus der Halle.

De Freytas warf mir einen äußerst missvergnügten Blick zu und winkte uns stumm, ihr ebenfalls zu folgen. Sie führte uns zur Haupttreppe mit den beeindruckenden Fenstergemälden und forderte uns auf, die dort abgebildete Schlacht zu betrachten.

Während wir die kämpfenden und sterbenden Ritter ansahen, fuhr sie fort: »Die Geschichte unserer Institution ist eng mit den Geschehnissen verknüpft, die Sie hier abgebildet sehen.« Sie schwieg und ich hatte den Eindruck, dass sie mit einem echten Gefühl kämpfte. Das schien mir so gar nicht zu der harten Schale zu passen, die sie uns präsentierte. Ich drehte unbehaglich meinen Kopf. Was war das hier für ein Zirkus?

De Freytas kehrte dem Fenster den Rücken zu und verschränkte die Arme. Ihr graues Jackett spannte bei der Bewegung an den Schultern. Für eine Lehrerin hatte sie erstaunliche Muckis.

»Das hier abgebildete Gefecht«, begann sie trocken zu dozieren, »ist eins von unzähligen Schlachtfeldern in einem seit vielen Generationen andauernden Krieg. Ihre Aufgabe ist es nun, herauszufinden, worum es in diesem Krieg geht, wer die beteiligten Parteien sind und …«, sie machte eine bedeutungsvolle Pause, »… und herauszufinden, welches Rätsel sich in dieser Abbildung versteckt.« Ein winziges Lächeln hob ihre Mundwinkel. »Die Antwort auf diese Frage ist Ihre Aufnahmeprüfung in den inneren Kreis unserer Schule. Geben Sie sich also Mühe, meine Herrschaften.« Ihr scharfer Blick fixierte kurz jeden Einzelnen von uns. »Ich erwarte von Ihnen, dass Sie fair spielen. Tauschen Sie Ihre Ergebnisse nicht untereinander aus. Natürlich könnten Sie sich die Antwort von einem der bereits eingeweihten Schüler zu holen versuchen. Lassen Sie das. Sie werden keinen Erfolg haben. Aber ein solcher Schummelversuch wird dafür sorgen, dass Sie einen Eintrag in Ihre Schulakte bekommen und das Leitungsgremium darüber entscheiden wird, ob Sie unser Institut vorzeitig verlassen müssen.«

Alle nickten, ein paar wirkten regelrecht eingeschüchtert. Ich warf einen Blick zu Miki, die grinste mich an. Erleichtert grinste ich zurück. Wenigstens eine hier, die sich nicht von dem Voodoo einwickeln ließ.

De Freytas verteilte einen Stapel zusammengehefteter Blätter. Ich warf einen kurzen Blick darauf, es war ein Ausdruck der fotografierten Fensterbilder.

»Das Material finden Sie nachher auch auf Ihren Terminals«,

sagte sie. »Was immer Sie sonst noch benötigen, wird Ihnen die Bibliothek liefern, dort gibt es sowohl digitales als auch jede Menge analoges Material, das Sie auf die Fährte bringen wird. Ihre Tutoren werden Ihnen beratend zur Seite stehen. Ich wünsche Ihnen bei der Recherche viel Vergnügen und viel Erfolg. Wir sehen uns dann morgen um neun in Raum 4/I zu Ihrer ersten Stunde in Alternativer Historie.«

Sie ließ uns stehen. Ich spürte die Verblüffung der anderen wie meine eigene. »Was war das denn?«, murmelte ich und Miki kicherte.

Die anderen Neulinge verteilten sich auf der Treppe und begannen das Fensterbild zu studieren. Ich sah von unten zu und musterte das Fenster eher beiläufig. Ein Motiv fiel mir ins Auge, es war ein Ritter in schwarzer Rüstung, der ohne Helm unter einem Baum lag. Sein Blick ging in die Ferne und auf seiner Brust, die von einer Lanze durchbohrt war, ruhte eine weiße, blutbefleckte Rose.

Das Bild rührte mich auf seltsame Weise. Der brechende Blick des jungen Mannes, sein blutverklebtes Haar, die zarte Geste, mit der er die Rose berührte – das war alles nur Glas und Farbe, aber es schien geradezu zu leben.

Ich schüttelte die seltsame Anwandlung ab und drehte mich weg. »Kommst du?«, fragte ich Miki, die begonnen hatte, sich auf ihrem Ausdruck Notizen zu machen. »Ich hab keinen Bock, hier in der Herde herumzublöken.«

Sie sah auf, einen geradezu entrückten Ausdruck im Gesicht. »Ein Rätsel«, sagte sie selig. »Ich liebe Rätsel. Nein, ich bleibe noch. Auf dem Original sind die Details viel besser zu erkennen.«

Ich verkniff mir eine spitze Bemerkung, die die Worte »Langweiler« und »Streberin« enthalten hätte, und stapfte durch die Halle zum Ausgang. Schule war das Letzte. Ich vermisste Tom und die Jungs. Wenn Miki es nicht bald schaffte, die Firewall zu hacken, würde ich mich von einem der Felsen ins Meer stürzen und versuchen, nach Hause zu schwimmen. Echt.

Eine Jungenstimme rief meinen Namen und ich fuhr herum, kniff die Augen gegen das grelle Licht zusammen und sah den hübschen Malik auf mich zukommen. Sein Gesicht leuchtete wie die Sonne, die durch die Fenster fiel.

Okay, blöder Vergleich. Er lächelte, seine Zähne schimmerten wie Perlen, seine Locken fielen wie die Mähne eines Löwen in seine breite Stirn und seine Augen glühten wie … wie … Ach, was weiß ich. Irgendwie lieferte die Lektüre von 1001 Nacht nicht sonderlich viele Vergleiche für dunkelblonde Locken und goldene Augen. Was auch immer, er sah verteufelt gut aus und ich wollte nicht mehr Liv heißen, wenn er das nicht wusste.

»Hallo, persischer Prinz«, sagte ich und erzielte ein Stirnrunzeln.

»Persisch?«, fragte er. »Ich bin doch kein …«

»War nur ein Joke«, fiel ich ihm ins Wort. »Du bist ja wirklich ein Hübscher, aber du bist irgendwie blond, oder?«

Er griff sich in die Locken und grinste so umwerfend, dass mir warm wurde. »Yep«, sagte er. »Sieht so aus, oder?« Er kam heran, hakte mich unter und zog mich ein paar Schritte in den Schatten. Die Sonne knallte wie ein Millionen-Watt-Scheinwerfer auf den Hof hinunter und ließ das Pflaster glitzern, als wären Diamanten darin eingeschlossen.

»Seh ich dich übermorgen beim Sciencekurs?«, fragte er und ließ seinen Blick tief in meinen tauchen.

Was war los mit den Boys hier? Erst sein düsterer Freund,

jetzt der hübsche Sonnyboy – ich war so viel Aufmerksamkeit gar nicht gewöhnt und fühlte mich ein bisschen überfordert.

»Was habt ihr hier für seltsame Unterrichtsfächer?«, lenkte ich mein Unbehagen in eine sachliche Richtung. »›Alternative Historie‹, Science …« Unauffällig versuchte ich mich, aus seinem freundschaftlichen Griff zu befreien, aber er machte keinerlei Anstalten, meinen Arm loszulassen. Sein Lächeln war breit und sonnig. Ich bemerkte, dass ein paar Mädchen uns beobachteten und miteinander tuschelten und keine allzu freundlichen Gesichter dazu machten. Wahrscheinlich kam ich gerade dem Schwarm aller Schülerinnen zu nahe …

»Hier wird nicht nach der üblichen Struktur gelehrt«, erklärte er mir, während ich abwesend lauschte. »Die Trennung von Naturwissenschaften in einzelne Fächer ist nach dem neuesten Wissensstand unsinnig. Chemie, Physik – das geht doch fließend ineinander über. Biologie und Chemie auch. Mathe braucht man für alles. Und irgendwo dazwischen steckt die Philosophie, um Sinn hineinzubringen. Und Wirtschaft, Politik und was weiß ich hängen auch alle von den naturwissenschaftlichen Erkenntnissen ab. Also …«

»Okay, ich hab begriffen«, unterbrach ich ihn ein bisschen genervt. »Naturwissenschaften sind eh nicht meins. Aber was bedeutet ›Alternative Historie‹? Parallelweltenkram, SciFi oder so was?«

Er wackelte mit den Augenbrauen, kleine Teufelchen tanzten in seinem Blick. »Lass dich überraschen«, raunte er mir ins Ohr.

Ich schob ihn genervt ein Stück weg. »Und wieso treffe ich dich in dem Kurs? Du bist doch kein Neuling.«

Er straffte die Schulter und warf mir einen gespielt hochmütigen Blick zu. »Ich bin der Kursleiter.«

Mein Prusten ließ seine Miene noch etwas hochnäsiger werden, aber ich erkannte das Lächeln dahinter.

»Also dürfen die älteren Semester an dieser Schule die Rookies quälen, sehe ich das richtig?«

»Wir lassen euch am Quell unserer Weisheit teilhaben.« Seine Miene verrutschte, er begann zu lachen. »Dein Gesichtsausdruck wäre ein Foto wert.«

Ich gab mich nonchalant und sah an ihm vorbei. Die Gruppe der Schulschönheiten hatte sich um zwei Mitglieder vergrößert. Die Mädchen waren allesamt groß, schlank, sportlich, schick frisiert und geschminkt wie für einen Auftritt. Ich schauderte zusammen. Was für eine Zickenclique, und alle starrten mich böse an. Das Mädchen im Zentrum der Gruppe konnte ich nicht richtig erkennen, weil sie von den anderen verdeckt wurde. Sie war kleiner als ihre Freundinnen, aber ganz offensichtlich gab sie den Ton an. Das konnte ich daran erkennen, wie die anderen um sie herumscharwenzelten.

»Was mache ich gerade falsch?«, fragte ich Malik. »Da hinten steht ein Lynchmob und starrt mich an.«

Er wandte den Kopf und ich schwöre, er wurde blass. Er murmelte das F-Wort und wurde sehr hektisch. »Mir ist gerade eingefallen …«, sagte er und machte einen langen Schritt zurück, »ich hab noch einen Termin …« Und weg war er.

Okay, das war deutlich. Die Bienenkönigin und ihr Schwarm waren der Meinung, dass Malik ihnen gehörte. Und Malik glaubte das ganz klar auch. Weichei.

Ich stand ein bisschen unentschlossen herum, dann fiel mir ein, dass es einen Ort auf dieser Insel gab, an dem ich mich wirklich wohlgefühlt hatte: die Bibliothek. Dort konnte ich mich schon eingraben und alles an mir vorbeirauschen lassen. Sollten die ihre Kurse und ihre Aufnahmeprüfungen doch ohne mich machen. Je eher man mich hier wegen mangelnder Beteiligung rauswarf, desto besser.

In Gedanken wandelte ich schon zwischen den hohen Bücherregalen und stapelte Bücher in meinem Arm. Deshalb erschrak ich heftig, als sich mir jemand in den Weg stellte.

»He«, sagte eins der Mädchen aus dem Hofstaat der Bienenkönigin. »Du. Wie immer du heißt. *Sie* will dich sprechen.«

Ich schnitt eine Grimasse. Das »sie« kam so ehrerbietig heraus, dass ich daran erinnert wurde, wie jemand vor Kurzem von »Ihrer Hoheit« gesprochen hatte. Die Königin des Bienenstocks, klar. Ich war durch ihren Garten getrampelt und eine ihrer Drohnen hatte mich angeflirtet. Ganz klar, jetzt kam die Abrechnung.

»Kein Interesse«, sagte ich gespielt gleichgültig. »Ich hab zu tun.« Damit wollte ich mich an ihr vorbeidrängen, aber sie packte meinen Arm mit einem Klammergriff, der jedem Gorilla Ehre gemacht hätte. Das passte auf den ersten Blick so gar nicht zu dieser gestylten Beauty. Die schienen das hier mit der Leibesertüchtigung wirklich ernst zu nehmen.

»Es wäre besser für dich, wenn du mitkommst«, sagte sie in diesem katzenfreundlichen Ton, der klar signalisierte, dass ich andernfalls ihre Krallen in meinem Gesicht zu spüren bekam. Ein kurzer Blick nach unten zeigte mir, dass die betreffenden Körperteile lang, spitz und schockpink lackiert waren.

Ich seufzte und gab nach. Wozu eine Keilerei riskieren, wenn es nur darum ging, dass die Königin des Schulhofs vor Publikum ihr Revier markieren wollte? Ein kurzes Wettpinkeln und ich konnte wieder meiner Wege gehen. Das Zeremoniell hatte ich auf gefühlt tausend Schulhöfen rund um die Welt schon hinter mich gebracht, einmal mehr würde mich nicht umbringen.

Also folgte ich der Pinklackierten zu ihrer Oberbitch und war in Gedanken schon bei den Büchern.

»Kaj?«, wanzte die Pinklackierte sich an die Gruppe der

Schönen und Erfolgreichen heran. »Du wolltest mit der Neuen reden, hier ist sie.«

Die Bienenkönigin drehte sich zu mir um. Im ersten Moment war ich nur überrascht, dass sie relativ klein war, nicht größer als ich. Zwischen all den langbeinigen, langmähnigen Models, die ihren Hofstaat bildeten, wirkte sie beinahe unscheinbar.

Dann traf mich ihr Blick und ich stand wie vom Blitz erschlagen da und starrte sie an. Wenn ich in einen Spiegel gesehen hätte, wäre ich nicht verblüffter gewesen. Sie sah aus wie ich – bevor ich meine Haare abgeschnitten und gefärbt hatte. Sie waren dunkelblond mit honig- und weizenblonden Strähnchen, kinnlang, glatt. Wie meine Haare es gewesen waren. Ihre Augen waren grau und dicht bewimpert, ihr Mund groß und zu einer missvergnügten Schnute verzogen.

Sie. Sah. Aus. Wie. Ich.

Wie eine Version von mir aus einer Parallelwelt: die Königin der Schönen und Erfolgreichen mit dieser gelangweilten »Die Welt gehört mir und ich weiß es«-Attitude, die alle Bienenköniginnen auf dieser Welt anscheinend zu ihrem ersten Geburtstag geschenkt bekamen.

Ihre Miene zeigte unverhohlene Fassungslosigkeit, als ihr Blick an mir herauf- und hinunterglitt. »Ich glaube es nicht«, sagte sie halblaut. »Ginnie, du hattest recht.« Sie kam heran und ging um mich herum wie um ein Ausstellungsstück. »Was hat sie mit ihren Haaren angestellt?« Ihre Stimme klang nun laut und genervt. »Das ist ja ekelhaft!«

»Ich find dich auch zum Kotzen«, sagte ich. Erstaunlicherweise ignorierte sie meine Worte komplett, als wäre sie taub dafür. Sie wandte sich an ihre Hofdamen und scheuchte sie mit einer Handbewegung beiseite. Dann stemmte sie ihre Hände in die Hüften und baute sich vor mir auf. »Hör zu, du Vogelscheuche«, sagte sie, »bleib mir aus der Sicht und lass die Finger von meinen Boys. Kapiert?«

Ich prustete ihr in die hochmütige Visage, so absurd fand ich ihre Forderung. »Lady«, sagte ich, »du hast doch einen monumentalen Sprung in der Schüssel. Hast du deinen Harem nicht unter Kontrolle oder was?«

Ihre Augen sprühten Funken. Eisige Funken. Sie kam so nah heran, dass sich unsere Nasen beinahe berührten. »Du mieses Duplikat«, sagte sie so leise, dass niemand außer uns beiden die Worte hören konnte. »Du spielst hier auf meinem Spielfeld, also halte dich gefälligst auch an meine Regeln. Ich will deine billige Visage nicht dauernd sehen müssen, kapiert?« Sie rückte ein Stück ab und fügte hochmütig hinzu: »Und weil du frech warst, gilt das ›Finger weg‹ für dich ab jetzt für alle Jungs hier an der Schule. Halt dich dran und du wirst hier ein ruhiges Leben haben.«

Ich lachte ihr ins Gesicht. »Als ob mich deine schwanzlosen Eunuchen auch nur so viel interessieren, wie du Dreck unter deinen Fingernägeln hast!«

Ihr Blick flackerte, dann presste sie ihre Lippen zusammen. Anscheinend war sie nicht ganz so dämlich wie ihr Hofstaat es vermuten ließ. »Du willst Krieg?«, fragte sie gefährlich leise.

»Leck mich, Bitch«, sagte ich und ließ sie stehen.

So cool ich mich auch gab, meine Knie zitterten, als ich zum Haus marschierte. Mir schwirrte der Kopf, und mein Magen schlug Salti. Die Königin des Schulhofs sah aus wie ich. Das war keine zufällige, oberflächliche Ähnlichkeit, die sich bei näherem Hinsehen verflüchtigte. Das hier war das totale Doppelgängerding. Wir glichen uns wie Zwillinge. Die gleiche Gesichtsform, die gleichen Augen, die gleiche Statur. Auch wenn es mir nicht gefiel: Wir hatten sehr ähnliche Stimmen, und unsere Art zu sprechen und zu gestikulieren glich sich auch. Wahrscheinlich hatten wir sogar dieselbe Mimik, obwohl mir bei dem Gedanken grauste.

Was konnte das sein? Ein seltsamer Zufall? Ich wusste, dass es das gab – Doppelgänger. Zufällig eine sehr ähnliche genetische Ausstattung und bingo.

Aber dieser Zufall war mir ein wenig zu – gewollt. Beinahe konstruiert. Wieso sollte ich genau hier gelandet sein, wo mein böser Zwilling seinen Hof hielt? Da hatte doch wer dran gedreht und ich glaubte nicht an Schicksal, Karma, Vorherbestimmung. Geschweige denn an den modernen Voodoo, bei dem immer gleich jemand »Quantenverschränkung« oder, noch schlimmer, »eine Verschwörung!« schrie, wenn irgendwo ein Sack Reis umfiel. Die Verschwörung der Aluhüte, aber echt.

Nein, das hier hatte jemand eingefädelt, und ich wollte wissen, was dahintersteckte.

Quantenverschränkung. Das brachte mich wieder zu meinem ursprünglichen Ziel, der Bibliothek. Ich löste mich aus meinem Grübelsumpf und sah mich um. Meine Füße hatten mich ohne Zutun meines Gehirns an den Ort gebracht, zu dem ich wollte. Ich schob die schwere Tür auf und tauchte in das beruhigende Rascheln der Buchwelt wie in ein warmes Schaumbad.

~

Das Küken hatte tatsächlich Krallen. Es zeugte von Mut – oder von Wahnsinn? – der Kronprinzessin so unverhohlen feindselig und ohne jede Geste der Unterwerfung die Stirn zu bieten.

Das gefiel ihm, ganz ohne Zweifel. Ihre Haltung, ihre Stimme, der Zorn in ihrem Blick machten ihn mehr an als sexy Ausstrahlung oder tolle Kurven. (Nicht, dass er eine Abneigung gegen das eine oder die anderen gehegt hätte, ganz und gar nicht!)

Aber diese spröde, schockfarbene, unterkühlte, rotzige und kampflustige Erscheinung weckte all seine schlummernden Jagdtriebe. Sie hätte genauso gut eine rote Capa schwenken und *»Toro, toro«* locken können. Sein Innerstes stand definitiv unter Druck, und das war kein unangenehmes Gefühl.

Allerdings eins, das nach Erlösung verlangte.

»Druckausgleich«, murmelte er und verfolgte grinsend ihre Schritte. Sie verschwand in der Bibliothek. Ein guter Ort, um sich ungesehen anzunähern. Ein guter Ort in jeder Beziehung. Sicher. Sicherheit suggerierend. Trügerisch in dieser Beziehung, denn dies war das Territorium der Jäger, was die Beute immer zu spät bemerkte.

Er leckte sich unwillkürlich über die Lippen, schob die Hände in die Hosentaschen und schlenderte zum Eingang der Bibliothek. Das Raubtier folgte der Fährte seiner Beute. Ein schönes Bild.

6

Irgendwie spielte mir mein Unterbewusstsein in letzter Zeit blöde Streiche. Ich blickte vom Monitor auf, musterte den Stapel Bücher und die Notizzettel auf dem Tisch und begriff mit einiger Verspätung, dass ich an der Aufgabe saß, die de Freytas uns gestellt hatte.

Die erste Viertelstunde hatte ich vergeblich damit verbracht, etwas über die Bienenkönigin und meine Verbindung zu dieser Schule herauszufinden, aber sämtliche Schülerakten waren für den nicht autorisierten Zugriff gesperrt, wie erwartet.

Ich seufzte und stand auf. Da war noch ein Buch, das interessant aussah.

Ich wanderte durch die Regalreihen und suchte nach der richtigen Kennung. Der Bibliothekar hatte mich bei meinem Eintreten begrüßt und mich kurz in die Systematik eingeweiht, seitdem war ich hier mutterseelenallein – zumindest fühlte es sich so an. Es war ein tolles Gefühl.

Ich schleppte das gesuchte Buch – einen riesigen ledergebundenen Wälzer – an meinen Tisch und begann darin zu blättern. Großformatige Abbildungen fesselten mein Auge. Da war der sterbende schwarze Ritter vom Fensterbild mit seiner Rose, dieses Mal als Ölgemälde. Ich vertiefte mich in seinen Anblick. Sein dunkles, wildes Gesicht, die hellen, vom Todeskampf getrübten Augen, sein trotz der Qualen beinahe verklärter Ausdruck und die zarte Geste, mit der er die Rose hielt, rührten mich ungeheuer. Ich schluckte und suchte nach der Legende des Bildes, blätterte vergeblich herum, denn das Buch war in einer mir unbekannten Sprache verfasst, und kehrte dann zu dem Bild zurück. Wer war dieser Ritter, was war das für eine Schlacht? Mein Blick glitt kreuz und quer über die Abbildung. Die weißen Ritter, die ganz offensichtlich den Sieg davongetragen hatten, trugen allesamt geschlossene Visiere. Ihre Rüstungen schienen von innen zu leuchten, so hell sprangen sie aus der Dunkelheit des Bildhintergrundes hervor. Wahrscheinlich waren sie im Auftrag des Herrn unterwegs, wie es sich für einen strahlenden Ritter gehörte.

Und die Dunklen? Zertrampelt, in Stücke gehauen und zerschmettert lagen sie auf dem blutbefleckten Grund. Mein Blick wurde wieder von dem schwarzen Ritter im Vordergrund angezogen. Er war so einsam in seinem qualvollen Tod. Sein Blick war so hoffnungslos und gleichzeitig leuchtete sein Gesicht, als hätte er eine wunderschöne Vision. Sein Mund schien leicht zu lächeln.

Ich zuckte regelrecht zusammen. Warum bemerkte ich es jetzt erst? Auf dem Brustharnisch der schwarzen Rüstung war eine stilisierte silberne Spinne abgebildet. Ich besah mir die anderen schwarzen Ritter im Vordergrund und tatsächlich trugen sie alle dieses Emblem auf ihren Panzern.

Eine Hand landete auf meiner Schulter, jemand beugte sich zu mir hinunter. »Du machst Hausaufgaben? Ich bin enttäuscht, Kampfküken. Schwer enttäuscht.«

Ich stieß einen Schrei aus, so sehr hatte Jayce mich erschreckt. Mein Herz schlug einen Purzelbaum und ich schnappte nach Luft wie ein Karpfen auf dem Trockenen.

»Mann!«, sagte ich, als ich wieder sprechen konnte. »Du bist ein Arsch, echt.«

Sein Kinn ruhte auf meiner Schulter, sein Haar, so seidenweich wie Federn, kitzelte meine Wange. Er lachte leise, gurrend. »Du machst ja wirklich Hausaufgaben. Ich schmeiß mich weg.«

Ich konnte nicht darüber lachen. Das Rätsel, das ich in dem Gemälde finden sollte, lag mir quer. Ich legte meinen Zeigefinger auf die Rose, die auf der Brust des schwarzen Ritters ruhte und sagte: »Was hat es mit diesem Kampf auf sich? Wer sind die schwarzen Ritter und wieso tragen sie eine Spinne auf der Brust?«

Jayce ließ sich neben mir auf den Stuhl fallen und beugte sich über das Buch. Ein paar seiner Rabenfeder-Haarsträhnen fielen ihm ins Gesicht und ich musste mich bremsen, sie nicht aus seiner Stirn zu streichen. Er sah in dem Moment so traurig aus, so einsam … Er legte seine große Hand behutsam auf die aufgeschlagene Doppelseite. Sein Daumen berührte die Rose.

Dann sah er mich an und grinste. Frech, unverschämt, sexy.

Ich verschränkte die Arme und starrte ihn an. »Komm, rück raus damit, spiel hier nicht den Geheimnisvollen!«

»Du wirfst schon das Handtuch?«, gab er spöttisch zurück. »Ich hatte gedacht, du wärst ein Kampfküken. Die geben doch nicht auf, ehe der Feind am Boden liegt, oder?«

Sein Spott traf. Ich biss mir nachdenklich auf die Lippe und mein Blick wanderte wie von einem Magneten angezogen zu seinem Mund. Er hatte die gleiche Form wie der Mund des sterbenden Ritters. Den gleichen Schwung der Oberlippe, die gleiche volle Unterlippe …

»Wieso siehst du dem Typen eigentlich ähnlich?«, fragte ich und tippte auf die Abbildung.

Jayce sah gelangweilt hin und zuckte mit den Schultern. »Zufall«, sagte er. »Es gibt nur eine begrenzte Anzahl von Phänotypen, da muss sich im Laufe der Generationen zwangsläufig was wiederholen.« Seine Augen funkelten, als er mich ansah. »Du bist der beste Beweis dafür«, zog er mich auf. »Dein Double läuft hier in der Schule herum und erzählt allen, du wärst ein Klon.«

Ich fauchte, was sein Grinsen noch breiter werden ließ.

»Du hast Mut«, sagte er und lehnte sich lässig zurück. Sein Shirt spannte über den breiten Schultern und der Muskulatur seiner Brust. »Die Kronprinzessin vor all ihren Freundinnen zu beleidigen – das hat noch niemand gewagt.«

Ich fauchte wieder und wandte mich ostentativ meinen Notizen zu. »Ich rede eigentlich nicht mehr mit dir«, sagte ich kühl. »Du hast mich gestern ziemlich blöd hängen lassen.« Und zwar über einem Abgrund.

Er zog die Brauen zusammen. »War das so?« Total gelangweilt, als hätte ich ihn nach dem Wetter gefragt. Blödmann.

»Was sollte deine Warnung?«, fragte ich. Das hatte mich ganz schön durcheinandergebracht. Er hatte so ernst gewirkt, so eindringlich und überhaupt nicht sarkastisch oder so.

Er verzog leicht den Mund, als hätte er einen bitteren Geschmack auf der Zunge. »War dummes Gerede«, sagte er widerstrebend. »Ich war zugedröhnt. Sorry.« Er grinste schief.

Ich runzelte die Stirn. Mit Leuten, die was eingeworfen oder geraucht hatten, kannte ich mich aus. Jayce war bei unserem Treffen so nüchtern gewesen wie ich. Er log mich an, aber wieso?

»Was willst du eigentlich von mir?«, fragte ich.

Er stützte sich auf den Tisch und sah mich an. Seine Wimpern warfen Schatten über seine türkisblauen Augen. Sein Blick war so intensiv, dass ich ihn wie eine Berührung spüren konnte. »Was denkst du denn?« Seine Stimme schnurrte samtweich.

Ich musste mich räuspern, weil ganz plötzlich meine Stimme versagte. »Was soll ich schon denken?«, gab ich zurück. »Dass ihr euch einen Spaß mit mir macht, du und dein Freund. Ihr gehört doch ganz klar beide zum Hofstaat der Bienenkönigin. Was soll der Scheiß also?«

Sein Blick wurde bohrend. »Der – was?« Ein breites Lachen flog über sein Gesicht und ließ alle Spannung aus seinen Zügen entweichen. Er sah jung und vergnügt aus, gar nicht mehr düster oder gefährlich. Das war der Moment, in dem ich ihn am liebsten geküsst hätte.

Aber der Augenblick verflog, sein Gesicht formte wieder die vorherige abweisende Maske. »Ich gehöre niemandem«, sagte er schroff.

Ich wartete darauf, dass er noch irgendwas sagte, aber er schwieg mich eisern an. Also seufzte ich innerlich und blätterte in meinen Notizen. Sehr viel hatte ich ja nicht herausgefunden über das »Schulgeheimnis«. Genau genommen gar nichts.

»Was steckt also hinter dem Fensterbild?«, fragte ich Jayce erneut. »Was sollen wir rausfinden?«

Er streckte die Beine lang aus, legte den Kopf auf die Rückenlehne seines Stuhls und starrte zur Decke. »Wäre das nicht unfair den anderen gegenüber, wenn ich dir alles verrate?« Seine Augenbrauen zuckten.

Ich ahmte seine Haltung nach und sah das Deckengemälde, das die Kuppel bedeckte, die sich über den Saal spannte. Ich hatte es bei meinem ersten Besuch der Bibliothek schon bemerkt, aber gleich wieder vergessen. Jetzt betrachtete ich es jedoch mit neuen Augen. Es glich dem Fenster, aber wo das Glasbild nur einen Ausschnitt gezeigt hatte, war hier eine komplette Szenerie abgebildet – nein, eine ganze Geschichte. Das Deckengemälde dokumentierte unzählige Kämpfe der weißen und schwarzen Ritter. Am Rand entlang sah ich in Hunderten kleinerer Fresken undeutliche Gestalten, die sich miteinander unterhielten oder Dinge taten, die ich auf die Entfernung nicht erkennen konnte. Das Licht war zudem viel zu schwach, um alle Details zu erkennen.

Erschlagen richtete ich mich auf. »Das macht es ja noch komplizierter«, beklagte ich mich. »Was ist das für ein Krieg? Licht gegen Dunkelheit? Gut gegen Böse? Engel gegen Dämonen? Jedi-Ritter gegen …« Ich unterbrach mich, weil Jayce auflachte.

»Warm, immer wärmer, Küken«, sagte er und stand auf. »Dann viel Erfolg. Du hast dich ja anscheinend dafür entschieden, dem Verein hier beizutreten.« Er nickte knapp und verschwand zwischen den Regalen.

Ich sah ihm grübelnd hinterher. Hatte er mit seinen Worten etwa ins Schwarze getroffen? Was tat ich hier? Ich war damit beschäftigt, die Aufgabe zu lösen, die de Freytas uns gestellt hatte. Ergo – ich hatte mich mit meinem Schicksal abgefunden.

Fuck.

Die Sehnsucht danach, mit einem Freund zu sprechen, eine vertraute Stimme zu hören, wurde übermächtig. Ich hätte ein Auge dafür gegeben, jetzt mit Tom telefonieren zu können.

Mit einiger Anstrengung vertiefte ich mich wieder in meine Aufgabe. Das Buch mit der besagten Abbildung gab mir neue Rätsel auf. Was war das für eine Sprache, in der es verfasst war? Ich konnte keine Verwandtschaft zu einer der Sprachen herstellen, denen ich im Laufe unserer Reisen begegnet war. Die Schrift war lateinisch, das immerhin.

Ich schrieb mir einige Wörter heraus und nahm mir vor, sie später zu googeln. Dann fiel mir ein, dass es von dieser Insel keinen Weg ins World Wide Web gab, und fluchte halblaut.

Ich begann in einem der anderen Bücher zu blättern, das ich vor mir liegen hatte. Eine stinklangweilige Abhandlung über die Geschichte der Schule. Dann stieß ich auf einen Abschnitt, der sich mit »Arachne« beschäftigte, das war anscheinend der Träger der Schule. Ich legte meine Stirn in die Hand und begann zu lesen.

Es war interessant. Die Organisation namens »Arachne« war tatsächlich aus einem alten Ritterorden entstanden – daher wohl das Fensterbild. Ich scannte die Seiten, überflog eine ellenlange Auflistung der »Magister« – das waren die Ordensoberen – und blätterte mich durch die Kämpfe, die dieser Orden vor allem gegen einen verfeindeten Ritterorden namens »Nadir« ausgefochten hatte. Das alles lieferte mir keine Lösung für das Rätsel, das de Freytas uns aufgegeben hatte. Aber immerhin hatte ich damit eine Art Teillösung, zumindest zu der Frage, wie die Ritterorden mit der Schule zusammenhingen.

Aus reiner Neugier gab ich »Arachne« in das Suchfeld des Systems und bekam einen Artikel über die griechische Sage geliefert. Es ging um eine Wette zwischen einer Weberin – besagter Arachne – und der Göttin Athene. Das Ganze endete natürlich böse für die Sterbliche, wie es immer ausging, wenn man sich mit den Göttern anlegte. Athene verwandelte die arme Frau in eine Spinne.

Spinne. Arachne. Das Spinnennetzlogo der Schule und die Spinne auf den Brustharnischen der schwarzen Ritter. Ergab das irgendeinen Sinn?

Ich seufzte und notierte auf meinen Block: »*Arachne – ehemaliger Ritterorden, Träger der Schule. Das Schullogo zeigt ein Spinnennetz. Aranea Hall – das Wort hat wohl auch mit Arachne zu tun. Die schwarzen Ritter auf der Abbildung sind also wahrscheinlich Arachne-Ritter. Die weißen gehören zu dem anderen Orden, Nadir?*«

Ich legte meinen Stift weg und lehnte mich zurück. Warum waren zwei Ritterorden überhaupt verfeindet? Müssten die nicht Seite an Seite irgendwo gegen Ungläubige kämpfen oder die Kirche verteidigen oder was weiß ich? Ich kannte mich damit nicht aus.

Wahrscheinlich waren Ritterorden heutzutage mehr so was wie Wohltätigkeitsvereine. Betrieben Schulen und Waisenhäuser und speisten die Armen.

Ein quietschendes Geräusch weckte meine Aufmerksamkeit. Durch den Gang näherte sich der Bibliothekar, einen Wagen voller Bücher vor sich herschiebend. Er lächelte mir zu und nickte grüßend, dann begann er die Bücher an ihre Plätze zu räumen.

»Mr Sharma«, sagte ich und stand auf. »Kann ich Ihnen helfen?«

Sein Lächeln wurde strahlend. »Sie sind ein Goldstück.« Er wies auf den vollgepackten Wagen, auf dessen oberster Ablage sich die Bücher zu beängstigend hohen Türmen stapelten. Auch die beiden Ablagen darunter waren vollgestopft. »Ich komme kaum noch nach. Das ist immer so, wenn das Schuljahr wieder losgeht. Bücher, die in den Zimmern auftauchen, in den Schränken, in Koffern …« Er lachte.

Ich nahm einen Stapel und scannte die Codes auf den Buchrücken. Die Systematik dieser Bibliothek hatte ich schon halbwegs kapiert, deshalb wusste ich, wo ich »FG/wb2« einsortieren musste. Das Regal war gleich neben mir.

Mr Sharma arbeitete schweigend ein Stück den Gang hinunter. Wir trafen uns am Bücherwagen wieder und ich fragte den Bibliothekar, in welcher Sprache das Buch verfasst war, in dem ich die Abbildung des schwarzen Ritters gefunden hatte.

Er warf einen irritierten Blick auf meinen Tisch, nahm das Buch, schlug es zu und strich mit dem Daumen beinahe zärtlich über den Einband. »Woher haben Sie das?«

Ich wedelte in die ungefähre Richtung. »Es war im System und stand dort im Regal.« Ich hatte das Gefühl, mich verteidigen zu müssen.

Er nickte langsam. Der Blick seiner kaffeebohnenbraunen Augen glitt über das Buch, dann in mein Gesicht. Er sah mich so forschend an, als müsste er eine Geheimschrift entziffern. »Sehr interessant«, sagte er geistesabwesend.

»Die Sprache?«, fragte ich geduldig. »Und gibt es davon vielleicht eine Übersetzung?«

Ein langsames Lächeln glitt über sein Gesicht mit dem schwarzen Bart. »Ah, ja. Das ist Euskara.«

Ich muss ziemlich blöd aus der Wäsche geschaut haben, denn er lachte und fügte hinzu: »Baskisch. Der Verfasser war ein Ordensmitglied. Andoni Etxeberria. Er hätte sich über Ihr Interesse an seinem Buch bestimmt gefreut.«

Baskisch. Ich musste mich bremsen, ihm das Buch nicht wieder aus den Fingern zu reißen. Ich hatte noch nie zuvor einen baskischen Text gesehen, und ich wusste nur, dass das eine der europäischen Sprachen war, die keine Verwandten hatte. Kein Wunder, dass die Worte mir so fremd erschienen waren.

Mr Sharma verschwand mit dem Buch und einem Bücherstapel zwischen den Regalen und ließ mich mit einem wirren Gewusel von Gedanken zurück. Wie schon bei unserem ersten Zusammentreffen hatte die kurze Unterhaltung mit dem Bibliothekar mehr Fragen aufgeworfen als geklärt.

Okay, das besagte Buch stammte von einem Ordensmitglied. Das half mir jetzt auch nicht wirklich weiter.

Ich kehrte an meinen Tisch zurück und ordnete meine Notizen. In dem Buch, das Mr Sharma mir weggenommen hatte, stand möglicherweise die Lösung für die Aufgabe, die de Freytas uns gestellt hatte. Ich wusste zwar nun, wer die beiden verfeindeten Orden waren, hatte aber immer noch keine Ahnung, welches Rätsel sich in dem Bild verbarg. Verdammt, ich hätte versuchen müssen, mir zumindest die Texte rund um das Bild abzuschreiben. Dann hätte ich jetzt nach einem baskischen Wörterbuch suchen können … falls es so was überhaupt gab.

Frustriert warf ich den Stift auf den Tisch, er rollte über die Kante und verschwand unter einem Regal. »Mr Sharma?«, rief ich. »Können Sie mir was über dieses Buch erzählen, bitte? Wie hängt es mit dem Bild zusammen? Erfahre ich darin etwas über Nadir und Arachne?« Das war bestimmt gegen die Regeln, aber was blieb mir schon übrig?

Der bärtige Kopf des Bibliothekars schob sich aus einem der Regalgänge. Er runzelte die Stirn. »Ich glaube, das sollte ich nicht tun«, sagte er. »Sie hätten das Buch gar nicht sehen dürfen, ich weiß nicht, wer es hier einsortiert hat. Es gehört in den Tresor.«

»Aber nun habe ich es einmal gesehen«, beharrte ich. »Und es hat mit alldem hier zu tun, richtig?«

Sein bärtiges Gesicht zeigte den Widerstreit, in dem er sich befand. »Helfen Sie mir, den Rest noch wegzuräumen«, sagte er schließlich gequält. »Dann haben Sie was gut.«

Das war ein Wort. Ich schnappte mir den nächsten Stapel und räumte, was das Zeug hielt.

Wir waren inzwischen nicht mehr allein. An zwei Tischen saßen Schülerinnen aus meiner Anfängergruppe, die verbissen in irgendwelche Geschichtsbücher starrten, an einem anderen hockten zwei ältere Schüler und flüsterten miteinander. Einen der beiden kannte ich, es war der rothaarige Junge, der mich an meinem ersten Tag in der Cafeteria zugetextet hatte. Als er sah, dass ich ihn beobachtete, grinste er und hob einen Daumen. Was auch immer er mir damit sagen wollte.

Meine Aufräumarbeiten führten mich in die Nähe seines Tisches und ich hörte, wie er seinem Freund erklärte, ich sei diejenige, die die Kronprinzessin vor versammelter Mannschaft heruntergeputzt habe.

Der andere lachte. »Das gibt Tote. Werden schon Wetten angenommen?«

Ich duckte mich hinter mein Regal und spitzte die Ohren. Wetten?

»Der Häuptling hat es untersagt. Sie gehört ihm, hat er gesagt.«

»War ja klar.« Beide lachten, dann sagte der zweite Junge: »Aber Eier hat sie, echt. Sich gleich zu Beginn mit Ihrer Hoheit anzulegen …«

»Mit dem Gesicht?«

Das Gelächter der beiden Jungs klang unangenehm. Ich zog mich zum Bücherwagen zurück und lehnte mich einen Moment lang dagegen. Das Ganze hier war so surreal. War ich wirklich hier, hatte mich mit meiner Doppelgängerin gefetzt und wurde von zwei extrem gut aussehenden Jungs schon beinahe gestalkt? Mal abgesehen davon, dass ich einem geheimnisvollen Orden auf der Spur war, was ja allein schon wie ein Kinofilm klang.

»Indiana Jones und der Ritter des Todes«, murmelte ich und stopfte ein Buch über ägyptische Totenkulte in die passende Lücke. »Dark Knights and Red Roses« – ein dicker Schinken, für den ich beide Hände benötigte, um ihn zurückzustellen, füllte ein halbes Regalbrett. »Harry Potter und der Orden des … ach nein, den gibt es ja schon.« Ein schmaler Band Lyrik, der sich seltsam zwischen all den breitrückigen Geschichtsbänden ausnahm. Fertig.

Ich schob den leeren Karren zurück zur Ausgabetheke. Mr Sharma blickte von der Tastatur auf, rieb sich über die Augen und seufzte. »Dann kommen Sie«, sagte er. Ich sah, dass er das Buch immer noch bei sich hatte, als er mir voraus in ein kleines, vollgestopftes Büro ging. »Setzen Sie sich«, sagte er und ich suchte mir einen freien Platz zwischen Bücherstapeln auf einem durchgesessenen Sofa.

»Das Gemälde«, begann er und schnippte mit den Fingern. »Ich dürfte Ihnen das nicht erzählen.« Er sah zur offenen Tür, sah mich an, zuckte mit den Augenbrauen, die genauso dicht und schwarz waren wie sein Bart.

Ich grinste, stand auf und schloss leise die Tür.

»Also gut.« Er ließ sich auf einem Stuhl nieder und saß da, kerzengerade, aber irgendwie entspannt. Sein Blick fixierte mich wie ein Rätsel, das es zu lösen galt. »Sie sind ohnehin auf der richtigen Spur, es ist nur eine Frage der Zeit, bis Sie alle Informationen zusammenhaben. Aber verraten Sie mich nicht, das wäre mir unangenehm.« Er lächelte ein wenig gequält. »Die Vorschriften hier werden sehr streng ausgelegt, müssen Sie wissen. Das gilt auch für das Lehrpersonal und die Angestellten.«

Ich nickte kurz. Den Eindruck hatte ich auch schon gewonnen, die waren hier ja alle ganz wild auf Vorschriften, Regeln und den ganzen Zirkus.

Der Bibliothekar schob ein paar Bücher auf dem Tisch zusammen und richtete sie mit der Kante parallel zur Tischkante aus. Dann holte er tief Luft und beugte sich zurück. Er zog ein Buch aus dem Regal an der Rückwand und hielt es mit beiden Händen fest, wobei er mich eindringlich ansah.

»Das hier ist eine Abhandlung, die Sie vielleicht auf die richtige Spur bringen wird«, sagte er. »Falls man Sie fragt, haben Sie dieses Buch gefunden, indem Sie die Stichworte ›Chaoskriege‹ und ›Nadir‹ als Suchanfrage in das System eingegeben haben. Ich habe Ihnen nicht geholfen!«

Ich bewegte stumm die Lippen. »Chaoskriege?«, fragte ich dann.

Er vollführte eine ungeduldige Handbewegung. »Die Chaoskriege werden in jeder zweiten Publikation erwähnt, auf die Sie bei Ihrer Recherche gestoßen wären. Danach wird also niemand fragen. Außerdem nehmt ihr die spätestens in der übernächsten

Woche ohnehin durch, das ist ja kein Geheimnis.« Er hielt mir das Buch hin, ließ es aber nicht los, als ich danach griff. Er biss sich auf die Lippe. »Ich sollte es nicht tun«, murmelte er.

Ich lächelte ihn an. »Kein Wort wird über meine Lippen kommen«, bekräftigte ich. »Ich kann schweigen wie Winnetous Grab.«

Er lachte und ließ los. »Gehen Sie pfleglich damit um, wir haben nur dieses eine Exemplar.« Er zwinkerte. »Wer jetzt kommt und danach fragt, muss warten.«

»Ich fühle mich geehrt.« Was stimmte. Warum tat er das? Normalerweise wollten Leute, die nett zu dir waren, irgendwas von dir. Ich räusperte mich unangenehm berührt. »Warum sind Sie so freundlich zu mir, Mr Sharma?«

Sein Lächeln blühte auf wie eine Blume. »Ich habe eine gute Menschenkenntnis, das bleibt nicht aus, wenn man mit so vielen jungen Menschen zu tun hat. Ich glaube, Sie werden sich hier gut einleben und wir werden noch viele interessante Gespräche führen. Darauf freue ich mich.«

Das war keine Antwort, aber ich gab mich fürs Erste damit zufrieden.

Erneut schwänzte ich das Abendessen und ließ mir in der Cafeteria ein paar Brote einpacken. Damit verzog ich mich in den Park, an eine Stelle, wo es noch ein wenig verdämmernde Abendsonne gab, und verzehrte mein frugales Mahl, ehe ich mich dem Buch widmete, das der Bibliothekar mir anvertraut hatte.

Ich überflog die ersten Seiten, blätterte nach hinten, fing dann wieder vorne an, um gründlicher zu lesen. Das geheimnisvolle Buch beschrieb die Geschichte zweier verfeindeter Mächte, die sich als Ritterorden ungefähr zu mykenischer Zeit zum ersten Mal in die Wolle gekriegt hatten und seitdem jede Chance nutzten, dem Gegner das Leben schwer zu machen, mit dem Ziel, den Feind endgültig von der Erde zu fegen.

Wenn das Ganze nicht so stinklangweilig in diesem aufgeblasenen Historiker-Ton dahergekommen wäre, hätte ich es für ein zweitklassiges Fantasy-Epos gehalten: Ritterorden, eine dunkle und eine helle Seite, die Kämpfer fürs Licht und die Vertreter der Dunkelheit … bla. Immerhin war das insofern interessant, als Arachne in diesem Fall nicht besonders gut wegkam, denn offensichtlich war der Verfasser ein Anhänger der Nadir-Bruderschaft.

Für den verfeindeten Spinnenorden Arachne hatte er nur vernichtende Worte übrig: Die feigen Hunde der Dunkelheit, Die dunkle Bruderschaft, Die das Licht fürchten, Die Anhänger der Potnia Daburinthohio, der Herrin des Labyrinths, Die Verfluchten, Die Schattenbrut … ihm gingen da ganz klar die Schmähungen nicht aus. Es klang ganz schön selbstgefällig. Ich konnte den Kerl nicht leiden. Endloses Gelaber, welche edlen Heldentaten die Ritter des Lichts vollbrachten und wie die fiesen Schleimbratzen aus der Finsternis ihnen aufs Bösartigste in den Rücken fielen. So was hatte mich beim Herrn der Ringe schon genervt und brachte mich beinahe dazu, den Truppen Saurons auch hier Glück zu wünschen.

Ich blätterte weiter und zu meiner Überraschung war der zweite Teil des Buches eine exakte Spiegelung des ersten – nur dass dieses Mal der Orden der Guten »Arachne« genannt wurde und der Verfasser sich in einem ähnlich ausfälligen Ton über die Übeltaten von Nadir ausließ. Die weißen Ritter, also Nadir, die sich auch »Bruderschaft der Rose« nannten, waren eine straff organisierte, machtbesessene Mördertruppe, sagte der Verfasser, der nun den schwarzen Umhang des Spinnenordens, Arachne, trug. Mir schwirrte der Kopf. Der Bursche musste doch an Schizophrenie gelitten haben.

Wieder blätterte ich weiter und fand das Nachwort, eine Abhandlung über die sich gegenseitig bedingenden Gegensätze von Licht und Schatten, Gut und Böse, Schwarz und Weiß, Tag und Nacht, Yin und Yang. Er nannte es »die Matrix«. Alles ist eins, jedes Ding hat seinen Schatten oder seine Spiegelung in der Wirklichkeit, es gibt keine Ordnung ohne das Chaos. Der Kampf zwischen Licht und Dunkel war ausgewogen. Keine Seite war in der Lage, die andere zu dominieren. Dies war der Lauf der Welt – Licht und Schatten brauchten einander, um überhaupt existieren zu können. Der Verfasser sprach von der schöpferischen Kreativität des Chaos und dem lebensverneinenden Stillstand der Ordnung. Dann erklärte er im gleichen Satz den Gegensatz der alles vernichtenden Entropie und der ordnenden Kraft der Schöpfung.

An dem Punkt stieg ich aus und klappte genervt das Buch zu, immer noch genauso schlau wie vorher. Schwarz war weiß, Gut war böse und ich war vollkommen durcheinander.

Immerhin konnte ich die Ritter des Bildes ihren jeweiligen Orden zuordnen, aber das war es auch schon. Ein mageres Ergebnis für einen langen Nachmittag Kopfzerbrechen.

Mit einem Mal verspürte ich den unbändigen Drang, mich zu bewegen, weil ich viel zu lange in der gleichen Haltung auf der Bank gesessen hatte. In lockerem Trab durchquerte ich den dunklen Park und ließ mich von der Außenbeleuchtung des Turnhallenkomplexes leiten. Hatte Karen Castillo mir nicht erzählt, die Gebäude stünden Tag und Nacht zur Benutzung bereit?

Tatsächlich waren die Hallen hell erleuchtet. Ich öffnete die Außentür mit meiner Schlüsselkarte, schlüpfte im Vorraum aus meinen Schuhen und trat ein.

Der mit Matten ausgelegte Dojo war leer. Ich hörte Stimmen und Gelächter in der Ferne, dazwischen die Geräusche von Turngeräten, das Klappern von Metall und das Quietschen von Matten und Lederriemen.

Weil ich wenig Lust hatte, mich mit irgendwem zu unterhalten, ging ich zu der entgegengesetzten Tür und blickte hindurch. Die Halle dahinter schien frei zu sein. Ich trat ein, ging an der Wand entlang und suchte nach dem Trampolin, das mir bei unserem Rundgang aufgefallen war. Es gab nicht viele Sportgeräte, die ich leiden konnte, aber Trampolinspringen war immer eine Sternstunde im Unterricht gewesen. Leider viel zu selten und viel zu kurz für meinen Geschmack.

Die Längswand der Halle war eine Kletter- und Boulderwand. Sicherungsseile baumelten aus der Höhe. Ich schauderte. Allein der Gedanke, nur an solch dünnen Seilen hängend aus der Wand zu fallen, machte mir eine Gänsehaut.

Ein komplizierter Parkourparcours nahm eine volle Länge und etwas über die Hälfte der großen Halle ein. Ich musste an Tom denken. Er wäre für die Chance gestorben, hier trainieren zu können.

Meine Aufmerksamkeit wurde abgelenkt, als ich das charakteristische dumpfe Geräusch hörte, mit dem jemand auf dem Trampolin sprang. Ein bisschen enttäuscht schob ich mich durch das Parkourlabyrinth, an einem Mattenwagen vorbei und sah den Turner, der gerade in einer Schraube durch die Luft flog. Es sah atemberaubend aus.

Er landete, sprang in eine Grätsche, wirbelte kurz darauf in einen Salto, ließ sich in den Sitz fallen, federte auf die Füße und war schon wieder in der Luft. Jede seiner Bewegungen war elegant und kraftvoll zugleich, tänzerisch, athletisch, voller Energie.

Ich seufzte und zog mich in den Schatten zurück, um ihm ungesehen zuschauen zu können. Er fühlte sich offenbar allein, das zeigte mir sein Gesichtsausdruck, der konzentriert und gleichzeitig vollkommen gelöst und entspannt war.

Also besaß der Wüstenprinz mit seinen Muskeln nicht nur eine schöne, ansonsten nutzlose Verpackung.

Malik drehte noch eine letzte Schraube, fiel auf das gespannte Tuch und ließ sich ausschaukeln. Seine nackte Brust hob und senkte sich mit seinem schnellen Atem, Schweißperlen glitzerten auf ihr wie winzige Diamanten. Seine Locken erschienen ein paar Schattierungen dunkler vor Feuchtigkeit.

»Fertig?«, erklang eine Stimme von irgendwo aus der Luft.

Ich zuckte zusammen und duckte mich instinktiv in den Schatten. Es wäre so unendlich peinlich, wenn mich jetzt jemand dabei ertappte, wie ich insgeheim hübschen, halbnackten Jungs beim Turnen zusah!

»Fertig«, antwortete Malik mit einem Lachen. Er sah hoch zum Hallendach und hob einen Daumen.

Ich folgte seinem Blick und sah seinen Kumpel oben an der Decke kleben wie eine Spinne. Die Kletterwand setzte sich über einen Teil der Decke fort, und an der Wand hing Jayce offenbar an Fingern und Zehenspitzen, als hätte er Saugnäpfe an den Gliedern. Wie er in der Haltung noch etwas anderes konnte als atmen und am Leben bleiben, war mir schleierhaft.

Beinahe hätte ich geschrien, Jayce löste sich von seinem prekären Halt und fiel. Er stürzte von der Decke wie ein Stein, und ich sah den Aufprall schon in aller schmerzhaften Farbigkeit vor mir, als er im letzten Moment eins der herabhängenden Kletterseile ergriff und sich mit den Beinen daran festklammerte. Sanft wie eine Feder glitt er zu Boden und ich holte wieder Luft.

»Dann lass uns was essen«, sagte Jayce so ruhig, als hätten die beiden eine gelassene Unterhaltung während eines Spaziergangs geführt. Seine Tattoos schimmerten im Neonlicht wie erhabene Reliefs auf seiner gebräunten Haut.

Malik erhob sich und griff nach einem Handtuch, das über dem Rand des Trampolins hing. Er trocknete sein Gesicht und rieb sich nachlässig über Schultern und Brust.

Jayce zog sich auf den Rand des Gerätes und saß mit baumelnden Beinen da. Sein Gesichtsausdruck war nachdenklich. »Glaubst du, wir tun das Richtige?«

Malik warf das Handtuch über seine Schulter. »Bro«, sagte er und hob eine Braue, »du zweifelst? An dir, an mir oder an der Sache?«

Jayce lachte nicht, wie ich es bei Maliks beiläufig spöttischem Tonfall erwartet hätte. Er blickte auf seine Hände, die sich langsam zu Fäusten ballten und wieder entspannten. »Es ist schwer«, sagte er nach einer Weile. »Du hast mich von eurer Sache überzeugt, aber es gibt auch Tage, an denen ich mir gar nicht mehr so sicher bin, dass wir auf dem richtigen Weg sind. Nicht so sicher, wie du dir zu sein scheinst, Malik.«

Und wieder wurde meine Erwartung enttäuscht. Malik lachte ihn nicht aus, er machte keine scharfe Bemerkung, er legte nur kurz seine Hand auf Jayce' Schulter und drückte sie. »Komm«, sagte er dann. »Ich hab tatsächlich Hunger.«

Ich wartete, bis ich ihre Schritte nicht mehr hören konnte, dann zog ich mich auf das Trampolintuch und kniete dort eine Weile, weil ich über das Gehörte nachdachte. Was heckten die beiden aus? Es war etwas Ernsthaftes, etwas, das zumindest dem Bad Boy Magenschmerzen bereitete. Ich hätte Geld dafür bezahlt, dieses Geheimnis zu kennen.

Mit einem Schulterzucken verjagte ich das Grübeln und kam auf die Füße. Ein paar federnde Schritte zur Mitte des Tuchs, auf das aufgezeichnete Kreuz und ab in die Luft. Trampolinspringen war wie Fliegen und pustete alle dunklen Gedanken aus meinem Kopf.

7

Meine erste Stunde im hiesigen Biotop. Ich war trotz Mikis nervigen, aber durchaus effektiven Bemühungen, mich aus dem Bett und unter die Dusche zu quatschen, zu spät dran, um vorher wenigstens noch eine Tasse Kaffee zu trinken. Entsprechend fühlte ich mich matschig, desorientiert und war äußerst stinkig gelaunt, als wir im Kursraum einliefen.

Die anderen Newbies waren schon vollzählig versammelt. Ich konnte erkennen, dass sich bereits Cliquen gebildet hatten. Miki zauderte, sah mich fragend an und schloss sich dann einer kleinen Gruppe von Nerds an, die sofort begannen, die Computerarbeitsstationen in Beschlag zu nehmen.

Ich stellte mich ans Fenster und sah in den morgendlich besonnten Hof hinunter. Gerade ging schnellen Schrittes ein hochgewachsener junger Typ auf eine unauffällige Tür im Seitenflügel zu, sah sich flüchtig um und schob dann seine Kennkarte durch den Scanner. Er öffnete die Tür und verschwand im Haus. Ich musste grinsen. Hier hatten sogar die Nebengebäude gesicherte Eingänge.

»Area 51«, sagte ein dunkelhaariges Mädchen, das so lautlos neben mir aufgetaucht war, dass ich heftig zusammenzuckte.

»Was?«, fragte ich und musterte sie. Sie war einer der Zwillinge, die mir gestern bei der Versammlung der Neuzugänge aufgefallen waren. Sie hatten zu Mr Hollands Gruppe der Eingeweihten gehört, also war jemand aus ihrer Familie vorher auch schon hier auf der Schule gewesen.

»Area 51«, wiederholte sie. »Kennst du nicht? Das Gelände, auf dem die Aliens versteckt gehalten werden?« Ihre Stimme klang monoton, sie sprach englisch mit undefinierbarem Akzent.

»Ja, klar, in Nevada«, sagte ich gereizt. »Roswell und all dieses Verschwörungszeug. Ich bin doch nicht blöd. Aber was willst du mir damit sagen?«

Sie deutete auf die Tür, durch die gerade der Junge verschwunden war. »Das liegt dahinter«, sagte sie und biss knirschend in einen Apfel. Der volle Mund machte ihre Aussprache nicht präziser. »Die nennen es hier eben so. Da unten passieren alle möglichen total geheimen Experimente.« Ihre Augen funkelten.

Ich verstand. Das Mädel hatte einen Klaps, und zwar einen gewaltigen. Ich nickte und sagte: »Ja, klar. Hier laufen total geheime Sachen. Das hier ist schließlich Xaviers Institut für begabte Jugendliche, und irgendwo müssen sie die Mutanten ja aufbewahren.«

Ihre Augen, groß und dunkel, musterten mich eindringlich. Ihr Blick war ziemlich starr, sie blinzelte nicht. Nach einer Weile, in der sie keine Miene verzogen hatte, sagte sie: »Du verarschst mich gerade, oder?«

»Nein, wie kommst du darauf?« Ich war genervt und hatte keine Lust, das zu verbergen.

»Mann, bist du bescheuert«, sagte sie, biss noch einmal in ihren Apfel und kehrte zu ihrer Schwester zurück, die uns vom anderen Ende des Kursraums beobachtete. Die beiden standen nebeneinander und glotzten mich an. Ich verdrehte die Augen und sah wieder aus dem Fenster. Irre. Hier waren nur Irre.

Unsere Kursleiterin rauschte mit dem Glockenschlag in die Klasse und scheuchte uns auf die Plätze. Sie knallte einen Stapel Papier auf den Tisch, verteilte einen guten Teil davon an uns und legte los.

Ich hatte erwartet, dass sie uns zu unseren Ergebnissen in Sachen Fensterbild befragen würde, aber de Freytas startete mit Überschall in die Einführungslektion »Alternative Historie für Anfänger«. Mir fielen die Augen zu.

Die Vorlesung rauschte an mir vorbei, aber irgendwann merkte ich, dass de Freytas ein paar ziemlich seltsame Statements von sich gab. Ich meine, wir alle kennen die Eckdaten der Geschichte, wie sie uns in den Schulen eingetrichtert werden, oder?

De Freytas schien über ein Paralleluniversum zu referieren. Das abstruse Zeug, das sie von sich gab, schaffte es, mich aus meinem Halbschlaf zu holen. Ich richtete mich auf und hörte zu. Und mein Kopf begann zu schmerzen. Ich sah mich um, aber alle hingen an de Freytas' Lippen, als träufelte nichts als Honig und goldene Wahrheit von ihnen.

Also gut. In Wirklichkeit wurde die Welt beherrscht von den zwei widerstreitenden Kräften des Chaos und der Ordnung. Jede dieser Kräfte wollte den Sieg erringen, aber keiner von beiden war es bisher vergönnt gewesen. Die Folgen der jahrtausendealten Fehde kannte die Menschheit als diverse große und kleine Kriege, Völkerwanderungen, Katastrophen und untergegangene Weltreiche.

Alles klar? Genau der gleiche esoterische Schmu, wie ich ihn in diesem Buch gelesen hatte, das mir Mr Sharma gegeben hatte.

Ich hatte mich geirrt, aber so was von. Das hier war keine Besserungsanstalt und kein Jugendknast. Es war eine Klapsmühle. Ich schaltete auf Durchzug und holte ein bisschen Schlaf nach.

Miki blieb an meiner Seite, als sich der Kursraum nach der Vorlesung leerte. »Ich hab mit ein paar Leuten geredet«, raunte sie. Sie schaute sich um wie ein Kaninchen, das den Fuchs witterte. »Firewall, Internet, du weißt schon.« Ihre Augenbrauen tanzten. »Arachnet ist teuflisch gut gesichert, aber es gibt einen Hack, den ich ausprobieren möchte, Jeroen hat mich da auf einen Gedanken gebracht.«

Sie sprach japanisch oder ich stand auf dem Schlauch. Ich trat mein Gehirn in den Hintern, damit es anfing zu arbeiten und fragte: »Was ist gut gesichert? Die Schule? Aranea Hall? Und was willst du hacken, die Türen?«

Sie kicherte und presste die Faust vor den Mund. »Viel besser«, wisperte sie, »das schulinterne Netzwerk: Arachnet.«

Was Miki mir da offerierte, war eine Verbindung nach Hause. Wenn es ihr gelang, die Firewall zu knacken, dann konnte ich Tom anhupen. Vielleicht sogar meine Mutter. Nein. Nur Tom. Und dem fiel vielleicht was ein, wie ich von hier wegkam.

»Los«, sagte ich und griff nach ihrem Ellbogen. »Worauf warten wir?«

Sie lachte und zog ihren Arm weg. »Ich bin jetzt verabredet«, sagte sie und tänzelte von mir weg. »Mit Jeroen. Ich will ihn noch ein paar Sachen fragen, außerdem hab ich Hunger.« Sie sah auf ihre Uhr. »Und du hast doch gleich deine Kognitionsstunde, hast du die vergessen?«

Verflixt, ja, das hatte ich tatsächlich. Einen Moment lang erwog ich, einfach zu schwänzen, denn schließlich, was sollte passieren? Dass man mich rauswarf?

Aber dann dachte ich daran, dass ich versprochen hatte, eine Weile durchzuhalten. Und ich brach keine Versprechen. Nie.

Der Professor saß noch genau da, wo ich ihn bei unserem letzten Treffen verlassen hatte. Wenn er nicht ein dunkleres Hemd und eine schwarze Hose getragen hätte, dann hätte ich geglaubt, er wäre in dieser Position eingefroren und erst aufgewacht, als ich zur Tür hereinkam.

Er lächelte und wies auf den Sessel ihm gegenüber. Es folgte sein Griff nach der Pfeife, aber das ausgebeulte Tweedjackett, in dessen Tasche sie steckte, hing hinter seinem Schreibtisch über der Stuhllehne. Er schlug die Beine übereinander und sah mich mit einer bohrenden Aufmerksamkeit, die mir unangenehm war, schweigend an. Ich imitierte seine Haltung und erwiderte seinen Blick, ohne zu blinzeln.

Nygren legte den Kopf leicht auf die Seite und rieb sich die Nase. »Wie geht es Ihnen?«

»Gut«, sagte ich einsilbig.

Schweigen. Er runzelte leicht die Stirn und beugte sich zur Seite, um in irgendwelchen Unterlagen zu blättern. »Haben Sie noch Beschwerden?«

»Worüber?«

Er sah jäh auf, musterte mich scharf. Anscheinend fühlte er sich auf den Arm genommen. »Beschwerden«, wiederholte er. »Körperlicher Art. Seelischer Natur.«

Ach so. Ich zuckte mit den Schultern. »Mir geht es gut«, wiederholte ich.

Er nickte und legte die Zeigefinger vor dem Mund zusammen. »Woran erinnern Sie sich?«

Ich regte mich unbehaglich. Sollte ich mich dumm stellen? Ich wusste, wonach er fragte. »An den Unfall nicht«, sagte ich schroff. »Ich bin irgendwann im Krankenhaus aufgewacht, hatte Schmerzen und wusste nicht, was geschehen war. Das haben sie mir dann erzählt. Ich kann mich immer noch nicht daran erinnern, aber ganz ehrlich, ich bin auch nicht scharf drauf.« Was stimmte. Mir fehlten tatsächlich ein paar Tage der Erinnerung, aber wer erinnerte sich schon gerne an einen Autounfall und die Schmerzen und die Angst danach? Als ich wieder klar war, war das Schlimmste vorüber, ich hatte ein paar Schrauben im Bein und einen Gips und eine Halskrause, aber sonst war alles okay. Kopfschmerzen, klar. Noch eine ganze Weile wurde mir schwindelig, wenn ich mich zu schnell bewegte, meine Sicht war beeinträchtigt, ich hatte Schmerzen und fühlte mich matschig und desorientiert, aber das lag sicher auch an den Schmerzmitteln.

Viel schlimmer war, dass niemand da war, den ich kannte. Ich wurde wach und war in einer fremden Umgebung, allein, voller Angst und mit Schmerzen am ganzen Körper. Nachts, natürlich. Neben mir piepsende und blinkende Gerätschaften. Ich hatte schrecklichen Durst und konnte mich nicht bewegen. Und ich wusste einfach nicht, wo ich war und für einige ziemlich gruselige Momente auch nicht ganz genau, wer ich war.

Nygren nickte, als ich ihm das alles in trockenen Worten erzählte. Er spielte mit seinem Kugelschreiber, der im Licht der Tischlampe blitzende Reflexe in meine Augen warf. Es nervte. Ich blinzelte und wandte den Blick ab, aber in meinem Augenwinkel blitzte es weiter. Ich blinzelte heftiger, mit einem Mal hatte ich bleischwere Lider.

»Erzählen Sie mir von dem Unfall«, sagte eine warme, ruhige Stimme. »Entspannen Sie sich. Nichts kann Ihnen geschehen, ich passe auf Sie auf. Erinnern Sie sich, Liv.«

Ich nahm einen tiefen Atemzug und ließ meine Gedanken wandern. Zurück zu dem Tag, an dem Tom vorgeschlagen hatte, eine kleine Spritztour zu unternehmen, raus aus der Stadt, an die Küste.

Wir waren in seine klapprige Karre gestiegen und hatten die Musik laut gedreht. Die Bässe dröhnten aus den Boxen, die teurer waren als das komplette Auto (das hatte er nämlich von seinem Cousin geerbt). Und dann waren wir in Richtung Nordsee losgedüst. Tom war wie immer viel zu schnell unterwegs, er war so ein ungeduldiger Typ. Je schneller er an seinem Ziel ankam, desto eher konnte er ein Bier trinken, etwas essen, durch den Sand laufen, Musik hören, chillen.

Dann … dann …

Ich hörte mich wimmern.

»Was war dann?« Die Stimme, ruhig, besänftigend.

Wir fuhren. Etwas außerhalb der Stadt, eine schmale Straße, kein Verkehr. Tom lachte, drehte sich zu mir, erzählte mir etwas, gestikulierte, eine Hand am Steuer, die andere in der Luft Bögen beschreibend. Unser Auto schlingerte, kurvte beinahe auf die Gegenfahrbahn. Ich sah den Schatten, und ehe ich begriff, was es war, krachte das andere Fahrzeug schon in unsere Seite und schleuderte Toms kleine Kiste quer über die Straße. Ein Baum kam rasend schnell auf uns zu.

Es gab einen schrecklich lauten Knall und ich wurde zur Seite geschleudert, dann wieder nach vorne. Nicht angeschnallt. Mein Kopf prallte irgendwo gegen, mein Bein verhakte sich, verdrehte sich, ein hässlicher, grausamer Schmerz …

Nichts mehr. Eine Weile gnädiges Dunkel.

Dann Stimmen, Schmerzen, laute Geräusche. Aufflackernde Bilder. Männer. Hände, die mich aufs Gras legten. »Du Idiot!« Eine Stimme. »Du hättest sie umbringen können!« Wieder Geräusche, laut. Und dann flammte der Schmerz auf und begrub mich unter sich.

Stille, Dunkelheit, keine Schmerzen. Ich war nicht in meinem Körper, der zerschlagen und geschunden in einem Krankenhausbett lag. Ich war in Sicherheit. Unter meinen Händen das Leder einer Armlehne. Der Geruch nach Pfeifentabak. Gedämpftes Licht, das durch geschlossene Jalousien gefiltert wurde. Ausruhen. Den Schrecken verzittern lassen.

»Hast du herausfinden können, wo sie die vier Tage gewesen ist?« Frauenstimme, fern, wie aus einem Lautsprecher. Handy? Aber hier gab es kein Netz …

»Sie erinnert sich nicht.« Leises Klimpern, eine kurze Berührung an meinem Nacken. »Aber das wird sie noch, ich bin zuversichtlich.«

Die beiden Stimmen unterhielten sich weiter, aber ich war zu müde, um zu lauschen. Sanft driftete ich durch die rötliche Dunkelheit, genoss die Abwesenheit von allem.

»Liv?« Jemand rief meinen Namen. »Liv. Hör auf meine Stimme.«

Tat ich doch, Mann. Ich wollte lachen, aber meine Muskeln gehorchten mir nicht. Gegen den Widerstand der Sandsäcke, die daran zu hängen schienen, öffnete ich meine Lider.

Er saß mir gegenüber, graues Haar, das im Licht schimmerte, graue Augen, lächelnde Fältchen. Ich lächelte unwillkürlich zurück. »Papa?«, murmelte ich und fragte mich im gleichen Moment, wieso ich das gesagt hatte.

Sein Lächeln verblich. Er hob die Hand, an einer Kette schwang eine Münze, hin und her. Tetradrachmon. Das Wort schoss mir in den Kopf und verschwand gleich wieder. Der Anhänger gehörte mir. Wie kam er in seine Hand?

»Woher hast du dies?«, fragte der Mann.

»Pallas Athene«, erwiderte ich schwerfällig. »Die Zeustochter.«

»Ja, das ist richtig.« Er wartete geduldig.

»Von Zeus.« Ich lauschte meinen Worten hinterher, versuchte, ihren Sinn zu entschlüsseln. »Der Anhänger. Athene. Zeus gab ihn mir.«

Der Zuhörer ließ einen fragenden Laut hören. Ich rief meine

umherirrenden Gedanken zur Ordnung, sammelte mich und sagte: »Mein Vater hat ihn mir geschenkt.«

»Das ist richtig«, antwortete der Zuhörer. Ich freute mich über seine Zustimmung.

»Wann war das?«, fragte er.

Fragen. Fragen. Fragen. Mein Kopf summte wie ein Bienenschwarm. »Wann?«

Er nickte.

»Ich war …« Kurze Irritation. Ich hatte meinen Vater als kleines Kind zuletzt gesehen. Drei oder vier? Warum sah ich seine Gestalt jetzt vor mir, beinahe auf Augenhöhe, sah, wie er mir die Kette um den Hals legte und seine Hand kurz auf meiner Wange ruhen ließ? Sein Blick in meinem Blick. Augen, die meinen Augen glichen. Ernst. Ich las den Stolz in ihnen. Er war stolz auf mich – aber warum?

»Drei«, sagte ich widerstrebend. »Ich habe ihn schon, solange ich denken …« Meine Stimme versagte. Solange ich denken kann? Nein, nein, das war falsch. Seit … seit ein paar Wochen?

Die widersprüchlichen Erinnerungen verursachten peinigende Kopfschmerzen. Ich schloss die Augen und ließ den Kopf zurücksinken. »Müde«, murmelte ich.

»Schlaf«, sagte der Zuhörer. »Erhole dich. Ich wecke dich gleich auf und du bist frisch und entspannt.« Er sprach weiter, sagte etwas von »Erinnerung« und »das nächste Mal«, aber ich hörte nicht mehr zu. Weiche, warme, rote Dunkelheit umfing mich, lullte mich ein, wiegte mich. Ich ließ mich in ihre Umarmung fallen und vergaß.

Benommen stand ich vor meiner Zimmertür und fischte nach meiner Schlüsselkarte. Ich fühlte mich wie nach einem tiefen

Schlaf, ein bisschen aus dem Ruder und ohne konkrete Erinnerung an die letzte Stunde. Es hätte eigentlich ein beängstigendes Gefühl sein müssen, aber stattdessen war es sogar beinahe angenehm.

Eine Weile stand ich reglos im Zimmer und starrte die Badezimmertür an. Was war geschehen? Als Letztes hatte ich mit Miki über das Arachnet geredet, dann war sie gegangen, um sich mit Jeroen zu treffen, und ich …

Ich war hierhergekommen. Klar, denn hier stand ich schließlich. Die Erklärung befriedigte mich nicht vollständig, war aber das Beste, was ich zustande brachte. Ich war nicht müde, aber so durcheinander, dass ich mich auf mein Bett legte. Meine Hand schloss sich um den Anhänger der Pallas Athene, meine Finger befühlten die Umrisse der Münze und ihrer abgegriffenen Prägung. Zeustochter, Kopfgeburt, eulenäugige Göttin …

Ich musste eingeschlafen sein, denn ich schreckte aus grauem Dämmer hoch, als Miki ins Zimmer kam und ihre Tasche auf ihr Bett warf. »Hoch mit dir, Schlafmütze«, rief sie gut gelaunt. »Auf, auf. Jeroen hatte ein paar geniale Ideen.«

Ich wusste kurz nicht, was sie von mir wollte, aber dann fuhr es wie ein Blitz durch meine Nerven: Das Arachnet! Vielleicht konnte sie uns wirklich einen Zugang ins World Wide Web hacken – oder wenigstens irgendeine Verbindung, über die ich eine Nachricht zu Tom durchbekam.

Miki hockte vor ihrem Terminal und bearbeitete in einem Affenzahn ihre Tastatur. Ich versuchte gar nicht erst zu begreifen, was sie da tat. Computer waren etwas, was man bediente, aber mehr auch nicht. Wie die Dinger funktionierten, wie man sich irgendwo hineinhackte – das war nicht mein Gebiet. Tom hatte öfter vergeblich versucht, mein Interesse dafür zu wecken, aber das war eins der wenigen Themen, bei denen sich unsere Neigungen nicht überschnitten.

»Ja«, sagte Miki und klopfte auf den Tisch. »Ja, ja, JA!« Sie tippte weiter. Es zog sich. Ich legte mich wieder aufs Bett und bohrte mit vorsichtigen geistigen Fingern in dem schwarzen Loch meiner Erinnerungen an diesen Nachmittag herum. Zum Teufel, mir fehlten fast zwei Stunden!

Was war in dieser Zeit passiert? Wieso hatte ich einen Blackout? Ich tastete über meinen Kopf, aber da war keine Beule, keine schmerzende Stelle. Außerdem war das hier eine Schule, man konnte keinen Schritt tun, ohne dass einen dabei jemand beobachtete. Wenn ich mir den Kopf angeschlagen und zwei Stunden irgendwo herumgelegen hätte oder orientierungslos herumgeirrt wäre, dann hätte das jemand gemerkt und mich auf die Krankenstation gebracht.

Ich verschob die sinnlose Grübelei auf später. Miki stieß kleine schnaufende Laute aus und trommelte mit den Füßen gegen die Stuhlbeine. Anscheinend tat sich was.

Sie hob die Hände von der Tastatur und drehte sich zu mir um. »Geschafft«, verkündete sie mit sichtlichem Stolz. »Wir haben einen Durchschlupf.« Ihre Stirn runzelte sich. »Natürlich gibt es hier im System keinen Browser. Aber lass mich etwas probieren.« Sie streckte die Hand aus. »Gib mir dein Handy.«

Sie hantierte daran herum, murmelte dabei vor sich hin und reichte es mir schließlich mit einem triumphierenden Grinsen zurück. »WhatsApp müsste funktionieren.«

Ich gebe zu, ich war sprachlos. Die kleine Maus war ein Genie. Miki sah mir gespannt über die Schulter, als ich den Messenger öffnete. Es dauerte ein bisschen länger als sonst, dann aber öffnete sich die App und ich grinste Miki an und klatschte sie ab. Das kleine Genie hatte es geschafft!

Sie hüpfte ein paarmal auf und ab und sah dann auf die Uhr. »Meine Kognitionsstunde«, rief sie erschreckt und war schneller als der Blitz aus der Tür.

Das war mir ganz angenehm. Ich ließ mich aufs Bett fallen und checkte meine Nachrichten. Es waren erschreckend wenige, anscheinend vermisste mich niemand. Das tat kurz weh, aber dann steckte ich den Schlag weg und suchte nach einer Nachricht von Tom.

Und fand keine.

Das tat jetzt allerdings richtig weh. Tom war der Einzige, mit dem mich wirklich eine echte, tiefe Freundschaft verband. Er konnte mich doch nicht so sang- und klanglos abgeschrieben haben? Wir hatten uns seit dem Unfall nicht mehr gesehen und nicht miteinander gemailt … es konnte doch nicht sein, dass es ihn überhaupt nicht interessierte, was mit mir war. Ließ ihn meine Verschickung ins Exil denn komplett kalt? Hatte er sich einen anderen Buddy gesucht und mich vergessen?

Ich schluckte hart und tippte ihm eine Nachricht. *Wo bist du, Tom? Was machst du?*

Einige Atemzüge lang starrte ich meine gesendete Nachricht noch an, während ich im Takt meines Pulses dachte: »Melde dich. Melde dich. Melde dich.«

Nichts.

Ich stieß ein frustriertes Knurren aus und suchte nach einem meiner anderen Kontakte. Flix. Dauernd zugedröhnt, es war unmöglich, ihn mal nicht bekifft zu erwischen, deshalb glich eine Unterhaltung mit ihm der Kommunikation mit einem Geist mittels Ouija-Brett. Aber er hatte sich in den letzten Monaten ein vollgemülltes Zimmer in einem besetzten Haus mit Tom geteilt, und deshalb würde er am ehesten wissen, was los war.

»Wo ist Tom?«, schrieb ich. Unnötig, irgendwelche höflichen Vorreden oder so was zu vergeuden, nicht an Flix.

Es dauerte einige nervenzerrende Minuten, dann kam die Antwort: »Dachte, du bist tot.«

Sehr witzig. Ich knirschte mit den Zähnen. »Hast dich zu früh gefreut«, tippte ich. »Tom?«

Schwarzes Schweigen. Dann, beinahe zögernd, die Worte: »Weißt du nicht?«

Würde ich ausgerechnet ihn fragen, wenn ich wüsste, wo Tom sich rumtrieb? Dieser Schwachkopf!

»WO?«

Keine Antwort. Und, noch schlimmer, ich konnte erkennen, dass die Verbindung zusammenbrach. »Nicht jetzt«, beschwor ich mein Handy. »Verdammt, halt noch ein paar Minuten durch, du Ding!«

Sie mussten die Lücke in der Firewall entdeckt haben, denn vor meinen Augen schloss sich das Fenster in die Welt der Freiheit. Ich biss mir auf die Wange, um nicht in Tränen auszubrechen.

8

Ich schob das Rätsel des Fensterbildes für einige Zeit beiseite, die Suche nach der Lösung schien immer nur in Sackgassen zu führen, an deren Ende entweder Nadir oder Arachne vor mir stand, aber eben kein Weg hinausführte. Auch Mr Sharmas Buch hatte sich nicht wirklich als nützlich erwiesen, deshalb hatte ich es ihm auch bereits zurückgegeben.

Ich hatte de Freytas den ersten Teil der Lösung genannt: die beiden beteiligten Parteien – Arachne und Nadir – und dass es bei dem Krieg wohl irgendwie um die Vorherrschaft einer der beiden Gruppen ging. Oder um die Weltherrschaft. Oder um den einen Ring …

De Freytas hatte ein wenig gequält gelächelt, wahrscheinlich fand sie das nicht witzig oder hatte den Gag schon zu oft zu hören bekommen, und mich dann zurück an die Arbeit geschickt. Welches Rätsel verbarg sich in der Abbildung? Ich hatte keinen blassen Schimmer und auch keine Lust mehr, noch länger dieses besengte Bild anzustarren.

Der Schulalltag nahm mich in Anspruch, ohne dass ich ihm etwas entgegenzusetzen hatte. Es war auf eine seltsame Art beinahe angenehm, sich nicht mehr zu sträuben, einfach mit dem Strom zu schwimmen, sich anzupassen und wie all die anderen kleinen Fischchen brav im Schwarm dahinzutreiben und geistlose Luftblasen ins Wasser zu pusten.

Das Gefolge der Bienenkönigin brachte das Kunststück fertig, mich zu ignorieren und gleichzeitig scharf im Blick zu behalten. Ganz gleich, ob ich in der Cafeteria um Essen anstand oder im Park auf meiner Bank saß und meine Notizen durchging – immer stand irgendwo in der Nähe ein Grüppchen der Schönen und Beliebten und sah ostentativ an mir vorbei.

Meine Kognitionsstunden brachte ich mit der Plauderei über Belanglosigkeiten hinter mich und versprach Professor X schließlich zu meinem eigenen Erstaunen, endlich einmal zum Abendessen zu erscheinen.

Das Zugeständnis fiel mir weniger schwer, als ich gedacht hatte, schließlich hatte ich mich mittlerweile an die Schuluniform gewöhnt. Nicht, dass ich sie inzwischen lieb gewonnen hätte, ich fluchte jeden Morgen über die alberne Verkleidung, aber wenn ich dann aus der Tür ging, dachte ich schon gar nicht mehr darüber nach.

Ich passte mich an? Ja. Aber das bedeutete nicht, dass ich damit einverstanden war, hierzubleiben. Es hieß nur, dass ich keine überflüssige Energie mehr hineinsteckte, Dinge verändern zu wollen, die ich nicht ändern konnte.

Der Unterricht war seltsam, aber in großen Teilen fand ich ihn sogar recht interessant. Science – die Unterrichtsreihe, vor der ich mich am meisten gegruselt hatte – war ein spannender Mix aus verschiedensten wissenschaftlichen Disziplinen, aufbereitet für dumme Anfängerinnen wie mich. Das allein hätte mir die Stunden, in denen wir uns damit beschäftigen mussten, nicht wirklich verschönt, aber Malik, der die Arbeitsgruppen anleitete, schaffte es jedes Mal, dass ich bei der Stange blieb. Er war charmant, er war witzig und eloquent und er flirtete geradezu schamlos mit mir, und ich genoss es.

Aber das eigentliche Highlight in meinem Stundenplan war dann schließlich der Selbstverteidigungskurs. Ausgerechnet!

Die erste Stunde fand in der mit Matten ausgelegten Halle, im sogenannten Dojo, statt. Inzwischen hatte ich mich daran gewöhnt, mit den anderen Neulingen irgendwo wie bestellt und nicht abgeholt herumzustehen und darauf zu warten, dass man uns sagte, was als Nächstes passieren würde. Diesmal stand ich also in Trainingsklamotten am Rand der Mattenfläche, von wo aus ich einen Blick auf die Kletterwand in der Nachbarhalle erhaschen konnte. Dort war eine Anfängergruppe gerade damit beschäftigt, nicht runterzufallen und sich sämtliche Gräten zu brechen, während ihr Klettertrainer, ein stämmiger, dunkelblonder Mann, sich die Lunge aus dem Leib brüllte. Ich war überrascht über die Mischung aus Erleichterung und Enttäuschung, die sich in mir breitmachte, dass es nicht Jayce war, der die Gruppe trainierte.

»Schließt bitte die Zwischentür«, befahl eine Männerstimme, und ich fuhr erschreckt herum. Ich hatte nicht bemerkt, dass unser Trainer inzwischen eingetreten war. Hereingerollt, um es präzise zu sagen. Andrew Holland, unser Vertrauenslehrer – was auch immer das heißen sollte.

Ich gebe zu, er war mir auf den ersten Blick sympathisch mit seinem lockig braunem Haar und den nussbraunen Augen, kleinen Lachfältchen und einer unglaublich positiven Ausstrahlung, die mir schon bei seinem ersten kurzen Auftritt in Begleitung von de Freytas aufgefallen war. An diesem Tag saß er in einem dieser sportlichen Rollstühle, die auf Wendigkeit und Schnelligkeit getrimmt waren, und trug Trainingsklamotten wie wir alle. Er sah fit aus, aber trotzdem … Selbstverteidigung und waffenloser Kampf? Im Rollstuhl?

Wir versammelten uns um ihn und sahen ihn erwartungsvoll an. Jetzt erst bemerkte ich den Jungen, der schweigend mit verschränkten Armen neben Holland stand. Ein kräftiger Typ, muskulös, Footballer oder Rugbyspieler. Ich hatte ihn schon ein oder zwei Mal in der Cafeteria bemerkt, wo er mit anderen, ähnlich kräftig gebauten Jungs abhing, aber nicht weiter bemerkenswert gefunden.

Sein Blick glitt träge und uninteressiert über uns Rookies und senkte sich dann auf Mr Hollands Hinterkopf. Der Lehrer bat um Aufmerksamkeit und erklärte uns dann, dass wir in den nächsten Wochen lernen würden, uns allein mit gezieltem Körpereinsatz gegen Angriffe zur Wehr zu setzen.

»Schießen lernen wir wohl später«, murmelte Hendrick, der blonde Junge, den Miki so scharf fand.

Die anderen lachten und ich sah das kurze Lächeln, das über Andrew Hollands Gesicht flog. »Sehr recht, Mr de Vries«, sagte er. »Sie können zwischen Bogenschießen, Luftgewehr oder Pistole wählen. Aber zuvor ist dieser Einführungskurs in waffenloser Verteidigung eine Pflichtveranstaltung.«

Hendricks blasse Stirn überzog sich mit einem rosigen Schimmer. Er senkte den Blick und machte eine entschuldigende Geste, die Holland mit einem Nicken zur Kenntnis nahm.

»Fangen wir also an«, sagte er energisch. »Mr Rysskow wird Ihnen nun einen Angriff demonstrieren, den ich abzuwehren gedenke.«

»Oh«, entfuhr es einem der Zwillinge, ich glaube, es war Martine. »Das ist aber unfair.«

Der Junge neben dem Rollstuhl blickte auf und grinste gequält. Mr Holland lächelte und neigte den Kopf. »Ich wäre bereit, Mr Rysskow.«

Ich keuchte auf, denn Holland hatte kaum ausgesprochen, als der Junge sich schon auf ihn stürzte, schneller und wendiger, als ich es ihm zugetraut hätte. Aber noch schneller und unfassbar geschmeidig wich Holland in seinem Rollstuhl aus. Es folgte ein Wirbel von Angriffsbewegungen, die blockiert und gekontert wurden, bis schließlich der Junge mit einem dumpfen Ächzen neben dem Rollstuhl zu Boden ging und sich die Rippen hielt. Er war blass um die Nase und sein Atem pfiff laut über seine Lippen. Ich sah erschreckt zu Holland, der freundlich lächelnd seine Jacke glatt zog.

»Er ist verletzt«, sagte ich laut.

Der Junge richtete sich mühsam auf, eine Hand gegen die Rippen gepresst. »Halb so schlimm«, keuchte er. »Hab Fehler gemacht.« Er grinste verzerrt und sein Blick flackerte beinahe ängstlich zu dem Mann im Rollstuhl.

»Mr Rysskow hat sich zu spät abgerollt und ist mit dem Rad kollidiert«, erläuterte Holland und schnalzte leise missbilligend mit der Zunge. »Sergej, du musst darauf achten, dich sauber fallen zu lassen«, sagte er leise. »Das passiert dir in letzter Zeit zu oft, du wirst nachlässig. Du darfst dich nicht zu sehr auf deine Kraft und Statur verlassen.«

»Ja, Mr Holland.« Der Junge senkte zerknirscht den Kopf. Er tat mir irgendwie leid. Ich konnte sehen, dass er Schmerzen hatte.

Holland wandte sich an uns. »Wir üben in den nächsten Stunden eine einfache Angriffs- und Verteidigungsreihe. Als Erstes lernen Sie, zu fallen. Sie haben ja gesehen, wie wichtig das ist.«

Ein paar von uns lachten, und alle machten sich bereit, sich auf die Matten zu schmeißen.

Es machte Spaß. Die einfache Judorolle beherrschte ich bereits, aber jetzt brachte Holland uns bei, wie wir aus den seltsamsten Positionen, teilweise von einem erhöhten Standpunkt aus oder aus vollem Lauf immer noch irgendwie sauber auf dem Boden landen konnten, ohne uns allzu weh zu tun. Was nicht hieß, dass ich während dieser Stunde nicht eine Galerie von blauen Flecken sammelte.

Gegen Ende durften wir dann endlich das erste Mal gegeneinander antreten und versuchen, uns gegenseitig zu Fall zu bringen. Es war ein einziges atemloses Durcheinander, das uns den letzten Rest Power abverlangte. Mr Holland war der ruhende Pol in dem Chaos, rief Anweisungen und schickte den angeschlagenen Sergej Rysskow von einem zum anderen, um Handgriffe zu demonstrieren oder Tipps zu geben. Der Junge hielt sich steif und ich fragte mich, ob er sich eine Rippe angeknackst hatte. Das hinderte ihn aber nicht daran, mich mit einer Art Schulterwurf zu Boden zu befördern, aber ich revanchierte mich damit, dass ich ihm vom Boden aus die Füße wegzog. Er hüpfte taumelnd rückwärts und grinste mich an. »Gut reagiert«, rief er anerkennend.

Ich grinste zurück und rappelte mich auf, und mein Blick fiel auf Jayce, der in der halb offenen Tür lehnte und uns beobachtete. Sein Blick war entspannt und konzentriert zugleich, er schien das Bild in sich aufzunehmen wie eine Kamera.

Ich wandte mich hastig ab und hob mein Handtuch vom Boden auf. Während ich mir den Schweiß abtrocknete, fragte ich Sergej, was seine Rippen machten.

»Schmerzen ein bisschen«, antwortete er und hob die Schultern. »Nicht schlimm. Gehe gleich Krankenstation, Doc gibt mir Tablette.«

Ich nickte ihm mitfühlend zu, ich kannte das Gefühl, wenn einem die Knochen wehtaten noch aus dem Krankenhaus. »Lass abchecken, ob sie angeknackst sind«, sagte ich.

»Ist nicht.« Er drückte gegen seine Rippen und verzog das Gesicht. »Prellung, vielleicht. Ich war dumm.«

»Warst du nicht.« Es machte mich wütend. Holland hätte ihn nicht so anpflaumen dürfen. Immerhin war Sergej auch nur ein Schüler, genau wie wir alle.

Und Holland saß im Rollstuhl. Der Gedanke ließ mich lächeln.

»Er ist gut.« Sergej schien meine Gedanken zu lesen. »Stark. Wenn er seine Beine bewegen könnte, man könnte ihn nicht besiegen.«

Damit hatte er wahrscheinlich recht. Ich beobachtete Holland, der von einer Gruppe meiner Mitschüler umlagert wurde wie ein Rockstar. Sie bettelten um seine Aufmerksamkeit wie junge Hunde.

»Ich geh duschen«, sagte ich halblaut und schlang mein Handtuch um den Nacken. »Wir sehen uns.«

Im Gang zu den Umkleideräumen lungerten zwei Mädchen aus dem Gefolge der Bienenkönigin herum. Keine ihrer Favoritinnen, die kannte ich mittlerweile alle. Das hier waren Mitläuferinnen, kleine Arbeitsbienen, die um Aufmerksamkeit buhlten, um das Licht der großen Sonne, das sie aus ihrem Schattendasein erlösen sollte. Ich ignorierte die beiden und betrat die Dusche der Mädchen.

Eine der beiden folgte mir mit Duschgel in der Hand. Sie zögerte, als ich ihr einen finsteren Blick zuwarf, dann drehte sie eine der Duschen auf und begann sich abzuseifen.

Ich wählte die am weitesten von ihr entfernte Duschmöglichkeit und drehte das heiße Wasser voll auf. Es war herrlich, die festen Strahlen auf meine schmerzenden Muskeln zu richten. Fast so gut wie eine Massage. Ich stützte mich an der Wand ab, senkte den Kopf und ließ mir das Wasser auf Schultern und Nacken prasseln.

»He du«, sagte eine leise Stimme neben mir. »Liv. Kann ich mit dir reden?«

Ich drehte mich um. Wasser lief in meine Augen und ich blinzelte es weg. Das Mädchen sah mich flehend an.

»Hier?«, fragte ich und schraubte das Wasser etwas herunter, damit es nicht so laut platschte. »Was wird das, ein Überfall?«

»Nein, nein!« Sie wich erschreckt einen halben Schritt zurück. »Ganz im Gegenteil, ehrlich!« Sie sah sich um, beugte sich vor. Wasser spritzte in ihr Gesicht, aber es schien sie nicht zu stören. »Hier kann sie uns nicht hören.«

»Sie.« Ich musste nicht fragen, wen sie meinte. Misstrauen keimte in mir auf. Was kam jetzt? Irgendeine raffinierte Täuschung, damit ich nachher besonders blöd dastand?

Das Mädchen nickte und beugte sich noch näher. »Sie planen etwas«, wisperte sie, ihre Stimme war über dem Rauschen des Wassers kaum zu hören. »Sie wollen irgendwas tun, damit du Angst kriegst.«

Ich starrte sie an und drehte das Wasser ab. »Du willst mich doch leimen«, sagte ich.

Sie riss die Augen auf und schüttelte heftig den Kopf. »Nein, wirklich.«

»Warum solltest du mich dann warnen?« Ehrlich, warum? Ich kannte sie nicht, sie hatte ganz sicher kein Interesse daran, es sich meinetwegen mit der Bienenkönigin zu verscherzen.

Das Mädchen verzog das hübsche Gesicht zu einer Grimasse. »Weißt du, Kaj kann ein ganz schön arrogantes Miststück sein«, sagte sie.

Ich schnaubte laut. »Ach was?«

Sie lachte und sah sich dann wieder schuldbewusst um. »Pass auf, mir gefällt das einfach nicht, wie sie dich behandelt. Ich meine, du kannst doch nichts dafür, dass du aussiehst wie sie. Mit dem gleichen Recht könntest du sie deswegen angiften, oder?« Sie starrte mich eindringlich an.

Eine kleine Gerechtigkeitsfanatikerin, wie nett. Ich musste lächeln. »Ja, klar. Du hast recht. Und deshalb warnst du mich? Ist das nicht gefährlich für dich? Wenn sie das rausfindet …«

Sie zuckte mit den Schultern. »Ich bin keine von ihren engen Freundinnen«, gab sie zu. »Kaj beachtet mich eigentlich gar nicht.« Sie musterte mich beinahe gierig. »Da sind einige von uns, die Kajs Tyrannei leid sind. Wenn du vorhast, ihr Konkurrenz zu machen …« Sie sprach nicht weiter, aber ich wusste, worauf sie hinauswollte. Wenn ich einen Konkurrenzbienenstaat aufmachen wollte, hätte ich auch gleich meinen Hofstaat zur Verfügung. Meine Güte.

»Kein Interesse«, sagte ich knapp und fügte »aber danke« hinzu. »Ich bin nicht so der gesellige Typ.« Ich machte einen Schritt an ihr vorbei und schnappte mir mein Handtuch. Es war irgendwie peinlich und seltsam, nass und nackt einen auf Schulhofpolitik zu machen. »Intrigen unter der Dusche« – ein Titel für ein ziemlich abgedrehtes Buch.

Sie dackelte mit hochgezogenen Schultern hinter mir her. »Fühl dich einfach gewarnt, okay?«, sagte sie. »Und vielleicht … also, ich heiße Czilla.«

»Netter Name«, sagte ich und seufzte. »Also gut. Ich fühle mich angemessen gewarnt und danke dir. Ich vergesse deine Hilfe nicht, versprochen.«

Sie strahlte mich an. »Dann sehen wir uns später?«

Ich seufzte wieder und nickte. »Von mir aus.«

Sie verschwand in der Umkleide und ich trocknete mich langsam ab. Was war das für eine Räuberpistole? Die Bienenkönigin wollte mir Angst einjagen? Wie wollte sie das denn wohl anstellen? Ich schnaubte wieder. Das würde ihr nicht gelingen, da sollte sie sich mal lieber drauf einrichten. So leicht war ich nicht zu erschrecken.

Vor dem Dojo wartete Jayce auf mich. Er lehnte neben der Tür, die Hände in den Taschen, und sah unverschämt gut aus, wie immer. »Hi, Kampfküken«, sagte er und stieß sich mit den Schultern von der Wand ab. »Cafeteria?«

Ich ging an ihm vorbei, ohne ihn anzusehen. »Heute nicht«, sagte ich kurz.

»Warum nicht?« Er glich seine Schritte meinen an und schlenderte neben mir her. Seine dunkle, schöne Stimme kitzelte meine Nerven wie eine samtige Berührung. »Du hast gut trainiert, da musst du doch hungrig sein.«

»Ich habe dem Professor versprochen, zum offiziellen Abendessen zu erscheinen.« Es war mir ein bisschen peinlich, beinahe so, als bedeutete das meine Kapitulation. Aber das war es nicht!

»Okay.« Er grinste, ich konnte es spüren. »Dann gehen wir eben gemeinsam zum Abendessen.«

Ich blieb stehen und starrte ihn an. Er erwiderte meinen Blick mit einem spöttischen Zwinkern. »Du gehst doch sonst auch nicht dorthin«, rief ich empört, obwohl ich nicht sagen konnte, wieso mich das so aufregte.

Er zuckte mit den Schultern. »Warum nicht? Das Essen ist gut dort. Ich könnte mal wieder was anderes vertragen als dieses Bistrozeug.«

»Mach, was du willst.« Ich setzte meinen Weg fort.

»Mache ich das nicht immer?«, flüsterte er.

Wir schwiegen auf dem Rückweg. Etwas ließ mir keine Ruhe.

»Holland«, sagte ich.

»Kleines Land im Westen Europas«, erwiderte Jayce.

»Das sind die Niederlande, du Blödmann«, sagte ich. »Nein, Andrew Holland. Unser Vertrauenslehrer.«

»Was ist mit ihm?«

»Was ist er für ein Typ?«

Er schwieg und kaute auf seiner Lippe. Das betonte seinen schönen Mund und ich wette, er wusste es. »Er ist okay«, sagte er nach einer längeren Pause. »Wirklich okay. Wenn du etwas hast, was dich bedrückt oder nervt, kannst du ruhig zu ihm gehen. Er haut dich nicht in die Pfanne.« Ein schneller Seitenblick. »Ist da was?«

»Würde ich es dir sagen?«, konterte ich. »Ausgerechnet dir?«

Er drehte sich um und lief rückwärts vor mir her, so sicher und schnell, als ginge er normal vorwärts. Sein Blick wanderte über mein Gesicht. »Wir sind doch Freunde«, sagte er.

Ich lachte laut auf. Dieser eingebildete Kerl. Baggerte mich blöd an, beleidigte mich, ging mir auf die Nerven, ließ mich irgendwo im Nirgendwo hängen – und behauptete jetzt rotzfrech, wir wären befreundet.

»Nope«, stellte ich richtig. »Du stalkst mich. Das hat nichts mit Freundschaft zu tun.«

»Aua«, sagte er und ging wieder neben mir her. »Das hat jetzt wehgetan. He, ich hab auch so was wie Gefühle.«

Ich lachte wieder. »Sagte der Wolf zu Rotkäppchen«, frotzelte ich. Und wurde dann rot. Was für ein blöder Vergleich, ich hätte besser meine Klappe gehalten.

Sein Grinsen wurde unverschämt. »Verspürst du irgendwelche Gelüste, dich von mir fressen zu lassen?«, raunte er.

»Kusch!«, zischte ich. »Geh mir nicht auf die Nerven, Biest.«

»Wie Ihr befehlt, Prinzessin.« Er verneigte sich geziert und drehte mit einer schwungvollen Bewegung ab, um sich seitlich in die Büsche zu schlagen.

Zweige schlugen rauschend zurück und er war verschwunden.

9

Mein erstes offizielles Abendessen. Ich gebe zu, kurz bevor ich meine Bluse zuknöpfte und die Weste darüber zog, spielte ich noch mit dem Gedanken, einfach zu kneifen. Das Essen der Cafeteria war schließlich gar nicht so übel. Aber dann erkannte ich den Gedanken als das, was er war: feige, und zupfte meine Manschetten zurecht. Ich glättete meine Haare, zupfte ein paar schrille Fransen in die Stirn und straffte meine Schultern, während ich meinen Blick im Spiegel erwiderte. Niemand sollte mich Feigling schimpfen dürfen, auch nicht ich selbst.

Es wäre allerdings eine Erleichterung gewesen, an Mikis Seite den mir fremden Saal betreten zu können, aber meine Zimmergenossin hing noch in einer ihrer Arbeitsgruppen fest und würde heute mit den anderen in der Cafeteria zu Abend essen, das hatte sie mir bedauernd erzählt. Aber da ich ja kein Feigling war, würde ich den Auftritt auch ohne Rückendeckung schaffen.

Die Schülerin, die heute vor der großen Flügeltür Wache hielt, musterte mich streng und nickte dann, als sie die Tür für mich öffnete. »Hab einen schönen Abend«, wünschte sie mir und ich dankte ihr geistesabwesend, als sich der große, von Stimmen, Geräuschen und Bewegung gefüllte Raum vor mir ausbreitete.

Mein erster Blick durch den Türspalt hatte mir nicht die vollständigen Ausmaße des Saales gezeigt. Er war groß wie ein Fußballfeld, und die Tische, an denen das Abendessen stattfand, nahmen nur einen Teil des Raumes ein. Der Rest glich einem

Tanzsaal, mit dunklem Parkettboden und einer kleinen Bühne, die sich an seiner entfernten Seite erhob.

Eine lange Front war mit Vorhängen verdeckt, ich vermutete geöffnete Fenster dahinter, denn der schwere Stoff beulte sich leicht im Luftzug. Über meinem Kopf hingen Kronleuchter, deren gedimmtes Licht den Saal angenehm gedämpft erhellte. Die Decke selbst verschwand darüber irgendwo im Dämmerlicht.

Der hintere Teil des Saales diente als Mensa – oder wie immer man das hier nennen mochte. Er war mit einer überschaubaren Anzahl größerer Tische möbliert, die eine lange Tafel umstanden. An der Tafel saß bereits eine Handvoll Lehrer und eine noch kleinere Gruppe Schüler stand wartend hinter ihren Stühlen. An den Tischen in der Runde war reges Gespräch, Kommen und Gehen, das Rücken von Stühlen und ein Winken und »Setz dich her«-Signalisieren im Gange, das mir zeigte, dass es hier wohl keine feste Sitzordnung gab.

Ganz anders an der Tafel, dort standen an jedem Platz Tischkärtchen mit den Namen der Schüler, die dort heute Platz nehmen würden. Das hatte mir Miki schon verraten: Nach einem rotierenden System musste jeder von uns auch immer mal am Lehrertisch essen. Würg. Ich hatte mich vorher vergewissert, dass es nicht ausgerechnet mich heute traf – dann wäre ich tatsächlich lieber weggeblieben. Aber nun fand ich mich mit dem Problem konfrontiert, zu welchen meiner lieben Mitschüler ich mich an den Tisch setzen wollte.

Ehrlich? Vielleicht wäre der Lehrertisch doch keine so schlechte Option gewesen. Ich stand unentschlossen am Rand und musterte die einzelnen Tische. Dort saß die Bienenkönigin mit ihren Auserwählten. Das war leicht, dieser Platz fiel schon mal aus.

Ich ignorierte die Blicke, die mich trafen, und das Tuscheln und steuerte auf einen Tisch zu, an dem erst ein paar Schüler saßen, die ich nur vom Sehen kannte. Im Moment war mir das sehr recht, da musste ich wenigstens keine Konversation betreiben. Ich fragte, ob ein Platz frei war, und setzte mich auf das stumme Nicken der drei Jungs hin.

»Du bist Liv, oder?«, fragte mich ein dürrer Dunkelhaariger. »Die Kronprinzessin hat dich auf dem Kieker.« Er grinste schwach, aber es hatte nichts Hämisches, sondern erschien eher mitfühlend. Ich nickte wieder und rückte das Besteck zurecht, das auf einem blütenweißen Platzdeckchen lag. Es lag schwer in der Hand. Silber? Das war doch irre für eine Schulmensa.

Ich sah mich um. Na gut, es war eine besonders beeindruckende Schulmensa. Viel dunkles Holz, Gemälde, verschnörkelt geschnitzte Stühle, die Kronleuchter. Auf den Tischen funkelten Karaffen mit Getränken, wahrscheinlich Traubensaft, aber es wirkte wie roter Wein. Einfach schön und sehr stilvoll. Ein bisschen einschüchternd, musste ich zugeben.

Die Jungs ignorierten mich, weil ich sie nicht weiter beachtete, und sprachen über irgendein Projekt. Alle hier waren ständig mit irgendwelchen Projekten und Arbeitsgruppen beschäftigt, nur ich nicht. Das machte mich wieder einmal zur Außenseiterin. Ich hätte mich in einer dieser Gruppen engagieren sollen, das war mir klar, aber es war kein Zwang, sondern eine freiwillige Leistung und ich wollte gar nicht erst damit anfangen, mich hier zu heimisch zu fühlen. Das Außenseiterding half mir dabei.

Ich drehte den Stiel des leeren Glases in meinen Fingern. Zugegeben, es fiel mir mit jedem Tag schwerer, mich hier nicht einfach einzuleben. Dies war die angenehmste Schule, die ich je erlebt hatte, und das waren ja einige gewesen. Ich könnte einfach hierbleiben. Sobald ich meinen Abschluss gemacht hatte, war ich frei, zu tun und zu lassen, was ich wollte, und zu gehen, wohin es mir gefiel. Tom hatte sich nicht gemeldet, und ich hatte auch keinen zweiten Versuch unternommen, ihn zu erreichen. Miki arbeitete an einer dauerhaften Umgehung der Firewall, aber ich drängte sie nicht. Dieser seltsame Zwischenzustand, in dem ich jetzt schwebte, war gar nicht so unangenehm.

Ich schrak hoch, denn eine dunkle, volltönende Glocke erklang und ließ alle Gespräche verstummen. Stuhlbeine scharrten übers Parkett, alle erhoben sich, als der Schulleiter eintrat und hinter seinem Stuhl Aufstellung nahm. Sein Blick wanderte über uns und verharrte kurz auf mir. Professor X lächelte und bewegte die Hände als Aufforderung, uns wieder zu setzen. »Ich wünsche allen eine erquickliche Mahlzeit«, sagte er und setzte sich selbst unter dem dankenden Gemurmel der Anwesenden.

Während die Suppe aufgetragen wurde und Angestellte mit den Karaffen herumgingen, sah ich mich etwas gezielter um. Jayce war nicht da, wie erwartet. Aber ich sah seinen Freund Malik am Nebentisch der Bienenkönigin mit zwei seiner Freunde und ein paar Mädchen aus dem Hofstaat. Er sah mich an und hob grüßend eine Augenbraue. Mehr wagte er wohl nicht, der Feigling.

Ich musste an die seltsame Drohung denken, die das Mädchen mir in der Dusche übermittelt hatte. Sie saß ebenfalls an Maliks Tisch und vermied es auffällig, zu mir zu sehen.

Die Suppe schmeckte toll, es war eine Hühnerbrühe mit Reis. Der nächste Gang war Hühnchen mit Gemüse und dann gab es Obstsalat mit Eis und Kaffee. Es war kein Galadiner, sondern ganz normales Essen, aber es schmeckte gut. Während des Essens wurde geplaudert, es war alles sehr angenehm und gar nicht steif. Die Atmosphäre hätte mir rundum gefallen, wären mir nicht ständig die Blicke der anderen bewusst gewesen. Einige starrten mich an, weil sie mich mit Kaj, der Bienenkönigin, verglichen, andere Blicke waren einfach nur neugierig, andere waren offen feindselig. Ich ignorierte sie alle und genoss meine Mahlzeit.

Zum Kaffee löste sich die Tischordnung auf, alle gingen durcheinander, setzten sich mal hier, mal dorthin. Ich hockte wieder ein wenig verloren herum und entschied dann, einfach zu gehen.

Auf meinem Gang zur Tür kreuzte Malik meinen Weg. »Hi«, sagte er und sah sich schnell um. Die Bienenkönigin war abgelenkt, ihr Hofstaat umschwirrte sie und nahm ihr die Sicht auf uns.

»Hallo«, erwiderte ich zurückhaltend. Mir brannte die Frage auf den Lippen, ob er etwas von den Plänen der Bienenkönigin wusste, aber ich kam mir blöd vor, einfach danach zu fragen.

»Gehen wir raus«, schlug er vor und nahm meinen Arm. Ich bemerkte, wie zwei große Jungs ihn und mich zum Saal hin abschirmten und uns die Deckung gaben, durch die Flügeltür zu verschwinden. Anerkennend nickte ich Malik zu. »Sehr raffiniert eingefädelt, Wüstenprinz«, sagte ich.

Er grinste schwach. »Ich vermeide Konfrontationen lieber, wenn es möglich ist«, gab er zu.

Das hätte man auch Feigheit nennen können, aber wahrscheinlich war es einfach nur klug von ihm.

Ich ging neben ihm her und folgte ihm dann hinaus in den dunklen Hof. Er hielt schnurstracks auf die Hecke zu, die den Hof vom Park trennte, und drehte sich dann zu mir um.

»Was ist los?«, fragte ich ihn.

Er leckte sich kurz und nervös über die Lippen. Das Laternenlicht vom Hof ließ seine blonden Locken kupfern schimmern. »Ich wollte in Ruhe mit dir reden«, sagte er. »Kaj plant irgendwas, das dir schaden soll.« Er hob eine Hand, als wollte er mich zum Schweigen bringen, dabei hatte ich nicht vor, ihn zu unterbrechen. »Ich weiß nicht, was sie vorhat, nur ihr engster Kreis ist eingeweiht.«

»Zu dem gehörst du nicht?«, fragte ich verblüfft.

Ein verkniffenes Zucken ging über sein Gesicht. »Anscheinend nicht mehr, nein«, wehrte er ab.

Nicht *mehr*. Aha.

»Du hast es dir mit der Königin verscherzt?«

Er sah noch missvergnügter drein. »Sie nimmt mir übel, dass ich mit dir rede«, sagte er knapp.

Tat sie das? Die Bitch hatte doch nicht alle Latten am Zaun.

Ich lehnte mich gegen eine Steinbank und verschränkte die Arme. Abends wurde es ganz schön kühl hier draußen. »Kannst du was darüber herausfinden?«

Er rieb sich über die Stirn. »Ich versuche es«, sagte er. »Aber wer einmal in Ungnade gefallen ist …« Er sah unglücklich aus. Anscheinend lag ihm tatsächlich was an Kaj. Er tat mir leid.

»Hör mal«, sagte ich spontan, »geh zu ihr und sag, dass du mich ab jetzt schneidest. Ich weiß ja, was dahintersteckt, das tut mir also nicht weh. Und du …«

Er schüttelte den Kopf und verzog die Lippen zu einem kläglichen Lächeln. »Das klappt nicht. Und außerdem würde Jayce mir die Hölle heiß machen, er findet es nämlich zum Kotzen, dass ich Kaj hinterherlaufe.« Er verstummte und musterte seine Hände. Ihn so unsicher zu sehen gefiel mir weitaus besser als seine sonst so coole Fassade.

»Die Wahl zwischen Teufel und Beelzebub, hm?« Ich tätschelte seine Schulter. »Jayce kann ein solcher Mistkerl sein.«

Er nickte knapp und richtete sich aus seiner zusammengesackten Haltung auf. »Ich schau mal, was ich rausfinden kann«, murmelte er und ließ mich stehen.

Seit ich auf der Insel war, schlief ich wie ein Stein. Seltsamerweise schienen nur die Kognitionsstunden meinen Schlaf zu stören. Nach ihnen konnte ich mich an Reste von Träumen erinnern, die wirr waren, chaotisch, und mich im Wachwerden mit jagendem Puls zurückließen, und das konnte ich mir nicht erklären, denn in den Stunden bei Professor X drehte es sich in der letzten Zeit nur um alltägliche Belanglosigkeiten. Ich hatte keine Lust auf Psychokram und der Schulleiter ließ mich gewähren. Wahrscheinlich dachte er, es würde mir irgendwann langweilig werden und ich würde dann schon anfangen, mich zu öffnen. Da hatte er sich geschnitten. Ich hatte genügend Zeit mit Schulpsychologen hinter mir, das reichte mir bis ans Lebensende.

Warum ich nach den Sitzungen regelmäßig irgendwelchen blöden Scheiß träumte, war mir unerklärlich.

Wieder erwachte ich, dieses Mal mitten in der Nacht, mein Herz pumperte und mein Puls raste, ich war in kalten Schweiß gebadet und die letzten Schleier eines Albtraums zitterten wie davonflatternde Gespenster durch mein Bewusstsein.

Ich lag still, starrte an die Decke und lauschte Mikis ruhigen Atemzügen, während ich den vergehenden Klängen des Traums nachhorchte. Die Männerstimme, die ich hörte, erschien mir so vertraut wie die meiner Mutter. Sie sagte meinen Namen, eindringlich, beschwörend. Es war, als wollte die Stimme mich aus meinem Traum wecken. »Olivia, hör mir zu«, sagte sie. »Es ist wichtig.« Ich hörte zu, aber die Stimme wurde undeutlich, verzerrte sich, versank hinter weißem Rauschen. Das galt auch für die Nachbilder, die durch meinen Geist zitterten. Ein Gesicht, es war das des Schulleiters. Nein, es war nicht Professor X, denn er trug keinen Bart. Doch er war es, aber ohne Bart.

Der Zwiespalt erschöpfte mich. War er es? Ja und nein. Es

war wie das Ding mit mir und Kaj. Wer uns genau ansah, konnte die Unterschiede leicht erkennen, aber dennoch glichen wir uns wie Schwestern.

Ich trieb wieder davon, näherte mich schaukelnd den Gefilden meines Traums. Bilder wischten durch mich hindurch, elektrisierten mich, ließen meine Muskeln zucken und zittern.

Es war der Unfall. Immer war es der Unfall. Jetzt, im Bereich zwischen Schlaf und Wachen, wusste ich es mit erschreckender Klarheit. Ich träumte den Unfall, wieder und wieder. Den schrecklichen Aufprall, das kreischende Geräusch, mit dem Metall sich verbog, das Knirschen und Knacken und Reißen, den dumpfen Schlag und das nachhallende Dröhnen, den Schmerz. Oh, dieser weiß glühende, rote und schwarze Schmerz! Er raubte mir den Atem, trieb mir die Luft aus den Lungen, ließ mich erblinden und ertauben. Es gab nichts, nur diesen Schmerz. Er war die Welt, er war alles, was mich ausmachte.

Ich begrüßte das dumpfe Dröhnen, mit dem die Bewusstlosigkeit mich in ihre schwarzen Arme zog, und ergab mich in das selige Nichtsein, Nichtwissen, Nichtexistieren.

Aber das war längst vorüber! Ich kämpfte mich langsam aus den Schlingen des betäubenden Schlafs an die Oberfläche. Das war lange vorbei! Ich war im Krankenhaus zu mir gekommen, mir hatte zwar immer noch alles wehgetan, aber ich war am Leben und durchaus klar im Kopf. Diese Betäubung vorher, die war beinahe genauso schlimm gewesen wie der grauenhafte Schmerz, aber das lag hinter mir. Genauso wie die Stimme hinter mir lag. Diese Stimme …

Ich riss mich endgültig aus den klebrigen Armen des Traumes, schwang die Beine aus dem Bett und genoss das kühle Holz unter meinen nackten Fußsohlen. Vom Fenster kam ein erfrischend kalter Hauch, der die letzten Nebel aus meinem schmerzenden Kopf vertrieb.

Ich stand auf und sah hinaus. Es war tief in der Nacht, nirgendwo brannte mehr Licht. Deshalb fiel mir der Schimmer von Gold, Rot und blassem Grün sofort ins Auge, der sich zwischen den Hecken bewegte. Die Lichter kamen aufs Haus zu. Wie fantastische Glühwürmchen schwärmten sie über den Kiesweg und erreichten den Rasen, tanzten darüber hinweg. Es war ein halbes Dutzend schwacher Lichter, die auf das Haus zustrebten. Im Näherkommen konnte ich den Widerschein auf dunklem Stoff und hier und da einen Schimmer blasser Haut erkennen. Die Lichter wurden von Menschen getragen, was mich erleichtert aufatmen ließ. Einen Moment lang hatte ich gefürchtet, immer noch in einem Traum gefangen zu sein.

Die Lichter und ihre Träger kamen heran, und ich konnte sie deutlicher erkennen. Es waren keine Lampen, die dort herangetragen wurden, sondern pastellfarben leuchtende Lichtkugeln. Es sah spacig aus, wie schwebende Sterne. Die Lichtträger waren dunkle, bis zur Unkenntlichkeit vermummte Gestalten. Ich konnte dunklen Stoff erkennen, Kapuzen, keine Gesichter, nur hier und da eine schwach beleuchtete Hand. Die Lichtkugeln schienen über den Handflächen zu schweben. Es war gespenstisch, aber trotzdem ein schöner Anblick.

Und dann kicherte jemand. Es war ein alltägliches, albernes, ein wenig überdrehtes Kichern, dem leises Gemurmel auf dem Fuße folgte. Jemand machte »Pssst« und eine andere Stimme brummelte etwas.

Das waren Schüler!

Elektrisiert drückte ich mein Gesicht an die Fensterscheiben. Ich wagte nicht, das Fenster vollständig zu öffnen, denn das hätte diese seltsame Gruppe von Kutten tragenden Jugendlichen sofort bemerkt. Also hielt ich den Atem an, der die kalte

Scheibe zu beschlagen drohte, und folgte dem Zug mit den Blicken. Es wunderte mich nicht, dass sie auf die unauffällige Seitenpforte zuhielten, durch die ich schon einmal einen Jungen hatte ins Haus treten sehen. Die Area 51 war immer noch so ein ungelöstes Schulrätsel für mich.

Die Gruppe sammelte sich vor der Pforte und die Lichter stiegen auf und beleuchteten den Eingang. Sie warteten auf etwas oder jemanden, wie mir schien.

Dann erloschen die Lichter und gleichzeitig erschien ein schmaler Streifen Helligkeit auf der Mauer, der sich zu einer Türöffnung verbreiterte, aus der normales Lampenlicht in den Hof fiel. Jemand gab ein gedämpftes Kommando und die Jugendlichen traten ein. Hinter ihnen schloss sich die Tür wieder und es war so still und ruhig im Hof wie zuvor.

Was war das denn gewesen? Ich lehnte am Fenster und wartete auf eine Auflösung oder eine Fortsetzung oder irgendeinen Hinweis, was ich da gerade beobachtet hatte. Aber die Nacht war so ruhig und dunkel, als wäre nie etwas geschehen, was ich hätte beobachten können. Spooky.

Immerhin, das Spektakel hatte meine Albträume vertrieben. Ich zog mir die Decke über den Kopf und schlief tief und fest bis zum Weckerklingeln.

10

Ich verließ voller Triumph den Dojo, weil es mir zum ersten Mal gelungen war, Sergej auf die Matte zu zwingen. Gut, er hatte mich kurz darauf so heftig zu Boden geschleudert, dass mir alle Knochen im Leib gescheppert hatten, aber das schmälerte meinen vorherigen Sieg um keinen Deut. Mr Holland hatte mir anerkennend zugenickt und die hochnäsige Corinne, die mich sonst keines Blickes würdigte, hatte mir fest auf den Rücken geklopft und »Gut gemacht, Noack« gesagt.

Mein Hochgefühl hielt an, während ich duschte und mich anzog. Ich freute mich nicht nur wegen des Sieges über Sergej. Ich fand, ich hatte die Füße lang genug still gehalten und durfte jetzt langsam meinen Lohn einfordern – mein Telefonat.

Ich warf das feuchte Handtuch in den Wäschekorb und blieb stehen, starrte die Tafel mit den Kurszeiten an und runzelte die Stirn. Okay, ich würde telefonieren. Aber mit wem? Sollte ich noch einmal versuchen, Tom zu erreichen, oder wäre es klüger, meine Mutter anzurufen und sie darum zu bitten, mich nach Hause zu holen?

Wollte ich denn überhaupt nach Hause?

Ich fluchte, während mir mein eigener Zweifel bitter wie Galle im Hals steckte. Das Gift dieser Schule schien zu wirken. Jayce hatte mich gewarnt, er hatte mir gesagt, dass sie allen hier das Gehirn so lange wuschen, bis darin nur noch eitel Freude und Sonnenschein herrschte. Ich hatte das als Geschwätz abgetan, als den Versuch, sich bei mir wichtigzumachen. Aber nun steckte der Stachel des Zweifels in meiner Seele und wahrhaftig, er schmerzte höllisch.

Ich atmete tief durch. Das war so ein Moment, der in mein Zweifeltagebuch gehörte, oder? Ich würde Professor X nachher in der Kognitionsstunde fragen, was er dazu …

Eiskalter Schreck fuhr mir in die Knochen. Am liebsten hätte ich mich selbst in den Hintern getreten. Hatte ich tatsächlich gerade ernsthaft darüber nachgedacht, mit dem Schulleiter über ein wichtiges Thema zu sprechen? Über etwas, das mich bis ins Innerste betraf? Ohne es zu wollen, gab ich eine Verteidigungslinie nach der anderen auf. Ich nannte ihn ja sogar schon »Professor X«, wie die anderen es auch taten.

»Gehirnwäsche«, knurrte ich die Wand an und schmetterte die Tür hinter mir zu. Meine vorherige Hochstimmung verwandelte sich in düstere Gewitterwolken. Ich musste hier weg, so schnell es nur eben ging.

Ich war mit Miki zum Mittagessen verabredet und traf sie mit ihrem Nerdfreund Jeroen in der Cafeteria. Ich zog mir einen Stuhl heran und löffelte meinen Eintopf, ohne viel von dem zu schmecken, was ich da in mich hineinschaufelte. Miki fachsimpelte mit Jeroen, was ein angenehmes Hintergrundrauschen für meine düsteren Gedanken abgab. Erst als Miki meinen Namen sagte, tauchte ich daraus auf und schenkte ihr meine Aufmerksamkeit.

»Wir haben einen Weg gefunden«, sagte Miki zu mir und hob bedeutungsvoll die Augenbrauen. »Du weißt schon, das Projekt, über das wir geredet haben.«

Sie meinte das dauerhafte Umgehen der Firewall. Ich nickte und beugte mich vor. »Ohne dass es auffällt?«, fragte ich leise.

Jeroen grinste und trommelte mit den Fingern auf dem Tisch. Er konnte einfach nicht still sitzen. »Das werden wir ja merken«, sagte er vergnügt. »Aber wir haben rausgefunden, was Miki das letzte Mal hat auffliegen lassen, und denken, dass wir es unauffälliger gestalten können.«

Das wäre allerdings schön. Ich seufzte leise. »Wann?«

Miki schob eine Haarsträhne hinter ihr Ohr und leckte ihren Nachtischlöffel ab, ehe sie ihn in die säuberlich geleerte Schüssel legte. »Übermorgen, denke ich. Da ist noch ein Code, den ich programmieren wollte. Falls sie uns doch aufspüren, soll sie ein Bot in die Irre führen.«

»Klingt nett.« Ich würde es eh nicht verstehen, wenn sie es mir jetzt erklärte, also nahm ich das Ganze einfach hin. Wenn es klappte, hatte ich den Draht nach draußen, und wenn ich den hatte, wäre ich von hier fort.

Ich ignorierte den kleinen bedauernden Stich, der mich bei dem Gedanken peinigte. Das war nicht real, das war eher so was wie das Stockholm-Syndrom. »Ich gratuliere euch.«

»Noch nicht, das wäre zu früh«, wehrte Jeroen ab, aber ich erkannte seine Zuversicht. Miki und er verschwanden wieder in die unendlichen Weiten der Computersprache, und ich verabschiedete mich, ohne dass sie es groß registrierten.

Erst als mich jemand am Arm packte und gegen die Wand schob, bemerkte ich, dass vor der Cafeteria ein Empfangskomitee auf mich gewartet hatte: Kaj mit zwei ihrer Drohnen, aber keiner von ihnen war Malik. Ich ergab mich dem festen Griff des dunkelhaarigen Jungen, der meines Wissens Anand hieß, und richtete mich hoch auf, als die Bienenkönigin auf mich zukam. »Was?«, schleuderte ich ihr entgegen.

Sie blieb vor mir stehen und stemmte die Hände in die Hüften. Ich konnte ihrem Gesicht ansehen, dass sie mir am liebsten an die Gurgel gegangen wäre – genauso fühlte ich mich auch gerade –, aber sie hielt sich im Griff. Ich musste lachen. Was für eine Farce.

»Ich bin es leid«, sagte Kaj leise und drohend. »Ich dachte, deine Anwesenheit hier ist nur ein Ärgernis, das ich auf die Dauer einfach ignorieren kann, aber ganz ehrlich, Duplikat, du bist mir ein dauerhafter Stachel im Fleisch. Überall stolpere ich über dich und sehe dein Gesicht. Du bist eine Fälschung, eine Parodie meiner Person. Das bringt Unruhe an die Schule, verstehst du?«

Ich verstand sie besser, als ich es wünschte. »Du meinst, deine Machtposition wird schwächer? Dein Thron wackelt? Deine Getreuen werden untreu?«, spottete ich.

Sie hob die Hand, und ich wartete nur darauf, dass sie zuschlug. Ihr Gesicht verzerrte sich, sie atmete schwer und rang mit einer sichtbaren Anstrengung die Aufwallung von Wut nieder. »Miststück«, sagte sie dann kühl. »Es ist mir vollkommen gleich, was mit dir wird. Wenn du nicht willst, dass du aus Versehen von der Klippe fällst oder etwas in der Art, dann solltest du jetzt zu mein… zur Schulleitung gehen und um deine Entlassung bitten.«

Ich lachte laut heraus. »Baby, wenn du wüsstest, wie sehr sich unsere Wünsche gleichen«, entfuhr es mir. »Aber wenn du glaubst, ich lasse mich bedrohen und das hat keine Konsequenzen für dich, hast du dich geschnitten.« Mit einem Ruck befreite ich mich aus dem schlaffer gewordenen Griff der Drohne. »Wenn ich gehe, dann ist das allein meine Entscheidung. Von mir aus kannst du krepieren, das interessiert mich nicht.« Ich rückte mein Sweatshirt zurecht. »Geh mir aus dem Weg.«

Sie tat nichts dergleichen. Sie baute sich dicht vor mir auf und starrte mir ins Gesicht. »Ich mach dir das Leben hier zur Hölle«, flüsterte sie. »Du hast ja keine Ahnung …«

»Leck mich«, erwiderte ich grob und schob sie unsanft beiseite.

Im Augenwinkel sah ich, dass der zweite Junge, der sich bis jetzt im Hintergrund gehalten und die Tür im Auge behalten hatte, die Hand hob. »Aufsicht«, sagte er halblaut.

Der erste Junge, der sich mir drohend genähert hatte, zog sich hastig zurück und tat so, als würde er seine Schuhsohlen inspizieren. »Wo kommt denn hier Hundescheiße her?«, sagte er laut.

Kaj, die gerade noch zornesrot vor mir gestanden hatte, lehnte jetzt an seiner Seite an der Wand und berührte seine Schulter mit den Fingerspitzen. Ihr flammender Blick heftete sich geradezu spürbar auf mich. »Das Stück Scheiße stinkt, Anand«, sagte sie. »Mach es weg, ehe ich mich übergebe.«

Mr Sanchez, der schlaksige Lehrer für Literatur und Mythologie, schlenderte heran und musterte uns fragend. »Irgendwelche Probleme?«, fragte er Kaj.

»Nein, alles in bester Ordnung, Mr Sanchez«, flötete sie und ging an ihm vorbei. »Mein Freund ist nur in irgendetwas Stinkendes getreten. Riechen Sie es nicht?« Mit gerümpfter Nase und erhobenem Kopf rauschte sie an mir vorbei. »Du bist tot, Noack«, zischte sie aus dem Mundwinkel, dann klappte die Tür ins Freie und sie war fort.

Ich zuckte mit den Achseln, als Mr Sanchez mich fragend musterte. »Das Übliche«, sagte ich. »Schulhofhackordnung.«

Er lächelte mitfühlend und nickte mir zu. »Wenn Sie jemanden zum Reden brauchen …«

»Danke, aber danke nein.« Ich lächelte ihn an, um meinen Worten die Schärfe zu nehmen. »Ich schaffe das gut allein.«

Er sah mir nach, ich spürte seinen Blick zwischen den Schulterblättern. Es war mir egal, was die Lehrer über mich und meine seltsame Situation hier dachten. Lehrer waren nicht wichtig. Wichtig war, wie ich dieser Bitch ihre Arroganz und die Drohungen zurückzahlen konnte. Kaj war ja wohl total durchgeknallt. Ich hatte ihr nichts getan, ich hatte nur das Pech, ihr ähnlich zu sehen, und dafür verfolgte sie mich mit ihrem Hass. Dagegen musste ich was unternehmen. Vielleicht hatte Jayce ja eine Idee. Er schien auch nicht allzu viel von Kaj und ihrem Hofstaat zu halten. Und er war ganz sicher jemand, der selbst hinterhältige Pläne zu schmieden wusste. Ich war normalerweise lieber autonom, aber im Moment hätte ich nichts gegen ein bisschen Rückendeckung einzuwenden gehabt. Kaj jagte mir tatsächlich Angst ein. Sie war die Sorte, die ihren Feinden im Dunkeln mit einem Dolch auflauerte – metaphorisch gesprochen.

»Weißt du …«, sagte Jayce und biss knackend in einen Apfel. Er kaute und zuckte mit den Schultern, weil er den Mund zu voll hatte, um weiterzusprechen. »Sie ist eben die Kronprinzessin«, fuhr er fort, nachdem er gekaut und geschluckt hatte. »Sorry, ich hab trainiert und bin am Verhungern.« Wieder biss er ein Riesenstück aus dem Apfel.

Ich verschränkte die Arme und wartete darauf, dass er weitersprach.

Wir saßen wieder mal am Rande des Abgrundes. Bei Tag verlor der Ort ein wenig von seinem Schrecken, obwohl der Blick in die Tiefe immer noch absolut atemberaubend war. Der Widerschein der schon ziemlich tief stehenden Sonne glänzte auf dem Wasser, sodass ich geblendet die Augen schließen musste. Kringel tanzten vor meinen Lidern.

»Kronprinzessin«, wiederholte ich in spöttischem Ton und blinzelte, bis ich wieder etwas sah. »Bienenkönigin. Star des Schulhofs. Bla, bla, bla.«

Er verspeiste das Kerngehäuse und leckte sich dann den Saft von den Fingern. Seine Hände waren schön, schlank und geschmeidig, mit langen Fingern. Wie mochte es sich wohl anfühlen, von diesen Händen berührt zu werden? Mit einem Mal sehnte ich mich danach, umarmt zu werden. Ich brauchte das, es war einfach zu lange her, dass jemand mich festgehalten und getröstet hatte. Berührt, gestreichelt, im Arm gehalten. Ich seufzte und riss den Blick von ihm los, richtete ihn auf den Horizont. Was für ein jämmerliches Weichei war hier nur aus mir geworden?

»Was ist?«, fragte er mit erstaunlich sanfter Stimme.

»Nichts«, erwiderte ich rau. »Also, was wolltest du mir sagen? Die Queen ist unantastbar?«

Er gab ein nachdenkliches Knurren von sich. »Ja und nein«, sagte er dann. »Kaj nutzt ihre besondere Stellung aus, das ist einfach der Fall. Sie weiß, dass sie sakrosankt ist, dass niemand wagt, ihr in den Weg zu treten. Dabei bin ich ziemlich sicher, dass der Professor nichts unternähme, wenn sich endlich einmal jemand trauen und ihr die Stirn bieten würde.«

Ich runzelte die Stirn. Irgendwo hatte ich den Faden verloren. »Warum sollte der Professor sich da einmischen?«

Er sah mich mit fragender Miene an. »Ich denke ja auch, dass er das nicht täte«, sagte er. »Aber das meinst du nicht, oder?«

Jetzt hatte ich das Fragezeichen im Gesicht. Wir redeten gerade fulminant aneinander vorbei, hatte ich das Gefühl.

»Noch mal von vorne«, sagte ich. »Kaj terrorisiert die Schule. Der Professor unternimmt nichts dagegen, weil er sich in Schülerangelegenheiten nicht einmischt, außer er wird von einem von uns darum gebeten. Richtig bis hier?«

Jayce wischte die Finger an seiner Jeans ab. »J-ja«, sagte er zögernd. »Klar. Solange wir uns nicht gegenseitig umbringen, ist es an uns, die Schulhofpolitik im Griff zu behalten. Und für alle schwierigen Fälle ist Holland da.« Er sah irgendwie unzufrieden aus. »Ich dachte …«, sagte er, schüttelte dann den Kopf und schwang sich auf dem Baumstamm in den Stand. »Du weißt wirklich nichts über Kaj und ihre Familie, oder?«

»Nein.« Wieso sollte ich? Ich sah ihm mit Grummeln im Bauch zu, wie er herumbalancierte. »Ich kenne sie nicht, ich will sie auch nicht kennen.«

Er lachte auf und ließ sich rittlings nieder, mir gegenüber. »Sie heißt Kajsa Nygren«, sagte er.

Ich starrte ihn mit offenem Mund an. Es stimmte, ich hatte Kajs Nachnamen noch nie irgendwo gelesen oder gehört. Sie war die »Kronprinzessin«.

»Seine Tochter?«, brachte ich heraus.

Er nickte und zog ein Bein an, bis er das Knie umfassen konnte. »Die Tochter des Professors, genau. Die Kronprinzessin.«

»Scheiße«, sagte ich.

Wir saßen da und sahen uns an. Ich verlor mich im Blick seiner türkisblauen Augen. Sie hatten die Farbe der Karibik. Ich seufzte. »Das macht alles noch komplizierter.«

Jayce hob die Hand und berührte sacht mein Kinn. »Guck nicht so tragisch«, murmelte er. »Das ändert gar nichts. Sie ist einfach nur ein Miststück, ganz gleich, wer ihre Eltern sind.«

Seine Finger waren sanft und warm. Sie zogen meine Kinnlinie nach, wanderten über meine Wange und dann lag seine Handfläche an meinem Gesicht. Ich wollte es nicht, aber meine Wange schmiegte sich ganz von allein in seine Hand. »Hm«, machte ich.

Sein Gesicht näherte sich, seine tiefen, schönen Augen nahmen mein Blickfeld ein, zogen mich in ihren Bann. Sein Mund war eine geschwungene Linie, voller Kraft und Anmut. Die

Lippen öffneten sich ein wenig, sein Atem strich über meinen Mund. So nah.

»He«, sagte ich, wollte protestieren, mich zurückziehen, aber eigentlich wollte ich es auch nicht. Seine Körperwärme hüllte mich ein, sein Duft nach Holz und grünem Laub, salzigem Wind und einem herben Shampoo ließ mich erschaudern. Er roch so unendlich gut, wie eine frische Brise über dem Meer. Sein Haar, weich wie Vogelfedern, glänzend wie Lack, streichelte über meine Wangen, als seine Stirn meine berührte.

»Hallo«, hauchte er. »Hallo, schöne Fremde.«

»Hallo«, antwortete ich und spürte die Berührung seiner Lippen wie feurige Spuren auf der Haut. »Hallo, fremdes Biest.«

Seine Arme legten sich um mich und ich ergab mich, wenn auch mit leichtem Magengrummeln. Was tat ich hier, um Himmels willen? Aber es fühlte sich alles so gut an, und die leise Stimme des Zweifels verstummte.

Seine Lippen suchten und fanden meinen Mund. Jayce schmeckte so gut, wie er roch. Ich genoss das weiche, feste Gefühl seiner Lippen, tauchte in den Kuss und ließ mich von ihm davontreiben wie von einer starken Strömung. Zum ersten Mal, seit ich von der Fähre an Land gegangen war, fühlte ich mich geerdet und nicht mehr entwurzelt. Hier war der Ort, an den ich gehörte, die Zeit, zu der ich existieren wollte.

»Hör noch nicht auf«, murmelte ich, als er sich von mir lösen wollte. Ich packte sein T-Shirt und zog ihn wieder zu mir. Er lachte leise und dunkel, das Lachen kribbelte durch meinen Körper und ließ warme Schauder über meine Haut tanzen.

»Kampfküken«, flüsterte er und legte seine Hand um meinen Hinterkopf. Seine Finger streichelten mein Haar und kraulten sanft über meine Kopfhaut. »Es wird dunkel«, sagte er. »Ich will mich nicht wieder von dir beschimpfen lassen, dass ich dich im Stich gelassen hätte, aber ich muss zu meinem Kletterkurs.«

Seufzend gab ich ihn frei. »Streber«, sagte ich und zupfte mein Shirt zurecht. Ich konnte ihm nicht in die Augen sehen, mit einem Mal voller Scham über das, was ich getan hatte. Ich hatte mit dem Jungen herumgeknutscht, der wahrscheinlich jedes Mädchen an der Schule schon in seinem Bett gehabt hatte. Mein herumschweifender Blick tauchte in die verdämmernde Tiefe unter meinen Füßen.

Knutschend über dem Abgrund. Auch ein schöner Filmtitel.

Er schien die aufkeimenden Zweifel aus meiner Miene zu lesen. Seine Hand legte sich unter mein Kinn und hob es an. Ich erwiderte seinen intensiven Blick, ohne zu blinzeln.

»Es ist okay«, sagte er mit Nachdruck. »Du bist etwas ganz Besonderes, Liv. Das war auch für mich keine Bagatelle.«

»Das sagst du doch zu jeder.« Ich wich seinem Blick erneut aus und drehte mich von Jayce weg, um mich auf sicheren Grund zurückzuhangeln.

Sein fester Griff hielt mich zurück. »Das tue ich nicht«, sagte er ruhig. »Ich bin nicht so, wie du denkst.«

»Mag sein«, erwiderte ich. »Ich kenne dich ja kaum.«

Sein süß duftender Atem strich über mein Ohr. »Das können wir gerne ändern«, raunte er.

Oh, diese Stimme machte mich schwach. Sie war dunkel und samtig und kitzelte mich mit ihrem Klang an Stellen, die ich bisher nicht gekannt hatte.

»Du musst zu deinem Kurs«, sagte ich atemlos und krabbelte hastig vorwärts, als er mich lachend losließ.

Der Baumstamm bebte unter Jayce' sicheren Bewegungen, mit denen er zum Boden zurückkehrte. Er klopfte seine Hände ab, an denen Rindenfetzen klebten, und sah mich fragend an. »Du fängst an, dich einzugewöhnen, oder?«

Ich nickte knapp und zog meine Strümpfe hoch. Sosehr ich mich von hier wegwünschte, und das tat ich – ein Teil von mir wollte nichts mehr, als weiter hier zur Schule zu gehen. Verrückte Kurse zu besuchen, mich im Dojo zu quälen, mich mit Miki in der Cafete zu treffen – Jayce zu sehen. Es war ein Konglomerat von Dingen, die mir gefielen, von Menschen, die ich langsam zu mögen begann. Ich warf Jayce unter gesenkten Lidern einen Blick zu – vielleicht sogar ein bisschen zu sehr in dem ein oder anderen Fall.

Aber trotzdem war ich hier gefangen und fühlte mich immer noch von meiner Mutter abgeschoben und vergessen. Der Zwiespalt, in dem meine Gefühle steckten, riss mich beinahe in kleine Stückchen.

»Ich hatte es dir prophezeit.« Seine Miene war düster, aber ein winziges Lächeln strafte den tragischen Blick Lügen. »Sie wickeln dich ein, Kampfküken. Sei auf der Hut.«

»Was soll schon passieren?«, gab ich bitter zurück. »Ich sitze hier fest, Biest. Entweder ich spiele mit oder ich hocke schmollend in der Ecke, bis sie mich weglassen. Das liegt mir nicht.«

Wir gingen nebeneinander über den federnden Boden. Unsere Schritte knisterten über die trockenen Piniennadeln, es roch würzig nach Wald. Ich spürte Jayce' Blick auf mir wie eine Berührung und zog fröstelnd die Schultern zusammen.

»Sie kriegen dich, Liv«, sagte er so leise, als führte er ein Selbstgespräch. »Du wirst es nicht einmal bemerken, aber eines Morgens wirst du wach und gehörst ihnen.«

»Dummes Zeug.« Mir lief eine Gänsehaut über den Rücken. »Hör auf, so einen Quatsch zu verzapfen, und erzähl mir lieber was über die Chaoskriege und was für ein Rätsel sich in dem Bild verbirgt. Ich muss es endlich lösen, sonst komme ich mir dämlich vor.« Ich wollte nicht darüber sprechen, ob es mir hier zu gefallen begann und woran das lag. Lieber lenkte ich das Gespräch auf etwas Unverfängliches. Außerdem juckte mich das Rätsel wie ein fieser Mückenstich. Ich wollte es knacken, das wollte ich unbedingt. Ungelöste Rätsel machten mich verrückt.

Er pfiff leise durch die Zähne. Seine Augen schimmerten im Dämmerlicht des Waldes wie matte Edelsteine und seine Zähne blitzten, als er mich breit angrinste. »Du willst schummeln?«

Ich schnaubte. Die vorherige Beklemmung hob sich und machte einem übermütigen Drang zu lachen Platz. »Wenn es mir sinnvoll erscheint, dann schummele ich, aber ja.«

Seine Hand legte sich fest und warm auf meinen Rücken. »Böses Mädchen.« Wir gingen schweigend weiter.

»Du solltest über deine Einstellung zu Richtig und Falsch nachdenken«, sagte er nach einer Weile.

Ich fuhr auf, weil ich mich angegriffen fühlte, aber sein nachdenklicher, in sich gekehrter Gesichtsausdruck zeigte mir, dass er mich damit nicht hatte treffen wollen. Er suchte nach Worten.

»Schwarz und Weiß sind miteinander verbundene Konzepte«, sagte er. »Licht und Dunkel, Tag und Nacht, Helligkeit und Finsternis, Schatten und … und …«

»Ich hab verstanden«, unterbrach ich ihn ungeduldig. »Das eine bedingt das andere, es gibt eins nur, wenn es auch sein Gegenstück gibt. Darüber habe ich vor Kurzem einen längeren Aufsatz gelesen. Das Chaos braucht die Ordnung und umgekehrt.« Ich runzelte die Stirn. »Aber Gut und Böse?«

Er zuckte mit den Schultern, seine Miene war nicht zu deuten. »Das könnte man lange diskutieren«, sagte er. »Ich glaube, dass es so ist. Entferne das eine aus der Welt und das andere wird sinnlos. Und wenn man es genau nimmt: Wer definiert, was gut und was böse ist? Das liegt doch ganz oft daran, aus welcher Weltanschauung man etwas betrachtet. Was die einen für eine Sünde halten, ist für die anderen ganz normales Verhalten.«

»Aber es gibt doch auch moralische Konzepte, die für alle

Menschen gleich gelten«, wandte ich ein. »Es ist böse, jemanden zu töten oder zu stehlen oder sinnlos Dinge zu zerstören.«

»Darum geht es nicht.« Er klang ungeduldig. »Gut und Böse sind die zwei Seiten der gleichen Münze. Das eine Konzept funktioniert nicht ohne das andere. Wie würdest du Güte definieren, wenn es nicht das Gegenstück dazu gäbe? Und das wiederum liegt in der Definition und am Standpunkt des Betrachters.«

Ich nickte langsam. Es klang logisch.

Die Berührung seiner Hand wurde einen Moment lang fester, dann ließ er mich los. »Wir sollten uns im Moment nicht zusammen blicken lassen«, sagte er. »Kaj ist auf dem Kriegspfad, ich kann dir besser beistehen, wenn sie glaubt, dass du mir gleichgültig bist.«

Ich sah ihn an. »Und das bin ich nicht?«

Er beugte sich wortlos zu mir hinunter und gab mir einen schnellen, festen Kuss. Dann nickte er mir zu und lief mit langen, federnden Schritten auf die Trainingshallen zu.

Mein Herz schlug einen Trommelwirbel. Was hatte er mir damit sagen wollen? Ich hatte Angst, zu viel in diese Begegnung hineinzuinterpretieren. Ganz sicher war ich Jayce nicht sonderlich wichtig. Wie auch? Er hatte die freie Auswahl unter all den Schönen und Erfolgreichen an dieser Schule.

Mit einem tiefen Seufzen machte ich mich auf den Weg in mein Zimmer. Die Ritter der Spinne und die Bruderschaft der Rose warteten auf mich und meinen Rätsel knackenden Verstand.

11

Der nächste Tag brachte mir auch keine neue Erkenntnis. Diese Chaoskriege brachten mich um den Verstand. Es war überhaupt kein roter Faden in ihnen zu finden. Sie waren so chaotisch wie ihr Name es behauptete, und ich war es leid, mich durch die endlosen Daten und Listen von Schlachten und Gemetzeln, Bündnissen und gebrochenen Versprechen, Verrat und Hinterlist zu arbeiten, nur in der Hoffnung, irgendwo in all dem Nebel zufällig auf die Lösung des Rätsels zu stoßen. Aber wenn ich von dieser Insel verschwand, würde ich kein Rätsel zurücklassen, an dem ich gescheitert war. Das würde ich nicht auf mir sitzen lassen.

Finster starrte ich die Abbildung des sterbenden schwarzen Ritters an, die ich auf meinen Desktop gelegt hatte. Ich lehnte mich zurück, gähnte und streckte mich. Es wäre wahrscheinlich klug, mich ein bisschen in der Bibliothek umzusehen. Das Deckengemälde konnte man von den Galerien aus ziemlich gut betrachten, und mir war beim letzten Besuch aufgefallen, dass einige der Abbildungen am Rande etwas in mir zum Klingen brachten. In ihnen schien sich die Lösung zu verbergen. Oder zumindest bildete ich mir das ein, weil ich sonst nicht wusste, wo ich sonst noch anfangen sollte, danach zu suchen.

Miki hockte an ihrem Computer, die Nase fast auf dem Bildschirm, und tippte nervös mit der Fußspitze gegen das Tischbein. Ich klopfte ihr auf die Schulter und sagte: »Mach mal Pause, Miks.«

Sie hob den Kopf und rieb sich müde über die Augen. »Ja, gute Idee.« Sie schob den Stuhl zurück. »Cafete?«

Auf dem Weg zur Bibliothek dort erst mal eine Kaffeepause einzulegen, war kein übler Gedanke.

»Wie findest du Hendrick?«, fragte sie unvermittelt, als wir die Treppe hinunterliefen. Ich brauchte ein wenig, um mich zu erinnern, wer Hendrick war. Er gehörte zu uns Neulingen, er war in meinem Selbstverteidigungskurs, es war der hübsche Blonde, den Miki schon am ersten Tag so angehimmelt hatte.

»Er scheint mir ein wenig unnahbar«, sagte ich ausweichend. »Sieht ganz gut aus, sagt aber nicht viel.« Eigentlich fand ich ihn langweilig, aber das wollte ich Miki nicht sagen.

Sie lächelte versonnen. »Er ist ein bisschen schüchtern.«

Ich verzog das Gesicht. Gut aussehende, aber schüchterne Jungs waren schwierige Kandidaten. Im schlimmsten Fall zogen sie irgendwann los, um ihre Mitschüler abzuknallen. Ob Miki die Richtige war, so jemanden zu knacken? Ich warf ihr einen zweifelnden Seitenblick zu, den sie fröhlich ignorierte. »Er interessiert sich für Käfer.«

Auch das noch. Ich sollte darauf achten, ob er irgendwo ein Gewehr versteckte. Ich nickte ihr spöttisch zu. »Schnapp ihn dir. So ein Exemplar kriegst du nie wieder.«

Sie lachte und schlug nach mir. Ich grinste und hakte sie unter. »Was ist mit Jeroen? Ihr habt die gleichen Interessen.«

Sie zog eine Schnute. »Jeroen ist nett, aber ich mag ihn als Freund. Nicht so sehr …« Sie wackelte mit den Augenbrauen.

»Es funkt und prickelt nicht.« Konnte ich mir auch irgendwie nicht vorstellen.

Miki seufzte. »Aber so was von gar nicht.« Sie sah mich unter gesenkten Lidern an. »Und? Hat es bei dir vor Kurzem mal gefunkt oder geprickelt?«

Ich schwieg und suchte nach einem unverfänglichen Themenwechsel.

»Aha«, sagte Miki zufrieden.

»Miks, da ist niemand. Echt nicht.« Ich wich ihrem Blick aus.

»Wer ist es, der schöne Malik oder der böse Jayce?«

Nah dran. Verflucht nah dran. »Was macht deine Recherche für de Freytas?«, fragte ich. Kein besonders geschickter Versuch, sie abzulenken. Komischerweise funktionierte er. Vielleicht hatte Miki einfach Erbarmen mit mir.

»Ich untersuche den Ansatz des Verräterkommandos«, erklärte sie und stürzte sich dann in eine längere Ausführung, die irgendwann unweigerlich bei Computeralgorithmen landete. Ich fühlte, wie mein Blick glasig wurde.

Mittlerweile hatten wir unseren Kaffee und standen damit ein bisschen unschlüssig in der vollen, lauten Cafeteria herum. Miki entdeckte zwei Mädchen aus ihrer Arbeitsgruppe und ich nickte ihr zu. »Setz dich zu ihnen. Ich gehe in die Bibliothek.«

Erleichtert floh ich in die relative Ruhe des Hofes. Während ich ihn überquerte, trank ich meinen Kaffee und starrte auf die geheimnisvolle Seitentür, durch die ich die Gruppe von Vermummten hatte treten sehen. Oder hatte ich das nur geträumt? Die Tür sah ganz harmlos aus, wie eine Kellertür oder etwas, wohinter Gartengeräte verwahrt wurden. Das einzig Auffällige war der Scanner, der den Zutritt über eine Schlüsselkarte ermöglichte. Ich war mir aber ziemlich sicher, dass meine Karte hier nichts bewirken würde. Doch vielleicht sollte ich das mal ausprobieren, allerdings zu einer Uhrzeit, wo mir nicht die halbe Schule dabei zusah. Über die Area schwieg man hier nämlich auch auffällig laut.

Ich hatte vor ein paar Tagen ein Gespräch zwischen zwei Mädchen in der Cafete mitgehört, in dem es sich um diese geheimnisvolle Abteilung drehte. Die Einser gingen dort ein und aus. Vor allem ein bestimmter Einser, ein ganz süßer Typ, der leider keinen Blick für die schwärmende Sprecherin hatte.

Was für eine schräge Schule, in der Einserstreber als süße Typen galten! Ich grinste in mich hinein. Das war also der Trick, um in die Area zu gelangen? Mehr war nicht dahinter, man musste nur Supernoten abliefern und alles war easy?

Mir verging das Grinsen, als ich darüber nachzudenken begann, wieso ich die Typen aus der Area eigentlich nie zu Gesicht bekam. Tagsüber blieb die Tür zu, es ging nie jemand dort hinein oder verließ das Gebäude durch sie. Was ging da drinnen vor sich? War das die Stelle, an der sie die Gehirne endgültig umpolten? Oder war die Area für nachtaktive und lichtscheue Geschöpfe gedacht? Vampire oder so?

Okay, hier wurde es albern. Aber trotzdem blieb ein mulmiges Gefühl, wenn ich an den geheimen Teil der Schule dachte. Man musste schließlich nichts hermetisch verschlossen halten, was harmlos war, oder?

In der Bibliothek war es wie immer ruhig. Selbst wenn sich ein kompletter Kurs hier aufhielt, schluckten die verwinkelten und weitläufigen Räume ihn wie ein Dinosaurier eine Maus.

Ich verzog mich auf die obere Galerie und begann am Nordende damit, mir Notizen zu machen und sie mit meinen alten Notizen abzugleichen. Irgendwo hier lag der Schlüssel zu dem ungelösten Rätsel, und das Gefühl machte mich rasend. Ich hasste Rätsel.

Meine Notizen bargen bisher keine große Erleuchtung. Ich hockte mich auf den Boden, betrachtete das Deckengemälde und sinnierte über Jayce' Worte. Licht und Dunkel, Schatten und Sonne, Yin und Yang … ja, das alles fand sich in dem Gemälde zu Hauf. Mein Puls erhöhte sich und meine Blicke fuhren über den Teil des Deckengemäldes, den ich von hier aus gut erkennen konnte. Das gesamte Bild war in solchen Dualitäten aufgebaut. Große Pferde und kleine Hunde, ein dicker Mann und eine dünne Frau, hohe Bäume und niedrige Büsche, rote Papageien auf knallgrünem Hintergrund, ein Chamäleon, das ein anderes spiegelte, das eine war lila-blau-rot gefleckt, das andere hatte gelb-orange-grüne Streifen.

Wow. Dualitäten und Gegensätze, wohin man sah. Das Chaos begann eine Struktur zu zeigen. Chaos und Ordnung.

Ich raufte mir die Haare und beugte mich über meine Kladde. Aber wie half mir das weiter? Ich wusste immer noch nicht, worauf das Ganze hinauslief.

Ich blickte auf und atmete tief durch. Der sterbende schwarze Ritter mit seinem brechenden Blick und der blutbefleckten weißen Rose, auf die er zeigte.

Wo war sein Gegenstück? Ich stand auf und beugte mich über die Brüstung. Sein Blick schien jemanden oder etwas zu fixieren, das sich am anderen Rand des Bildes befinden musste. Ich musste meinen Standort wechseln, um diesen Teil des Gemäldes sehen zu können.

Als ich die Treppe hinunterlief, rannte ich in Mr Sharma, der mit geistesabwesender Miene einen Stapel Bücher im Arm hielt. »Oh, hallo, Olivia«, sagte er und lächelte kurz. »Suchen Sie etwas, kann ich Ihnen helfen?«

Ich lächelte zurück. »Hi, Mr Sharma. Ich bin nur wieder mit dem Rätsel beschäftigt.« Ich wedelte mit meinen Notizen. »Bin da etwas auf der Spur.«

»Lassen Sie sich nicht stören.« Er zog ein schmales Buch aus dem Regal, legte es auf seinen Stapel und verschwand zwischen den Regalen. Irgendwie hatte er bedrückt gewirkt. Normalerweise hatte der Bibliothekar gute Laune und war gesprächig, so einsilbig hatte ich ihn noch nie erlebt.

Ich vergaß ihn und konzentrierte mich wieder auf das Deckengemälde. Wenn ich die südliche Treppe hinaufging und dort hinten bei den Tischen Aufstellung nahm, müsste ich erkennen können, was der schwarze Ritter fixierte. Ich war so gespannt, als hinge von der Lösung dieses Rätsels tatsächlich etwas ab. Dabei ging es doch nur darum, die nächste Stufe der Schulleiter zu erklimmen und nicht mehr der dumme, uneingeweihte Rookie zu sein. Als ob mir das wichtig wäre.

Ich hockte mich auf eine Tischkante und stützte mich auf der Brüstung ab, während mein Blick die Decke absuchte. Irgendwo hier musste es sein.

Es war die Rose, die mir die richtige Stelle markierte. Natürlich war sie rot, sie musste ja das Gegenstück zur weißen Rose des Ritters bilden. Glühend wie roter Wein oder frisches Blut sprang sie mir aus der Dunkelheit entgegen. Ich fluchte leise. Diese Seite der Bibliothek war schlecht beleuchtet, ich konnte die Einzelheiten des Deckengemäldes kaum erkennen.

Die Rose ruhte in der Hand einer weiß gekleideten Gestalt. Logisch. Wenn der schwarze Ritter hier sein Pendant fand, dann musste es zwangsläufig jemand von der anderen Seite sein. Also war dies hier wahrscheinlich einer der Nadir-Ritter.

Ich zog mich auf die Brüstung und versuchte mein Gleichgewicht zu halten, eine Hand an der Wand, während mein Blick das Gemälde fixierte. Nach und nach gewöhnten sich meine Augen an das schummrige Licht und immer mehr Einzelheiten traten hervor. Eine weiß gekleidete Gestalt mit hellem Haar. Check. In der Hand die rote Rose. Check. Der Blick der Gestalt richtete sich auf den sterbenden schwarzen Ritter. Check. Ich hatte das Gegenstück des Ritters gefunden. Jetzt musste ich noch herausfinden, wie mir das Ganze bei meiner Suche nach dem versteckten Rätsel weiterhalf. Ein Kinderspiel.

Ich hätte gerne ein Foto von der Figur gemacht, aber mein

Handy lag in meinem Zimmer. Wozu sollte ich es auch mit mir herumschleppen, wenn es eh keinen Empfang gab?

Ich schielte beinahe vor Anstrengung, aber mehr als das vage Bild, das ich bis jetzt hatte erkennen können, kam nicht zum Vorschein.

Seufzend kletterte ich zurück auf den Boden und machte mich auf, den Bibliothekar zu suchen. Wenn es irgendwo Detailfotos des Deckengemäldes gab, würde er es wissen.

Mr Sharma hörte sich meine Vermutungen und meine Frage nach Abbildungen des Deckengemäldes geduldig, wenn auch leicht geistesabwesend an. Dann nickte er und machte sich eine Notiz in seinem Kalender.

Sein Büro war genauso unordentlich wie immer. Ich fragte mich, ob er immer dieselben Bücher auf diesen wankenden Stapeltürmen verwahrte oder ob er sie nach einem unbekannten Muster auswechselte. Warum hatte er sie überhaupt hier im Büro, warum standen sie nicht draußen in den Regalen, wo wahrhaftig genügend Platz dafür vorhanden war?

Der Bibliothekar stieß mit dem Ellbogen gegen eines dieser schwankenden Gebilde und stützte es mit einer geübten Bewegung ab, ehe es zusammenstürzen konnte. »Ich schicke dir das Material auf dein Terminal«, sagte er, und für einen Moment war seine Geistesabwesenheit fortgeblasen und er sah mich wach und scharf an. »Gute Arbeit, Liv.«

»Danke, Mr Sharma. Wann …?«

»Heute am späten Abend oder morgen früh«, sagte er. »Ich bin gleich noch in einer Konferenz, deshalb kann ich es dir nicht schneller versprechen.«

»Geht schon klar, danke. Ich habe sowieso noch Kognition

nachher und danach bin ich immer todmüde.« Ich nahm mein Notizbuch und steckte es ein. »Dann wünsche ich eine schöne Konferenz.«

Er verzog leicht die Lippen und nickte, sein Blick wieder so fern wie die Sterne. Das war heute nicht sein aufmerksamster Tag, schien mir.

Die Kognitionsstunde hätte ich beinahe vergessen. Ich sah auf meine Uhr. Jeez, ich war spät dran, es blieb keine Zeit mehr, mein Zeug abzuwerfen und mich umzuziehen, was ich gerne getan hätte. Aber nun musste Professor X mich eben in meiner ältesten Jeans ertragen – die mit den dekorativen, wenn auch ungeplanten Löchern an den Knien.

Ich fragte mich, wann das für mich wichtig geworden war. Hätte ich zu Anfang nicht sogar gerade diese Jeans angezogen, nur um ihn zu provozieren?

Ich lief über den Hof, während diese Überlegung mich nervte. Es war vielleicht eine Frage des Respekts, den er mir jederzeit entgegenbrachte. Er hatte verdient, dass ich das erwiderte, zumindest, was mein Outfit betraf.

Ich stürmte in sein Vorzimmer, fünf Minuten zu spät, und kassierte den strafenden Blick seiner Sekretärin.

»Tut mir leid, Ms Levallier«, keuchte ich, »ich bin in der Bibliothek aufgehalten worden. Mr Sharma wollte noch etwas mit mir besprechen.« Fast die Wahrheit.

Sie nickte kühl. »Das nächste Mal rufst du an«, sagte sie und öffnete die Tür zum Allerheiligsten. »Professor Nygren, sie ist da.«

Zum ersten Mal kapierte ich, dass der Schulleiter tatsächlich ein Professor war, nicht nur so genannt wurde. Also lehrte er an irgendeiner Uni, richtig? Oder musste man das nicht, war das nur ein Titel, mit dem man dann auch eine Schule wie diese leiten konnte?

Ich rannte ihn beinahe über den Haufen, so sehr lenkten mich meine Überlegungen ab. Du bist beinahe so zerstreut wie der Bibliothekar, Liv Noack.

Ich murmelte eine Entschuldigung und ließ mich in meinen gewohnten Sessel fallen.

»Geht es dir gut?« Seine besorgte Frage brachte mich wieder zurück ins Hier und Jetzt. Ich nickte und stopfte meine Tasche unter den Sessel. »Alles fein, Professor. Tut mir leid, dass ich zu spät gekommen bin.«

Der Schulleiter setzte sich mir gegenüber hin und faltete die Hände vor dem Bauch. Sein Blick war prüfend. »Hast du mit irgendwem Ärger?«

»Mit Ihrer Tochter«, entfuhr es mir gegen meinen Willen. Ich hätte mich am liebsten getreten, warum hatte ich das jetzt gesagt?

Seine Miene verdüsterte sich. »Ich habe davon gehört. Es tut mir leid, Liv. Kajsa ist in einer schwierigen Phase.«

»Sie ist ein eiskaltes Miststück«, entgegnete ich hitzig. »Schwierige Phase«, dass ich nicht lachte! Solche wie sie kannte ich zur Genüge, die genoss ihre Macht und tyrannisierte alles, was nicht bei drei auf dem Baum war.

Er senkte den Blick und begann seine Pfeife zu suchen. Aha, er wusste Bescheid. Aber es ging um sein goldenes Töchterchen und da versagte der große Professor X. Auch nur ein ganz normaler Vater wie alle anderen, kein Superheld mit magischen Kräften. Das Bedauern, das ich fühlte, überraschte mich.

»Ich kann sie bitten, dich in Ruhe zu lassen.«

»Das ist nicht Ihr Problem.« Ich ruckelte unbehaglich in meinem Sessel herum. Meine Güte, das wurde jetzt wirklich peinlich.

Er spürte mein Unbehagen, was ja auch kein großes Kunststück war, und beugte sich mit einer besänftigenden Handbewegung vor. »Keine Sorge, ich habe nicht vor, deine Situation noch zu verschlimmern«, sagte er. »Du hast natürlich recht, wenn ich mich einmische, wird es tatsächlich unangenehm für alle Seiten.« Er lehnte sich zurück und biss nachdenklich auf das Mundstück seiner kalten Pfeife. »Ich überlege mir etwas.«

»Lassen Sie es.« Ich rieb mir mit den Händen übers Gesicht. »Ich kann Kaj ignorieren, das ist mir bisher gut gelungen. Sie nervt mich auch nicht mehr als andere es getan haben. Darin habe ich Übung. Ich ignoriere sie und wenn sie nicht aufhört, mich anzugiften, werde ich schon mit ihr fertig.«

Er sah mich nachdenklich an. »Du hast dich entschieden, oder?«

Ich riss die Augen auf und blinzelte dann verwirrt. »Habe ich das?«, fragte ich halblaut. Ja, es sah so aus. Anscheinend wollte ein Teil von mir tatsächlich hierbleiben. Fuck.

Er nickte langsam. »Ich setze dich nicht unter Druck«, sagte er. »Ich würde mich freuen, wenn du bliebest. Du bist eine Bereicherung für diese Schule.« Er lächelte schwach. »Klingt pathetisch, oder?«

Ich nickte und grinste widerwillig. »Was sind Sie eigentlich für ein Professor?« Die Frage hatte ich einfach nicht herunterschlucken können.

Er lachte auf und drehte sich zu seinem Schreibtisch um. Dort lagen ein paar Bücher, die ich bei jeder Sitzung gesehen, aber nicht weiter beachtet hatte. »Dafür«, sagte er knapp und reichte mir eins. Ich las den Titel und verdrehte die Augen. »Sagen Sie nicht, das ist ausgerechnet Physik.«

»Ist es, tut mir leid.« Er nahm mir das Buch wieder ab. »Wenn ich nicht hier bin, arbeite ich für CERN.«

Wow. »Die nehmen auch nicht jeden, oder?«, sagte ich in dem schwachen Versuch, einen Witz zu machen.

Er legte den Kopf schief und rieb sein Ohrläppchen. »Nein,

nicht wirklich. Ich hatte Glück.« Sein Grinsen war das eines jungen Mannes. Irgendwie mochte ich Professor X.

Ich entspannte mich und streckte die Beine aus. »Was machen wir heute?«

Er schob ein paar Dinge auf seinem Schreibtisch herum, dann drehte er sich wieder zu mir um, faltete die Hände und legte die Daumen zusammen. Die Geste erschien mir vertraut, obwohl ich nicht hätte sagen können, woher ich sie kannte.

»Hast du inzwischen denn mal über deine Zweifel nachgedacht?«

Bisher hatte ich mich ja davor gedrückt, aber irgendwo in mir drin hatte die Frage tatsächlich Wirkung gezeigt. Ich zweifelte momentan an allem. Was ich wollte, was ich tat, was ich dachte und empfand … Jayce' Kuss kam mir in den Sinn. Ich hatte die ganze Zeit krampfhaft vermieden, über die Situation an der Küste nachzudenken. Wir hatten rumgeknutscht und ich hatte es genossen. Aber keine Minute nachdem wir uns getrennt hatten, waren die Zweifel laut geworden. Was würde daraus entstehen? Wollte ich überhaupt, dass etwas daraus entstand? War es klug, sich mit einem Jungen einzulassen, der einen soliden Ruf als Bad Boy und Mädchenkiller hatte? Ich seufzte.

Professor X sah mich abwartend an. Ich hob die Schultern und schüttelte den Kopf. »Was soll ich dazu sagen? Soll ich bleiben oder gehen? Was erwartet mich hier? Ist diese Schule gut für mich? Will ich tun, wozu meine Mutter mich gezwungen hat, oder will ich meinem eigenen Kopf folgen? Zweifel in Masse, Professor.«

Er nickte knapp. »Gut. Zweifel bringen dich weiter. Ich bin jedenfalls schon zufrieden, wenn du uns noch eine Chance gibst.« Er kratzte sich am Kopf. »Ich hatte dir ein Telefonat versprochen, wenn du durchhältst, war das nicht so?«

Ich hielt den Atem an, dann nickte ich. Ich hatte ihn heute darum bitten wollen, aber so war es natürlich einfacher.

Er lehnte sich zurück und drückte die Taste für sein Vorzimmer. »Helene, würdest du mir eine Leitung nach draußen schalten?«

Die bejahende Antwort quakte aus dem Lautsprecher und ich bekam eine Gänsehaut. »Jetzt? Hier?« Es war zwar blöd, mit Publikum telefonieren zu müssen, aber besser das als gar nicht. Jetzt blieb nur die Frage: Wen sollte ich anrufen?

Er lächelte schwach und begann seine Pfeife zu stopfen. »Mit wem möchtest du sprechen?«

Ja, genau. Exakt das fragte ich mich gerade. Ich atmete tief durch. »Was ist, wenn ich meinen Anruf nicht durchkriege? Habe ich einen zweiten Versuch?«

Er nickte und drückte den Tabak fest. Es roch auch unangezündet angenehm würzig. »Ich bin kein Sadist«, sagte er. »Es gehört nur zur Schulordnung, dass die Anrufe nach draußen so knapp wie möglich gehalten werden sollen. Wir haben die Erfahrung gemacht, dass das für alle die beste Lösung ist.«

Warum auch immer, das war mir egal. Ich wollte hier weg, also sollte mich die Schulordnung nicht interessieren. Oder wollte ich vielleicht doch hierbleiben?

Ich schüttelte den Kopf. Was machten die hier mit mir, kippten die uns irgendwas ins Essen? Ach, egal. Ich knetete meine Finger vor Aufregung. Natürlich war es Tom, den ich anrufen würde. Mist, ich würde verschlüsselt mit ihm reden müssen. Das hatten wir zwar gut drauf, aber es war anstrengender, als einfach nur so zu hören, wie es ihm ging und was seit meiner Abwesenheit alles passiert war.

Professor X drückte mir das Telefon in die Hand. Ich nannte der Sekretärin Toms Nummer und wartete. Es rauschte in der Leitung, dann hörte ich das ferne Freizeichen. Es klingelte eine

Weile, dann sprang das Signal um und es ertönte das Besetztzeichen. Keine Mailbox, kein Ton von Tom.

Enttäuscht und besorgt legte ich auf. »Er geht nicht dran«, sagte ich. Schon wieder. Was war los?

Der Professor hatte einen seltsamen Gesichtsausdruck, den er zu einem beruhigend gemeinten Lächeln glättete, als er mein Befremden sah. »Wen möchtest du noch probieren?«

»Meine Mutter.« Das hatte ich gesagt, ehe mein Verstand sich einschaltete. Verdammt, ich wollte nicht mit meiner Mutter sprechen. Worüber auch?

Aber es war zu spät. Das Freizeichen erklang und dieses Mal wurde abgehoben. »Noack«, sagte die Stimme meiner Mutter. Ich hatte mit einem Mal einen dicken Kloß im Hals. »Ma«, sagte ich gepresst. »Ich bin es.«

»Livvy, Liebes«, hörte ich sie rufen. »Oh, ich habe mir solche Sorgen gemacht! Geht es dir gut?«

Ich schluckte. Wie hatte ich ihre Stimme vermisst. »Mir geht es prima«, brachte ich heraus, obwohl ich am liebsten losgeheult hätte. »Wirklich, es ist gut. Ich war stinksauer auf dich, aber das ist vorbei.« Tatsächlich war das nicht gelogen. In dem Moment, als ich ihre Stimme gehört hatte, war meine Wut zum größten Teil verflogen. »Ihr hättet mich nicht einfach abschieben dürfen«, setzte ich dennoch leise hinzu.

Ich hörte, dass sie weinte. »Livvy, das musste alles so schnell gehen. Dein Unfall und dann hat Arvid mir angeboten, dich aufzunehmen …«

Ich hob schockiert den Blick und musterte den Professor, der mich nachdenklich ansah. »Du kennst Professor Nygren?« Blöde Frage, sie hatte ihn gerade beim Vornamen genannt.

Sie schwieg und seufzte dann. »Das ist eine lange Geschichte. Ich erzähle sie dir, wenn du heimkommst. Es gefällt dir also?«

Ich runzelte die Stirn. »Dann kennst du auch seine Tochter? Kajsa?«

Die Pause war noch länger. Der Professor ruckelte unbehaglich auf seinem Sitz herum, schlug die Beine übereinander und drehte die Pfeife in seiner Hand.

»Ja, auch wenn das letzte Mal schon sehr lange her ist«, kam die zögernde Antwort. »Livvy, ich erzähle dir alles. Versprochen.«

Ich kannte meine Mutter, wenn sie diesen Tonfall draufhatte, biss ich mir die Zähne aus. Also notierte ich das Versprechen, um bei der nächsten Gelegenheit darauf zurückzukommen und fragte: »Wie geht es dem Zwerg?«

Meine Mutter lachte, sie klang gelöst. »Tobi fragt dauernd nach dir, wann du nach Hause kommst. Er vermisst dich.«

Da war der Kloß in meinem Hals wieder. »Ich vermisse ihn auch«, sagte ich leise. »Gib ihm einen Kuss von mir, ja?« Ich sah auf, weil der Professor eine Geste machte, die das Ende des Gesprächs signalisierte. Er wollte offenbar auch mit meiner Mutter sprechen und das fand ich interessant. Wie gut kannten die beiden sich?

Ich verabschiedete mich also, versprach zähneknirschend »brav zu sein« und reichte ihm das Telefon.

»Kristin«, sagte er mit seiner klangvollen Stimme, »schön, dich zu hören.«

Ich hörte die Stimme meiner Mutter, konnte aber nicht verstehen, was sie sagte. Es klang fragend. Der Professor musterte mich und gab ein zustimmendes Brummen von sich. »Ja, natürlich«, sagte er dann. »Ich werde Astrid bitten, dich anzurufen. Sie ist noch in New York, aber ich erwarte sie in zwei, drei Wochen zurück.«

Ich starrte ihn an, was er mit einem ebenso starren Blick beantwortete, während er sich herzlich von meiner Mutter verabschiedete. Verdammt, die beiden kannten sich gut, sehr gut sogar! Konnte mir das mal bitte jemand erklären?

Als er auflegte, holte ich tief Luft, aber er bremste mich mit einer Handbewegung ab. »Ich weiß«, sagte er. »Vielleicht hätten wir dir eher davon erzählen sollen, aber es erschien uns nicht der richtige Zeitpunkt.«. Er zögerte, spielte wieder mit seiner Pfeife.

Ich schnitt eine Grimasse. »Was genau erschien da ›nicht der richtige Zeitpunkt‹?«, fragte ich ätzend.

Er stützte mit müdem Gesichtsausdruck den Kopf in die Hand. »Wir reden später darüber, wenn es dir recht ist«, wimmelte er mich ab. »Ich möchte, dass deine Mutter dabei anwesend ist.«

Ich nickte unzufrieden. »Ich erinnere Sie daran.«

»Tu das.« Er sammelte sich. »Wir sollten an die Arbeit gehen, Liv. Gibst du mir die Münze?«

Ich öffnete die Kette und reichte sie ihm. Ein Teil von mir wunderte sich, dass ich so lammfromm gehorchte, ein anderer Teil erinnerte sich plötzlich daran, dass ich das schon öfter getan hatte. Das war ein Ritual zwischen dem Professor und mir, und das war auch der Ausgangspunkt für die vertrauliche Art, in der er mit mir redete, fast, als wäre ich auch seine Tochter. Dennoch war es irgendwie seltsam, dass ich mich zwischen unseren Stunden nie genau daran erinnern konnte, worüber wir eigentlich gesprochen hatten. Belanglosigkeiten, alltäglicher Kram, sicher. Aber warum erinnerte ich mich nicht daran? Man sollte doch meinen, ich wüsste auch hinterher noch, ob wir übers Wetter geredet hatten oder über die Bücher, die ich mochte. Aber da war nichts, *nada, niente*. Das machte mich nervös. Und wenn mich etwas so irritierte, schlug mein Gehirn einen Haken und dachte über etwas anderes nach.

»Wieso sieht Kaj mir so ähnlich?«, fragte ich spontan.

Er drehte meine Münze in den Fingern. »Ihr seid Cousinen.«

Damit hatte er mich zum Schweigen gebracht. Ich starrte Löcher in die Luft und vergaß beinahe zu atmen. »Meine Mutter?«, fragte ich nach einer Weile. Allzu viel andere Möglichkeiten gab es ja wohl kaum.

Er nickte. »Astrid und deine Mutter sind Schwestern.« Er hob den Blick, ein Schatten glitt über seine Miene. Etwas verbarg er vor mir, aber was?

Mein Pulsschlag dröhnte in meinen Ohren. »Warum kenne ich sie nicht?«

»Wir sprechen darüber«, wiederholte er. »Im Beisein deiner Mutter.«

Ich hatte Mühe, ruhig sitzen zu bleiben. Ich hatte eine Tante, eine Cousine? Warum hatte meine Ma mir nie davon erzählt? Hatten die beiden sich zerstritten? Das war es, ganz sicher. Vielleicht hing es ja mit meinem Vater zusammen, das kam vor, dass eine Familie so eine Verbindung nicht guthieß. Jedenfalls war das in Büchern so.

Die Erklärung befriedigte mich nicht wirklich, aber ich bekam ja keine andere geliefert.

Etwas anderes riss mich aus meinen Grübeleien, eine späte Erkenntnis. »Wenn Kaj meine Cousine ist, dann sind Sie …«

»Dein Onkel.« Er verzog das Gesicht, als hätte er etwas Bitteres geschmeckt. »Ja, tatsächlich ist das so, in mehr als einer Hinsicht. Jetzt konzentriere dich bitte hierauf.«

Ehe ich eine abwehrende Bewegung machen konnte, hatte die schwingende Münze mich in ihren Bann gezogen. Mein Blick folgte ihr, hin, her, hin … bis meine Lider schwer wurden und mich mit sich in die Tiefe zogen.

12

Dieses Mal erinnerte ich mich. Ich erinnerte mich, während das Ganze passierte, was ein seltsames Gefühl war, verwirrend. Die Desorientierung war gewaltig, es war, als wäre ich in mehrere Teile aufgespalten, von denen jeder eine andere Erinnerung besaß.

Ich hatte Mühe, nicht zu würgen. Mein Magen hob sich wie bei einer Achterbahnfahrt. Ich wollte die Augen öffnen, aber es ging nicht, also hörte ich auf, mich damit zu quälen.

Mein Gehör lieferte mir das Gewohnte: zwei Stimmen, die leise miteinander sprachen, ein Mann und eine Frau. Der Mann war Professor X. Die Frauenstimme klang wie immer ein wenig blechern, ich begriff jetzt erst, dass sie über ein Telefon oder die Computerlautsprecher zu hören war. Sie war also gar nicht mit uns im Raum!

Ich kämpfte gegen das Gefühl, von unsichtbaren Fesseln an meinen Sessel fixiert zu sein. Ebenso wenig wie meine Augenlider konnte ich meine Hände, den Kopf oder die Beine bewegen. Was war das?

Angst wallte in mir hoch. Der Professor schien es zu bemerken, denn er sagte: »Warte kurz, Astrid«, und ich spürte eine Berührung auf meinen Lidern und meiner Stirn. Die warme, feste Berührung einer Hand. Sie beruhigte mich augenblicklich. »Alles ist gut«, sagte seine tiefe, ruhige Stimme. »Du kannst dich entspannen, Liv. Dir geschieht nichts Böses.«

Komisch, ich glaubte ihm, obwohl ich in einer Situation gefangen war, die mich innerlich zum Schreien brachte. Was war das, Gehirnwäsche? Hatte Jayce mich nicht genau davor gewarnt? Eine kurze Welle erneuter Panik, dann sank ich wieder zurück in die tiefe blaue Dunkelheit hinter meinen Lidern.

Er war da, er wartete auf mich, wie er immer auf mich wartete. Ich sonnte mich in seinem Lächeln, ließ zu, dass er meine Hand nahm und mich seinen Liebling nannte. Sein kleines Mädchen, seine große, kluge, starke Tochter. Es tat gut, es tat so gut, dass ich wünschte, es würde niemals enden.

Er sprach mit mir, teilte seine Gedanken, seine Hoffnungen, seine Befürchtungen mit mir. Ich war ihm wichtig. Er sagte es, immer wieder. Du bist wichtig. Ohne dich kann ich nichts von dem tun. Du bist an meiner Seite, mein Schild, mein Schwert. Du bist der Schlüssel, Olivia, vergiss das niemals. Du bist Athene …

Ein heftiger Schauder erfasste mich. Athene, die Tochter des Zeus. Ich war sein Schwert. Ich wollte nichts anderes sein, nichts anderes werden. Das war mein Schicksal, meine Berufung und meine Zukunft. Athene …

Eine Berührung an meiner Schulter, etwas Kühles strich über meine Stirn, etwas fiel auf meine Brust, kalt und warm zugleich.

Ich holte tief Luft und schwamm ohne Gedanken zwischen den Sternen. Zufrieden, nicht denken zu müssen. Keine Zweifel, keine Angst.

Aber ein Teil von mir weinte, weil er wusste, dass ich Athene war, und sich danach sehnte, Schild, Schwert und Schlüssel zu sein.

Ich fuhr hoch, als mich jemand berührte. Es war dunkel im Zimmer, ein kalter Luftzug bauschte die Vorhänge. Das Fenster stand weit offen.

»Mach schon«, drängte flüsternd eine Stimme. »Wakamoto schläft wie ein Stein.«

Ich wollte verschlafen fragen, was los war, da lag schon eine Hand auf meinem Mund und schloss meinen Aufschrei ein. Ich grunzte erstickt und wollte nach der Hand schlagen, aber andere Hände hielten mich ziemlich grob an Armen und Beinen gepackt und jemand machte sich an meinem Kopf zu schaffen. Ich zappelte und trat aus, traf jemanden, der unterdrückt stöhnte. Warum wurde Miki nicht wach? Was wollten die von mir? Eiskalter Schock durchfuhr mich und schaffte es, dass ich endlich hellwach war. Die Benommenheit des Schlafs wich schlagartig von mir. Ich kämpfte vergebens gegen die Hände, die mich hielten, mich auf die Beine zerrten. Jemand stülpte etwas über meinen Kopf, das mir die Sicht nahm und mich fast erstickte, und dann wurde noch etwas darum geschnürt, was mir den Mund verschloss. »Mach kein Aufsehen«, flüsterte eine eiskalte Stimme in mein Ohr. »Wenn du auch nur einen Pieps machst, killen wir dich und jeden, den du aufweckst.«

Das klang zwar lächerlich, aber trotzdem wurden mir die Knie weich. Das war es, das war die Sache, vor der Czilla mich gewarnt hatte. Kaj machte Ernst und ich hatte keinen Schimmer, worauf es hinauslief. Im Moment roch es nach einer Entführung, und weil ich vermeiden wollte, dass Miki in die Sache hineingezogen wurde, machte ich brav mit. Ich signalisierte, dass ich keinen Ärger machen würde, erntete ein spöttisches »braves Mädchen« und tappte dann blind und bloßfüßig hinter meinen Entführern her aus dem Zimmer. Wenn wir erst einmal draußen waren, würde ich schon einen Weg finden, zu entkommen.

Ich spürte die Gegenwart von mindestens vier Menschen. Die Stimme, die ich gehört hatte, gehörte einem Mädchen, aber die Hände, die mich festhielten, waren groß und kräftig, eher männlich. Kaj hatte genügend Drohnen in ihrem Bienenstaat, das konnte so ziemlich jeder von denen sein. Ich hoffte, dass nicht auch Malik bei dieser Farce mitmachte. Er hätte mich doch sicher gewarnt, oder nicht?

Wir hielten an, und jemand machte sich an meinen Füßen zu schaffen. Ich hörte auf, mich zu wehren, als ich begriff, dass man mir Strümpfe gewährte. Eine Jeans. Einen Pullover. Schuhe. Okay, wenn sie vorhatten, mich umzubringen, dann starb ich wenigstens nicht in meinem Nacht-T-Shirt.

Voller Zweifel stolperte ich zwischen meinen Entführern durch die Schulgänge. Sie hatten mich fest gepackt, ab und zu hoben meine Füße ab und ich zappelte frei in der Luft. Ich war mir nicht ganz sicher, wo sie mich hinbrachten, aber es ging hinunter, über mehr Treppen als ich in Erinnerung hatte.

Wir erreichten ebenen Boden und es gab einen kurzen Moment, in dem sich der Griff um meinen linken Arm lockerte. Ich nutzte die Gelegenheit, warf mich zur Seite und schlug dem Jungen rechts von mir die Beine unter dem Leib weg. Ich fiel hart, aber dank des Trainings, das ich seit ein paar Wochen absolvierte, konnte ich abrollen und kam wieder auf die Füße. Blind, wie ich war, konnte ich schlecht wegrennen, aber ich hatte vor, es meinen Kidnappern so schwer wie möglich zu machen, mich wieder einzufangen.

Es folgte eine wüste Rangelei. Ich traf mit meinen ungezielten Tritten und Schlägen auf nachgiebiges Fleisch und harte Knochen, hörte mit einer gewissen Befriedigung Grunzlaute, Fluchen und unterdrücktes Stöhnen und steckte selbst ein paar fiese Schwinger ein, die aber erstaunlicherweise nicht darauf abzuzielen schienen, mich auszuknocken. Was auch immer sie von mir wollten, ich musste dafür bei Bewusstsein bleiben. Diese Erkenntnis half mir, meine Anstrengungen zu verdoppeln.

Ich schlug um mich wie ein Berserker und hatte zumindest die Befriedigung, dass ich es den Entführern verdammt schwer machte, mich wieder zu halten.

Mein Versuch, die Haube von meinem Kopf zu entfernen, blieb ergebnislos, das Mistding war fest verknotet. Ich hieb jemandem den Ellbogen in den Magen – jedenfalls fühlte es sich so an – und drehte eine Pirouette, bei der ich Tritte und Schläge austeilte, aber es war mir klar, dass dieser Fight sehr schnell ein Ende finden würde, wenn sich meine Gegner erst einmal aus ihrer Verwirrung befreit hatten und begannen zusammenzuarbeiten.

Was jetzt der Fall war. Einer kam von hinten, einer griff von vorne meine Arme, ein dritter fixierte meine Beine. Ich wand mich, bäumte mich auf, aber das war das Ende. Sie packten mich wie ein Möbelstück und hoben mich auf, um mich den Rest des Weges zu tragen, obwohl ich mich immer noch zur Wehr setzte. Wer auch immer die Jungs waren, sie waren stark und wendig und äußerst entschlossen, mich dorthin zu schaffen, wo Kaj mich haben wollte.

Es ging ins Freie. Ich erwartete, dass wir durch einen der Seiteneingänge wieder ins Gebäude gelangen würden, aber anscheinend verschleppten sie mich in den Park. Ich wusste nicht, auf welcher Seite wir das Haus verlassen hatten. Waren wir auf dem Weg zur Küste oder ging es durch den Wald? Ich versuchte, etwas zu hören oder mich am Geruch der Umgebung zu orientieren, was durch die Haube über meinem Kopf so gut wie unmöglich war. Der dichte Stoff absorbierte alles, ich hörte nur dumpf und roch gar nichts außer Staub.

Ein Weile später setzten meine Träger mich ab. Einer schnaufte und murmelte: »Scheiße, ist die schwer.« Ein anderer lachte leise und sagte: »Schlappschwanz.« Ich versuchte die Stimmen zu erkennen, aber auch das war vergebens.

»He, Noack«, sagte die Mädchenstimme. Sie kam mir bekannt vor, aber durch den Stoff klangen alle Stimmen seltsam dumpf. »Es bringt dir nicht viel, wenn du abzuhauen versuchst. Du brichst dir nur die Gräten. Wenn du jetzt friedlich mit uns kommst, haben wir das hier schneller hinter uns.« Sie klang ein bisschen genervt, was mich seltsamerweise beruhigte. Wenn sie mich hätten umbringen wollen, was ja nicht wirklich wahrscheinlich war, hätten sie es längst tun können. Sie wollten mich irgendwo hinbringen, und dort würde dann die Party steigen. Bis dahin sollte ich besser meine Kräfte schonen. Also nickte ich und hob ergeben die Hände.

»Gut«, sagte das Mädchen. »Dann weiter.«

Es war seltsam, ohne Sinneseindrücke durch die Nacht und freies Gelände zu marschieren. Ich war froh, rechts und links jemanden zu haben, der mir über Hindernisse half und mich festhielt, wenn ich stolperte. Der Boden unter meinen Füßen war steinig, also waren wir nicht im Wald. Ich konnte das Meer nicht hören, aber das konnte an der Kapuze liegen.

Irgendwann stoppten meine Entführer mich. Wir standen eine Weile still und warteten auf irgendwas, dann gab mir einer der Jungs mit einem kleinen Schubs zu verstehen, dass es weiterging.

Der Weg führte jetzt abwärts und war eben, nicht mehr holprig. Unsere Schritte klangen dumpf, es schien ein Echo zu geben. Waren wir in einem Gebäude? Ich zermarterte meinen Kopf, wo das sein könnte. Es gab am anderen Ende der kleinen Insel die Häuser, in denen die Bootsleute wohnten, die Gärtner und die Angestellten, die das Haus in Ordnung hielten. Waren wir in einem davon? Aber das hier fühlte sich nicht wie ein Wohnhaus an, eher wie ein lang gestreckter Schuppen oder eine Lagerhalle.

Wir hielten erneut an, etwas scharrte über den Boden, ein

Luftzug strich über meine Hände. Modriger Geruch drang unter die Haube. Ein Keller?

Einer der Jungen griff nach meinem Ellbogen und schob mich voran. »Vorsicht, zieh den Kopf ein«, flüsterte er.

Ich machte drei oder vier Schritte in einen Raum hinein. Meine Nackenhaare stellten sich auf. Hier waren Menschen, das spürte ich. Nicht meine Eskorte, sondern Menschen, die hier auf mich gewartet hatten. Ein Anflug von Furcht ließ meine Schritte stocken. Ich kämpfte gegen meinen Knebel, knurrte und brummte, in der Hoffnung, dass ich das Ding endlich loswurde und anfangen konnte zu schreien. Denn danach war mir gerade wirklich. Ich wollte laut und peinlich losbrüllen.

Meine Begleiter dirigierten mich noch ein paar Schritte weiter, dann befahl mir ein fester Druck auf der Schulter, stehen zu bleiben.

Jemand machte sich an meiner Kapuze zu schaffen, während ein anderer meine Arme nach hinten zog und meine Hände fesselte. Scheiße. Ich atmete tief, um meine Panik im Griff zu behalten. Was kam jetzt? Ich hätte alles dafür gegeben, wenigstens etwas sehen zu können, aber meine Hoffnung, dass sie mir die Kapuze abnehmen würden, verflog im gleichen Moment. Die Hände lösten nur den Knebel, ließen meine Augen aber weiter bedeckt. Ich räusperte mich rau und schrie: »Bindet mich los, ihr verdammten Wichser!«

Jemand kicherte, ich hörte Wispern und Rascheln von Stoff. Eine Hand landete auf meiner Schulter, drückte mich hinunter. Etwas stieß hart in meine Kniekehlen und ich landete unsanft auf einer Sitzfläche. Weil ich nichts sah und mich mit den gefesselten Händen nirgendwo abfangen konnte, tat mir der Ruck bis in die Zähne weh. Ich knurrte und verkniff mir einen Schmerzenslaut. Nur keine Schwäche zeigen. Die Meute gierte nach meinem Blut, davon war ich überzeugt.

»Olivia Noack«, sagte eine Männerstimme, was mich vollkommen verblüffte. Er klang dumpf, aber ich hatte das Gefühl, ihn zu kennen. Es war kein Schüler, da war ich ziemlich sicher, dafür klang er zu alt.

»Olivia Noack«, wiederholte er mit hörbarer Geduld.

Ich räusperte mich wieder. »Ja«, krächzte ich. »Das bin ich.« Meine Güte, die hatten mich aus meinem Bett geholt. Wer sollte ich denn sonst sein? Ich murmelte etwas in dieser Art und hörte das Glucksen des Jungen, der mich immer noch festhielt.

»Du wurdest erkannt«, sagte der Mann. »Bist du bereit, dein Sein und dein Leben einer höheren Sache zu weihen?«

Hu? Was ging hier denn ab? Ich zuckte mit den Schultern und sagte: »Wenn ich dafür diesen Kartoffelsack vom Kopf kriege, überlege ich es mir.«

Wieder kicherte jemand. Das Geräusch beruhigte mich. Ich meine, du bringst keinen um, wenn neben dir einer kichert, oder?

»Olivia Noack«, sagte eine andere, jüngere Stimme, ein Mädchen. »Wir erwarten, dass du diese Sache so ernst nimmst, wie es ihr gebührt. Wir fragen dich erneut: Bist du bereit, dein Sein und dein Leben einer höheren Sache zu weihen?«

Ich stieß genervt Luft aus. »Ehe ich nicht weiß, was diese höhere Sache ist, werde ich den Teufel tun. Ihr müsst schon erklären, was ihr von mir wollt.«

Wispern, Lachen, Pssst-Laute.

Ein dritter Sprecher, in dessen Stimme unterdrücktes Lachen mitklang, wiederholte die Worte der beiden Vorredner, aber das war es nicht, was mir einen Schauder über den Rücken jagte. Es war Maliks Stimme, absolut sicher.

»Was ist das für eine Aufführung?«, fragte ich laut und erbost. »Malik, du verdammter Scheißkerl, mach mich los!«

Einen Moment lang herrschte Stille. Die Hand, die auf meiner Schulter lag, drückte kurz und besänftigend zu. Der Junge hauchte: »Spiel einfach mit, Kampfküken.«

Ein Zittern erfasste mich, ich fühlte mich einen Moment lang wie im freien Fall. Malik und Jayce. Die beiden nahmen teil an meiner Entführung? Was bedeutete das?

Dann hob ich den Kopf, richtete mich auf und sagte: »Meinetwegen, ihr Bekloppten. Ich widme mein Was-auch-immer eurer höheren Sache. Kann ich jetzt wieder in mein Bett zurück?«

Flüstern, Rascheln, das Geräusch von Schritten. Eine Hand griff unter meinen Ellbogen und zog mich in den Stand. Eine andere Hand lag auf meiner Schulter und dirigierte mich voran. Wieder gingen wir ein Stück, blieben kurz stehen, gingen dann weiter. Wir stiegen eine Treppe empor und betraten einen Raum, in dem unsere Schritte hallten wie in einer Kirche.

»Wo bringt ihr mich hin?«, fragte ich, aber nur Schweigen antwortete mir.

Die Akustik des Raums schien sich zu verändern, die Geräusche wurden wieder dumpfer. »Kopf runter«, sagte eine Stimme, eine Hand drückte meinen Kopf nieder. »Bleib unten.«

Gebückt gingen wir weiter, ich streifte mit dem Ellbogen an einer Wand vorbei.

Dann durfte ich mich wieder aufrichten und musste warten. Der ganze Zirkus ging mir mächtig auf die Nerven, aber ich biss mir auf die Lippe und enthielt mich weiterer Kommentare. Die zogen ihr Ding durch, da konnte ich auch meinen Atem sparen.

Wieder schoben und zogen mich Hände, wir kamen ins Freie, dann musste ich erneut ein paar Stufen bewältigen und stand endlich in einem leeren Raum, wie es sich anfühlte. Es war merkwürdig, dass man ohne seine Augen begann, seltsame andere Sinne zu entwickeln. Mir war, als könnte ich den Raum beschreiben. Er war nicht sonderlich groß, aber hoch, die Wände waren aus Stein, er war unmöbliert und ungeheizt. Wenn er Fenster hatte, dann waren sie hoch über meinem Kopf. Und irgendwo vor mir stand etwas Großes, Wuchtiges, das ich nicht einordnen konnte. Ein Tisch? Ein Schrank?

»Knie nieder, Novizin«, sagte der Mann, der als Erster gesprochen hatte. Hände halfen mir, den Befehl auszuführen. Ich spürte erleichtert, wie jemand die Handfesseln löste, und rieb mir mit einem kleinen Stöhnen die wunden Handgelenke. »Nehmt ihr mir auch die Haube ab?«, fragte ich.

»Du wirst befreit werden«, versicherte der Sprecher. Er war dicht vor mir, ich spürte die Wärme, die von ihm ausging. »Es wird von dir erwartet, dass du hier ausharrst, bis man dir erlaubt, dich zu erheben. Du wirst weder sprechen noch in irgendeiner Weise auf das reagieren, was dir begegnet. Knie still dort, wo du jetzt bist, und erdulde, was zu erdulden dir aufgetragen wird.«

Das klang beängstigend. Ich presste die Lippen zusammen und nickte knapp. »Aber wenn mich einer schlägt, wehre ich mich«, sagte ich.

Die Hand auf meiner Schulter zuckte.

»Du wirst nicht geschlagen werden«, versicherte der Sprecher. »Ritter der Rose, löst nun die Augenbinde und lasst die Novizin allein.«

»Ich höre und gehorche, Seigneur«, erwiderte der Junge neben mir formell. Malik.

Schritte entfernten sich, sie klangen unregelmäßig, beinahe mühsam. Leichtere Schritte folgten ihm. Eine Tür klappte.

Malik machte sich an der Haube zu schaffen. »Du hast dich gut gehalten«, murmelte er mir ins Ohr. »Keine Sorge, dir passiert nichts.«

Die Haube wurde mir vom Kopf gezogen und ich blinzelte

geblendet. »Ritter der Rose?«, fragte ich, während ich darauf wartete, dass sich meine Augen an die Helligkeit anpassten.

»Bruderschaft der Rose – das ist der Verein, dem du ab jetzt angehören wirst.« Es lag wieder dieses Lachen in seiner Stimme, so ganz ernst schien er das alles nicht zu nehmen. »Fühl dich einfach mal geehrt, sie nehmen nicht jeden Schüler auf.«

»Toll«, sagte ich. Meine Augen hörten auf zu tränen, ich sah mich um. Das war eine kleine Kapelle, ganz offensichtlich alt. Dicke Steinmauern, ein glatter, abgetretener Steinboden, halbrunde Fenster mit blasendurchzogenem Glas, vor mir eine Art Altar, ohne jeden Schmuck oder eine Verzierung, auf dem ein halbes Dutzend dicker Kerzen stand. Es war lausig kalt.

Ich wandte den Kopf und sah Malik an und prustete los. Er trug eine Art Kutte oder weiten cremefarbenen Umhang mit Kapuze. Diese hatte er in den Nacken geschlagen, sein blond gelockter Kopf lugte wie der eines Elfen aus ihren Falten hervor. Er blinzelte mir zu und warf die weiten, langen Ärmel zurück, als er nach einem gefalteten Stück Stoff griff. Es war dunkelgrau, und als er es entfaltete, erkannte ich einen Umhang wie den seinen, nur ohne Ärmel und in Dunkelgrau. Er legte ihn mir um die Schultern und zog die Kapuze über meinen Kopf. »Ist wärmer«, sagte er, »lass ihn an.«

»Scheiße, Malik, ich friere jetzt schon.« Die Kälte stieg von den alten Steinplatten auf und strahlte von den dicken Mauern ab. Das war das reinste Kühlhaus hier.

Malik griff unter seinen Umhang und zog ein Bündel heraus, das er mir verstohlen reichte. Wohlige Wärme strahlte von dem Bündel aus, es war eine dieser altmodischen Wärmflaschen, die meine Ma uns immer ins Bett steckte, wenn wir erkältet waren.

»Danke«, sagte ich aus tiefstem Herzen. »Deinetwegen werde ich diese Nachtwache lebend überstehen.«

Er lachte, legte eine Hand auf meine Schulter und drückte

sie fest. »Ich hole dich morgen früh mit einer Thermoskanne heißem Kaffee hier ab«, sagte er. »Dagegen hat auch der Großkomtur nichts.«

Ich rieb mir die Arme. »Dieser Dings, dieser Großkomtur, ihn hast du ›Seigneur‹ genannt, richtig? Wer ist das?«

Malik sah mich mit verschlossener Miene an. »Das darf ich dir nicht sagen«, erwiderte er. »Mach einfach mit, dann erfährst du alles, was du wissen willst.«

Das kam mir alles sehr merkwürdig vor. Diese Schule wurde ja wohl ganz klar von Arachne gesponsert, und die Nadir-Bruderschaft war der Erzfeind von Arachne. Einen Schülergeheimbund nach dem verfeindeten Orden zu benennen, hieß doch, die Rebellion etwas zu weit zu treiben – abgesehen davon, dass hier keine Sau auch nur einen Wimpernschlag lang an Rebellion dachte. Gehirngewaschene arme Würstchen.

»Ihr macht beide mit, Jayce und du?« Irgendwie passte das hier nicht zu Jayce, der auf mich den Eindruck eines Einzelgängers machte. Und er hatte mich davor gewarnt, mich einwickeln zu lassen. Aber das hier, das passte einfach nicht. Weder zu ihm noch zu Malik.

Der blonde Wüstenprinz neigte schweigend den Kopf und machte ein paar Schritte rückwärts. »Du wirst Antworten bekommen«, sagte er, schon halb draußen in der Dunkelheit. »Halte einfach nur bis zum Morgengrauen durch. Es ist nicht mehr lang, hörst du?« Er nickte mir zu und schloss die Tür hinter sich. Ich hörte, wie sich ein Schlüssel umdrehte, und dann war ich allein.

13

Die Nacht zog sich wie ein besonders zäher Kaugummi. Ich hatte erwartet, dass mir alles Mögliche begegnen würde, was mich erschrecken sollte, aber während die Kerzen auf dem Steinaltar langsam niederbrannten, geschah gar nichts. Außer, dass mir sekündlich kälter wurde.

Ich hockte in der Ecke, hatte den warmen Umhang dicht um mich geschlungen und kauerte mich um die viel zu schnell erkaltende Wärmflasche. So müde ich war, die Kälteschauer, die mich überliefen, hinderten mich daran, die Wartezeit einfach zu verschlafen.

Schnatternd und zähneklappernd stand ich schließlich auf und begann, auf der Stelle zu laufen, zu hüpfen und in die Luft zu boxen. Dabei wurde mir schließlich warm, aber dafür ging mir gnadenlos die Puste aus.

Schnaubend und nach Atem ringend hockte ich schließlich wieder da, und kaum hörte ich auf, mich zu bewegen, kroch auch schon die Kälte wieder aus dem alten Gemäuer und biss mich in die Nase, in die Finger und in die Zehen, um sich dann genüsslich an mir hochzuarbeiten. So gefroren hatte ich seit unserem letzten Skiurlaub nicht mehr (da war ich kopfüber in einer Schneewehe gelandet und musste mit Schnee in der Unterwäsche zurück ins Hotel laufen).

Ich war so erledigt, dass ich den Rest einfach geschehen ließ. Ich mummelte mich in den gar nicht so warmen Umhang, schlang die Arme um mich, legte den Kopf auf die Knie und dämmerte weg. Wahrscheinlich würden sie mich hier nicht erfrieren lassen – wenn ich morgen tot in der Kapelle lag, gäbe es eine Menge zu erklären, und darauf vertraute ich jetzt einfach mal. Ich musste nur durchhalten.

Oder ich schlug eins der Fenster ein, kletterte hinaus und zeigte diesem albernen Geheimbund den Mittelfinger.

Der Gedanke wärmte mich auf. Ich rappelte mich hoch, nahm eine Kerze und ging zu einem der Fenster. Sie lagen etwas über meiner Reichweite und ich hatte nichts, womit ich die Scheibe hätte einschlagen können. Außerdem waren es kleine Scheiben aus blasigem, beinahe undurchsichtigem Glas, die in dicken Bleifassungen steckten. Ich hätte also auch diese Bleiumrahmungen herausbrechen müssen, und das mit bloßen Händen. Über Kopfhöhe.

Die Kerzen waren fast gänzlich hinuntergebrannt, es war fast dunkel in der Kapelle. Durch die Fenster ließ sich nicht erkennen, ob es draußen schon dämmerte, und ich hörte keine Vogelstimmen. Also rollte ich mich eng zusammen, zog die Kapuze über die Augen und zwang mich in einen frostzitternden Schlummer.

Es war vollkommen finster, als ich aus dem unruhigen Dümpeln auf der Oberfläche des Schlafes erwachte. Irgendetwas hatte mich geweckt, ein Geräusch oder eine Bewegung.

Etwas raschelte, ein Scharren wie von Krallen über Stein, leises Atmen, ein knurrendes Geräusch. Mir stellten sich die Nackenhaare auf. Das klang nicht menschlich. Ein Hund? Ein großer wütender Hund?

Ich richtete mich langsam auf und versuchte, etwas zu erkennen. Die Dunkelheit war absolut, ebenso die Kälte, die meine Gelenke zum Knirschen brachte. Ich war steif wie ein Brett und, ich musste es zugeben, ich war verängstigt.

»Hallo«, wisperte ich. »Wer ist da? Braver Hund.« Gott, war das peinlich.

Das Atmen und Scharren sowie leises Knurren umrundeten mich in einem großen Bogen, der sich langsam enger zog. Ich wich zum Altar zurück und kaute auf meinem Daumennagel. Es gab hier nichts, womit ich mich hätte verteidigen können, kein Möbelstück, keinen Stock, nichts. Mit einer langsamen Bewegung, um keinen Angriff zu provozieren, ließ ich den Umhang von meinen Schultern gleiten – o Gott, so kalt! – und wickelte ihn um meinen linken Arm. Jetzt fehlte nur eine Waffe. Irgendeine Waffe. Mein Schuh? Toll, weiche Sneakers waren die perfekte tödliche Waffe.

Unser Unterricht in Selbstverteidigung war noch nicht beim Thema »angriffslustige wilde Tiere« angekommen. Also würde ich wohl oder übel improvisieren müssen.

Die Kreise des Tiers wurden enger und enger. Ich drückte mich fest gegen den kalten Altarstein, dann riskierte ich es, dem Hund den Rücken zuzukehren und mich auf den Altar zu ziehen. Mein Schienbein schlug hart gegen die Steinkante, dann war ich oben, streckte mich lang aus und hielt die Luft an. Konnte die Bestie im Dunkeln sehen? Dann würde sie mich unweigerlich entdecken und springen. Den Geräuschen nach war sie riesig, der Satz wäre ein Kinderspiel für sie. Oder war es eher so, dass sie mich riechen würde? Hunde hatten doch eine wahnsinnig gute Nase, oder? Mein Kopf schwirrte, mein Puls wummerte.

Kratzen, rauer Atem, Knurren. Scharren, Schnüffelgeräusche, drohendes Knurren ganz in der Nähe. Ich stellte mich tot. Eine gute Übung für den Zustand, den ich in wenigen Minuten erreicht haben würde, wenn das Vieh mich in kleine Stückchen riss.

Während ich steif und reglos dalag und den unheimlichen

Geräuschen lauschte, die sich näherten und wieder entfernten, näher kamen und noch näher … schlief ich tatsächlich ein. So übermüdet und mit zitternden Nerven, voller Panik und halb erfroren glich das wahrscheinlich eher einer Ohnmacht, aber so oder so: Mein Bewusstsein schaltete sich aus und erlöste mich aus der Albtraumsituation. Mein letzter Gedanke war: Wenn ich morgen wach werde, habe ich es wahrscheinlich überlebt.

Als das Türschloss knirschte und die Tür sich mit knarrenden Angeln öffnete, fuhr ich erschreckt hoch. Ich fühlte mich so zerschlagen, als hätte ich eine Nacht im Steinbruch gearbeitet.

Das Licht der Morgendämmerung sickerte in den Raum, ich sah mich hastig um, aber da war keine Spur von einem Hund, einem Dämon oder was auch immer mich in dieser Nacht gequält hatte. Ich streckte meine klammen Glieder und ließ mich vom Altar rutschen.

Vier in helle Kapuzenmäntel gehüllte Gestalten traten ein. Sie alle trugen blanke Schwerter in den Händen, eine gestickte rote Rose auf dem Mantel und eine silberne Schließe, die ebenfalls eine stilisierte Rose zeigte. Damit auch jeder auf Anhieb erkennen konnte, um welche unglaublich geheime Geheimgesellschaft es sich hier handelte.

»Moin«, sagte ich knurrig. »Hat einer von euch Kaffee mitgebracht?« Mir war klar, dass ich ihnen den großen Auftritt versaute, aber ich war stinkig. Eine Nacht in diesem eisigen Gefängnis zusammen mit einer unsichtbaren Bestie hätte wahrscheinlich den friedlichsten Menschen zum Amokläufer gemacht.

Die vier antworteten nicht, sie nahmen mich in ihre Mitte und geleiteten mich schweigend aus dem Gemäuer. Ich musterte sie aus dem Augenwinkel. Soweit ich es erkennen konnte, war Malik nicht bei ihnen. Deshalb gab es wohl auch keinen heißen Kaffee.

Auf dem Weg hinaus erkannte ich endlich, auf welchem Teil der kleinen Insel wir uns befanden. Es war die Spitze, die wie ein Finger nach Nordosten zeigte, auf ihrem äußersten Ende stand ein Leuchtturm. Während wir durch die Felslandschaft zur Inselmitte marschierten, dachte ich über den nächtlichen Weg nach. Ich verstand nicht, wieso wir durch lange Gänge und über Treppen zu der Kapelle gelangt waren, denn hier war weit und breit kein anderes Gebäude. Wahrscheinlich hatten sie mich in die Irre geführt, indem sie mit mir erst einmal ein paar Runden durch das Schulgebäude gedreht hatten.

Diese Erklärung befriedigte mich nicht wirklich, aber ich war zu erledigt, um weiter über dieses Rätsel nachzudenken. Ich wollte nichts mehr als eine heiße Dusche, etwas Heißes zu trinken und ein warmes Bett. Nicht unbedingt in der Reihenfolge.

»Was war das für ein Hund?«, fragte ich einfach mal in die Runde.

Das Mädchen neben mir zuckte leicht die Achseln. »Kann ich dir nicht sagen«, wisperte sie. »Bei mir war es was mit Tentakeln.«

Ich riss den Kopf herum und starrte sie an. Unter ihrer tief ins Gesicht gezogenen Kapuze blinzelte mich ein bekanntes mokkabraunes Augenpaar an. Meine verdammte Tutorin.

»Karen«, wisperte ich zurück und kämpfte die aufsteigende Wut nieder. »Was soll dieser Quatsch?«

Der Junge an meiner anderen Seite berührte meine Schulter. »Nicht reden«, mahnte er. »Wir sind gleich da.«

Karen riss den Blick nach vorne und reckte das Kinn. Gehorsam schien bei dem Verein ganz groß geschrieben zu werden. Na klasse, genau meine Kragenweite.

Endlich kamen wir auf dem Schulgelände an. Mir tat alles weh, so müde war ich. Und hungrig. Und durstig. Und durchgefroren. Ich hatte angenommen, Folter wäre an Schulen verboten.

Sie eskortierten mich zu einem der Nebengebäude, wo wir durch eine harmlose Tür eintraten, mehrere menschenleere Wirtschafts- und Lagerräume durchquerten, um endlich in der Haupthalle anzukommen. Es ging wieder eine Treppe hinunter in einen langen Kellergang. Ich wurde etwas munterer, denn die Keller der Schule kannte ich noch nicht. Der Gang war hell erleuchtet, sauber gefliest und trocken, wenn auch kühl. Von ihm gingen zahlreiche Türen ab und auf eine davon hielten wir jetzt zu.

Das zweite Mädchen schloss die Tür mit einem ganz gewöhnlichen Schlüssel auf und die Eskorte ließ mich eintreten. Ein gedeckter Tisch erwartete mich, auf dem ein Frühstück stand. Hinter dem Stuhl, auf dem ich Platz nahm, stand eine tragbare Heizung, außerdem legte Karen Castillo mir mit geradezu mütterlicher Vorsorge eine warme Decke über die Beine.

»Frühstücke in Ruhe«, sagte einer der Jungen. »Du wirst nachher abgeholt und zu deiner Nacht befragt.«

Ich schenkte mir schon Kaffee ein und legte die Hände um die heiße Tasse. »Was ist mit meinem Unterricht?«, fragte ich und nahm einen zungenverbrennenden Schluck. »Ich hab Literatur um neun.«

»Du bist krankgemeldet.« Der Junge nickte mir zu, die Eskorte verließ den Raum und wieder hörte ich einen Schlüssel, der sich im Schloss drehte. Der Zirkus war noch nicht vorüber. Aber zumindest hatte ich es jetzt warm.

Sie ließen mir nicht allzu viel Zeit zum Frühstücken, aber das war mir lieber, als wieder eine endlose Wartezeit verbringen zu müssen. Das hatte ich schon beim Zahnarzt immer gehasst.

Ich stand auf, als das Türschloss sich entriegelte, trank hastig den letzten Schluck Kaffee und wartete, was nun kam.

Meine Eskorte war geschrumpft, jetzt stand nur Karen vor mir und streckte lächelnd die Hand aus. »Willkommen«, sagte sie. »Du bist jetzt eine Novizin unserer geheimen Bruderschaft der Rose.« Sie verzog den Mund zu einem schiefen Grinsen. »Also, so schrecklich geheim sind wir natürlich nicht, die Schüler wissen fast alle, dass es uns gibt. Aber die Jungs stehen nun mal auf so was.«

Ich erwiderte ihr Grinsen und verzichtete auf den Hinweis, dass sie bei dem Theater ja wohl voll mitspielte. Ich hatte an anderen Schulen mitgekriegt, dass es Geheimbünde und Bruder- und Schwesternschaften gab, denen man einfach anzugehören hatte, wenn man Wert auf Zugehörigkeit, Stellung, Einfluss und all diesen Kram legte. Mir war das nie wichtig gewesen, ganz im Gegenteil. Die Reichen, Schönen und Erfolgreichen waren einfach nicht meine Kragenweite. Und umgekehrt. Aber wenigstens hatten die hier ein bisschen Sinn für Stil – ich hätte gekotzt, wenn ich einer dieser fantasielosen Vereinigungen mit griechischen Buchstaben hätte beitreten müssen. Kappa, Sigma, Kaka.

Abgesehen von der Geschichte mit dem Hund und Karens Tentakeln interessierte mich aber vor allem eins: »Wer war der Erwachsene?«

Karen schob mich durch die Tür und den Gang weiter hinunter. »Das Mysterium ist dir noch verhüllt«, erwiderte sie gestelzt. »Nur Ritter der Rose kennen die Komture und den Großmeister in ihrer weltlichen Gestalt.«

Ich unterdrückte ein Lachen und rieb mir über die Augen.

»Leute, ihr habt die Falsche rekrutiert«, sagte ich dann halblaut.

Karen warf mir einen spöttischen Seitenblick zu. »Weiß ich.« Sie zuckte mit den Schultern. »Aber die Anweisung, dich einzuweihen, kam von ganz oben.«

Ich schüttelte den Kopf und schwieg, während wir eine weitere Treppe hinuntergingen. Diese Keller bestanden aus mehreren Etagen, wow.

Der Teil, den wir jetzt betraten, erschien mir älter, weniger gut in Schuss als das Kellergeschoss über uns. Die Wände waren roh, hier und da glitzerte sogar Feuchtigkeit. Die Luft roch modrig und es war klamm und kalt. Wenn die mich hier jetzt wieder wegsperrten, würde es Krieg geben, das schwor ich mir! Und ich schwor blutige Rache an Malik und Jayce, die mich nicht vorgewarnt hatten. Diese Mistkrücken.

Ein großes Gewölbe mit halbrunder Decke empfing uns. Tonnengewölbe, so hieß das, glaube ich. Ich war wider Willen beeindruckt, während wir es durchquerten. »Das ist alt, oder?«

Karen nickte knapp. »So alt wie die Kapelle.« Sie streckte die Hand aus, damit ich anhielt, und klopfte gegen eine schwere Holztür am Ende des Gewölberaums.

Die Tür schwang lautlos auf, dahinter lag ein lang gestreckter, niedriger Raum mit einem langen Tisch, auf dem Kerzen flackerten. Um den Tisch versammelt war ein Dutzend dieser vermummten Kapuzenträger. Zwischen den Kerzen lagen getrocknete Rosenknospen. Die Szenerie war ziemlich romantisch und ein bisschen gruselig, ich fand das Bild wider Willen beeindruckend.

Diese Truppe imitierte ganz offensichtlich die Nadir-Bruderschaft, wahrscheinlich um an einer Arachne-Schule pure Opposition zu demonstrieren. Typisch Jungs, was für ein einfallsreicher Akt der Rebellion! Aber vielleicht bekam ich hier ja ein paar Hinweise für das Rätsel des Deckengemäldes geliefert, wenn ich eine Weile mitspielte. Der Gedanke zauberte ein Lächeln auf mein Gesicht und so lächelnd trat ich an den Tisch heran.

»Olivia Noack, Novizin unseres Bundes, sei willkommen«, erklang eine volltönende Stimme. Es war der Mann am Kopfende der Tafel, der mich so empfing, und wieder dachte ich, dass die Stimme mir bekannt vorkam. Aber die Akustik des Raums und die blöden Kapuzen verzerrten die Stimmen erstaunlich. Vielleicht setzten sie sogar Mikrofone für diesen Effekt ein. Das sähe dem Verein ähnlich, die legten ja allem Anschein nach großen Wert auf eine gute Show.

Ich nickte und wartete, was sie noch von mir wollten.

Das Mädchen, das rechts neben dem Mann an der Längsseite des Tischs saß, hob die Hand. »Erzähle uns, was hast du während deiner Nachtwache gesehen?«

»Nichts«, gab ich kurz angebunden zurück. »Es war dunkel.«

Jemand lachte, und ich erkannte Malik, den Hurensohn. Ich hob das Kinn und setzte eine gleichgültige Miene auf.

Ein Junge links von dem Mann neigte den Kopf zu seiner Nachbarin und flüsterte etwas, dann sagte er laut: »Du bist widerspenstig, Novizin. Das ist eine Eigenschaft, die wir in Maßen sogar begrüßen, denn sie deutet auf einen starken und kampflustigen Geist hin. Aber wir möchten dich bitten, uns nicht als deine Feinde anzusehen. Du wirst in uns deine treuesten Verbündeten finden, wir stehen einander bei bis zum letzten Atemzug. Willst du ein Teil der großen Sache sein, der wir alle dienen? Dann beantworte jetzt unsere Fragen.«

Ich schluckte kurz. Meine Güte, die nahmen das aber ernst!

»Ich weiß nicht, welcher Sache ihr dient«, gab ich zurück. »Ich unterschreibe keine Blankoverträge, Leute.«

Dieses Mal lachte nicht nur Malik, ich glaubte auch, ein

kurzes amüsiertes Schnauben des Mannes in der Mitte zu vernehmen.

»Vertraust du uns?«, fragte eins der Mädchen.

»Wieso sollte ich das?« Die Sache begann mir Spaß zu machen. »Ihr hättet mich doch einfach mal fragen können, ob ich eurem Verein beitreten möchte, statt mich in einer Nacht- und Nebelaktion zu kidnappen.«

»Wir alle sind auf diese Weise rekrutiert worden.« Das war Malik, eindeutig. »Die Bruderschaft nimmt keine Bewerbungen an, sie entscheidet selbst, wer ihr angehören soll.«

»Lasst mich raten: Ein Nein lasst ihr nicht gelten.«

»Warum sollte jemand die Aufnahme ablehnen?« Eins der Mädchen. Langsam ging mir das mit den verzerrten Stimmen auf die Nerven. Ich kannte wahrscheinlich alle hier, sprach aber zu gesichtslosen Kutten.

»Gut«, sagte ich schroff. »Dann genießt die Premiere: nein.«

Sie schwiegen. Alle. Und sahen dann zu ihrem Chef, der reglos in ihrer Mitte saß.

Der neigte den Kopf und legte die Hände in ihren Ärmeln übereinander. Ich erahnte ein Aufblitzen von Zähnen. Er lachte?

»Novizin«, sagte er ruhig, »es gibt kein Nein. Du kannst uns nicht verlassen, außer der Großmeister entlässt dich.«

Das machte mich wütend, aber ich erkannte, wenn ich nicht weiterkam. Also nickte ich knapp und sagte: »Was jetzt?«

»Du wirst uns jetzt erzählen, was du in der Nacht erlebt hast. Danach kannst du gehen und weiterleben wie bisher. Der Ruf an dich wird ergehen, sobald die Zeit gekommen ist, dich vollständig einzuweihen.«

Na toll. Ich schnitt eine Grimasse. Ich holte tief Luft und beschrieb den Verlauf der eisigen Nacht samt eingebildetem Raubtier oder Hund, denn inzwischen war ich mir halbwegs sicher, dass ich mir das Schnüffeln und Knurren und Scharren tatsächlich nur eingebildet hatte.

Die Runde lauschte schweigend, dann hob der Großkomtur, oder wie der Anführer genannt wurde, die Hand und sagte: »Danke, ihr könnt jetzt gehen. Wir sehen uns zur üblichen Zeit am gewohnten Ort.«

Stuhlbeine scharrten über Stein, der Stoff der hellen Umhänge rauschte und raschelte, einer nach dem anderen verließ den Raum. Ich stand ein bisschen verloren da, bis der Großkomtur sich in den Stand hievte, was ziemlich mühsam aussah, und auf die Tafel gestützt zu mir humpelte. »Du wirst dich uns freudig anschließen, Olivia«, sagte er mit gedämpfter Stimme zu mir. »Ich bin unbesorgt. Es ist dir schon lange vorbestimmt, zu uns zu gehören.«

Was für ein Geschwafel. Ich konnte mir vorstellen, dass meine Mitschüler auf so was abfuhren, das ließ sie sich wichtig fühlen. Ich hob eine Braue, nickte knapp und fragte: »Kann ich jetzt gehen?«

Der Großkomtur, der gar nicht so groß war, wie er hieß und wie er im Sitzen ausgesehen hatte, winkte mich zur Tür. »Geh, Olivia. Wir sehen uns wieder.«

Das klang wie eine Drohung. Ich machte kehrt und sah zu, dass ich aus diesem Kellerloch wieder ans Licht kam.

Affenzirkus.

Aber sie hatten es geschafft, ich verspürte so etwas wie Furcht, und das gefiel mir ganz und gar nicht.

Auf dem Weg nach oben nahm ich mir vor, den beiden verräterischen Freunden ordentlich die Leviten zu lesen. Malik und Jayce, ihr solltet euch besser warm anziehen!

»Wann wird Liv vollständig eingeweiht werden, Seigneur?«

Der Großkomtur blickte auf und rieb sich über die müde blickenden Augen. »Das Wissen steht dir nicht zu«, sagte er knapp. »Aber ich verstehe deine Sorge. Sie ist noch nicht vollständig erweckt. Bevor das nicht geschehen ist, wird sie im Noviziat verharren.«

Der junge Ritter trat nervös von einem Fuß auf den anderen. »Ihre Erweckung …«, begann er.

»Der Prozess ist im Gange«, unterbrach ihn der Großkomtur ungeduldig. Ein winziges Lächeln hob seine Mundwinkel. »Dreimal in der Woche.«

Der Junge hustete überrascht. »Die Kognitionsstunde?«, flüsterte er.

»Die Kognitionsstunde. Ein nützliches Werkzeug, um einen jungen Ritter zu erwecken.« Der Großkomtur tippte sacht, wenn auch mit erkennbarer Ungeduld auf die Papiere, die vor ihm lagen. »Wenn du sonst nichts mehr hast …?«

Der junge Ritter räusperte sich. »Ich würde gerne mit dem Großmeister sprechen, Seigneur«, sagte er beherzt.

Der Großkomtur sah ihn mit mildem Erstaunen an. »In welcher Angelegenheit?«

Der junge Ritter senkte den Blick. »Ich brauche … es sind Zweifel, Seigneur. Nicht an unserer Sache, aber …«

Der Ältere lehnte sich im Sessel zurück und faltete die Hände vor der Brust. Seine Finger spielten mit der Rosenschließe an seinem geöffneten Mantel. »Nicht an der Sache, aber an den Methoden?«, fragte er ohne Spott.

Der Jüngere nickte. »Manches erscheint mir grausam«, sagte er langsam. »Ist es nötig, ist es wirklich nötig …« Er begann unter dem starren Blick des Großkomturs zu stammeln und verstummte.

»Glaubst du, den Weitblick zu besitzen und die Weisheit und

Voraussicht, die dich befähigt, unsere Wege und Vorgehensweisen zu beurteilen?«, fragte der Großkomtur nüchtern. »Nein, nicht zu be-, sondern zu verurteilen. Unser Grandseigneur, der die Geschicke des Ordens seit Jahrzehnten leitet wie seine Vorgänger vor ihm seit Jahrhunderten … waren sie alle fehlgeleitet und blind und müssten nun von einem Jungritter wie dir dringend eines Besseren belehrt werden? Glaubst du das?«

Der Junge wurde blutrot. »Nein, nein«, beeilte er sich zu versichern. »Seigneur, verzeiht meine Unbesonnenheit. Ich bitte um die Erlaubnis, mich zurückzuziehen.«

»Erlaubnis erteilt.« Der Großkomtur senkte den Blick wieder auf die Unterlagen auf seinem Tisch, der junge Ritter war schon vergessen.

14

Es fiel mir nicht gerade leicht, wieder in der Realität anzukommen. Ich hatte die heiße Dusche auf später verschoben, weil mir die Beine vor Müdigkeit zitterten, und war erst einmal ins Bett gefallen.

Als ich wach wurde, war es irgendwann am Nachmittag. Miki hockte an ihrem Terminal und warf mir einen kurzen Blick zu. »Na? Aufnahmeritual überlebt?« Anscheinend wussten alle Bescheid, was diese ganze Farce noch unerträglicher machte.

Ich knurrte, tappte zur Dusche und genoss das heiße Wasser. Halbwegs erfrischt kehrte ich ins Zimmer zurück und zog mich für das Training an, obwohl ich überhaupt keine Lust hatte, mich ausgerechnet heute zum ersten Mal Jayce und der Kletterwand zu stellen. Mir war viel mehr danach zumute, ihm den Kopf abzureißen und in seinen Allerwertesten zu schieben.

»Hast du heute Abend Zeit?«, fragte Miki und drehte sich zu mir um. Sie wies mit dem Kinn auf ihren Monitor. »Zweiter Versuch.«

Ich schnappte nach Luft. Es ließ mir keine Ruhe, dass ich Tom nicht erreicht hatte. Wenn ich ein paar Leute kontaktieren und so langsam einkreisen könnte, wo er abgeblieben war, würde ich vielleicht dahinterkommen, was los war und wieso er nicht mit mir sprechen wollte.

»Heute Abend, geht klar«, sagte ich. »Miks, du bist ein Genie.«

Sie lachte und ihre schwarzen Augen blitzten. »Warte bitte

mit den Vorschusslorbeeren«, sagte sie. »Ich hoffe, dass es funktioniert, aber wir werden es erst sehen, wenn wir es ausprobieren. Bis heute Abend mache ich mit Jeroen noch ein paar Testläufe.« Sie schnalzte vergnügt mit der Zunge. »Das war eine spannende Aufgabe«, sagte sie. »Wenn du noch mal so was für mich hast, melde dich.«

Worauf sie sich verlassen konnte. Ich warf ihr eine dankbare Kusshand zu und schwang meine Sporttasche über die Schulter. »Bis nachher – nach dem Abendessen?«

Sie nickte und winkte und vertiefte sich wieder in ihre Arbeit.

Meine Gedanken zappelten zwischen den Geschehnissen der Nacht und der Vorfreude auf Mikis Durchbruch hin und her, und deshalb rannte ich blinden Auges in den blonden Wüstenprinzen, der in der Halle herumlungerte und ganz offensichtlich auf mich gewartet hatte. Meine Wut blühte auf wie eine Feuerblume. »Du!«, sagte ich leise und scharf. »Du windiger Verräter!«

Malik hob mit einem Ausdruck echten Bedauerns in den Augen um Vergebung heischend seine Hände. »Gehen wir irgendwohin, wo uns keiner belauscht«, bat er.

»Mit dir gehe ich nirgendwohin!« Ich drängte mich an ihm vorbei zur Nebentür. »Lass mich in Frieden, Al-Ansari. Wir sind miteinander fertig.«

»Liv!« Seine Hand legte sich um meinen Ellbogen, hielt mich zurück. »Ich konnte dich nicht warnen.« Der flehende Tonfall ließ mich beinahe weich werden. Aber nur beinahe. Ich riss mich los und stapfte weiter. Ich war so unglaublich wütend.

Seine Schritte folgten mir, und auf dem Hof holte er mich erneut ein und hielt mich fest. »Hör mir doch wenigstens einmal zu«, drängte er. »Ich hatte keine Wahl. Wenn ich versucht hätte, dich zu warnen, hätten der Großkomtur mich aus dem Verkehr gezogen. Sie rechnen mit so was.«

»Du und Jayce«, sagte ich zornig. »Ihr beide habt mich da voll reinlaufen lassen. Ein Wort von euch, rechtzeitig, irgendwann, und ich hätte mich dafür wappnen können.«

»Und dann?« Er sah mich reumütig an, aber seine Frage klang vernünftig. Ja, was hätte ich dann getan? Sie hätten mich genauso überrumpelt und entführt, es hätte kaum etwas an den Abläufen geändert. Dass er recht hatte, machte mich noch wütender.

»Das wäre immer noch besser gewesen, als mich unvorbereitet da reinfallen zu lassen«, zürnte ich und ließ ihn ein zweites Mal stehen.

»Liv, bitte.« Er folgte mir unbeirrt, wie ein Hündchen. »Ich hätte dich gewarnt, wenn ich irgendeinen Sinn darin gesehen hätte. Auch, wenn das für mich üble Konsequenzen gehabt hätte. Glaube mir.«

»So was macht man einfach nicht«, knurrte ich, schon halbwegs besänftigt. »Man lässt seine Freunde nicht ins offene Messer rennen.«

»Stimmt ja, du hast ja recht.« Er seufzte und ließ den Kopf hängen.

»Du hättest mir von dem Verein wenigstens mal erzählen können.«

»Das ist … das dürfen wir nicht.« Sein hübsches Gesicht war verzweifelt verzogen. »Das ist Teil unseres Gelübdes. Wir dürfen mit Nichteingeweihten nicht über die Bruderschaft reden. Ich dürfte noch nicht einmal das hier, Liv. Noch bist du nur eine Novizin.«

»Wieso zieht ihr hier mitten im Arachne-Gebiet eine Konkurrenztruppe auf?«, fragte ich gerade heraus. Es war ein Schuss ins Blaue, aber ich wollte nach all den Indizien, die ich dafür gefunden hatte, nicht mehr Olivia heißen, wenn Aranea Hall nicht von Arachne finanziert wurde.

Maliks Augenlider flatterten. Er presste kurz die Lippen zusammen, dann zuckte er mit den Achseln. »Ich darf darüber nicht sprechen«, wiederholte er. »Aber es ist alles nicht so, wie du denkst. Ehrlich nicht.«

Also war es, wie ich mir gedacht hatte. Reine Show, um die Erwachsenen zu ärgern. Wie kindisch.

»Bla«, machte ich. »Jetzt hau schon ab, ich vergebe dir. Aber nur, damit ich meine Ruhe habe.«

Er überraschte mich damit, dass er mich in seine Arme riss und mich auf beide Wangen küsste. Ehe er auch noch einen Knutsch auf meinem Mund platzieren konnte, drehte ich mich weg und gab ihm einen heftigen Stoß. »Hau bloß ab«, drohte ich. »Ich überlege es mir sonst anders.« Mit einigen schnellen Schritten lief ich ihm voraus und prallte unversehens mit Kaj zusammen, die wie aus dem Boden gewachsen vor mir stand. Ihre Miene war unheilverkündend, ich konnte das Gewitter, das sich über mir zusammenzog, förmlich donnern hören.

»Du!«, stieß ich hervor und sprang rückwärts, um das Gleichgewicht nicht zu verlieren. »Du hast mir gerade noch gefehlt.«

»Das war mein Text.« Sie verschränkte die Arme. Es war seltsam, sie ohne ihren Hofstaat zu sehen. Ihr Blick flackerte zu Malik, ich sah den Zorn und die Enttäuschung darin. »Was habt ihr beide miteinander getrieben?«

»Wir haben uns gestritten«, sagte ich kurz. »Dürfte ich jetzt vorbei? Ich komme zu spät zum Training.«

Sie stemmte die Arme in die Seiten und verstellte mir den Weg. Ihr Gesicht, das so sehr wie meins aussah, war finster. Es war ein mehr als seltsames Gefühl, sich und seine Regungen gespiegelt zu sehen. Ich wusste genau, was jetzt in ihr vorging, und das nervte mich gewaltig.

»Du gehst nirgendwohin«, sagte sie. »Ich bin es so leid, überall über dich zu stolpern. Du wilderst in meinem Revier, Darling.« Ein heftiges Zucken ging über ihr Gesicht. Ich wusste, sie hätte mich jetzt am liebsten geschlagen. »Die Bruderschaft hat dich ausgewählt?«, setzte sie leise wütend hinzu. »Wieso dich? Wieso nicht mich?«

Oh. Mein. Gott.

»Sei doch froh«, zischte ich. »Ich bin nicht scharf drauf. Meinetwegen gehen wir beide hin und bitten darum, dass sie uns austauschen. Wäre mir sehr recht.«

Malik schlich wie das personifizierte schlechte Gewissen auf Samtpfoten um uns herum. »Kaj …«, sagte er flehend.

»Halt dich raus, du Krücke«, fluchte sie. »Ich hab gesehen, wie ihr euch abgeknutscht habt.«

»Ich hab kein Interesse«, warf ich ein. »Nimm ihn an die Leine und alles ist gut.«

Sie fauchte wie eine Katze. Ihre Augen sprühten Funken. »Ich könnte dich erwürgen«, sagte sie und formte die Hände zu Krallen. »Was muss ich tun, damit du hier verschwindest?«

»Verdammt!«, mir riss der ohnehin strapazierte Geduldsfaden. »Jetzt hör auf mit dem Scheiß, Dramaqueen. Finde dich endlich damit ab, dass du eine Cousine hast, und dann können wir einfach wieder unserer Wege gehen.«

Sie wurde kreidebleich, ich schwöre es. »Wa-was?«, stammelte sie und machte einen Schritt von mir weg.

Autsch. Sie war genauso im Dunkeln gelassen worden wie ich. Ich warf einen raschen Blick zu Malik, der erstaunlich wenig Überraschung zeigte. Hatte er sich so gut im Griff oder spielte Kaj mir was vor?

»Cousine?« Sie kam wieder näher, aber jede Angriffslust war aus ihrer Miene gewichen. Ich sah nur abgrundtiefes Erstaunen. »Du willst mich doch verarschen, oder?« Die Unsicherheit in ihren Worten war deutlich. Immerhin – wir sahen uns total ähnlich, und das Cousinending war eine Erklärung dafür.

»Ich wusste es auch nicht.« Seltsamerweise hatte ich Mitleid mit ihr. Wieso hatten ihre Eltern ihr das nicht erzählt? Sie war doch in einer heilen Familie aufgewachsen, warum hatten sie ihr das verheimlicht?

Kaj stand jetzt ganz dicht vor mir, aber ich wich nicht zurück. Ihre Hand berührte sehr vorsichtig mein Gesicht. Ihr Blick ging mir durch Mark und Bein. »Cousine?«, wisperte sie. »Aber wie …?«

»Unsere Mütter«, sagte ich rau. »Meine Mutter heißt Kristin.«

Sie zuckte leicht mit den Lidern. »Astrid …«, hauchte sie. »Astrid Noack.«

Jetzt war ich es, die zuckte. Noack war der Mädchenname unserer Mütter? Ich hatte immer geglaubt, es wäre der Name meines Vaters. »Puh«, machte ich. »Das ist alles schwer zu schlucken.«

Sie schüttelte den Kopf und ging rückwärts. »Ich will, dass du verschwindest«, sagte sie heiser. »Hau ab. Ich will dich hier nicht haben. Geh einfach!« Damit warf sie sich herum und rannte wie von Wölfen gehetzt davon.

Ich sah ihr verblüfft nach. Was für eine Megazicke!

Malik, den ich ganz vergessen hatte, kam an meine Seite. »Sie wird sich abregen«, sagte er bedrückt.

Ich schüttelte den Kopf. »Ist mir so was von gleichgültig. Meinetwegen kann sie platzen.« Ich packte den Henkel meiner Sporttasche fester. »Los, geh ihr nach. Sie ist doch verknallt in dich, also bitte, kümmere dich um sie.«

Er warf mir einen zutiefst unglücklichen Blick zu, dann zog er die Schultern hoch und stapfte hinter Kaj her. Ich sah ihm mit seltsam gemischten Gefühlen hinterher. Seine Aufmerksamkeit hatte mir gar nicht so übel gefallen, aber ganz klar lief da was zwischen ihm und Kaj. Keine Ahnung, warum er sich überhaupt an mich herangemacht hatte. Und irgendwie war es schade, dass ich keine Chance hatte. Obwohl ich doch eigentlich von ihm gar nichts wollte.

Diese verrückte Gefühlsmischung begleitete mich zum Dojo. Ich schlüpfte in meine Trainingssachen und durchquerte die erste Halle, in der sich gerade eine Gruppe in Yogaposen verrenkte.

In der nächsten Halle war es weniger ruhig. Der Bogenschützenkurs war in der linken Ecke versammelt, wahrscheinlich war es draußen wieder mal zu windig zum Üben. Eine kleinere Gruppe umlagerte das Trampolin – dem ungelenken Gehopse nach zu urteilen, ein Anfängerkurs.

Und an der Kletterwand hingen meine Leidensgenossinnen und -genossen. Der Anblick hätte mich köstlich amüsiert, wenn ich nicht gewusst hätte, dass ich da gleich auch hängen und einen genauso bescheuerten Anblick abliefern würde.

Jayce stand unter der Kletterwand, den Kopf in den Nacken gelegt und einen Ausdruck geduldiger Aufmerksamkeit im Gesicht, den ich an ihm noch nie gesehen hatte. Er sah ein bisschen fremd aus, sehr erwachsen und in sich ruhend. Jetzt erst fiel mir auf, wie sehr er normalerweise aus dem Gleichgewicht war, mit sich und der Welt uneins, unwohl in seiner eigenen Haut. Das jetzt, diese unendliche Ruhe und Gelassenheit, die hatte ich bisher nur in kurzen Momenten an ihm erlebt, wenn er mit mir auf dem Baumstamm über dem Abgrund schwebte. Anscheinend hatte auch er seine Dämonen, mit denen er kämpfte.

Das alles machte meine Wut auf ihn aber keinen Deut geringer. Ich stapfte auf ihn zu und tippte ihm mit dem Finger auf die Schulter. »Wir müssen reden, Bell.«

Er fiel mit einem Ruck aus seiner Konzentration, sah mich an und runzelte kurz die Stirn. Dann drehte er sich wieder zur Kletterwand und rief: »Andy, Genna, ihr übernehmt mal kurz für mich. Die anderen: Hängt da nicht rum wie nasse Säcke. Bewegt euch!«

Er drehte sich zu mir und legte mir eine Hand auf die Schulter. »Gehen wir ins Office.«

Ich folgte ihm in das kleine Kabuff, in dem die Kursleiter ihren Kram aufbewahrten. Zwischen Aktenordnern und Broschüren, ein paar versprengten Hanteln und Yogablöcken und vielen schmutzigen Kaffeebechern stand auch ein tief durchhängendes Sofa, auf das Jayce sich jetzt fallen ließ. Er klopfte mit der Hand auf den abgeschabten Stoff, aber ich zog es vor, einen Hocker unter dem Tisch hervorzuziehen und mich darauf niederzulassen.

»Du hast mich voll ins Messer rennen lassen«, sagte ich ohne weitere Einleitung. »Erklärung?«

Er legte das Kinn in die Hand und sah mich schweigend an. Dann seufzte er und streckte die langen Beine aus, bis sein Fuß meinen berührte. »Sorry«, sagte er. »Ich habe darüber nachgedacht, dich vorzuwarnen, konnte aber nicht erkennen, dass dir das einen Vorteil bringt oder irgendwas erleichtert. Mir allerdings hätte das unendlich viel Ärger eingebrockt, wenn ich aufgeflogen wäre. Und das wäre ich unweigerlich.« Er zuckte lässig die Achseln. »Kosten-Nutzen-Rechnung, verstehst du?« Seine Augenbrauen wölbten sich diabolisch. Ich hätte ihn schlagen können.

»Das ist inakzeptabel«, presste ich durch zusammengebissene

Zähne heraus. Ich war so unglaublich sauer! »Wir sind geschiedene Leute, Bell. Ich werde kein Wort mehr mit dir wechseln.« Ich stand auf und kickte den Hocker wieder unter den Tisch. Er fiel um und rollte beiseite. »Dein hübscher Freund hat sich wenigstens bei mir entschuldigt«, fügte ich noch hinzu und wandte mich ab.

Er war schnell, unglaublich schnell. Ehe ich auch nur blinzeln konnte, stand er vor mir und schnitt mir den Weg ab. Seine Hände legten sich um meine Oberarme, sein Gesicht war so nah, dass ich ihm leicht hätte in die Nase beißen können. Oder ihn küssen. Ich ärgerte mich, dass mich dieser Impuls tatsächlich überkam, als ich seine Lippen so nah vor meinem Mund spürte. Er war so unverschämt sexy, das war nicht fair!

»Lass mich los«, zischte ich.

Sein Griff wurde nur noch fester. »Du machst mich wahnsinnig«, sagte er grimmig. »Und das meine ich ganz und gar nicht zweideutig, Noack. Du machst mich tatsächlich wirklich irre. Wenn du hier nicht aufgetaucht wärst, hätte ich ein leichtes Leben, glaube mir.«

Ich wand mich in seinem Griff und starrte ihn wütend an. Eigentlich hätte er in Flammen aufgehen müssen. »Ich habe mir das nicht ausgesucht«, fauchte ich. »Und du gehst mir am Allerwertesten vorbei, mein Lieber. Fick dich ins Knie und lass mich los!«

Er atmete schwer. Und er roch so gut, ich hätte meine verrückt spielenden Hormone am liebsten zum Teufel geschickt. Sein Duft machte mich an, das ließ sich leider nicht leugnen. Sein Duft, seine Ausstrahlung, der verhangene Blick, die unglaublich sexy Lippen, seine coole Art, die samtdunkle Stimme … ich fuhr auf ihn ab, kein Zweifel. Ich Idiotin.

Ich presste die Lippen aufeinander, rief mich zur Ordnung und reckte das Kinn. »Loslassen. Sofort.«

Sein Blick fixierte sich auf meinen Mund, seine Lider senkten sich schläfrig. Ich musste aufpassen, dass ich nicht zu sabbern begann. Verdammt, das war nicht fair!

»Soll ich das wirklich?«, hauchte er, sein Mund ganz nah an meinem »Soll ich dich tatsächlich loslassen?«

Es verschlug mir die Sprache und meine Knie wurden weich. Was, zur Hölle …

Sein Gesicht kam noch näher, seine Lippen berührten meine Wange und strichen sacht darüber. Dann lag sein Mund auf meinem und verschloss ihn. Wenn ich hätte protestieren wollen, war es jetzt zu spät.

Einen oder zwei Atemzüge lang war ich versucht, ihm einen Tritt in die Kronjuwelen zu verpassen, und ich spürte, dass er sich dagegen wappnete. Aber dann schmolz etwas in mir und wollte den Kuss einfach nur noch genießen. Ich öffnete leicht die Lippen und ließ zu, dass seine Zunge mich zu erkunden begann. Er schmeckte so gut wie er roch. Ich hätte sein Aroma am liebsten abgefüllt und mitgenommen, um mich nachts daran zu erfreuen …

»Hmmmm«, machte ich nach einer Weile widerwillig und schob ihn weg. Was mir echt nicht leichtfiel. »Du bist eher so der Überrumpler, eh?«

Er lächelte erstaunlich sanftmütig und strich mir eine kitzelnde Strähne aus der Stirn. »Du wolltest doch eine Entschuldigung von mir.«

Ich war sprachlos und dann musste ich über seine Frechheit auch noch lachen, was meinem Zorn endgültig das Gas abdrehte. »Ach, Mensch«, flüsterte ich und legte meinen Kopf an seine Schulter. Es fühlte sich gut an. Und ich war so durchgerüttelt von alldem und fühlte mich schrecklich allein und im Stich gelassen von Gott und der Welt.

Seine Arme legten sich um mich und er hielt mich fest, ohne

mich weiter zu bedrängen. »Es geht vorüber«, sagte er leise. »Halt den Kopf über Wasser. Wenn der Ruf kommt, wirst du immer noch entscheiden können, was du willst.« Er stupste meine Wange mit der Nase an. »Aber ich könnte mir vorstellen, dass dir ein Schwert hervorragend steht.«

Ich lachte und machte mich von ihm los. »Ja, klar, du stehst auf bewaffnete Frauen«, zog ich ihn auf. »Das hätte ich mir denken können.«

Er lachte nicht, sah mich nur sehr ernst an. »Ja«, sagte er. »Ich mag den Gedanken, dass du dich zur Wehr setzen kannst, Kampfküken.« Ein kurzes hinreißendes Lächeln erhellte seine düstere Miene. »Jetzt hör auf, dich zu drücken. An die Wand mit dir, Noack.«

Ich hasste es, aber ich folgte. Das hier war so ein Ding, das ich knacken wollte. Klettern war fremd für mich, ich fand es faszinierend, aber es war nichts, was sich mir leicht erschloss. Ich klammerte mich an die komischen bunten Griffe, schwitzte wie ein Affe und betete nur, dass ich nicht runterfiel. Dabei war ich immer noch in Sprunghöhe, denn ehe ich nicht etwas sicherer wurde, wollte Jayce mich nicht in die Höhe lassen, auch nicht gesichert.

Meine Zehen verkrampften sich, als ich nach Halt tastete, und meine Finger taten weh. »Weiter nach links mit dem linken Fuß«, rief Andy, Jayce' Co-Trainerin mir zu. »Etwas tiefer. Ja, perfekt. Jetzt lass die rechte Hand los und greif über deinen Kopf.«

Das sagte sich so leicht. Ich stöhnte, fluchte unterdrückt und verlagerte mein Gewicht, damit ich überhaupt loslassen *konnte*. Was tat ich hier eigentlich? Ich könnte gemütlich in meinem Zimmer sitzen und lesen. Oder schlafen. Oder mit Miki Kaffee trinken und klönen.

Ich griff falsch und musste loslassen. Mein Fuß rutschte ab, ich hangelte nach Halt und fiel.

»Gut, dass ich fallen gelernt habe«, sagte ich atemlos und rollte mich wieder auf die Füße, während ich mir den Ellbogen hielt, den ich mir an der Wand angeschlagen hatte. »Darf ich jetzt aufhören, bitte? Klettern und ich werden nicht mehr Freunde, fürchte ich.«

Andy lachte und klopfte mir auf den Rücken. »Du hältst dich ganz gut für eine Anfängerin«, sagte sie.

Ich sah sie an, musterte ihre muskulöse Schulterpartie und die kräftige Armmuskulatur, die sehnigen Beine und überhaupt das ganze beeindruckende Kraftpaket und nickte schwach. »Ist nicht so meins«, murmelte ich und klopfte meine Hände ab. »Aber danke.«

Sie nickte nur freundlich und wandte sich wieder den anderen armen Idioten zu, die sich an den bunten Griffen festklammerten, als ginge es um ihr Leben.

Während ich meine Schuhe auszog, sah ich mich um. Jayce war weg. Ich hätte gerne noch kurz mit ihm geredet, denn die Sache war für mich noch nicht erledigt, aber das hatte er wahrscheinlich gewittert und hatte sich verdünnisiert. Na gut, dann ab unter die heiße Dusche und zurück zu Miki. Mein Herz klopfte erwartungsvoll. Ob ich heute Abend Toms Stimme endlich wieder hören würde? Ich sehnte mich so sehr danach!

15

»Du kannst nicht aussteigen.« Er rieb sich über den Nacken. »Keiner von uns kann das jetzt noch. Wir stecken viel zu tief drin.« Er atmete durch. »Wir müssen uns erinnern, Kumpel. Warum wir das machen. Wofür wir wirklich kämpfen.«

»Vor allem, wogegen wir kämpfen.« Die Stimme seines Freundes klang resigniert.

Sie lagen Kopf an Kopf auf dem Rücken im taufeuchten Gras. Es war beinahe zu kühl, um noch im Gras zu liegen, aber das kümmerte sie nicht. Sie lagen da, sahen in den Himmel, über den der starke Wind Wolkenfetzen trieb, und träumten von der Zukunft. Einer strahlenden Zukunft, in der ihr Wort etwas gelten würde, in der ihre Taten von anderen gerühmt und weitergetragen würden. Ehre. Der Sieg der einzigen Wahrheit. Der Triumph der richtigen Seite nach Jahrhunderten schmählicher, tragischer Niederlagen und fauler Kompromisse.

Er sog an seiner Zigarette und reichte sie dem Freund weiter. »Wir sind doch auf dem richtigen Weg, oder?«, fragte er erneut.

»Du gehst mir langsam auf die Nerven damit. Fragst du dich das wirklich?« Rauchfäden, dünn und schnell zerfasernd, stiegen in die Luft.

»Nein …« Es klang zögernd, zweifelnd.

Der Freund stützte sich auf die Ellbogen, sah ihn eindringlich an. »Wir beide, Seite an Seite«, sagte er. »Du erinnerst dich, was wir geschworen haben. Einer für den anderen, bis ans Ende.«

»Bis ans Ende. Ja.« Er schüttelte den Kopf, setzte sich auf, zog die Knie an die Brust. »Das bezweifle ich nicht, nie. Mit dir gehe ich auch durch die Hölle. Aber sind wir auf dem richtigen Weg? Bist du dir da sicher?«

Der andere nickte, aber er sah den kurzen Schimmer von Zweifel auch in den Augen des Freundes. »Was wäre die Alternative?«

»Das zu tun, was man uns sagt.«

Nicken, Kopfschütteln. »Tun wir das nicht ohnehin?«

Und jetzt schwiegen sie beide, wichen dem Blick des anderen aus. Verfluchte Zweifel. Mach sie schweigen.

»Immer diese Weiber«, sagte er nach einer Weile. »Sie bringen alles durcheinander. Deine genauso wie meine.«

Der andere lachte und beide legten sich wieder hin, rauchten und folgten den Wolken mit ihren Blicken. Für den Moment war alles gesagt, alles gedacht.

Aber der Zweifel blieb.

»Und, funktioniert es?« Ich warf die Tasche auf mein Bett und hocke mich hinter Miki, um auf ihren Monitor zu blicken, wobei der Anblick mich ratlos zurückließ. Was auch immer diese endlosen Codezeilen zu bedeuten hatten, die das Editorfenster füllten, ich konnte nur hoffen, dass Miki sich darin zurechtfand.

Sie tippte energisch ein paar kryptische Zeichen ins Feld, speicherte ab und drehte sich zu mir um. »Hausaufgaben«, sagte sie. »Wo ist dein Handy?«

Ich gab es ihr und hielt die Luft an. Miki fummelte an dem Smartphone herum, öffnete dann ein Programm oder was auch immer auf ihrem Desktop, fummelte weiter, murmelte dabei irgendwelche japanischen Mantren vor sich hin und reichte mir das Gerät schließlich mit einem erwartungsvollen Grinsen. »Probier es.«

Meine Finger zitterten, als ich das Handy vor das Gesicht hob. Ich hörte das Signal, wartete, schloss die Augen und schickte ein Stoßgebet ins Universum. Tom, sei da. Tom, sprich mit mir!

Es klingelte noch ein paarmal, dann gab es ein Geräusch wie bei einer Umleitung und dann … nichts. Keine Mailbox, kein Signal mehr, einfach gar nichts. Schweigen.

Ich hob den Blick und sah Miki an, die die Achseln zuckte. »Liegt nicht an mir«, sagte sie.

Ich schickte Tom eine WhatsApp-Nachricht, loggte mich vergebens bei Facebook ein und kratzte mich ratlos an der Nase. »Ich muss all unsere Kontakte abklappern«, sagte ich. »Irgendwer wird doch wohl wissen, wo er abgeblieben ist.« So langsam bekam ich Magenschmerzen. Tom war nie lange offline. Eigentlich überhaupt nie. Höchstens wenn er schlief. Das hier machte mir Sorgen.

Miki sah mich mitfühlend an. »Blödes Gefühl«, sagte sie. »Aber du findest ihn schon.«

Ich sah unschlüssig auf mein Smartphone. Noch vor ein paar Tagen hätte ich jetzt wohl meine Ma angerufen, aber seit ich das Gespräch zwischen ihr und dem Professor mit angehört hatte, traute ich mich nicht mehr. Sie würde ihm womöglich verraten, dass ich einen Weg gefunden hatte, die Schulvorschriften zu umgehen. Oder würde sie mich nicht verpfeifen? Ich wusste es nicht, und das machte mich wütend. Wir hatten uns immer blind aufeinander verlassen können. Immer. Bis zu ihrer Heirat. Bis zu diesem Unfall.

Und sie hatte mir nie verraten, dass ich noch Verwandte besaß. Eine Cousine. Eine Tante.

Ich ließ das Smartphone in meinen Schoß fallen und rieb mir über die Augen. »So«, sagte ich gespielt munter, »dann telefoniere ich mal die Liste ab.« Sie war nicht allzu lang, das sollte nicht ewig dauern. Mit wem fing ich am besten an, mit Soran?

Miki spielte am schulinternen Browser herum. Sie summte leise und sah sehr zufrieden aus. »Das hier ist komplizierter«, sagte sie, »aber das krieg ich auch noch hin. Ich muss da eine zweite Sicherung umgehen. Die sind ganz schön paranoid hier.«

Ich ließ sie basteln und starrte mein Handy an. Woher kam meine Angst, jemanden aus meinem Bekanntenkreis anzupingen, ob er Tom gesehen hatte? Ich hatte regelrecht Angst davor, was ich nicht verstand.

Ich legte mich auf mein Bett und dachte nach. Das Gefühl drohenden Unheils war so stark, dass ich es nicht ignorieren konnte. Also wusste ein Teil von mir anscheinend etwas, das mein Wachbewusstsein ignorierte. Das verunsicherte mich noch weiter.

Ich atmete durch und griff erneut nach dem Smartphone. Soran wäre ein guter Anfang, er wusste in der Regel, was so los war.

Mein Daumen hatte das Display kaum berührt, da flog unsere Zimmertür auf und zwei grimmig dreinblickende Typen stürmten herein. Mir fiel das Handy runter und verschwand unter dem Bett.

»Hey!«, rief ich empört, »schon mal was von Privatsphäre gehört?« Ich meine, ich hätte hier auch komplett ohne Klamotten liegen können.

Sie ignorierten mich nach einem kurzen Blick und konzentrierten sich auf Miki. »Hände weg von der Tastatur«, sagte der größere.

Ich setzte mich auf. Wer waren die beiden, die hatte ich hier noch nie gesehen? Keine Schüler, definitiv. Aber auch ganz klar keine Lehrer. Gehörten sie zur Bootsmannschaft? Aber warum drangen sie hier ins Zimmer ein?

»Ich rufe die Hausdame«, sagte ich laut. »Sie haben kein Recht, hier einzudringen, das ist der Mädchentrakt.«

Die beiden ignorierten mich total. Der Größere nahm Mikis Arm und zog sie auf die Füße. Der andere hockte sich auf ihren Stuhl und rief irgendwelche Fenster auf.

Jetzt erst begriff ich, was vorging. Miki stand totenblass da, wehrte sich nicht, sagte kein Wort. Ihr Blick huschte zu mir und wieder weg. »Ich hab es nicht geschafft«, sagte sie leise. »Die zweite Sicherung ist immer noch intakt.«

Der Mann, der am Computer saß, blickte auf und nickte dem anderen zu. Der sah mich an und sagte: »Halt einfach die Luft an, Mädchen. Wir sind schon wieder weg.«

Mit diesen Worten marschierte er auf die Tür zu, gefolgt von seinem Kumpan. Und er zerrte Miki mit sich.

»Was macht ihr mit ihr?«, schrie ich. »Wo bringt ihr sie hin?«

Miki machte ein ergebenes Gesicht. »Lass mal«, sagte sie. »Ich hab es mir selbst eingebrockt. Wahrscheinlich schmeißen sie mich jetzt raus.«

Der Mann schob sie zur Tür hinaus, der andere sah mich zum ersten Mal richtig an, hob zwei Finger zum spöttischen Salut an seine Stirn und schloss leise die Tür hinter sich.

Ich saß da und schnappte nach Luft. Sie hatten Miki rausgezerrt wie einen Koffer. Was geschah jetzt mit ihr? Verstoß gegen die Schulordnung, was weiß ich … würde sie tatsächlich rausgeworfen werden? Dann war das meine Schuld!

Atemlos angelte ich mein Handy unter dem Bett hervor und prüfte den Empfang. Tot wie zuvor. Die hatten den Zugang wieder geschlossen. Was für ein Mist!

Es fiel mir tatsächlich nichts Besseres ein, als zu Mr Holland zu rennen. Ich hatte den Vertrauenslehrer noch nie aufgesucht, obwohl ich seinen Unterricht ziemlich klasse fand. Aber wozu sollte ich ihm ein Ohr abkauen, wenn ich ohnehin dreimal die Woche bei Professor X zur Kognitionsstunde antreten musste?

Jetzt hatte ich aber das dringende Gefühl, jemanden zu brauchen. Keinen Schüler, jemanden mit Einfluss.

Erstaunlicherweise hatte er sofort Zeit für mich. Er rollte in seinem schicken Rollstuhl zu der kleinen Sitzgruppe, die sein Arbeitszimmer beinahe gemütlich aussehen ließ, gab mir einen Wink, mich in einen der bequemen Sessel zu setzen, und rollte sich so hin, dass er mir gegenübersaß, ohne mich einzuengen. »Wenn Sie etwas trinken möchten, hinter Ihnen ist ein Kühlschrank«, sagte er. »Bedienen Sie sich bitte selbst.«

Ich konnte nicht widerstehen und öffnete den kleinen Kühlschrank. Darin fand ich ein Sortiment von Wasser- und Limoflaschen. »Darf ich Ihnen auch etwas geben?«, fragte ich, aber er lehnte ab.

Ich trank eiskaltes Wasser und schnaufte durch, während er mich geduldig abwartend ansah. Die Fältchen um seine Augen vertieften sich, als er mich anlächelte. »Ist es so schlimm?«

»Ja, ich glaube schon«, sagte ich. »Angenommen, jemand verstößt gegen die Schulordnung. So richtig, nicht ein bisschen. Was passiert mit demjenigen, wenn er erwischt wird?«

Sein Lächeln machte einer neutralen Miene Platz, ich glaubte, einen Schimmer von Besorgnis in seinen nussbraunen Augen zu erkennen. »Was ist vorgefallen? Wobei sind Sie erwischt worden?«

Ich musste trotz der Anspannung und meiner Sorge um Miki lachen. »Ich nicht, Ehrenwort. Eine Freundin.« Ich sah ihn an, sah in sein freundliches, offenes Gesicht und seufzte. »Miki, meine Zimmergenossin. Sie hat es geschafft, die Firewall zu knacken. Das hat sie für mich getan und sie ist erwischt worden.« Ich erzählte ihm den ganzen Vorgang, was mir leichtfiel, weil er so ruhig und ohne jeden Kommentar zuhörte.

Als ich fertig war, nickte er und legte die Hände auf die Lehnen seines Rollstuhls. Er hatte schöne Hände, stark und beweglich. Wahrscheinlich, weil er mit ihnen vieles von dem ersetzte, was seine Beine nicht mehr konnten.

»Wie ist es passiert?«, hörte ich mich fragen. »War es ein Autounfall?« Ich schauderte kurz, denn allein die Vorstellung jagte grauenhafte Bilder und Geräusche durch meinen Kopf. Autounfälle waren so ziemlich das Schlimmste, was ich mir denken konnte.

Er runzelte leicht die Stirn und ich begann mich zu entschuldigen. Das war ja wirklich eine sehr private Frage, mit der ich da einem Lehrer auf die Pelle rückte. Ich hätte ihn auch gleich fragen können, ob er eine Freundin hatte und wie es so mit seinem Liebesleben aussah, also ehrlich.

Wieder lächelte er, als hätte er meine Gedanken gelesen. »Nein, das ist okay«, sagte er. »Kein Geheimnis. Ich hatte einen Sportunfall, bin vom Gerät gestürzt. Ich war Turner.«

Wow. Ich sah ihn mit ganz neuen Augen an. Turner, das passte zu ihm, er war so drahtig und durchtrainiert.

»Das muss schrecklich für Sie sein.«

Er hob die Schultern und lächelte schief. »Man gewöhnt sich dran. Es gibt Schlimmeres, tatsächlich.«

Ich konnte mir so spontan nichts vorstellen, außer vielleicht, tot zu sein, aber ich nickte.

»Zu Ihrer Freundin«, kehrte er zum Thema zurück. »Sie wusste, dass sie gegen die Schulordnung verstieß, sie hat noch dazu etwas getan, das … nun ja … eine gewisse kriminelle Energie voraussetzt.« Er lachte über mein entsetztes Gesicht. »Nein, das klingt jetzt schlimmer als es ist. Sie hat kein Verbrechen begangen, aber ich weiß, dass die Sicherheitsleute unseres Institutes auf solche Verstöße ein wenig allergisch reagieren. Ms Wakamoto ist nicht die Erste, die so etwas versucht. Allerdings haben bisher recht wenige Versuche zu einem Erfolg geführt.« Seine amüsierte Miene beruhigte mich. Wenn ein Lehrer darüber lachen konnte, würde man Miki wohl kaum streng bestrafen, oder?

»Sie werden sie nicht von der Schule werfen, oder?«, artikulierte ich meine ärgste Befürchtung.

Er verzog zweifelnd seinen Mund und hob seine Schultern. »Da fragen Sie mich tatsächlich zu viel. Ich kann es mir aber kaum vorstellen. Ms Wakamoto wurde gerade wegen ihrer Fähigkeiten für Aranea Hall ausgewählt. Wahrscheinlich bekommt sie Sozialstunden aufgebrummt.« Er sah meine fragende Miene und erklärte: »Aufräumarbeiten, Gartenarbeit, das Sortieren des Archivs, Hilfe in der Bibliothek, Betreuung jüngerer Schüler … alles keine unangenehmen Aufgaben.«

Nein, das war akzeptabel, auch wenn Miki es hassen würde, da war ich mir sicher. Aber alles besser als ein Rausschmiss.

»Danke«, sagte ich. »Jayce hat recht, Sie sind okay.«

Ein Zucken ging über sein Gesicht. »So, hat Mr Bell das gesagt?«

Ich trank mein Glas aus. »Er meinte, wenn ich was habe, was mich bedrückt, solle ich ruhig zu Ihnen gehen.«

Mr Holland lehnte sich zurück und faltete die Hände im Schoß. »Das ehrt mich dann wohl.«

»Ehre, wem Ehre und so.« Ich rieb mir über die Augen und sackte ein wenig zusammen. Tom. Über alldem hatte ich gar nicht mehr an Tom gedacht. »Wenn ich doch nur wüsste …«, murmelte ich. Und dann, weil ich doch schon einmal da war, schüttete ich Mr Holland auch gleich noch mein Herz wegen meines offenbar verschollenen Freundes aus.

Der Lehrer wirkte zum ersten Mal ein wenig beunruhigt, was er aber mit einem Lächeln kaschierte. Ich konnte seine Anspannung aber dennoch spüren. »Ich glaube, dass Sie das fertigmacht«, sagte er. »Eigentlich darf ich es nicht, aber wenn Sie mich nicht verraten, höre ich mich einmal nach Ihrem Freund um.«

Ich konnte es kaum glauben. Das wollte er tun? Für mich?

Aber er versprach es mir und ich versicherte ihm, dass er hiermit einen neuen Fan hatte. Das schien ihn zu freuen. Ich fragte mich, ob er vielleicht einsam war. Das war doch eigentlich ein Scheißleben, so im Rollstuhl auf einer gottverlassenen Insel, und rundum nur Schülerinnen und Schüler, die sich bei ihm ausheulten. Dafür musste man schon fast so was wie ein Masochist sein – oder tatsächlich ein ziemlich selbstloser Mensch.

»Darf ich Sie etwas fragen?« Er sah mich nicht an, während er sprach, sondern blickte auf seine Hände, die immer noch gefaltet in seinem Schoß lagen. Sein Daumen zuckte, als wäre er nervös. Der Daumen, nicht Mr Holland. Das lockige braune Haar kringelte sich in seiner Stirn wie bei einem kleinen Jungen. Ich lächelte unwillkürlich und er sah auf und lächelte zurück.

»Ja?«, fragte ich also und richtete mich ein wenig auf. Eine Frage, zu der man eine Erlaubnis benötigte, ging normalerweise etwas tiefer, als es angenehm war.

»Dein Unfall«, begann er und wieder zuckte sein Daumen, obwohl sein Gesicht ganz ruhig und entspannt wirkte.

»Ja?«, sagte ich wieder und mein Magen grummelte.

Er rieb sich über die Nasenwurzel und schloss kurz die Augen. »Tom war der Fahrer, richtig?«

Ich bejahte.

»Erinnern Sie sich an den Unfall?«

»Nicht vollständig.« Ich befeuchtete meine plötzlich trockenen Lippen. Alles, was mit diesem Thema zusammenhing, setzte mich immer noch total unter Stress. Ich spürte, wie meine Systeme verrücktspielten, mir der Schweiß ausbrach, meine Hände eiskalt wurden, meine Beine zu zittern begannen. »Ich bin im Krankenhaus wieder aufgewacht, da war das Schlimmste eigentlich vorbei.«

War es das? Bilder, Töne, Empfindungen tanzten einen Höllentanz in mir. Ich konnte das Blech hören, wie es sich auffaltete und riss, ich roch heißes Öl und schmorende Plastikteile, ich fühlte, wie sich Dinge in meinen Körper bohrten, ihn zusammendrückten und verschoben, spürte Knochen brechen und Fleisch zerreißen …

Ich schluckte den aufsteigenden Brechreiz hinunter und fragte: »Kann ich noch ein Glas Wasser haben?«

Wieso war die Erinnerung mit einem Mal viel schlimmer, viel deutlicher geworden? Das alles hatte in einem dicken, freundlichen Nebel gelegen, ferne Bilder und Gefühle, die fast zu jemand anderem zu gehören schienen. Jetzt war alles wieder so klar wie ein sonniger Tag und es schmerzte und erschreckte mich zu Tode.

»Erinnern Sie sich an die Männer, die Sie aus dem Wrack geborgen haben?«

Ich zuckte vor der Frage zurück wie vor einem Stromkabel. »N-nein«, stotterte ich. »Nein, ich erinnere mich nur an Schmerzen.« Und Angst. Und Blut und noch mehr Schmerzen.

Da waren Hände gewesen, die mich nicht sonderlich behutsam aus dem Auto zerrten. Ich lag auf dem Boden und konnte ein Stück Himmel durch Baumäste erkennen. Mir war kalt. Ich zitterte vor Kälte. Noch war der Schmerz etwas in der Ferne, ein Ungeheuer, das mich zähnefletschend bedrohte, aber noch nicht zwischen seine Kiefer genommen hatte. Das Zittern war viel schlimmer, es schüttelte mich durch, dass mir die Zähne klapperten. Irgendwer hatte mich zugedeckt, aber das war wie der Versuch, sich in der Arktis mit einem Handtuch warm zu halten.

Sie redeten, irgendwo hinter mir. Über den Unfall. Über den Fahrer, der es vielleicht nicht geschafft hatte. Über das Mädchen. Über die Dummheit, so einen Unfall zu provozieren. Über die Idiotie, die gesamte Mission durch so eine Dummheit aufs Spiel zu setzen …

Ich verlor den Faden, falls ich ihn überhaupt je gehabt hatte. Streitende Fremde, was ging es mich an? Mir war entsetzlich kalt und das Schmerzmonster kroch unaufhaltsam näher.

»Olivia? Liv?« Eine Hand lag auf meiner Schulter, schüttelte mich. Ich schrak auf, riss den Kopf hoch und starrte in Mr Hollands überaus besorgtes Gesicht. Er war herangerollt und saß nun Knie an Knie mit mir. »Wieder da?«, fragte er sichtlich erleichtert. »Geht es Ihnen gut? Brauchen Sie etwas, soll ich Dr. Franco rufen?«

Ich hob matt die Hand, schüttelte den Kopf. Warum war ich weggetreten? Das erschreckte mich. Es war beinahe wie in meinen Kognitionsstunden, an die ich mich sekundenlang in glasklarer Deutlichkeit erinnerte. Professor X – mein Onkel? – schickte mich jedes Mal in eine Art Trance und befragte mich … befragte mich …

Die Erinnerung verblasste und verschwand. Ich richtete mich auf und holte tief Luft. »Alles gut«, sagte ich rau. »Das war so eine Art Flashback, glaube ich.« Etwas baumelte auf meiner Brust, ich hob die Hand und fühlte den Tetradrachmon, die Athene. Ich stopfte sie hastig zurück unter mein T-Shirt, als wäre es peinlich, sie offen zu zeigen.

Mr Holland rollte ein Stück zurück und strich sich die Haare aus dem Gesicht. »Sind Sie ganz sicher? Wäre es nicht besser, wenn Sie sich kurz durchchecken ließen?«

»Nein, alles okay, wirklich.« Ich wollte raus, ein bisschen frische Luft würde den Rest Übelkeit schon vertreiben. »Danke, wirklich, Mr Holland.«

Er nickte lächelnd. »Noch habe ich nichts erreicht«, sagte er. »Aber ich denke, dass ich etwas herausfinden werde.«

16

So beruhigt ich aus Mr Hollands Arbeitszimmer kam, so besorgt war ich, als ich morgens aufwachte und Mikis Bett unberührt war. Einzig die Tatsache, dass ihre Sachen noch im Zimmer verteilt lagen, trug ein wenig dazu bei, dass ich mich nicht allzu sehr aufregte.

Ich quälte mich durch Science, ein Konglomerat von naturwissenschaftlichen Fächern, das mir inzwischen an manchen Tagen sogar Spaß machte. Heute war keiner dieser Tage. Ich versuchte, nicht aufzufallen, und war in Gedanken bei den Tagen im Krankenhaus, nach meinem Unfall. Ich erinnerte mich, nach Tom gefragt zu haben, und an die ausweichenden Antworten darauf. Ein böser Verdacht schlich in enger werdenden Kreisen um mich herum und grinste mich hin und wieder tückisch an.

Ich war heilfroh, als dieser Unterrichtsblock vorüber war und ich mich in die Cafeteria flüchten konnte.

Martine und Gabrielle, die Zwillingsschwestern, winkten mir zu, als ich mit meinem Tablett ein bisschen unschlüssig in der Gegend herumstand. Ich fand die beiden immer noch seltsam, aber irgendwie hatte ich mich daran gewöhnt. Ich klaute mir einen Stuhl vom Nebentisch und setzte mich zu ihnen.

»Weißt du, was mit Miki ist?«, fragte Martine, während sie in ihrem Essen herumstocherte. Gabrielle, die kaum jemals etwas sagte, starrte mich kauend an.

Ich fröstelte. »Nein, was denn?«

Jetzt starrten mich beide an. Martine krauste die Stirn. »Ich hätte dich schwerlich gefragt, wenn ich es wüsste«, sagte sie auf ihre gestelzte Art.

Ich drehte ein paar Nudeln auf die Gabel und hielt inne. »Schwerlich«, sagte ich. »Martine, wo hast du *das* Wort denn aufgeschnappt?«

Sie sah plötzlich besorgt aus. Es war ihr immer ungeheuer wichtig, keine sprachlichen Fehler zu machen oder zumindest nicht dabei ertappt zu werden. »Ist es falsch?«

Ich stopfte die Nudeln in meinen Mund und ließ sie zappeln.

Gabrielle schien das Thema nicht zu interessieren, sie ließ ihre Blicke schweifen. Ich hatte sie bisher vielleicht zwei oder drei zusammenhängende Sätze sagen hören, genauer gesagt: flüstern. Sie war nicht sehr redselig, aber ich hätte darauf gewettet, dass sie alles minutiös mitbekam, was um sie herum vorging. Und nichts davon je wieder vergaß. Sie hatte so einen unangenehm wissenden Gesichtsausdruck.

Martine stieß mich mit dem Fuß an. Ich schluckte und sagte: »Nein, das Wort ist okay. Das benutzt bloß kaum einer. In Büchern, vielleicht.«

»Ah«, machte sie und nickte nachdenklich. »Danke.«

Ich sah Gabrielle an. »Hast du eine Ahnung, wo Miki steckt?«

Ihr Blick zuckte zu ihrer Schwester, sie zog verschreckt die Schultern hoch. »Area 51«, wisperte sie.

»Das ist eine Vermutung, Gabby«, wies Martine sie zurecht.

»Begründet«, flüsterte Gabrielle, was Martine offenbar nachdenklich stimmte.

»Wenn Gabby das sagt …«, murmelte sie.

Ich verdrehte die Augen. »Sie ist *The Brain* in eurer Beziehung, hm?«

Martine bekam wieder diesen leeren Blick. Ich wusste, dass sie darüber nachdachte, ob ich sie verarschte. Was ich, zugegeben, gelegentlich tatsächlich tat. Die Versuchung war einfach zu groß. Die beiden hatten überhaupt keinen Sinn für Humor oder Ironie. Sie nahmen alles immer wörtlich.

»Keine Beziehung«, sagte sie schließlich mit ihrer peniblen Stimme. »Wir sind Schwestern. Zwillinge.« Sie dachte erneut kurz nach. »Und ich habe das gleiche Gehirn wie sie. Denke ich jedenfalls. Wir sind eineiige Zwillinge, die Chancen dafür, dass unsere biologische Ausstattung fast identisch ist, stehen bei ...«

»Lass gut sein«, unterbrach ich sie hastig. »Das war ein Witz, Tine. Nur ein Witz!«

Sie sah mich groß an. In ihrem Gesicht arbeitete es wieder. Gabrielle stieß einen Laut aus, der ein Lachen hätte sein können, sich aber tatsächlich eher wie eine Mischung aus Husten und Niesen anhörte.

»Also ist Miks irgendwo hinter dieser Tür«, lenkte ich ab. »Hinten, die im Hof.«

Martine wiegte den Kopf. »Möglich, ja.«

»Warum?«

»Wenn wir wüssten, was in der Area vorgeht, wüssten wir möglicherweise auch den Grund.« Sie schob ein Salatblatt in den Mund und kaute gründlich. »Meine Vermutung ist ja, dass sie da Experimente an Schülern vornehmen. Wahrscheinlich sehen wir Miki nie wieder.«

»Quatsch«, sagte ich heftig. »Weiß hier eigentlich irgendwer, was hinter dieser Tür ist?«

»Keller«, sagte Gabrielle unerwartet. Martine und ich drehten die Köpfe und sahen sie an.

»Warum denkst du das?«, fragte Martine.

Gabrielle kramte einen Notizblock und einen Bleistift hervor und warf eine schnelle, unglaublich präzis wirkende Skizze auf das Papier. Sie beschriftete sie und drehte sie zu uns um. Es war ein Grundriss der Schule.

Wir beugten uns darüber und ich hörte Martine murmeln. »*Naturellement*«, sagte sie. »*Tu as raison,* Gabby.« Sie deutete auf die Räume des Erdgeschosses, die ihre Schwester aufgezeichnet hatte. Mit Türen. Und Fenstern. Ich hatte doch geahnt, dass sie alles im Kopf hatte.

»Hier ist der hintere Korridor«, sagte Martine. »Dort geht es in die Laborklassenräume, Chemie hier und Physik da.« Sie kratzte mit dem Daumennagel eine Kerbe in einen unauffällig kleinen Raum dazwischen. »Das hier kann nur eine Treppe nach unten sein. Für ein Zimmer ist das zu schmal und zu kurz.«

»Besenkammer«, gab ich zu bedenken.

»Mit Tür nach draußen, aber keinem Zugang von innen?«

Hm. Okay. Also ein Zugang in den Keller. Ich pickte nachdenklich ein Fleischklößchen von meinem Teller und kaute darauf herum. In ebendiesen Keller hatte mich die Bruderschaft verschleppt. Er war mir ganz gewöhnlich erschienen, wenn auch sehr groß. Und mehrgeschossig. Wer weiß, was sich darin alles verbergen konnte, warum nicht ein paar Labors oder so was für Experimente? Oder – ich schauderte – Kerkerzellen für ungehorsame Schülerinnen?

Was natürlich total lächerlich war.

»Kellerräume wären die logischste Alternative, wenn man etwas verbergen will«, sagte Martine gerade. »In der Schule gibt es zu viele neugierige Augen. Wenn sie geheime Labors in den oberen Geschossen versteckt hätten, wäre längst jemand darüber gestolpert.«

»Kein Platz«, wisperte ihre Schwester und riss den Notizblock wieder an sich. Sie begann die nächste und übernächste Seite vollzukritzeln. Erster Stock, zweiter Stock …

Beim Zusehen wurde mir klar, dass sie recht hatte. Wir kannten jeden Zentimeter des Gebäudes und der meisten Nebengebäude. Klassenzimmer, Wohnräume, Lagerräume, Wirtschaftsräume. Alles war frei und offen zugänglich und ganz und gar nicht geheimnisvoll.

Ich stützte die Stirn in die Hand und fuhr mit dem Finger die Pläne ab. Das war so perfekt gezeichnet, als hätte ein Architekt es skizziert. »Du bist ein Genie«, sagte ich beinahe neidisch. Alle hier hatten irgendwas Tolles drauf, nur ich nicht.

Gabrielle strahlte und ihre Schwester sah mich gleichzeitig stolz und zufrieden an. »Danke«, sagte sie, als hätte ich sie gelobt und nicht Gabby.

Am Nachmittag hatte ich Mr Sharma versprochen, in der Bibliothek auszuhelfen. Das war etwas, was ich wirklich gerne tat, jedenfalls normalerweise. Aber heute war ich unkonzentriert und ließ ständig etwas fallen.

Als ich den letzten Stapel Geschichtsbücher eingeräumt hatte, stand ich ein bisschen verloren zwischen den Regalen herum, dann entschied ich mich, weiter an der Rätsellösung zu arbeiten. Nach meiner Entführung durch die Bruderschaft hatte ich das nicht weiterverfolgt, aber mir waren durch die Ritter der Rose ein paar Ideen gekommen, wonach ich noch suchen konnte. Und ich wollte endlich herausfinden, wer die weiße Gestalt war, die den Tod des schwarzen Ritters beobachtete.

Ich steuerte den nächsten freien Arbeitsplatz an, loggte mich ein und suchte nach den Dateien, die der Bibliothekar mir geschickt hatte. Ich hatte noch keinen Blick darauf geworfen und war gespannt wie ein Regenschirm.

Ein ganzer Ordner voller Bilder poppte auf und ich scrollte durch die Abbildungen. Sogar im Thumbnail war die weiße Gestalt deutlich zu erkennen. Ich öffnete das Bild, vergrößerte es, bis es den Bildschirm füllte, und betrachtete die weiße Figur.

Es war kein Ritter, das hatte ich schon vermutet. Eine Frau, jung, mit langem blondem Haar, das von einem Stirnreif oder Diadem zurückgehalten wurde. Sie streckte die Hand nach dem Ritter aus, aber die Geste hatte nichts Bittendes oder Flehendes, sie wirkte eher befehlend. Gebieterisch. Als wollte sie ihn dazu bringen, aufzustehen und das Schlachtfeld zu verlassen.

Über ihrem Gesicht lag der Schatten eines Turmes, der neben ihr in die Höhe ragte, deshalb waren es vor allem ihre Augen, die auffielen. Sie waren groß, klar und grau, beinahe silbern. Ich fröstelte. Graue Augen und blondes Haar – noch ein Double für mich und Kaj. Dazu der Doppelgänger von Jayce als schwarzer Ritter, das war gespenstisch.

Ich lehnte mich zurück und fixierte das Deckengemälde. Dort, in der dunklen Ecke, leuchtete der helle Fleck der weißen Frau. Irgendwo musste da einfach der Schlüssel zu diesem Bilderrätsel liegen. Ich beugte mich wieder über den Monitor, schloss den Bilderordner und suchte in der Bibliotheksdatenbank nach Informationen über die Bruderschaft der Rose. Eine ellenlange Liste von Treffern war das Ergebnis. Ich stöhnte und begann sie durchzuarbeiten.

Mir dröhnte der Schädel, als ich mich ausloggte und meine Sachen zusammenräumte. Der ach so geheime Verein hier an der Schule hatte sich alle Mühe gegeben, die Struktur und die Erscheinungsweise der Bruderschaft perfekt nachzubilden. Der Chef des Ordens, »Grandseigneur« tituliert, war der Großmeister, ihm unterstellt waren Komture, die »Seigneur« genannt wurden. Der Großkomtur war wiederum Chef dieser Abteilungsleiter und die rechte Hand und der Stellvertreter des Großmeisters. Dann gab es die »Eingeweihten«, die Ritter genannt wurden, und die Anwärter auf eine Ritterschaft, die sich »Novizen« nennen durften. Die Ritter trugen das Emblem der

Rose auf ihren Umhängen, auf den Brustpanzern ihrer Harnische und auf dem Schwertknauf. Alles genau wie hier. Was ich mich nun fragte: Was steckte wirklich dahinter, dass hier auf der Insel ein Ritterorden exakt nach dem Muster von Nadir nachgebaut wurde? Um sich von Arachne abzugrenzen hätten sie auch irgendwas anderes aufziehen können. Das hier erschien mir wie ein Angriff, eine echte Verschwörung im Gebiet des alten Feindes. Aber das war undenkbar, immerhin machten ganz normale Schüler dabei mit. Karen Castillo war ganz sicher keine finstere Verschwörerin.

Bei dem Gedanken musste ich lachen. Auch zu Malik passte das so gar nicht. Bei Jayce war ich mir wiederum gar nicht so sicher, er hatte mich immerhin vor der Schule gewarnt.

Und wenn das Ganze tatsächlich eine echte Verschwörung wäre: Warum interessierte sich der Verein dann ausgerechnet für mich?

Ich lehnte mich zurück, legte den Kopf auf die Rückenlehne des Stuhls und starrte das Deckengemälde an. Die vielen kleinen Lichtinseln der Lesenischen und Arbeitstische hoben rote und weiße Flecken aus der schummrigen Dunkelheit, die über das Bild verteilt waren. Bei Tageslicht sorgten die hoch angebrachten Fenster mit ihrem Milchglas dafür, dass das Gemälde beinahe vollständig ausgeleuchtet war, aber am Abend konnte man nur Bruchstücke erkennen. Und zwar ausschließlich rote und weiße Bruchstücke, wie mir jetzt auffiel.

Mein Blick flitzte über das Deckengemälde. Rote Rosen. Weiße Rosen. Wild über das gesamte Bild verteilt, keinem auf den ersten Blick erkennbaren Muster folgend. Was war das?

Ich suchte die weiße Rose des sterbenden Ritters und fand sie etwas außerhalb der Mitte. Die rote Rose der weißen Frauengestalt lag am entgegengesetzten Ende, fast am Rand des Gemäldes.

Das half mir jetzt auch nicht weiter. Ich richtete mich auf und loggte mich erneut ein. Ich benötigte eine Abbildung des gesamten Gemäldes in möglichst hoher Auflösung, damit ich die Rosen darauf lokalisieren konnte. Beim Durchsuchen meiner Dateien fand ich nur Ausschnitte davon und ein Bild in zu kleiner Auflösung, also musste mir Mr Sharma wohl wieder mal helfen.

Ich sah, dass er nicht in seinem Büro war, also schrieb ich ihm eine kurze Nachricht und loggte mich endgültig aus. Für heute hatte ich die Nase voll vom Rosenkrieg.

Ich wartete, bis es ruhig in den Gängen wurde und die Lampen gelöscht wurden. Kurz vor zwei lag die Schule im tiefen Schlaf, und ich schlüpfte in meine Schuhe, zog meinen schwarzen Hoodie an und schlich mich die Treppe hinunter.

Es war gruselig, unter all den starrenden Fenstern über die weite Rasenfläche zu stolpern. Es war eine dunkle Nacht, Wolken zogen über den Himmel und die Luft war drückend, obwohl es kühl war. Ich rannte über den Rasen und blieb einen Moment gebückt vor der unauffälligen Tür des Seitenflügels stehen, um erst mal wieder zu Atem zu kommen. Dann kniete ich mich hin und starrte die Tür an. Schimmerte da Licht durch irgendeine Ritze? Ich kniff die Augen zu, wartete ein paar Sekunden und öffnete sie wieder. Nein, es war stockdunkel. Und zu hören war auch nichts. Nach einem Blick über die Schulter erhob ich mich wieder und schob meinen Ausweis in den Scanner. Es knackte leise, aber die Tür blieb zu.

Nicht, dass ich etwas anderes erwartet hätte. Ich zog meine Kapuze tief ins Gesicht und drückte mich ins Gebüsch. Sollten heute Nacht wieder irgendwelche Fuzzis auftauchen, die hier reinwollten, oder jemand aus dieser Tür kommen, würde ich versuchen, mich hineinzuschleichen. Vielleicht hatte ich ja Glück. Ich wollte jedenfalls nicht gemütlich in meinem Bett liegen und schlafen, wenn Miki hier womöglich etwas Schreckliches angetan wurde. Ich sah sie vor meinem inneren Auge, angeschnallt an eine Liege, mit Drähten im Kopf und einer Maschine, die blaue Blitze und Funken sprühte. Oder mit einer Infusion im Arm, die irgendwelche persönlichkeitsverändernden Drogen in ihren Organismus schleuste. Ich vertrieb hastig die Bilder von einer Zombie-Miki und hoffte darauf, dass diese Tür sich öffnete.

Aber natürlich rührte sich ausgerechnet heute gar nichts. Ich fror mir den Hintern ab und kämpfte gegen den Schlaf, und irgendwann gab ich auf und flüchtete mich zurück in mein Bett.

Ich hatte gehofft, dass Miki zwischendurch wieder aufgetaucht sein könnte, aber das Bett neben mir war leer. Ich fragte mich, ob ich sie überhaupt je wiedersehen würde und was man mit ihr gemacht hatte. Mit diesen Gedanken schlief ich endlich ein.

Am nächsten Morgen saß Miki in »Alternative Historie« seelenruhig an ihrem Platz, als wäre sie nie weg gewesen. Ich rutschte neben sie und flüsterte: »Wo warst du? Ist alles okay?«, aber ehe sie antworten konnte, fing der Kurs an.

Das Thema war mir nicht neu. Wir behandelten heute die Nadir-Gruppe, die laut de Freytas ein ganz besonders übler Haufen von Verbrechern war. Darüber hatte ich ja schon in Mr Sharmas Buch gelesen, deswegen hatte ich ein wenig Mühe, mich zu konzentrieren.

Nadir existierte schon seit ewig langer Zeit und war im Wesentlichen damit beschäftigt, die Weltherrschaft zu erringen. Das tat sie, indem sie Gesellschaften, Firmen, demokratische Staaten, Königreiche und sogar Diktaturen destabilisierte, bis die bisherige Ordnung zusammenbrach, und dann eine neue Ordnung unter eigener Leitung aufbaute. Anscheinend war es kinderleicht, so was zu tun, wenn man nur entschlossen genug war, skrupellos, über Manpower verfügte und genügend Mittel an den Hacken hatte.

Laut allem, was ich bisher darüber gelesen und gehört hatte, war der Orden schuld an fast allen größeren Kriegen, die in den letzten hundert oder mehr Jahren in Europa und Asien passiert waren. Es war spannend, dahinterzukommen, wie leicht es war, einen Zusammenbruch der Wirtschaft oder der allgemeinen Ordnung zu provozieren, wenn man nur wusste, wo man den Hebel anzusetzen hatte. Man musste nur in einer aufgeladenen Atmosphäre den richtigen Mann erschießen oder eine gewisse Menge Geld in den Markt pumpen oder ihm entziehen, oder man rüstete wahnsinnige Fanatiker mit Waffen und Geld zu einer Miliz auf. Das alles funktionierte zuverlässig – und wenn das System erst einmal destabilisiert war, dann kippte es schnell um, wenn man einen zusätzlichen Impuls hineingab.

Es war gleichzeitig faszinierend und abstoßend und ich merkte, dass ich mich zu fürchten begann. Das war alles so verdammt nah an unserer Wirklichkeit. Ich begann diese Verschwörungsfreaks zu verstehen, die überall den Einfluss irgendwelcher Geheimdienste oder Aliens vermuteten. Was ich mich nur die ganze Zeit fragte: Wieso hatte ich noch nie zuvor von Nadir gehört, bei all dem Zerstörungswerk, das der Gruppe hier zugeschrieben wurde?

Es war doch vollkommen irre, dass die hier an dieser Schule tatsächlich an diesen Arachne-Nadir-Zirkus glaubten. Und noch viel verrückter war es, dass ich langsam Gehirnerweichung bekam und ernsthaft darüber nachdachte, inwieweit das alles vielleicht sogar stimmen konnte. Was war das hier, vielleicht eine Art Rekrutierungsschule für Arachne? Oder eine Ausbildungsstätte für zukünftige Ritter? Das ganze Training, die Selbstverteidigung, die Waffen, alles, was wir im Unterricht zu hören bekamen … irgendwie schien das alles zu meinem Verdacht zu passen.

In der Pause griff ich mir Miki, die leicht weggetreten wirkte, und zerrte sie in eine ruhige Ecke. »Also?«, drängte ich. »Wirst du bestraft? Du solltest ihnen sagen, dass ich schuld an allem bin.«

Sie fokussierte ihren davonschweifenden Blick auf mich und ich erkannte, dass sie vor Müdigkeit beinahe umfiel. Es machte den Eindruck, als hätte sie seit unserem letzten Beisammensein keine Sekunde geschlafen.

Miki unterdrückte ein Gähnen und nickte langsam. »Alles okay«, nuschelte sie. »Ich fliege nicht. Ganz im Gegenteil.« Sie grinste schief und ihr Blick schwamm wieder davon.

»Du solltest dich krankmelden«, sagte ich. »Du schläfst ja im Stehen.«

»Hab versprochen, dass ich nichts ausfallen lasse. Wenn ich das nicht schaffe, bin ich noch nicht so weit.« Sie gähnte und rieb sich fest über die Augen. »Aber das bin ich«, sagte sie energisch. »Holst du mir einen Kaffee, bitte? Extrastark?«

Ich rannte schon los. Mein schlechtes Gewissen wurde von meiner Neugier übertönt. Was hatte Miki erlebt? Worum ging es bei dem »ich bin so weit«? Das hatte was von der Einweihung durch die Bruderschaft, ob sie auch damit zu tun bekommen hatte?

Ich kehrte mit zwei Bechern zurück und fand Miki lang ausgestreckt auf einer Bank in der Sonne. Sie schlief mit leicht geöffnetem Mund. Ich hockte mich neben sie und trank meinen Kaffee, weil ich sie nicht wecken wollte.

Als auf dem Hof ein improvisiertes Fußballspiel zu einer lautstarken Diskussion mutierte, wachte sie mit einem kleinen Schnaufer auf, streckte sich und nuschelte einen Dank, als ich ihr den inzwischen ziemlich kühlen Kaffee reichte. Sie stürzte den Inhalt des Bechers in drei durstigen Zügen hinunter und schüttelte sich dann. »Woah«, sagte sie. »Da bin ich wieder. Hallo, Welt.«

»Hallo, Miks«, sagte ich.

Ihr herzförmiges Gesicht verzog sich zu einer absurden Grimasse. »Das war so geil«, sagte sie. »Und ich darf nichts davon erzählen. Das ist gemein, echt.«

Ich saß inzwischen auf glühenden Kohlen. »Die Bruderschaft?«, fragte ich.

Sie sah mich vollkommen verständnislos an. »Bruderschaft? Nein, nein.« Ihre Gedanken hüpften davon, das konnte ich auf ihrer glatten Stirn erkennen, die sich nun zu krausen begann. »Es war so geil …«, wiederholte sie träumerisch.

»Hattest du ein Date?«, fragte ich misstrauisch. Ihre Wortwahl ließ so etwas vermuten, obwohl es nicht zu Miki passte.

Wieder dieser Blick, diesmal gemischt mit einer Portion Verachtung. »Quatsch«, sagte sie. »Ich hab doch keinen Kopf für Dates.« Was stimmte.

»Die beiden Typen, die dich einkassiert haben«, versuchte ich es von einer anderen Seite. »Wer waren die? Und wo haben sie dich hingebracht?«

Sie zog die schmalen Schultern hoch und warf Blicke umher. »Ich darf es nicht«, sagte sie leise. »Liv, es ist toll, wirklich. Du wirst es auch noch erleben. Die haben da Computer stehen, so was hast du noch nicht gesehen.«

»Da?«

Vorsichtiger Rundumblick. »Unten.« Ihre Hand wedelte unbestimmt Richtung Schulgebäude.

Mir dämmerte das eine oder andere. »Du warst in der Area 51?«

Sie hob den Kopf, presste die Lippen zusammen und summte eine schiefe Melodie. Miki war ziemlich unmusikalisch. In das Summen mischte sich ein bestätigendes »Hmmmmmm«, gefolgt von: »Ich hab nichts gesagt.«

Mir lief eine Gänsehaut über den Rücken. Miki benahm sich, als hätte man sie unter Drogen gesetzt. Jayce hatte mich gewarnt. Gehirnwäsche. War es das, was in der geheimnisvollen Area praktiziert wurde? Holte man uns ab, um uns umzuprogrammieren?

Miki wusste die Antwort, aber sie war vollkommen weggetreten. Ich bekam nichts mehr aus ihr heraus. Unsere Pause war vorüber, Miki ging zu ihren Nerds und ich mit Magenschmerzen zu meinem Selbstverteidigungskurs.

17

Mr Holland winkte mich zu sich, als ich in die Halle trat. Die anderen waren schon dabei, sich aufzuwärmen, ich war ein bisschen zu spät und erwartete einen Rüffel.

»Du wirst anderswo verlangt«, sagte er zu meiner Verblüffung und reichte mir einen Zettel, auf dem eine Uhrzeit und als Ort die kleine Halle am anderen Ende des Geländes vermerkt waren. Dort fanden Waffenübungen statt, das wusste ich immerhin. Pistolenschießen, Bogenschießen bei schlechtem Wetter, Fechten und all so was.

Ich hob den Kopf und sah Mr Holland fragend an. »Warum und von wem?«

Er schüttelte leicht den Kopf. »Du wirst dort erwartet«, wiederholte er. »Wir sehen uns hier wahrscheinlich erst in ein paar Wochen wieder.«

Er nickte mir zu und drehte sich zu den anderen um. »Sucht euch einen Partner«, rief er.

Ich starrte auf den Zettel. Wenn ich pünktlich dort sein wollte, musste ich mich sputen.

Die »kleine« Halle war immer noch imposant groß und sie war leer, als ich eintrat. »Hallo?«, rief ich und fürchtete, dass man mich verarscht hatte. Aber wieso sollte Mr Holland bei so einem stumpfsinnigen Streich mitspielen?

»Hallo«, hörte ich eine ferne Stimme aus der Gegend der Umkleideräume. »Bin gleich da, Liv.«

Das war meine Tutorin Karen oder ich war Harry Potter. Meine Tutorin, *Ritter* Karen. Die Eingeweihte Castillo. Oder wie immer das offiziell hieß.

Ich hockte mich unbehaglich auf eine der Bänke und sah mich um. Das war eine ganz normale Sporthalle mit Sprossenwänden, Seilen und Zeugs, an die Wand geschobenen Gerätschaften und aufgestapelten Matten. Was sollte ich hier? Noch dazu mit Karen?

Sie kam durch die Tür, in einen weißen Anzug gekleidet, mit zwei Schwertern unter dem Arm. Oder waren das Degen oder Floretts? Ich kannte mich mit so was nicht aus.

»Du bist pünktlich, fein«, sagte sie und legte ein Bündel auf die Bank neben mich. »Zieh das an, drüben ist die Umkleide.«

Ich blieb, wo ich war. »Was soll ich hier?«

Sie legte die beiden Waffen auf den Boden und grinste. »Du bist Novizin«, sagte sie spöttisch. »Zu deiner Ausbildung zum Ritter gehört der Umgang mit einem Schwert und damit fangen wir heute an. Genauer gesagt, wir beginnen mit den Grundlagen des Degenfechtens. Schwertkampf kommt dann als Nächstes.«

Ich starrte sie an. »Du machst doch Witze.«

»Zieh dich um«, wiederholte sie ungeduldig. »Ich besorge dir in der Zeit noch eine Maske.« Sie drehte sich um und verschwand in einem der Nebenräume.

Ich nahm die Klamotten, die sie neben mich gelegt hatte, und faltete sie auseinander. Es war auch so ein weißer Anzug, Jacke und Hose, er sah total dämlich aus. Aber er würde passen, das konnte ich erkennen. Dazu gehörten ein paar weiche Schuhe, die mir sogar ganz gut gefielen. Sie sahen bequem aus.

»Ich will nicht fechten lernen«, rief ich laut. »Ich war sehr zufrieden mit dem Selbstverteidigungskurs!«

»Da kannst du später immer noch wieder einsteigen«, hörte

ich Karens Stimme. »Jetzt hör auf zu ätzen und zieh dich um, Noack!«

Als ich endlich in dem Zeug steckte, konnte ich mich kaum noch bewegen. »Das ist unpraktisch«, mopperte ich. »Und es ist blöd. Sagst du zu einem, der dich angreift ›Moment, ich muss mich erst umziehen‹?«

Zu meiner Überraschung lachte sie. Und dann kehrte sie zurück, zwang mich, eine Maske aufzusetzen, durch die ich keine Luft bekam, und trieb mich dann erbarmungslos durch eine Übungsstunde, nach der ich hechelnd wie ein Hund flach auf dem Rücken lag und ahnte, dass mich der Muskelkater meines Lebens erwartete.

»Castillo, du warst in deinem früheren Leben ein Drill Instructor«, keuchte ich. »Marines, gib es zu.«

»Navy SEAL, was sonst?« Sie grinste und rieb sich mit einem Handtuch übers Gesicht und den Nacken. »Komm schon, sei kein Baby. Das war halb so wild heute.«

Ich stöhnte und rollte mich auf den Bauch. »Was soll ich damit?«, jammerte ich. »Ich hab nicht vor, mich mit irgendwem zu duellieren.«

Karen wurde ernst. Sie hockte sich vor mich und ließ die Hände über den Knien baumeln. »Du lernst Selbstbeherrschung«, begann sie aufzuzählen. »Einschätzen eines Gegners. Reaktionsschnelligkeit, Disziplin, Taktik und …«

»Hör auf.« Ich kam auf die Füße. »Ihr seid doch bescheuert. Ich hab nicht darum gebeten, bei eurem Verein mitmachen zu dürfen.«

Karen blinzelte mich von unten herauf an. »Das ist eine Ehre, weißt du?« Sie klang so ernsthaft, so vollkommen überzeugt, dass ich kurz in meiner Ablehnung zu schwanken begann.

»Ich mag keine Vereine«, protestierte ich schwächlich.

»Schwertkampf wird dir Spaß machen«, ignorierte sie meinen Protest. »Degenfechten hier ist ziemlich formell und am Anfang ein bisschen langweilig, gebe ich zu. Zu wenig Action. Aber Schwertkampf ist der Hammer.«

Ehe ich darauf etwas Abfälliges erwidern konnte, kamen sie durch die Tür, die Schwertkämpfer. Jayce und Malik führten die kleine Gruppe an, die aus vier Jungs, einer von ihnen war mein Sparringpartner Sergej, und zwei Mädchen bestand. Ich war mir ziemlich sicher, dass sie alle zur Bruderschaft gehörten, aber darüber dachte ich in den nächsten Minuten nicht mehr nach.

Die Gruppe lieferte einen Showkampf ab, der in jedem Actionfilm für atemloses Schweigen gesorgt hätte. Die sechs Kämpfer wirbelten umeinander, tanzten durcheinander, sprangen wie Artisten in die Höhe, ihre Schwerter blitzten und klirrten, flogen hoch in die Luft, fielen wieder zurück in die wartenden Hände, Füße tanzten einen martialischen Flamenco, Augen blitzten, Haare flogen, hier und da ertönte ein Schrei, ein Lachen, ein Ausruf und schließlich standen sie alle wie auf ein stummes Kommando still, salutierten vor Karen und wandten sich dann mit einem formellen Gruß mir zu.

»Willkommen«, sagte Karen seltsam sanft. »Willkommen in dem Verein, dem du nicht angehören wolltest.«

Ich sah die Kämpfer an. Jayce und Malik standen Schulter an Schulter wie ein ungleiches Brüderpaar. Beide fixierten mich mit einem ganz ähnlichen Ausdruck im Gesicht, den ich nicht deuten konnte. Ich verstand gar nichts mehr. Jayce war es, der mich davor gewarnt hatte, mich einfangen und einlullen zu lassen, aber er machte hier tatsächlich den Vorturner für diesen obskuren Geheimbund. Und der lässige Malik – also, der passte einfach gar nicht ins Bild einer beinahe militärischen Organisation.

Die anderen kannte ich größtenteils nur vom Sehen, sie waren eher unauffällige Typen, mit denen ich noch kein Wort gewechselt hatte. Auch sie starrten mich an, als erwarteten sie, dass mir Tulpen aus den Ohren wuchsen. Nur der robuste Sergej Rysskow grinste mir zu, als ich ihn ansah.

Ich wandte meinen Blick ab und löste die Schnallen meiner wattierten Jacke. »Ja, toll«, sagte ich gespielt gleichgültig. »Dann sehen wir uns.« Ich warf die Jacke auf meine Maske und ging hinaus. Ich war wütend. Stinkwütend. Wieso glaubten eigentlich immer alle, sie könnten über mich und mein Leben bestimmen? Aber da hatten sie sich geschnitten. Alle. Auch und gerade Jayce.

Ich lag wach und starrte an die Decke. Miki hatte tatsächlich nichts weiter erzählt, auch nicht, als wir allein im Zimmer waren. Ihr Blick flackerte immer wieder zu den Computern, und ich begann zu vermuten, dass das Zimmer verwanzt worden war. Oder zumindest glaubte Miki daran. Ob das jetzt pure Paranoia war oder etwas, das sie in der Area mitbekommen hatte – ich wollte das Risiko nicht eingehen und hörte auf, sie zu bedrängen.

Aber der Gedanke hielt mich wach. Wurden wir überwacht? Was war das hier für eine Schule, an der geheime Bruderschaften und seltsame Experimente in irgendwelchen Kellerlabors an der Tagesordnung waren? Ich meine, man musste sich doch nur mal den Lehrplan ansehen, das war doch irre. »Alternative Historie« – da bekamen wir alles beigebracht, was ein junger Terrorist an Rüstzeug brauchen konnte. Ich war gespannt, wann wir in Science mit dem Bombenbauen anfangen würden. Ich dachte ja selbst schon wie ein Verschwörungstheoretiker und vermutete eine Geheimorganisation hinter jedem Busch. Weil sie da ja auch steckten, oder?

Ich setzte mich auf und fuhr mit beiden Händen durch meine Haare. Meine Gedanken tanzten Tango. Destabilisierung von Gesellschaften. Schwertkampf und waffenlose Verteidigung. Geheimbünde und uralte Ritterorden und eine No-go-Area unter der Schule, in der wer weiß was vor sich ging. Professor X, der eigentlich für CERN arbeitete. Keine Verbindung nach draußen und ein Sicherheitsdienst, der Schüler verschwinden ließ, die dann gehirngewaschen und voll paranoid wieder auftauchten. Das würde mir kein Mensch glauben, so was passierte doch nur in schlechten Filmen.

Ich musste hier weg. Schleunigst. Ich würde sonst überschnappen wie alle anderen. Jayce' Warnung klingelte mir in den Ohren. Er spielte das Spiel auch mit, er hatte es nicht geschafft, sich rechtzeitig vom Acker zu machen. Das sollte mir eine Lehre sein. Bei mir würde die Gehirnwäsche nicht funktionieren!

Ich stand auf und hängte kurz entschlossen meine Jacke und einen Sweater über die Computerarbeitsplätze. Wahrscheinlich war das so sinnlos wie der Versuch, sich gegen einen Wolkenbruch mit einer Rolle Toilettenpapier zu bewaffnen, aber ich hatte echt das Gefühl, dass mich die Monitore anstarrten.

»Miki«, flüsterte ich und tappte zu ihr ans Bett. Ich berührte ihre Schulter. »Miks, wach auf und rede mit mir. Ich glaube, ich schnappe über.«

Sie schnaufte laut und schlug die Augen auf. »Wa…?«, murmelte sie und schielte mich an. »Müde. Lassmchschlafn.«

Ich rüttelte sie kurz. »Du kannst nachher weiterschlafen. Aber zuerst musst du mir sagen, was sie mit dir gemacht haben.«

Das war es nämlich, was mich fertigmachte. Was hatten sie mit Miki angestellt, in den Stunden, in denen sie verschwunden gewesen war? Ich glaubte nicht daran, dass Miks nur eine kalte Nachtwache hatte hinter sich bringen müssen wie ich. Da war etwas passiert, und meine Befürchtungen gingen in Richtung

»unter Drogen gesetzt« oder »an eine Maschine angeschlossen« oder »hypnotisiert« bis hin zu telekinetischen Strahlen, Fernsteuerung, Gehirnoperationen …

Ich gebe zu, ich musste über die Horrorszenen, die sich in meinem Kopf abspielten, beinahe lachen, so absurd waren sie. Aber jetzt, in der dunkelsten und stillsten Tiefe der Nacht, bekamen die Albtraumbilder erschreckend viel Substanz. Und ich fürchtete mich, tatsächlich hatte ich regelrecht die Hosen voll.

Miki befreite sich aus den alles umschlingenden Tentakeln des Riesenkraken Schlaf und setzte sich auf. »Meine Güte, Liv«, gähnte sie und griff nach dem Glas Wasser neben ihrem Bett. »Hätte das nicht Zeit bis morgen gehabt?«

Sie klang so überaus klar und vernünftig, dass ich mich meiner Ängste zu schämen begann. Aber ehe ich mich entschuldigen und sie wieder ihren Träumen überlassen konnte, schlug sie die Bettdecke ein Stück zurück und lud mich ein, mich neben sie zu kuscheln. Wir hockten Schulter an Schulter in ihre Bettdecke gehüllt, als wären wir kleine Mädchen bei einer Pyjamaparty, legten die Köpfe aneinander und flüsterten uns unsere Geheimnisse ins Ohr.

Miki war von den beiden Männern in ein Zimmer gebracht worden, das sie an ein Verhörzimmer aus einem amerikanischen Krimi erinnerte. Es gab sogar einen Spiegel, der bestimmt von der anderen Seite durchsichtig war.

Dort wurde sie von einem der Männer, die sich ihr nicht vorstellten, zu ihrem Versuch befragt, das Sicherheitssystem der Schule zu sabotieren.

So nannte er es tatsächlich: »das Sicherheitssystem sabotieren«.

Miki hatte sich ausführlich und ohne etwas zurückzuhalten, zu ihren Bemühungen geäußert, die Firewall zu überwinden. Was sie dem Mann (und den unsichtbaren Zuhörern im Nebenraum) nicht verraten hatte, war meine Beteiligung an dem ruchlosen Verbrechen.

Sie kicherte, als sie mir die absurde Situation schilderte, aber ich konnte spüren, dass sie zitterte. Es war alles andere als lustig gewesen, das war mir klar.

Und dann wurde es tatsächlich noch merkwürdiger. Das Verhör endete und ihr wurden die Augen verbunden. Wie bei mir und der Bruderschaft, nur dass Miki keine Haube über den Kopf bekam, sondern eine Augenbinde. So geblendet brachte man sie in einen anderen Raum. Miki verlor auf dem Weg dorthin vollkommen jede Orientierung, und sie sagte, wahrscheinlich habe man sie zu diesem Zweck erst einmal kreuz und quer über das Gelände und durch die Schule geführt.

Genau wie bei mir.

»Und dann?«, wisperte ich. Inzwischen war ich es, der Schauder über die Haut liefen, Miki hatte sich während des Erzählens beruhigt. Sie nahm meine Hand und drückte sie.

»Ein großer Computerraum«, sagte sie träumerisch. »Voll mit den wahnsinnigsten Geräten, alles High End, fast schon futuristisch. Ich war so platt, dass ich gar nichts mehr gesagt habe.«

Dort wurde sie von einer freundlichen jungen Frau eingewiesen. Sie durfte alles ausprobieren, sie bekam Einblick in die Arbeit, die dort gerade gemacht wurde. »Forschung«, sagte sie beinahe atemlos. »Entwicklung. Programmierung. Alles superspannendes Zeug.«

»Und du bist jetzt dabei?«

Sie seufzte leise. »Noch nicht«, flüsterte sie. »Ich habe noch eine Probezeit, in der ich getestet werde. Jeden Tag, unendlich viele Fragebogen und Prüfungen und Tests …« Sie grinste, ich konnte ihre Zähne in der Dunkelheit schimmern sehen. »Ich bestehe den Kram und dann bin ich im Himmel.« Sie gähnte. »Aber im Moment bin ich einfach nur total erledigt.«

Ich nickte stumm. Novizin, dachte ich. Noch nicht vollständig eingeweiht. Ich fröstelte. »Vielleicht sollten wir von hier abhauen, ehe es zu spät ist.«

»Was? Bist du irre?« Miki knuffte mich in die Seite. »Auf das hier habe ich gewartet. Das ist meine Chance, das will ich mehr als alles andere. Das hier ist mein Ticket!« Sie klang regelrecht verzückt. *Gehirngewaschen.* »Professor X ist ein Genie und ich gehöre bald zu seiner Crew. Ich bin so glücklich, dass ich singen könnte.« Ihre Worte erstickten in einem Gähnen. »Wenn ich erst mal ausgeschlafen habe«, setzte sie grämlich hinzu. »Sei mir nicht böse, Liv, aber ich bin grauenhaft müde.«

Ich murmelte eine Entschuldigung und krabbelte aus ihrem Bett. Sie mummelte sich ein, bis nur noch ein bisschen wirres schwarzes Haar zu sehen war, und ich war wieder allein mit meinen Albträumen.

18

Ich schwänzte »Romanische Sprachen«, holte mir einen großen Becher Kaffee und zog los, um Jayce zu suchen. Er war der Einzige, der versucht hatte, mich vor dem, was hier auf dieser Schule vor sich ging, zu warnen, und ganz egal, was seine Motive waren, er war mit Sicherheit der Einzige, der bereit war, sich meine Überlegungen anzuhören und mir vielleicht sogar zu helfen.

Laut Übersichtsplan saß er gerade in »Angewandte Metaphysik« – was auch immer das für ein abgefahrenes Fach war. Der Kurs war in ein paar Minuten vorbei und dann wollte ich ihn vor dem Unterrichtsraum abfangen.

Das war der Plan, aber dann passierte mir mein böser Zwilling, meine Nemesis, meine finstere Cousine – Kajsa, die Kronprinzessin höchstpersönlich. Sie hatte es sich angewöhnt, mir den Weg zu versperren, und ich musste einen Satz zur Seite machen, um sie nicht umzurennen. Dabei verschüttete ich die Hälfte meines Kaffees, was mich nicht besser stimmte. »Hallo, du Krampf im Arsch«, sagte ich.

Ihre Miene war so angriffslustig wie immer. »Hallo, du billiges Fake«, erwiderte sie. »Immer noch hier?«

Das war der Moment, in dem mir aufging, dass vor mir meine stärkste Verbündete stand. Wenn überhaupt jemand auf der Insel ein gleichgroßes Interesse wie ich daran hatte, dass ich den Abflug machte, dann war es Kaj.

»Ich muss mit dir reden«, sagte ich, was sie vollkommen überrumpelte. Einen Moment lang verließ die Anspannung ihr Gesicht und ich sah mich selbst gespiegelt. Das war ein seltsames Gefühl, beinahe schmerzhaft. Wir hätten fast so was wie Schwestern sein können, wenn wir uns nur früher begegnet wären. Ich hatte mir immer eine Schwester gewünscht.

Der Moment ging vorüber, sie machte die Schotten wieder dicht. »Kein Interesse«, sagte sie schroff.

Ich griff nach ihrem Ellbogen und zog sie mit, und wundersamer Weise folgte sie mir nach kurzem Sträuben. Wahrscheinlich war sie einfach neugierig.

Es war leicht, an dieser Schule einen ungestörten Platz zu finden. Heute schüttete es aus Eimern, also ging ich mit Kaj zu einer der vielen kleinen Arbeitsnischen, die sich hinter Holzwänden und großen Blattpflanzen verbargen.

»Also – was?« Sie lehnte sich ungesellig gegen die Wand und verschränkte die Arme, ganz Abwehr und ausgefahrene Stacheln. Ich fragte mich, wie so ein behütetes, sicherlich verwöhntes Töchterchen zu so einer paranoiden Bitch hatte werden können. Andererseits – den Verfolgungswahn bekam man hier tatsächlich eingehämmert.

»Ich will hier weg«, sagte ich unverblümt. »Ich weiß, dass du irgendwas geplant hast, was mich richtig in die Scheiße reitet, aber du kannst dir das sparen. Ich werde von hier abhauen. Hilfst du mir?«

Sie ließ die Arme sinken und sah mich mit weit geöffneten Augen an. »Du willst hier echt weg?«, wiederholte sie ungläubig.

Ich nickte verbissen. »Das Klima ist meiner Gesundheit abträglich«, versuchte ich einen Witz zu reißen. »Meiner geistigen«, setzte ich hinzu.

Sie ließ sich in einen der beiden Sessel sinken, die mit einem kleinen Tisch die Einrichtung der Nische bildeten. »Du willst mich verarschen.«

Ich fiel ihr gegenüber in den anderen Sessel und nagte an

meinen Knöcheln. Meine Anspannung war so groß, dass ich mit dem Fuß wippte, was meine Mutter immer zum Wahnsinn getrieben hatte. »Nicht die Bohne«, erwiderte ich kurz. »Also, hilfst du mir?«

Sie rieb sich über die Wange. »Du bist doch auf dem besten Weg dazu, jedermanns Darling zu werden«, sagte sie bitter. »Sogar diese albernen Rosenritter …«

»Hör mir mit denen auf«, unterbrach ich sie wütend. »Das war nicht mein Einfall. Ich hab überhaupt nicht darum gebeten, hier zu sein. Was für Wege gibt es raus?«

Sie ging dazu über, mit den Fingern auf ihrem Knie herumzutrommeln. Auch so ein Tick, mit dem ich meine Umgebung lange genervt hatte. Wir waren uns tatsächlich ähnlicher, als mir lieb war. Ich zwang mich dazu, still zu sitzen.

»Das wird schwierig«, murmelte sie. Ihr Blick erforschte mein Gesicht wie eine fremde Landkarte. »Wir müssten dich an Bord der nächsten Versorgungsfähre schmuggeln, die geht Freitag in der Frühe.«

Ich nickte abwartend. Sie schlug den Blick nieder und rieb sich die Hände. »Okay«, sagte sie forsch, »ich denke darüber nach. Ich melde mich bei dir.«

Sie stand auf, zupfte an ihrer Weste. »Du ziehst das durch?«

Ich nickte, ohne sie anzusehen. Ja, ich zog das durch. Auch, wenn ich nicht wusste, wo ich dann hingehen sollte. Meine Mutter würde mich postwendend zurückschicken, da war ich ziemlich sicher. Das hier war nicht nur eine Schule, das war Familie. In gewisser Weise. Der entkam man nicht, genau wie bei der Mafia.

Und Tom war verschollen.

Wen hatte ich sonst? Aber warum dachte ich überhaupt darüber nach, ich hatte mich und das musste reichen. Ich würde mich schon durchzuschlagen wissen.

Sie stand da, sah mich an, schien mit sich zu ringen. »Du warst auf dem Weg zu Jayce, oder?«

Einen Moment lang wusste ich nicht, wovon sie sprach, dann nickte ich. »Ja, ich wollte ihn was wegen des Kletterkurses fragen.«

Sie legte einen Finger an die Lippen, biss auf den Nagel. »Ich schulde dir nichts, nur weil wir verwandt sind, okay?«

Ich nickte verwundert. Was wollte sie von mir?

»Weißt du, dass er im Knast war?«

»Jayce?« Ich hatte so was gehört, aber Schulklatsch war nichts, worauf ich auch nur einen Apfel verwettet hätte. »Ja, habe ich gehört.« Ich zuckte die Achseln. »Und?«

Ihr Lächeln war unangenehm. »Weißt du auch weswegen? Vielleicht solltest du ihn das mal fragen.« Sie gab einen kleinen scharfen Laut von sich, Abscheu schwang darin mit. »Ehe du dich aus Versehen mit ihm einlässt. Überleg dir das lieber, okay? Du bist mir egal, aber meine Eltern wären vielleicht besorgt und das will ich nicht.«

Sie schob die Trennwand beiseite und drehte sich noch einmal zu mir um. »Falls du es dir anders überlegst – von mir aus können wir bis zu den Ferien einen Waffenstillstand vereinbaren. Wenn du die Finger von Malik lässt.«

Ich riss die Augen auf. Was war das denn? Ein halbherziges Friedensangebot? Aber ich schüttelte den Kopf. »Wenn dir ein Weg einfällt, bin ich weg. Danke.« Das letzte Wort ging mir erstaunlich leicht über die Lippen und deshalb setzte ich hinzu: »Malik ist nicht mein Typ. Echt nicht.«

Sie sah mich ungläubig an. »Kann ich mir nicht vorstellen«, schnappte sie. »Außer, du leidest an partieller Blind- und totaler Blödheit.« Damit war sie verschwunden. Blöde Zicke.

Jayce hatte ich verpasst. Ich bummelte ein bisschen durchs Schulgebäude, rief mir Gabbys skizzierte Pläne ins Gedächtnis und suchte nach dem geheimen Zugang. Ich konnte mir einfach nicht vorstellen, dass es tatsächlich keinen Eingang zur Area innerhalb des Gebäudes geben sollte.

Meine Suche blieb fruchtlos, aber das lag wahrscheinlich auch daran, dass ich mit den Gedanken ganz woanders war.

Egal, ob ich hier am Wochenende weg war, das Rätsel wollte ich noch lösen. Dafür hatte ich mich jetzt zu lange damit herumgeschlagen.

»Spinne«, murmelte ich, als ich in den Lesesaal trat. Arachniden, Arachne, die Weberin, die von Athene in eine Spinne verwandelt worden war. Aranea Hall und das Schullogo, das ein Spinnennetz zeigte. Wie hingen Arachne und Aranea Hall zusammen? War die Schule eine Ausbildungsstelle für junge Ritter? Das wollte ich jetzt endlich herausfinden.

Ich okkupierte einen freien Arbeitsplatz, von dem aus ich einen guten Blick auf das Deckengemälde hatte – *dich knacke ich noch!* –, und gab »Arachne« und »Aranea« in das Suchfeld ein.

Die ersten Treffer lieferten mir schon alles, was ich wissen wollte. »Aranea« war der lateinische Begriff für Spinne und Spinnengewebe. Das Netz. Diese Schule. Was hatte das zu bedeuten? Ich stützte grübelnd den Kopf in die Hand. Viel schlauer war ich jetzt allerdings nicht. Das Spinnennetz stand für diese Schule. Das Netz war das Zentrum, dort fing die Spinne ihre Opfer, wickelte sie ein und lähmte sie und verwahrte sie so als lebendige Leichen, bis sie sie endlich aussaugte. Gruseliger Gedanke.

Ich grübelte nicht länger herum, sondern widmete mich meinem Projekt. Mr Sharma hatte mir eine hoch aufgelöste Abbildung des Deckengemäldes an meinen Account geschickt, und die nahm ich mir jetzt vor. Ich vergrößerte die einzelnen Teilabschnitte und begann nach Rosen zu suchen. Und, weil das gerade das Thema war, auch nach Spinnen.

Gefühlte zwei Wochen später streckte ich meinen Rücken, hörte mein Genick knacken und bewegte vorsichtig meine eingeschlafenen Beine, in denen eine ganze Ameisenkolonie ihren Betriebsausflug machte. Aber ich war zufrieden, denn ich hatte alle Rosen (und eine fette Spinne!) erwischt und auf dem Bild markiert.

Jetzt zog ich das Bild klein und sah mir die Markierungen an. Ja, okay, es war eine Menge, die sich vollkommen chaotisch über das Bild verteilte. Ich kniff die Augen zusammen und musterte den Monitor aus einer größeren Entfernung, um ein etwaiges Muster zu erkennen.

Nichts.

Seufzend öffnete ich das Grafikprogramm und klickte eine Weile herum, bis die Punkte miteinander verbunden waren. Ein Chaos aus sich kreuzenden Linien starrte mich an.

Miki hätte wahrscheinlich jetzt eine geniale, supernerdige Idee. Ich saß bloß da, ärgerte mich über die vertane Zeit und glotzte auf das Chaos auf dem Schirm.

Mit einem genervten Seufzen griff ich zur Maus und begann, die Linien wieder zu löschen.

Während ich das tat, schien sich plötzlich eine Struktur herauszuschälen. Ich löschte weiter, und der Eindruck verschwand. Tauchte wieder auf. Verschwand.

Also war nur ein Teil der Linien richtig? Angestrengt starrte ich auf den Bildschirm und hatte eine Eingebung. Ich löschte alle Linien und begann sie neu zu ziehen: weiße Markierung zu weißer Markierung, rote Markierung zu roter Markierung.

Heureka, ich hatte es! Unter meinen Augen entstand das Abbild eines Spinnennetzes, das Logo der Schule! Und die einzelne fette Spinne saß etwas außerhalb des Zentrums und lauerte auf Beute … genau zwischen der weißen Rose des sterbenden Ritters und der roten Rose des weiß gekleideten Mädchens.

Wow.

Ich schüttelte meine Hände aus und speicherte das Bild ab. Dann schickte ich es an Ms de Freytas. Wenn das die Lösung des von ihr gestellten Rätsels war, oder ein Teil davon, dann würde ich mit erhobenem Haupt von dieser Schreckensinsel flüchten.

Eine Frage blieb allerdings übrig. Ich lehnte mich zurück und sah zum Deckengemälde hinauf. Die Spinnenritter – also Arachne – und die Bruderschaft der Rose – Nadir – waren erbitterte Erzfeinde. Warum also bildeten die Nadir-Rosen auf dem Gemälde ein Spinnennetz? Was hatte das zu bedeuten?

Sie hatten uns hier lang und breit erzählt, dass Nadir ein Haufen von Bösewichten und Schurken war, die nach der Weltherrschaft trachteten. Wahrscheinlich samt wahnsinnigem Lachen und irgendwelchen Supercomputern oder sprechenden Bomben, die alles zerlegten, was nicht zu Nadir gehörte. Das alles erschien mir wie ein kolossaler James-Bond-Mission-Impossible-Mix. Und genauso wenig real.

Nur zu real waren hingegen die Area und die Experimente, die sie dort anscheinend an Schülern betrieben. Und die Area gehörte wiederum nicht zum Superschurken Nadir, die wurde wie das gesamte Gehirnwäsche-Institut hier von Arachne betrieben. Und erzählt mir nicht, dass der Professor darin keine tragende Rolle spielte!

Ich stöhnte und barg meinen schmerzenden Kopf in den Händen. Aranea Hall samt Area 51, seinen Lehrern und dem freundlichen Schulleiter – meinem Onkel! – war ganz klar das klebrige Zentrum des Spinnennetzes. Hier wurden Jugendliche auf Arachne-Anhänger getrimmt, ob sie wollten oder nicht. Die Gehirnwäsche, die hier passierte – wer die hinter sich brachte, war von da an ein treu und blind folgender Anhänger des Systems –, genau das, wovor Jayce mich gewarnt hatte. Das hatte Methode, und die Methode stank zum Himmel. Die Spinne wickelte uns ein und dann fraß sie uns mit Haut und Haar.

Gut, dass ich mich entschieden hatte, hier abzuhauen. Es tat mir nur um Miks leid – aber die freute sich wie ein Schnitzel, endlich dazuzugehören. Vielleicht war es okay. Ich war für so was nicht gebaut, aber wer sich gerne irgendwo dazugehörig fühlte, der war hier komplett am richtigen Ort.

Ich packte meinen Kram zusammen und sah auf die Uhr. Bis zu meiner Kognitionsstunde hatte ich noch Zeit, also konnte ich noch mal aufs Zimmer. Am liebsten hätte ich die auch geschwänzt, aber ich wollte nicht mehr als nötig auffallen. Es war wohl besser, wenn ich dieses Mal noch hinging. Worüber hatten wir noch beim letzten Termin gesprochen? Es wollte mir nicht einfallen. Ich grinste. Vielleicht konnte ich Professor X ja heute ein paar Würmer aus der Nase ziehen, was Arachne und das »Konkurrenzunternehmen« anging. Mal sehen, ob er dabei ins Schwitzen kam.

~

»Olivia, hast du einen Moment Zeit für mich?«

Es war Mr Holland, der den Kopf aus seinem Arbeitszimmer streckte und mir zuwinkte. Ich zögerte kurz, weil ich mich vor der Kognitionsstunde wirklich gerne umgezogen hätte, aber dann dachte ich daran, was der Vertrauenslehrer für mich hatte herausfinden wollen, und nickte ihm zu.

Er rollte mit Schwung auf seinen Schreibtisch zu und zog das altmodische Telefon auf seinem Schwenkarm zu sich herum.

»Bereit für ein Gespräch?«, fragte er mit funkelnden Augen, ganz offensichtlich selbst aufgeregt über das, was jetzt passieren würde.

Mein Herz begann laut zu klopfen. »Sie haben ihn gefunden?«

Er nickte und verzog die Lippen zu einem langsamen, zufriedenen Lächeln. »Es war gar nicht so einfach«, sagte er in verschwörerischem Ton. »Aber ich habe meinen Kopf benutzt«, er klopfte mit den Fingerknöcheln gegen seine Schläfe, »fast der einzige Teil von mir, der noch ohne Probleme funktioniert.« Er grinste und ich schenkte ihm ein zittriges Lächeln. Ich war so aufgeregt, dass ich kaum still stehen konnte.

»Geht es ihm gut?«, fragte ich, weil mir plötzlich Bilder von Tom in den Sinn kamen, wie er reglos und blutend auf dem schmutzigen Asphalt lag.

»So gut, wie es die Umstände erlauben.« Er tippte auf eine Taste und wartete auf das Signal, ehe er mir den Hörer in die Hand drückte. »Darf ich im Zimmer bleiben?«

Ich nickte heftig, natürlich durfte er! Und dann setzte kurz mein Denken aus, denn eine Jungenstimme, heiser und atemlos, sagte: »Liv? Bist du das?«

Ich hätte Toms Stimme fast nicht erkannt, so angestrengt klang sie. »Tom«, sagte ich und schluckte Tränen hinunter. »Tom, ich hätte nie geglaubt … wie geht es dir? Wo bist du?«

»In einer Rehaklinik.« Er klang, als hätte er Schmerzen oder wäre nicht ganz klar. Seine Stimme war nuschelig und heiser. »Ich bin noch nicht lange wieder da. Hab im Koma gelegen.«

Oh. Mein. Gott. Ich blickte auf und begegnete dem mitfühlenden Blick des Lehrers.

»Aber du wirst versorgt?« Meine Güte, wer bezahlte das alles? Tom war beinahe ein Obdachloser, ganz sicher niemand, für den irgendwer eine Versicherung bezahlt hatte, und er hatte niemanden, der für teure Kliniken oder Reha aufkommen könnte. Gab es da staatliche Hilfe?

Ich hörte seinen Atem. »Es ist toll«, sagte er. »Ich werde bestimmt wieder ganz gesund, Liv. Mr Nygren sorgt für mich.«

Mir wurde schwindelig. Einen Moment lang war mir, als hätte sich der Boden unter meinen Füßen dematerialisiert und ich fiele ins Nichts. Mr Nygren. Mein. Vater. Mein … woher kam der Gedanke? Mein Vater war … Mr Nygren hieß der Professor. Mein Vater war doch tot. Wieso drehte sich alles in meinem Kopf? Ich schluckte aufsteigende Übelkeit hinunter und musste mich an der Tischkante festhalten, bis der Schwindel verging.

»Liv? Bist du noch da?« Seine Stimme klang kräftiger, mehr nach ihm selbst. »Du besuchst mich doch irgendwann, oder? Ich vermisse dich.« Er lachte kurz, dann hörte ich ihn ächzen. »Mist, Lachen geht nicht, ich bestehe aus beschissenen Flickstellen. Ich hab hier kein Handy, sonst hätte ich mich bei dir gemeldet.«

»Ich habe hier keinen Empfang«, hörte ich mich antworten. Die Welt stabilisierte sich. »Aber ich bleibe mit dir in Verbindung, versprochen.« Ich musste hier raus, dringend. »Mr Holland wird mir sagen, wie ich dich erreiche.«

Wir redeten nicht mehr viel, Tom klang zu erledigt und ich war zu durcheinander. Nach der Verabschiedung reichte ich Mr Holland den Hörer und starrte wie betäubt auf meine zitternden Hände.

»Alles okay, Olivia?«

Ich nickte wortlos. Ja, es war großartig. Tom lebte, er wurde versorgt, der Professor hatte ihn irgendwo untergebracht – warum eigentlich? Und warum hatte er mir das verschwiegen? –, also sollte es mir doch toll gehen.

Ich holte tief Luft und blickte auf. Mr Holland saß in seinem Rollstuhl, die Hände gefaltet und an die Lippen gelegt, und sah mich wachsam an. Sein Blick war ungewöhnlich kühl und scharf, als würde er mich damit sezieren.

Ich zwang mich zu einem Lächeln. »Alles sehr gut, danke. Mr Holland, ich bin Ihnen so dankbar! Ich hatte mir Sorgen gemacht.«

Er nickte mit ernster Miene. »Geht es Ihnen gut? Sie sehen aus, als wären Sie einem Geist begegnet.«

»Es war sehr aufregend«, wich ich aus. »Vielleicht darf ich von hier aus morgen noch einmal mit ihm telefonieren? Wir waren beide zu überrascht ...«

Er nickte und ein schmales Lächeln bog seine Lippen. »Natürlich, Olivia. Wir sollten aber darauf achten, dass Professor Nygren nichts davon erfährt, was meinen Sie?«

Ich nickte mit klopfendem Herzen. Und wie ich das meinte. Ich traute dem Professor keine Handbreit über den Weg. Er spielte sein eigenes Spiel, und ich hatte das dumpfe Gefühl, darin eine seiner Spielfiguren zu sein.

Ausnahmsweise musste ich trotz meiner Verspätung ein paar Minuten warten, bis mich Ms Levallier hereinrief. Das war mir recht, denn ich war immer noch total durcheinander von dem Gespräch mit Tom.

Professor X, aka Mr Nygren aka mein Onkel (wie seltsam sich das anhörte!), wirkte ungewöhnlich unkonzentriert, er fummelte zerstreut an seinem Kugelschreiber herum, kritzelte Schnörkel und Arabesken auf seinen Notizblock. Erst als ich ihn fragte, ob wir die Stunde verschieben sollten – was mir sehr recht gewesen wäre –, straffte er seine Haltung, sein Blick fokussierte sich auf mich und er schüttelte energisch den Kopf. »Entschuldige«, sagte er, »ich hatte gerade ein Gespräch, das mich noch beschäftigt. Aber du hast recht, mich zur Ordnung zu rufen.« Er lächelte, wobei seine Augen ernst blieben.

Ich nickte ergeben und nahm einen Schluck von dem Kräutertee, den er mir serviert hatte. Eigentlich mochte ich den überhaupt nicht, er war viel zu stark gesüßt und darunter lag eine unangenehm bittere Note. Seine Lieblingsmischung, hatte er mir verraten. Der Mann hatte einen Geschmack wie eine Bergziege. Ich verzog das Gesicht und stellte die Tasse ab. Bah.

»Fangen wir an«, sagte er und drehte seinen Sessel herum. So lag sein Gesicht im Schatten, ich konnte nur das schwache Blinken seiner Brillengläser erkennen. Die Stunde fand immer im Dämmerlicht bei dicht geschlossenen Vorhängen statt, das diente der Ablenkungsfreiheit, hatte er mir erklärt. Ausschalten von Reizen, keine überflüssigen Sinneseindrücke und so. Ich wollte, er hätte auch den Geschmacksreiz abgeschaltet, der süßbittere Tee lag wie ein pelziger Belag auf meiner Zunge.

Ich überlegte, ob ich ihn nach Tom fragen sollte, verwarf den Gedanken aber gleich wieder. Er führte irgendetwas mit Tom im Schilde und ich wollte ihm lieber nicht verraten, dass ich etwas wusste, was er mir verschwiegen hatte.

Meine Lider wurden schwer. Ich atmete tief ein und wieder aus und blinzelte, weil die pendelnde Münze meinen verschwimmenden Blick einfing. Ein Gedanke tauchte auf wie ein nach Luft schnappender Fisch und verschwand gleich wieder in der blasigen Tiefe: Was war in dem Tee? Hatte er mich betäubt?

Paranoia pur. Ich musste wirklich schleunigst hier weg.

Schleuni…

19

Jemand verpasste mir sanfte Klapse auf die Wange. Ich hörte mich erstickt stöhnen und wehrte die Hand ab wie eine lästige Fliege. Warum ließ man mich nicht einfach schlafen? Es war so schön still und dunkel hier.

»Komplett weggetreten«, sagte eine Frauenstimme, sie klang empört. »Was hast du ihr für eine Dosis gegeben? Die für einen Elefanten?«

Ich kicherte. Das war ein nettes Bild, ein Elefant, der mit rosa Schleife um den Rüssel aus einer Teetasse trank.

»Der Tee war fies«, murmelte ich und leckte mir über die Lippen, auf denen immer noch dieser widerlich süß-bittere Geschmack zu haften schien. »Fies.«

Etwas kaltes Glattes presste sich gegen meine Lippen. Feuchtigkeit benetzte sie und ich öffnete unwillkürlich den Mund. Wasser, kühl und frisch. Vertrieb den widerlichen Geschmack aus meinem Mund. Ich japste, verschluckte mich und hustete.

»Langsam«, sagte die Frau. Nette Frau. Ich mochte sie und versuchte, sie anzulächeln, aber meine Muskeln wollten nicht mitspielen. Ich gab es auf und ließ mich wieder in den Schlaf zurücksinken.

»Jason, du musst uns jetzt helfen«, hörte ich einen Mann sagen. »Ich bin auf eine Blockierung gestoßen, die ich nicht aufheben und nicht umgehen kann. Wahrscheinlich stammt sie von dem Unfall, aber ich bin kein Arzt. Nimm die Münze, sie hat eine sehr starke Verbindung dazu.«

Etwas blinkte in meinem verschwommenen Blickfeld, blinkte, verschwand, blinkte, verschwand. Blödes blinkendes Ding.

»Prof, ich kann das nicht.« Jungenstimme, tief und samtig. Kannte ihn. Ja… Jay. Nein, Jayce. Der Bad Boy, der so gut küssen konnte. »Biest«, murmelte ich. »Wollte dich was fragen …« Was wollte ich ihn fragen? Es war wichtig, aber es fiel mir nicht ein.

Eine Hand berührte meine Schulter. »Alles okay, Kampfküken«, sagte die Stimme. »Bleib einfach ruhig. Es passiert dir nichts.«

Hmmm. Klar. Was sollte schon passieren? Ich lag hier und hatte es gemütlich. Ich äußerte so etwas in der Richtung, aber was aus meinem Mund kam, war unartikuliertes Gebrabbel.

»Ist sie okay?«, fragte Jayce beunruhigt.

»Sie ist absolut in Ordnung.« Der Mann klang ein wenig gereizt. »Empfänglich, und darauf kommt es vor allem an. Jason, bitte, hör auf herumzutänzeln wie ein scheuender Gaul. Du kannst das, was ich von dir verlange, also fang an.«

»Sie sind der Boss«, murmelte Jayce.

»Er ist der Boss«, hörte ich mich plappern. »Die Spinne im Netz. Lustig.«

Eine Berührung, eine Hand auf meiner Stirn. Ich wollte meine Augen dazu bringen, mir zu zeigen, wer mich da berührte, aber sie wollten einfach ihren Job nicht tun. Ich jammerte leise.

»Ich bin es, Liv.« Das war der Bad Boy, seine Samtstimme streichelte mich. War okay, wenn er es war. Er durfte das.

»Gib mir ’n Kuss«, forderte ich.

»Später gern, Kampfküken.« Eine zweite Hand an meinem Handgelenk. Angenehm warm.

»Wie gehe ich vor, Professor? Ich habe das noch nie gemacht. Nicht, ohne vorher …« Er verstummte.

Nicht ohne vorher was?

»Heilen, ohne zu zerstören«, sagte die Männerstimme. »Das war es, was dein Großvater und dein Vater konnten. Du kannst es auch, Jason Nashoba Bell. Heile.«

War ich denn krank? Ich befühlte meine Zähne mit der Zunge. Okay. Tat mir was weh? Nope. Ich wusste, wie es war, wenn etwas kaputt war. Krankenhaus. Verbände und Nähte und Schrauben in Knochen …

Ein kühles Gefühl zwischen den Schläfen. Weder angenehm noch unangenehm. Leichter Druck, der langsam stärker wurde. Traten jetzt meine Augen aus dem Kopf?

Ich murmelte leisen Protest, als das Gefühl unangenehm wurde. Sofort ließ der Druck nach.

»Ich kann es nicht«, sagte Jason resigniert. »Da ist etwas, aber ich kann es nicht auflösen.«

»Nimm die Münze!«

Jetzt blinkte das Ding wieder vor meinen Augen. Blöde Augen, sonst zeigten sie mir nichts, immer nur das blinkende Blödding. Ich wollte das nicht. Es zog an mir. Wie Zahnschmerzen, nur anderswo, außerhalb.

»Weg«, sagte ich. »Nimm das weg.«

Wieder das kühle Gefühl, erneuter Druck. Steigend. Unangenehm. Weiter steigend. Ich stöhnte auf, was mir peinlich war.

Der Druck ließ nach, aber dann steigerte er sich wieder. Es war wie eine Wand in mir drin, die sich nicht bewegen wollte, und jemand stemmte sich dagegen. Mit aller Kraft. Es tat weh. Ich bat darum, dass er aufhörte, oder zumindest bildete ich mir ein, dass ich das tat.

Das blinkende Ding schwang vor meinen Augen hin und her und hin und her und plötzlich verschwand es und legte sich auf meine Stirn. Eiskalt und heiß zugleich, es verbrannte mich wie das glühende Ende einer Zigarette. Ich schrie auf und die Mauer fiel.

Sie fiel und ich erinnerte mich, und mit der Erinnerung kam der Schmerz und mit dem Schmerz kam die Bewusstlosigkeit.

Jemand sprach leise und besänftigend zu mir. Ich lag an einem warmen, geborgenen Ort und fühlte mich seltsam von mir abgetrennt, aber es ging mir gut. Ich hatte keine Angst und die Schmerzen, die ganz am Rande meines Bewusstseins lauerten, hatten zurzeit keine Macht über mich.

Ich wusste, dass ich einen Unfall gehabt hatte. Einen schlimmen Unfall. Ich wusste, dass ich verletzt war, womöglich schwer. Aber im Moment berührte mich das alles nicht.

Ich wandte meinen verschwommenen Blick von der Zimmerdecke ab, zu der ich hinaufgestarrt hatte. Am Rande meines Blickfeldes sah ich die karierte Decke über meinen Beinen und meine rechte Hand, die seltsam körperlos neben mir lag. Ich spürte meinen Körper nicht oder nur sehr entfernt, wahrscheinlich der Schock oder noch wahrscheinlicher die Schmerzmittel, die über den Tropf in meinen Arm liefen. Mein Gehirn funktionierte, wenn auch träge, und das war schon mal gut. Kein Koma, kein Hirnschaden. Alles andere war zu verkraften.

»Wie schlimm?«, fragte ich. Meine Zunge war schwer und dick und war mir beim Sprechen im Weg.

»Nicht schlimm«, versicherte mir die Männerstimme. »Du kommst wieder vollständig auf die Beine, Livvy.«

Das war Mamas Kosename für mich. Aber die Stimme gehörte nicht Mama und auch nicht meinem Stiefvater. Ich kannte sie nicht.

»Wo ist Mama?« Ich konnte meine eigene Stimme nicht leiden, sie klang so schwach und jämmerlich. Das war ich beides nicht und wollte es auch nie werden!

»Sie ist auf dem Weg.«

Ah. Gut, das war … gut. Meine Lider waren schwer. Der Mann berührte meine Wange mit den Fingerspitzen. »Schlaf, Livvy. Wir unterhalten uns später.«

Beim nächsten Erwachen war ich klarer. Ich sah mich um und fühlte mich desorientiert. Das hier war kein Krankenhaus, auch wenn genügend medizinische Gerätschaften herumstanden. Ich war offensichtlich fachkundig versorgt worden, eine Apparatur piepste vor sich hin, ich war verkabelt und lag an einer Infusion. Eins meiner Beine war geschient, ich hatte einen Verband um den Kopf und eine bandagierte Schulter und das Bett war eins dieser tausendfach verstellbaren, schrecklich hohen Krankenhausbetten.

Aber das Zimmer war seltsam. Es war klein, niedrig und fensterlos, falls nicht hinter dem dafür zu kleinen Vorhang ein Fensterchen verborgen war, und es hatte getäfelte Wände. Außerdem schwankte es.

Zuerst dachte ich, mir wäre einfach schwummrig und das Schwanken läge an meinem angeschlagenen Kopf, aber dann begriff ich, dass tatsächlich das Zimmer selbst es war, das sich leicht von einer auf die andere Seite neigte. Es dauerte nicht allzu lange, bis mein angeschlagener, aber immer noch funktionsfähiger Schädel mir die Antwort lieferte: Ich war auf einem Schiff.

Und das war jetzt wirklich abgefahren.

Ich bewegte meine freie Hand, die ohne Infusionsnadel im Arm, um den Klingelknopf zu erreichen, der neben meinem Kopf auf dem Kissen lag. Kaum hatte ich ihn betätigt, ging auch schon die Tür auf und eine Frau in einem Arztkittel trat ein. »Du bist wach«, sagte sie und lächelte mir zu. »Hast du Durst?«

Ich leckte mir über die spröden Lippen. Etwas zu trinken wäre fein, danach konnte ich immer noch panisch werden. »Gerne Wasser«, murmelte ich und ließ mir aufhelfen.

»Wo bin ich hier?«, fragte ich, nachdem ein großer Schluck Wasser mir Mund und Kehle befeuchtet hatte. »Wo ist meine Ma?«

Die Frau drehte an der Einstellung des Tropfs herum und fragte, ob ich Schmerzen hätte. Ich verneinte und wiederholte meine Frage. Aber ehe sie etwas dazu sagen konnte, öffnete sich die Tür und ein Mann trat ein, der mich so strahlend anlächelte, dass ich gar nicht anders konnte, als das zu erwidern.

Er war groß und schlank, hatte kurzes, graublondes Haar und trug eine Brille. Sein Gesicht war markant, gebräunt, mit kleinen Fältchen durchzogen. Hinter den Brillengläsern konnte ich ein Paar graue Augen erkennen. Nebelgrau, wintergrau, sturmgrau. Ein Schauder überlief mich. Es war, als wäre da ein bekannter Zug in diesem fremden Gesicht, irgendetwas, das mir so vertraut erschien, dass ich am liebsten geweint hätte.

Der Mann schickte die Frau mit einem Wink hinaus und ließ sich vorsichtig auf der Bettkante nieder, ehe er meine Hand nahm. »Livvy«, sagte er. »Meine Livvy.«

Ich schluckte hart, denn die Erkenntnis streifte mich, dass das keine Zufallsbegegnung war. Ich war nicht aus Versehen hier auf diesem Schiff, oder was auch immer es war. Es war dieser Mann, der dafür gesorgt hatte. Und er war …

»Dein Vater«, sagte er. »Ich bin dein Vater, Livvy.«

»Wie heißen Sie?«, flüsterte ich, taub vor Schock.

»Viktor«, sagte er. »Hat Kristin dir nie von mir erzählt?«

Es verblüffte mich selbst, dass ich ihm sofort glaubte. Da war zu viel von mir in seinem Gesicht – der Schnitt und die Farbe der Augen, die ein bisschen schiefe Nase … ich seufzte und erwiderte den Druck seiner Hand. »Ich dachte, du bist tot.«

Wir redeten eine halbe Stunde oder länger miteinander, kreisten vorsichtig umeinander, beschnupperten uns, tauschten Informationen aus. Ich war wie betäubt. Erst der Unfall, dann das überaus merkwürdige Aufwachen an Bord eines Schiffes (denn das hatte er mir inzwischen bestätigt), dann das Zusammentreffen mit meinem Vater, den ich nie gekannt hatte. Es war wie ein Fiebertraum, aus dem ich jeden Moment zu erwachen fürchtete.

Ich horchte meinen Gedanken nach. Zu erwachen fürchtete? Ja, das war es. Ich wollte nicht erwachen. Das hier hatte ich mir immer gewünscht.

»Warum bin ich hier?«, fragte ich dann doch, obwohl ich Angst vor der Antwort hatte. Hatte er mich entführt, um mich meiner Ma wegzunehmen? Würde ich mich entscheiden müssen zwischen ihnen? Das konnte er nicht machen und ich würde mich wohl auch kaum für einen Fremden entscheiden, selbst wenn er wirklich mein Vater war.

Aber er hielt nur meine Hand und nickte beruhigend. »Ich habe nicht vor, dich zu kidnappen«, sagte er. »Du wirst in ein paar Tagen wieder nach Hamburg gebracht. Ich wollte nur einmal mit dir reden, ungestört. Deswegen bin ich nach Deutschland zurückgekehrt. Der Unfall war ein unglücklicher …«, er suchte nach dem passenden Wort und ich ergänzte mit einem hustenden Lachen: »Unfall.«

Er lachte auch, und ich verliebte mich in den Klang seiner Stimme und die vielen Fältchen, die sein Gesicht durchzogen, wenn er lachte.

Dann verabschiedete er sich, weil er merkte, dass ich müde war. Ich schlief und erwachte mitten in der Nacht, lauschte dem dunklen, stetigen Geräusch der Schiffsmotoren, ließ mich von den Wellen wiegen und schlief wieder ein. Ich hatte weder Angst noch Schmerzen. Es ging mir gut.

Das blieb auch die nächsten beiden Tage so. Die Schmerzen kamen erst später mit voller Wucht zu mir, als ich wieder in Hamburg in einem echten Krankenhausbett lag. Das wusste ich aber glücklicherweise jetzt noch nicht und deshalb machte ich mir auch keinen Kopf darüber.

Ich verbrachte meine wachen Stunden im Gespräch mit dem Mann, der mein Vater war. Viktor Nygren hieß er, nicht Noack, wie ich gedacht hatte. Meine Mutter hatte ihren Mädchennamen wieder angenommen. Das schien ihn ein wenig zu verletzen, aber ich konnte meine Ma verstehen. Wenn die beiden sich so getrennt hatten, dass meine Mutter aller Welt gegenüber den Eindruck entstehen ließ, dass er gestorben war, dann würde sie wohl kaum weiter seinen Namen tragen wollen.

Ich versuchte ihm das zu erklären und er sagte, er verstünde schon. Aber der Schmerz in seinen Augen war deutlich zu erkennen. Es war klar, dass meine Ma ihn verlassen hatte, nicht umgekehrt. Ich fragte ihn, warum sie das getan habe, und er gab mir eine ausweichende Antwort. Unterschiedliche Sichtweisen des Lebens und was man von ihm erwartete. Keine gemeinsame Basis außer der gegenseitigen Zuneigung. Keine tragfähige Basis für ein gemeinsames Leben. Bla.

Aber dann sagte er etwas, das den Geschmack von Wahrheit hatte und mich berührte. Er sagte: »Ich will etwas erreichen in diesem Leben, Livvy. Ich habe ein Ziel und eine Aufgabe, und die sind mir wichtig. Deine Mutter wollte diesen Weg nicht mit mir gehen.«

Ich wollte wissen, was dieses Ziel war und worin seine Aufgabe bestand, aber er deckte mich zu und sagte, ich solle jetzt schlafen. Und ich war wirklich schrecklich müde, das war ich eigentlich die ganze Zeit, aber jetzt gerade wollten meine Augen einfach nicht offen bleiben. »Erzähl mir davon nachher«, bat ich und hörte seine Antwort nicht mehr.

~

Dann brach mein letzter Tag an Bord an, die letzten Stunden, die ich mit meinem Vater verbringen würde. Ich wusste es nicht, und wenn ich es gewusst hätte, hätte es wahrscheinlich nichts an dem geändert, worüber ich mit ihm sprach. Ich wollte wissen, wofür sein

Herz so sehr brannte, dass er dafür meine Mutter und mich hinter sich lassen konnte.

Das Grau seiner Augen, eben noch licht wie der Himmel nach einem Frühlingsregen, verschattete sich zu einem dunklen Granitton. »Ich trage eine große Verantwortung«, sagte er. »Es ist mir unendlich schwergefallen, diese gegen meine Verantwortung dir gegenüber abzuwägen. Aber deine Mutter hat mir keine Wahl gelassen. Sie ist dickköpfig.«

Ich lachte zustimmend. O ja, das war sie, genau wie ich.

»Ich bin für eine Gruppe von Menschen verantwortlich, die sich voll und ganz auf mich und meine Entscheidungen verlassen können müssen. In unseren Händen liegt das Schicksal einer großen Anzahl von Menschen.« Er stockte, suchte nach Worten.

»Du führst ein Unternehmen oder so was?«

»So in der Art, ja.« Er strich sich mit einer matten Geste übers Haar. »Es ist allerdings eher eine Unternehmung als ein Unternehmen. Ein … eine Art Bündnis.«

Das war sehr nebulös und das sagte ich auch laut. Er lächelte schwach. »Ich würde es dir gerne erklären«, sagte er. »Ich würde noch lieber wollen, dass du vollständig eingeweiht wirst, aber das ist ein länger dauernder Prozess, der zudem erfordert, dass du vollständig auf der Höhe deiner Kräfte bist. Und das bist du im Moment tatsächlich nicht, Livvy.«

Ich musste zugeben, dass er recht hatte. Mein Bein tat weh, meine Rippen schmerzten, durch meinen Kopf zuckte immer wieder ein scharfer Schmerz, mein Genick krachte, wenn ich den Kopf drehte … so langsam begann der Schmerz mich einzuholen und ich fürchtete mich vor dem Moment, an dem er mich endgültig am Schlafittchen hatte.

Aber noch hatte ich einen kleinen Vorsprung, und den wollte ich ausnutzen. »Erzähl mir davon«, bat ich. »Vielleicht schließe ich mich deiner Sache ja an, wenn ich davon überzeugt werde.«

Er legte den Kopf in den Nacken und lachte. »Du bist meine Tochter, das lässt sich nicht leugnen«, sagte er dann und beugte sich zu mir. Er hielt etwas in der Hand, was ich nicht erkennen konnte, bis er es mir vor die Augen hielt. Es war eine dünne Silberkette, an der eine unscheinbare, abgegriffene Münze baumelte. Er ließ mich die Münze betrachten und erklärte dazu, das sei ein Tetradrachmon, eine antike Münze, die das Abbild der Göttin Pallas Athene zeige. Ob ich wüsste, wer das war?

Ich schnaubte nur. »Tochter des Zeus, Göttin der Weisheit und des Kampfes, Schutzgöttin von Athen«, sagte ich kurz. »Die Eulen- oder Helläugige genannt, was möglicherweise darauf hindeutet, dass sie helle Augen hatte oder besonders gut im Dunkeln sehen könnte. Die Eule ist ihr Vogel, deshalb ist sie auf der anderen Seite der Münze abgebildet, mit einem Olivenzweig im Schnabel.« Ich dachte kurz nach und ergänzte: »Athene hat die Weberin Arachne in eine Spinne verwandelt, weil die sie gekränkt hatte.« Das wusste ich, weil ich die griechischen Sagen von vorne bis hinten gelesen hatte, und nicht nur einmal.

Er lächelte mit sichtbarem Stolz. »Sehr gut, meine kluge, helläugige Tochter. Sehr, sehr gut.« Er hob die Hände und legte mir die Kette samt Anhänger um. »Die Athene soll dich schirmen, meine Tochter, meine Olivia.«

Es war ein seltsames Gefühl, mit dem die Münze auf meinem Brustbein landete. Ein Schauder überlief mich, warme und kalte Schwingungen schienen von der Athene auszugehen und mein Inneres zu erfüllen. Es war, als sende sie lautlose Signale durch mich hindurch. Ich schnappte nach Luft und legte die Hand schützend über den Anhänger. Meine Finger begannen zu prickeln. »Was ist das?«, fragte ich, während mein Gesichtsfeld sich einzuengen begann. Dumpfes Pochen füllte meinen Kopf, Dunkelheit wallte heran und füllte mich vollkommen aus.

Dann spürte ich gar nichts mehr.

20

Es war ein ordentlicher Schreck, als ich mich beim Erwachen in einem Krankenbett wiederfand. Ich fuhr hoch und hielt mich schnell am Betthaupt fest, denn alles drehte sich. »Was ist passiert?«, keuchte ich an der aufsteigenden Panik vorbei. Krankenhausbett! Infusionen, Verbände, Schmerzen …

Einen Moment lang wusste ich nicht, wo ich war. Auf einem Schiff? In dem Krankenhaus, in dem ich nach meinem Unfall aufgewacht war?

Dann lichtete sich die Verwirrung. Kurz dachte ich noch: *Wieso ein Schiff? Was für ein absurder Gedanke!*, dann rückte alles wieder an seinen Platz. Ich befand mich in Aranea Hall, in meiner Schule. Und allem Anschein nach hatte es mich auf die Krankenstation verschlagen.

Die Schulschwester kam herein und brachte mich dazu, mich wieder auszustrecken. »Keine Angst«, sagte sie beruhigend. »Du hast dir den Kopf angeschlagen, aber es ist nichts Schlimmes. Eine kleine Gehirnerschütterung. Morgen geht es dir schon wieder gut.«

»Wie?« Ich befühlte meinen Kopf. Da war eine kleine Beule an der Stirn, die kaum wehtat.

»Du bist ausgerutscht und ein paar Stufen hinuntergefallen. Vor der Bibliothek.« Sie stopfte das Laken fest und lächelte auf mich hinunter. »Hast du Durst? Schmerzen?«

Ich überlegte kurz, aber eigentlich ging es mir gut bis auf den Schwindel, und der war auszuhalten. »Vielleicht sollte ich etwas schlafen?«, fragte ich verunsichert. Krankenhausähnliche Umgebungen übten unweigerlich diesen Effekt auf mich aus.

Die Schwester legte mir ihre Hand auf die Schulter. Ich schauderte zurück. »Sorry«, sagte ich dann. »Reflex. Nicht persönlich gemeint.«

Sie lächelte immer noch. »Kein Problem«, sagte sie fröhlich. »Dann melde dich, wenn du was brauchst. Da ist der Klingelknopf.«

Sie verschwand, wie sie gekommen war. Es war wieder still und friedlich. Ich versuchte zu schlafen.

In meinem Kopf schrie alles durcheinander, von wegen »still und friedlich«. Ich hörte Bremsen quietschen und das laute Heulen von Sirenen, Männerstimmen, laute Schritte und dann den ohrenbetäubenden Lärm, mit dem ein Hubschrauber landete. Woah. Das hatte ich vergessen. Das hatte ich total vergessen und es machte mir nachträglich einen Haufen Stress. Der Lärm, die aufgewirbelte Luft, die Schmerzen … ich war da schon dreiviertel weggetreten, aber hatte immer noch genug mitbekommen, um vor Panik beinahe zu sterben. Tom lag reglos ein Stück weiter auf dem Asphalt, sie hatten ihn gerade aus dem Wrack geborgen. Sanitäter waren an ihm zugange, ich konnte nicht erkennen, ob er noch lebte. Ich versuchte, zu fragen, zu rufen, aber da war keine Kraft mehr für irgendwas.

Dann passierte ein echter Filmriss, als ich wieder erwachte, lag ich in einem Krankenhausbett, zugedröhnt bis an die Knopflöcher. Und hatte von einem Schiff geträumt?

Ich rieb mir fest über die Augen. Da war noch etwas gewesen, bevor ich bewusstlos geworden war. Etwas Wichtiges. Aber ich bekam es nicht zu fassen.

Bei dem Versuch, mich daran zu erinnern, schlief ich ein.

»He«, sagte Miki und lächelte mit Sorge in ihren schwarzen Augen. »Bist du wieder okay, Livvy? Sie haben gesagt, du seist einfach umgekippt.«

Ich grunzte und zwang mich, ganz wach zu werden. Es war so schön warm und gemütlich in diesem Bett, ich wollte gar nicht wieder aufstehen.

»Alles fein«, sagte ich schwerfällig und angelte nach dem Wasserglas. »Wie spät ist es?«

Sie sah kurz auf die Uhr, obwohl ich sicher war, dass sie die Uhrzeit wusste. »Kurz nach sieben. He, du hast eine richtige Beule auf der Stirn.«

Ich setzte mich ganz auf und angelte nach meinen Schuhen. »Die Nacht über bleib ich nicht hier«, sagte ich mit einem obskuren Gefühl des Schreckens, das mich durchrieselte. »Auf keinen Fall. Ich will in unser Zimmer. Komm, hilf mir mal. Siehst du irgendwo meine Hose?«

Sie half mir beim Anziehen und redete dabei ununterbrochen. Ich ließ das Geplapper an mir vorbeilaufen und konzentrierte mich darauf, nicht umzufallen. Der Schwindel war scheußlich.

Endlich steckte ich in meinen Klamotten und setzte mich noch einmal kurz aufs Bett, um Anlauf zu nehmen. Miki sah überaus besorgt aus. »Meinst du nicht, du bleibst besser noch eine Nacht auf der Station?«

»Auf keinen Fall.« Ich stemmte mich hoch und sie nahm hastig meinen Arm.

»Stütz dich auf mich«, sagte sie und schob ihre schmale Schulter unter meine Achsel. »Ich kann dich gut halten. Dann los.«

Wir schwankten im Schneckentempo durch die Krankenstation. Die nette Schwester, deren Namen ich nicht wusste, saß an ihrem Schreibtisch und sah mich prüfend an. »Das ist keine gute Idee«, sagte sie.

Miki überzeugte sie davon, dass sie schon auf mich aufpassen würde, also ließ sie mich gehen. Ich meine, was hätte sie auch tun können? Mich ans Bett fesseln?

Ich war heilfroh, als wir endlich im Zimmer und ich in meinem Bett war. Leise stöhnend schloss ich die Augen und verscheuchte all die seltsamen Bilder, die unweigerlich auftauchten, wenn ich einzuschlafen drohte. Ich wollte einfach nur meine Ruhe haben. Keine Männer, die sich über mich unterhielten, während ich blutend auf dem Boden lag. Niemand, der blinkende Dinger vor meinen Augen tanzen ließ und versuchte, mir das Gehirn durch die Ohren zu pressen. Einfach nur meine Ruhe.

Die Bilder verschwanden und ließen eine stille, tiefe Dunkelheit zurück, in der ein rotes Spinnennetz rund um mich herum aufglühte.

Mit der bangen Erwartung, dass jeden Moment eine Spinne erscheinen und mich mit ihrem Gift betäuben würde, schlief ich endlich ein.

Er trat unruhig von einem Fuß auf den anderen. Der Großkomtur ließ ihn zappeln, das tat er immer. Es war eine Machtdemonstration und ein Mittel, ihn in die Schranken zu weisen. Je kleiner und unwichtiger er sich fühlte, desto besser würde er spuren. Er starrte den Mann in seinem Stuhl zornig an, wie er da in seinem Papierkram blätterte und sich wichtig vorkam. Aber mit jeder verstreichenden Sekunde, die der Großkomtur ihn ignorierte, stieg seine Anspannung und bröckelte sein Selbstbewusstsein. Er knirschte mit den Zähnen und bohrte seine Fingernägel in die Handflächen. Als er eingewilligt hatte, sich dem Orden anzuschließen, war ihm nicht bewusst gewesen, welche Selbstbeherrschung ihm das abfordern würde. Dieser unbedingte Gehorsam, dieses Kuschen vor denen, die das Sagen hatten. Es kotzte ihn an, aber er durfte es nicht zeigen. Niemals. Dies war sein Weg hinaus, weg von all denen, die ihn enttäuscht und verlassen hatten. Hier war er kein störendes Element mehr, jemand, um den man sich kümmern musste, obwohl man dazu keine Lust hatte. Sein Vormund ließ ihn das in jeder Minute fühlen, seit der für ihn verantwortlich war. Das war so erniedrigend, dass es schmerzte.

Aber hier war er erwünscht, hier gehörte er dazu und war Seite an Seite mit seinem einzigen Freund wenigstens ein kleines Rädchen, das dafür sorgte, dass die große Maschine laufen konnte. Klein, aber wesentlich. Und ganz sicher würde er irgendwann aufsteigen und ein großes Rad im Getriebe werden, jemand, der andere warten ließ, statt selbst darauf zu warten, dass man ihn beachtete. Er ballte die Fäuste. Er gehörte dazu, aber trotzdem fühlte es sich falsch an. Vollkommen und unwiderruflich falsch.

Endlich hob der Großkomtur den Kopf und musterte ihn müde. »Ja?«

»Sie erinnert sich.« Er platzte damit heraus wie mit einem Alarm. Am liebsten hätte er laut geschrien und mit den Füßen gestampft. He, Leute, wacht auf! Das ist der Moment, auf den wir alle gewartet haben, vor dem wir uns alle gefürchtet haben! Jetzt ist es passiert, Tag X ist da, Doomsday, der Tag, an dem die Aliens landen und alles plattmachen!

Der Großkomtur nickte knapp und wandte sich wieder seinem Papierkram zu. »Fein«, sagte er geistesabwesend und umkringelte ein Wort, strich einen Satz durch. »Dann geht es weiter nach Plan.«

Er stand da und starrte den Mann an. Das war alles? Fein, danke, weggetreten?

Er atmete tief durch und räusperte sich – mehr an Unmutsäußerung wagte er nicht. Der Großkomtur hob irritiert den Kopf. »Ist noch etwas?«

Er senkte den Blick. »Nein«, murmelte er. »Alles nach Plan, Seigneur. Ich habe verstanden.« Er machte kehrt und verließ das Arbeitszimmer, innerlich brodelnd. Warum hatte er sich nur darauf eingelassen? Was wollte er beweisen, wem wollte er etwas zeigen? Er wusste es nicht mehr.

»Weiter nach Plan«, sagte er halblaut. In ihm schrie es laut: Haltet den Zug an, ich will aussteigen …

»Es ist Jayce.« Miki klang drängelig. »Er lässt nicht locker. Soll ich ihn zum Teufel schicken?«

Ich ächzte und schwang die Beine aus dem Bett, in dem ich den ganzen Vormittag lesend und dösend gelegen hatte. »Nein, ist schon okay. Ich wollte auch mit ihm reden. Sag ihm, ich treffe ihn in der Cafeteria. Ein großer Becher Kakao wäre jetzt perfekt.«

Als Miki wieder hereinkam, wuselte sie wie ein aufgescheuchtes Huhn um mich herum. »Ist das vernünftig? Du sollst doch noch nicht aufstehen. Ich kann dir was aus der Cafete holen, wenn du möchtest.«

Ich mühte mich damit ab, in meine Jeans zu steigen. Miki machte mich wahnsinnig, obwohl es wirklich lieb von ihr war, sich so um mich zu kümmern. »Geht schon«, sagte ich deshalb weniger schroff, als ich es normalerweise getan hätte. »Ich brauche mal ein paar Schritte Bewegung. Und ich bin total vernünftig, ich trinke keinen Kaffee.«

Wie erwartet lachte sie und machte mir Platz. »Dann geh, du Irre«, sagte sie vergnügt. »Wenn du in einer Stunde nicht wieder zurück bist, komme ich dich aufsammeln.«

Das war allerdings eine Drohung. Ich stöhnte und machte, dass ich zur Tür hinauskam, ehe sie am Ende noch auf den Gedanken verfiel, mich zu begleiten.

Mit meinem Becher in der Hand rettete ich mich aus der überfüllten Cafeteria wieder ins Freie. Jayce wartete auf der Bank neben dem Eingang auf mich und sprang auf, als ich auf ihn zukam. »Gehen wir ein Stück?« Sein Blick war so düster wie seine Kleidung – schwarze Jeans, schwarzes T-Shirt, das seine Muskeln und seine Tattoos gut zur Geltung brachte, dazu sein lackschwarzes Haar und die hinreißend türkisblauen Augen – wenn ich mich nicht so klapprig gefühlt hätte, hätte ich ihn gleich hier vor den Augen der versammelten Cafeteria geküsst. So musste ich mich damit begnügen, ihn anzulächeln, seinen Arm zu nehmen und »Gehen wir!« zu murmeln. »Aber nicht so schnell, ich bin noch ein bisschen wackelig auf den Beinen.«

Sein Arm legte sich fürsorglich um meine Taille und ich schmiegte mich an ihn und schnupperte. Harziges Holz und salziges Wasser mit einem Hauch Zitrone. Hach, ich liebte seinen Duft! »Würdest du es in Betracht ziehen, mich vielleicht wieder zu küssen?«, hörte ich mich fragen. *O my fucking god,* es war mir noch nicht mal peinlich, mich ihm an den Hals zu schmeißen. Er küsste einfach zu gut!

Ich fühlte sein Lachen mehr, als ich es hörte. Es summte durch seinen Körper und kribbelte in meinem Bauch, als wäre ich es selbst gewesen, die lachte.

»Vielleicht«, zog er mich auf. »Mal sehen. Was würdest du dafür tun?«

Ich grinste und hielt ihm meinen Becher hin. Er nahm ihn und trank einen Schluck, ehe er mir den Becher wiedergab. Seine Zungenspitze kam hervor und leckte den Kakao von seiner

Lippe. Oh, ich schmolz geradezu dahin. Wie konnte ein Junge nur so verflucht sexy sein?

»He, Bad Boy«, sagte ich und brachte ihn dazu, anzuhalten. »Ich brauche eine Pause. Wo schleppst du mich hin?«

Er sah mich mit diesem Schlafzimmerblick an, der mir die Knie weich werden ließ. »Ich dachte an die alte Kapelle. Da stört uns keiner.« Er verlieh den Worten einen Unterton, bei dem mir heiß und kalt wurde. Sexyyyy. Es verschlug mir die Sprache, ich nickte nur und hakte mich bei ihm ein.

»Ich haue von hier ab«, sagte ich, als sich die Baumwipfel über uns schlossen. Die Abgeschiedenheit des kleinen Wäldchens machte mir Mut, es laut auszusprechen. »Kaj findet raus, wie sie mich auf die Versorgungsfähre schmuggeln kann.«

Sein Schritt stockte, er warf mir einen prüfenden Blick zu, dann ging er weiter. »Quatsch«, sagte er rau. »Das funktioniert nicht. Wie will sie die Überwachung ausschalten?«

»Den Sicherheitsdienst?« Das war ein Dutzend kräftiger Typen, die garantiert nicht alle auf der Fähre mitfahren würden. »An denen komm ich schon irgendwie vorbei.«

Er lachte kurz und düster. »Nein, ich rede vom Überwachungssystem. Das da.« Er zeigte irgendwo ins Dickicht. Ich sah dem Fingerzeig hinterher, aber da war nichts außer Gebüsch am Wegrand.

»Du spinnst«, sagte ich unsicher.

Er blieb stehen und beugte sich etwas hinunter, bis unsere Augen auf einer Höhe waren. Wir standen Wange an Wange, sein weiches Haar kitzelte mein Kinn. »Dort«, sagte er und zeigte wieder auf eine Stelle, die genauso aussah wie alle anderen Stellen. Ich kniff die Augen zusammen. War da ein schwaches rotes Licht?

»Das?«, fragte ich.

Er nickte. »Davon sind Hunderte über die ganze Insel verteilt. Gerade an der Anlegestelle kommst du nicht dran vorbei, ohne dass du einen Alarm auslöst. Die sind ja nicht blöd, wenn einer abhauen will, macht er es über die Fähre.«

Ich starrte noch immer ins Gebüsch. Klar, da leuchtete ein rotes Licht, eine LED oder so was. Nicht sehr auffällig, so tief, dass man sie nicht bemerkte, wenn man nicht genau hinblickte.

Mir blieb die Spucke weg. Ich hatte auf dieser Insel schon alles Mögliche erlebt, was mich geschockt hatte, aber das hier schlug alles. Die überwachten uns tatsächlich bei jedem unserer Schritte! Mit meinem ersten Eindruck, dass das hier eine Art Hochsicherheitsknast war, hatte ich anscheinend gar nicht so falsch gelegen.

»Wieso hat Kaj das nicht gesagt?«, fragte ich zornig.

»Vielleicht weiß sie es nicht.« Er klang gleichgültig, aber seine Miene war angespannt. »Gehen wir weiter, sonst fallen wir auf.«

Ich dachte darüber nach, aber es kam nichts Gescheites dabei heraus. Es war gut, dass ich ohnehin den Entschluss gefasst hatte, abzuhauen. Hierzubleiben wäre Wahnsinn.

Etwas anderes kam mir in den Sinn, was Kaj gesagt hatte. Mein Kopf war wirklich noch ein bisschen wirr. »Warum warst du im Knast?«

Jayce hustete überrascht. »Wie kommst du da jetzt drauf?«

Ich zuckte mit den Achseln. »Kaj«, sagte ich.

»Schon klar.« Er klang angefressen. »Die Zicke.« Er seufzte genervt. »Ich hab ein paar ziemlich dumme Sachen gemacht. Dinge zerstört. Einen Menschen verletzt. Deswegen war ich dann letztlich auch im Bau, wegen schwerer Körperverletzung.«

Ich schluckte. Das war schwer zu verdauen. Ich hatte gedacht, er hätte irgendeins dieser Teenagerdelikte begangen – gesoffen, gekifft, Zeugs geklaut, ohne Führerschein gefahren … so was halt. Aber schwere Körperverletzung? Das war heftig.

Jayce sah mich nicht an, er starrte mit finsterer Miene in den

Wald, der genauso düster zurückblickte. Jayce' Lippen waren fest zusammengepresst. Ich konnte seinen Gesichtsausdruck nicht deuten – schämte er sich für das, was er getan hatte? War er wütend – auf sich, auf mich, weil ich gefragt hatte?

Ich berührte vorsichtig seine Hand. »Warum?«, fragte ich und meinte: Warum hast du das getan? Hast du dich verteidigt, hat er dich provoziert, warst du betrunken …?

Er schüttelte den Kopf, seine Lippen eine einzige weiße Linie. »Vergiss es, okay?«

Aber wie konnte ich das? Ich hielt ihn am Arm fest, als er sich abwenden wollte. Seine Muskeln spielten unter meinen Fingern und ich war mir bewusst, dass er sich ganz leicht hätte losreißen können, wenn er es gewollt hätte. Aber er blieb stehen, mit gesenktem Kopf. Sein Haar fiel nach vorne und verdeckte sein Gesicht.

»Ich habe etwas geerbt«, sagte er so leise, dass ich ihn kaum verstehen konnte. »Eine … eine Art Gabe.«

Ich regte mich nicht, wartete. Was meinte er damit?

Er atmete seufzend ein und wieder aus. »Ich kann Dinge dazu bringen, wieder zu funktionieren«, fuhr er stockend fort. »Genau wie mein Vater und mein Großvater. Bloß, dass meine Gabe stinkt.« Er sah auf und mich direkt an. In seinen Augen flackerte hilfloser Zorn. »Ich muss das Ding, das ich heile, zuerst zerstören.«

Mir schwirrte der Kopf. »Wie meinst du das?« Zerstören, heilen … eine Gabe? Ich konnte das auch. Gebt mir einen Hammer und ich kriege alles kaputt. Okay, wieder ganz machen war dann eine andere Sache.

Er stieß ein kurzes bellendes Lachen aus. »Guck hin«, sagte er knapp und deutete auf das schwache rote Licht der Überwachungsanlage.

Ich tat es und nach einer Weile sah ich, wie das Licht einmal aufflackerte und dann zu blinken begann. Ich öffnete den Mund, aber mir fehlten die Worte. Jayce stand da, die Hände in den Taschen, einen störrischen Ausdruck im Gesicht und einen trotzigen Zug um den Mund, der sogar noch anziehender war als sein Lächeln.

»Das warst du?«, flüsterte ich, und er nickte. »Aber dann …«, meine Gedanken rasten, »aber dann könntest du mir helfen. Am Bootsanleger.«

Er schüttelte den Kopf und warf das Haar aus den Augen. »Leider nein, Kampfküken. Guck hin …«

Ich tat es und sah einen dunklen Schemen, der wie eine riesige Motte um das blinkende Licht flog. Ein paar Atemzüge später leuchtete es wieder stetig vor sich hin.

»Es wird sofort repariert«, erklärte er. »Die Überwachungsanlage ist genial konstruiert, sie hält sich selbst instand.«

Ich schnaufte. Er nahm meine Hand und zog mich weiter. »Ehe jemand merkt, dass ich das war und wir hier herumlaufen.«

Ich kaute noch immer an dem Brocken herum, den er mir hingeworfen hatte. »Du hättest das genauso reparieren können? Indem du nur daran denkst?«

Er nickte knapp. »So in etwa, ja.«

»Das ist doch der Hammer! Damit könntest du dir eine goldene Nase verdienen.«

Er sah mich an und lachte. »Nicht so ganz«, sagte er trocken. »Wenn man bedenkt, dass ich nur Sachen reparieren kann, die ich zuerst kaputt gemacht habe, ist der Markt dafür vielleicht doch nicht ganz so groß.«

Stimmt, das hatte ich übersehen. Ich ging stumm neben ihm her. »Deshalb bist du hier«, sagte ich dann.

»Deshalb bin ich hier.« Er schnitt eine Grimasse. »In Professor X' speziellem Zoo für Freaks, Nerds und Mutanten.«

»Und ich?«, platzte ich heraus.

Seine Mundwinkel zuckten. »Du? Ich glaube ja immer noch, dass du zum Schuladel gehörst.«

Das stopfte mir erst mal den Mund. Er hatte ja wirklich recht, auch wenn ich das so vehement verneint hatte.

Wir gelangten auf die Lichtung, an deren Ende die alte Kapelle lag. Ich hielt Jayce fest. »Und wie passt die Körperverletzung da rein?«

Er wirkte peinlich berührt. »Das war ein Unfall«, sagte er hastig. »Ehrlich. Es sah nur blöd aus und der Typ konnte nicht für mich aussagen, er lag im Koma.«

Ich schauderte. »So schlimm?«

Jayce nickte verkniffen. »Er hatte einen Unfall, so ähnlich wie du. Danach war er gelähmt und ich wollte ihm helfen. Aber dazu musste ich …«

»Erst einmal was kaputt machen.« Mir war eiskalt. »Du hast ihn ins Koma befördert?«

Jayce zog Schutz suchend die Schultern hoch. »Ich war vierzehn«, sagte er leise. »Ich habe total falsch eingeschätzt, wie fest ich zuschlagen muss. Und ehe ich ihn reparieren konnte, kam seine Mutter rein und hat losgebrüllt wie eine Irre.«

Meine Knie wurden weich und ich musste mich hinsetzen. *»Holy shit«*, sagte ich atemlos. »Du bist vollkommen gaga, oder? Man kann doch einen Menschen nicht reparieren wie eine Maschine!«

Er ließ sich geschmeidig neben mir nieder. »Ich kann das«, sagte er überzeugt. »Ich kann es, weil mein Vater es konnte und mein Großvater auch. Mein Großvater war Medizinmann und ein Heiler.«

Ich legte das Gesicht in die Hände. War Jayce verrückt? Es machte ganz und gar den Eindruck. Aber der Trick mit dem blinkenden Überwachungsauge – das war doch echt gewesen.

Also stimmte ein Teil der Geschichte wohl. Und wenn ein Teil stimmte, stimmte wahrscheinlich auch der Rest, so verrückt er sich auch anhören mochte. Das Wichtigste war: Jayce war kein Gewalttäter. Das passte auch überhaupt nicht zu ihm!

Ich hob aufatmend den Kopf und fragte: »Was wollen wir hier eigentlich?«

Die Frage ließ ihn zusammenzucken. Er sah mich an, als wollte er etwas sagen, dann runzelte er jedoch die Stirn und reichte mir die Hand. »Gehen wir hinein«, sagte er schroff. »Drinnen ist keine Überwachung. Einer der wenigen Plätze auf der Insel.«

Hu. Ich hatte weiche Knie. Wollte ich wirklich mit ihm in ein Gebäude, in dem wir beide vor neugierigen Augen verborgen waren? Aber er zog mich mit sich und ich verspürte ein erwartungsvolles Kribbeln im Bauch. Ja, ich wollte es wohl tatsächlich. Ich war aufgeregt wie ein Kind unter dem Weihnachtsbaum. Was würde mich dort erwarten?

Wir erstiegen die zwei Stufen vor der schweren Holztür und ich hielt ihn noch einmal fest. »Ehe wir da reingehen«, sagte ich, nahm sein Gesicht zwischen die Hände und küsste ihn. Das musste sein, ich musste mir beweisen, dass ich kein Lamm auf dem Weg zur Schlachtbank war.

»Kampfküken«, murmelte er in meinen Mund. Er klang schuldbewusst. Seine Arme hingen herab, dann raffte er sich auf und legte sie um mich. Endlich.

»Sei nicht blöd«, flüsterte ich zurück und liebkoste seine Lippen mit der Zunge. »Ich kenne deinen Ruf. Das schreckt mich nicht ab.«

Er atmete stoßweise wie nach einer körperlichen Anstrengung. Sein Kuss wurde tief und gefährlich heiß, dann ließ er mich los, wich zurück und fuhr sich mit beiden Händen durchs Gesicht. »Scheiße«, sagte er dumpf. »Es tut mir leid, Liv.«

Mit diesen Worten wandte er sich ab und öffnete die Tür. »Komm rein.«

Ich sah ihn verwundert an. Wieso hatte er plötzlich solche Skrupel, mich zu küssen? Wenn er doch vorhatte, mit mir da drinnen … nun ja … deutlich weiter zu gehen?

Ich trat hinter ihm ein und blinzelte. Der Raum hatte den Schrecken meiner durchwachten Nacht verloren, er war einfach nur – leer. Und dunkel, noch dunkler als der überwucherte Weg draußen.

Eigentlich wollte ich hier nicht bleiben. Ich drehte mich um und rannte gegen eine Wand aus Muskeln. Hinter mir standen wie aus dem Boden gewachsen drei riesige Typen in dunklen Klamotten. Sie trugen Skimasken über den Köpfen, deshalb hatte ich sie in der Dunkelheit nicht gesehen.

»Es tut mir wirklich leid, Liv«, hörte ich Jayce mit unglücklicher Stimme sagen, dann hielt mir der eine Typ den Mund zu, der andere fixierte meine Arme und dann drückte mir jemand etwas scharf Riechendes ins Gesicht. Ich keuchte und strampelte und atmete die Dämpfe ein, die mich ans Krankenhaus erinnerten und …

21

»Jason Bell, du widerlicher Mistkerl von einem schleimigen Verräter!« Ich fuhr hoch und schlug um mich, bis ich kapierte, dass Jayce gar nicht mehr in meiner Nähe war. Und ich nicht in der Kapelle, sondern … anderswo.

Ich hörte mit dem Geschrei auf und sah mich um. Mein Herz schlug schneller, aber ich war seltsam ruhig. Wo war ich? Eine Kabine auf einem Schiff. Ich konnte durch das Bullauge eine endlose, dämmrige Wasserfläche und ein Stück Himmel sehen, sonst nichts. Ich saß auf dem schmalen Bett und betrachtete die Wände. Getäfelt. Der Boden schwankte leicht, ich hörte das dumpfe Pochen von Motoren.

Eine Erinnerung kroch eiskalt mein Rückgrat empor und ließ eine Gänsehaut entstehen. Ich kannte diesen Ort. Aus einem Traum?

Ich strich über die Wand, die glatt und kühl unter meinen Fingern lag. Der Geruch nach Salzwasser, das unterschwellige Dröhnen der Maschinen, die sanfte Bewegung des Bodens … das war kein Traum gewesen, die Erinnerung war glasklar und deutlich.

Ich hatte in dieser oder einer sehr ähnlichen Kabine gelegen, bis an die Halskrause voll mit Schmerzmitteln, und ich hatte … mit jemandem gesprochen?

Langsam sank ich zurück auf das Bett, faltete die Hände im Schoß und versuchte, die Erinnerung zu packen, die sich meinem Zugriff entzog wie ein kleiner, glitschiger Fisch.

Eine Stimme. Dunkel, klangvoll, vertraut. Augen, die meinen glichen. Eine Brille, ein Gesicht …

Ich stöhnte auf und presste eine Faust gegen meinen Mund. Das war Professor X, kein Zweifel. Er war es, nur ohne seinen Bart und mit kurzem Haar. Er hatte mich … er war mein Entführer gewesen. Nach meinem Unfall.

Und jetzt hörte ich die Stimmen, die immer wieder in meinen Träumen erklangen, und erkannte ihn wieder. Er war dort gewesen, als der Unfall passierte.

Ich begann zu zittern. Was war das für ein Spiel? Wieso hatte Jayce mich mit seinen seltsamen Geschichten in die Kapelle gelockt? Wieso saß ich hier auf einem Schiff, das wahrscheinlich dem Professor gehörte? Worauf wartete ich?

Das Türschloss knackte und die Tür ging auf. Einer der Kleiderschränke, die mich überwältigt hatten, stand vor mir (oder jemand, der genau die gleiche Statur besaß). Er sah mich ausdruckslos an, dann nickte er und trat beiseite. »Sie ist wach, Grandseigneur.«

Ein erneuter Schauder überlief mich. Grandseigneur – der große Obermufti der Bruderschaft? Hier an Bord? Ich richtete mich auf und rieb meine Hände an der Hose trocken. Wo war ich hier bloß hineingeraten?

Der Gorilla verschwand und machte Professor X Platz. Ich glotzte ihn an wie eine Idiotin, als es mir dämmerte. Das war er nicht. Das war jemand, der ihm ähnlich sah wie – wie ich meiner Cousine.

»Ach«, sagte ich halblaut und einige Puzzleteile rückten an die richtige Stelle. »Ich krieg die Motten.«

Er lächelte mich an und schloss die Tür. »Man hat mir berichtet, dass du dich erinnerst«, sagte er. »Was fehlt dir noch?«

Ich setzte mich wieder hin, weil meine Beine nachgaben.

Unwillkürlich tastete ich nach der Athene unter meinem Shirt. »Du bist mein Vater«, sagte ich tonlos. »Jetzt weiß ich es wieder. Du hast mich hierhergebracht nach dem Unfall.«

Er nickte und zog sich einen Stuhl heran. »Was möchtest du wissen?«

Mir schwirrte der Kopf. »Du und der Professor«, sagte ich tastend. »Ihr seid …?«

»Brüder. Zwillinge.« Sein Lächeln wurde säuerlich. »Nicht, dass wir uns sonderlich gewogen sind. Eher im Gegenteil.«

Ich schloss die Augen und sortierte meine Gedanken. »Also bin ich tatsächlich mit ihm verwandt«, murmelte ich. »Meine Eltern und Kajs Eltern … beiderseits Geschwister. Was für eine schräge Geschichte ist das denn?« Ich riss die Augen auf und sah ihn vorwurfsvoll an. »Wieso habt ihr mir das alles vorenthalten? Warum hat Ma mich in dem Glauben gelassen, du wärst tot? Wieso hat der Professor mir nichts von dir erzählt?«

Er schnaufte leise und faltete die Hände zu einem Spitzdach vor seinem Mund. »Das ist allerdings eine lange Geschichte. Eine *sehr* lange sogar.« Seine Stirn krauste sich sorgenvoll. »Was hast du in dem Institut dort über die Chaoskriege erfahren?«

Einen Moment lang fühlte sich mein Kopf an, als wäre ich im freien Fall. Wieso fragte er mich ausgerechnet jetzt Schulstoff ab?

»Chaoskriege«, stotterte ich. »Nadir und Arachne, die Rosen, die Spinnen, die verfeindeten Orden …« Ich hörte auf zu stottern und sagte: »Du bist tatsächlich der Großmeister der Bruderschaft?«

Er nickte mit einem beinahe schüchternen Grinsen. »Tatsächlich«, sagte er. »Und du bist meine jüngste Novizin, meine Tochter. Ich bin unendlich stolz auf dich.«

Ich hatte Mühe, das alles zu verarbeiten, aber ich begann

mich zu entspannen. He, ich hatte von der Insel verschwinden wollen – und wie auch immer, es war mir gelungen. Vielleicht sollte ich nicht ganz so sauer auf Jayce sein. Letztlich hatte er mir geholfen, genau wie ich es mir gewünscht hatte. Na gut, ich hatte es mir weniger überfallartig vorgestellt, aber es war das Ergebnis, was zählte, oder?

Allerdings hatte ich nur die allerschlimmsten Dinge über Nadir gehört. Wenn auch natürlich in der Schule, die den Gegnern des Rosenordens gehörte. Also hatte ich tatsächlich recht mit meiner Vermutung, dass die Bruderschaft auf der Insel eine echte Verschwörung gegen Arachne war! Und das im Zentrum des Spinnennetzes – das zeugte entweder von Mumm oder von Wahnsinn.

»Also, ihr seid nicht wirklich so schrecklich böse, oder?«, fragte ich, weil ich nicht wusste, was ich sonst sagen sollte.

Mein Vater – Viktor Nygren, meine Güte, er hatte sich mir doch sogar vorgestellt, wieso hatte ich das alles vergessen? –, mein Vater legte den Kopf in den Nacken und ließ sein klangvolles Lachen hören.

»Nein, wir sind die Guten«, sagte er und lachte wieder. »Obwohl ich fest davon überzeugt bin, dass Arvid dasselbe sagen wird, wenn du ihn fragst.«

Mir kam das Spinnennetz in den Sinn, geformt aus roten und weißen Rosen, in das beide Gruppen verstrickt waren. Ich dachte an die Geschichte, die de Freytas uns nahegebracht hatte. Ein jahrhundertealter Konflikt, der seit Äonen andauernde Kampf der beiden Ritterorden – womöglich wusste keiner mehr genau, warum sie eigentlich gegeneinander kämpften.

Andererseits – es war mein Onkel, der auf seiner Gefängnisinsel all diese Jugendlichen festhielt und ihnen suggerierte, auf einer Eliteschule zu sein. Stattdessen nutzte er ihre Fähigkeiten aus, wusch ihre Gehirne, überwachte sie bei jedem ihrer Atemzüge, betrieb obskure Forschung in seinen Kellerlabors – und weiß der Himmel, was da unten wirklich vor sich ging!

»Ist er so was wie ein verrückter Wissenschaftler?«, fragte ich gedankenverloren. »Er arbeitet für CERN, stimmt das?«

Ein Zucken ging über das Gesicht meines Vaters. »Das stimmt, ja. Er ist ein verrücktes Genie.«

Verrückt. Ich seufzte. »Warum hat meine Mutter eingewilligt, dass er mich auf die Insel holt?«

Er legte die Stirn in Falten, sein Gesicht war müde und er sah regelrecht angewidert drein. »Sie ist ihm hörig«, sagte er scharf. »Was Arvid sagt und tut, ist heilig für sie. Das war ja einer der Gründe, warum sie mich verlassen hat.«

Fuck. Was für ein Familiendrama! Ich rieb mir über die Arme. »Was ist mit … meiner Tante? Wie heißt sie …«

»Astrid?« Er verzog das Gesicht. »Sie liebt ihn abgöttisch, aber sie lebt nicht mit ihm zusammen. Astrid leitet die Geschäfte des Wirtschaftsimperiums, hinter dem sich Arachne verbirgt, von der Firmenzentrale in New York aus.« Er schien auf etwas Bitterem herumzukauen. »Sagt dir Wanax etwas?«

Ich schnappte nach Luft. Wer kannte das Unternehmen nicht? Es spielte in der Liga von Apple oder Google. Und das war die Firma, die Arachne als Tarnung benutzte?

»Unendliche Mittel«, sagte mein Vater müde. »Sie könnten uns einfach mit ihrem Geld ersticken. Wir sind die Mücken, die ihnen gelegentlich hier und da einen Stich verpassen, aber den Elefanten juckt das wenig.«

»Wow.« Ich verdaute den Gedanken. »Warum gebt ihr nicht auf? Schließt Frieden, einigt euch …?«

Er lachte bitter. »Einigen mit dem Erzfeind? Wie soll das gehen? Wir haben völlig unterschiedliche Ansichten darüber, wie die Welt aussehen sollte. Arachne will das Chaos, das durch sogenannte individuelle Freiheit und Vielfalt der Meinungen schön verpackt wird. Nadir dagegen sieht die einzige Chance für die Menschheit darin, dass eine Weltordnung etabliert wird, die all die Kriege, all diese unsinnigen Konflikte beendet. Ein für alle Male.«

»Chaos gegen Ordnung«, sagte ich nachdenklich. »Sie haben uns erzählt, dass Nadir eine Terrororganisation ist. Ihr destabilisiert Staaten, stürzt demokratisch gewählte Regierungen, ermordet Staatsoberhäupter und unterstützt Guerillatruppen und Milizen … das klingt für mich tatsächlich nach Chaos!«

Er verzog das Gesicht. »Ja, und wir haben mindestens drei Päpste ermorden lassen und sind für die Pest, Vulkanausbrüche, Tsunamis und Justin Bieber verantwortlich«, knurrte er. »Ich kann mir lebhaft vorstellen, was sie euch über Nadir vorgelogen haben.«

Ich lachte, und seine Miene entspannte sich. Er stand auf und legte mir eine Hand auf die Schulter. »Ich muss mich entschuldigen, dass wir dich so unsanft hierherbefördert haben. Aber das Überwachungssystem …«

»Ist schon okay«, wehrte ich ab. Ich verstand es ja.

Er lächelte erleichtert. »Sehr schön. Dann schlage ich vor, wir essen etwas und ich erkläre dir, was deine Aufgabe sein wird. Du bist ein Geschenk Gottes, Livvy. Wir sind froh, dich an unserer Seite zu wissen.« Mit diesen kryptischen Worten klopfte er gegen die Tür, die von der anderen Seite aufgeschlossen wurde. Ich öffnete verblüfft den Mund. Er hatte uns einschließen lassen?

Mein Blick schien Bände zu sprechen, denn er zuckte entschuldigend mit den Schultern. »Ich wusste nicht, wie weit die Gehirnwäsche bei dir schon gegriffen hatte«, sagte er leise. »Es hätte sein können, dass du nicht mehr bereit gewesen wärst, mir Gehör zu schenken.«

Ich schüttelte mich vor Grausen. »Danke, dass du mich da rausgeholt hast«, sagte ich aus tiefstem Herzen. »Danke!«

Er lächelte nur und legte mir seine Hand auf den Rücken. »Gehen wir«, sagte er sanft.

Ich staunte, während wir das Schiff durchquerten. Es war groß! Ich machte eine entsprechende Bemerkung und mein Vater nickte. »Das ist meine Kommandozentrale und mein Heim«, sagte er. »Ich bin nicht gerne an einen Ort gebunden und ich liebe das Meer.«

Das konnte ich verstehen. »Ich auch«, sagte ich. »Eine weitere Ähnlichkeit.« Ich merkte, dass meine Wangen heiß wurden, als er mich mit fragend hochgezogenen Augenbrauen musterte. »Ich meine, wir sehen uns ähnlich«, stotterte ich verlegen.

»Das ist wahr«, sagte er und lächelte mich so liebevoll an, dass es mir noch wärmer wurde. Ich wandte hastig den Blick ab und sah mich weiter um. Holztäfelung, Teppiche, Bilder – das sah nicht aus wie ein Boot, das war ein luxuriöses Heim. Wenn nicht die runden Bullaugen gewesen wären und das sachte Rollen des Bodens unter meinen Füßen, hätte ich mich in einem englischen Landhaus gewähnt.

»Das ist so toll«, sagte ich. »Wie heißt dein Schiff?«

Er schnitt eine komische Grimasse. »Jörmungandr«, sagte er.

Ich lachte. »Das ist doch kein Name, das klingt wie eine Verdauungsstörung.« War das zu frech? Immerhin schien der Name ihm etwas zu bedeuten.

Er schob mich auf eine steile Treppe zu, die nach oben führte. »Das ist der Name der Midgardschlange, die auch Nadr genannt wird. Nadir.« Er grinste schief und sah seinem Bruder in dem Moment zum Erschrecken ähnlich. »Die Schlange, die die Welt umschlingt und dabei ihren eigenen Schwanz verschluckt.«

»Ouroboros«, sagte ich und nickte. »Kenn ich, ich mag die griechischen Mythen. Ein Zeichen für Ewigkeit, wie die liegende Acht, oder?«

Er nickte anerkennend. »Das Allumfassende, der ewige Kreis – ja, so in etwa.«

Wir erklommen die schmale, steile Treppe, die »Niedergang« genannt wurde, und gelangten in einen kurzen Gang, der an einer Tür endete. Dahinter lag ein schöner Salon mit einem großen Panoramafenster, das auf das Meer und einen herrlichen Sonnenaufgang hinausging. Ich hatte jedes Zeitgefühl verloren. »Wie lange bin ich schon an Bord?«, fragte ich. Eindrücke aus meinem ersten Aufenthalt hier schwappten durch meinen Kopf und machten mich ganz wuschig.

»Eine Nacht«, sagte mein Vater und rückte mir einen Sessel an dem gedeckten Frühstückstisch zurecht. »Noch mal: Es tut mir leid. Die Überwachung der Insel ist kaum auszutricksen.« Er lächelte etwas gezwungen. »Aber jetzt bist du hier und wir denken nicht mehr an diesen Schülerknast.«

Ich lachte, denn genau das war mein erster Eindruck gewesen, als ich die Insel betreten hatte. Dann hatte ich mich dort eingewöhnt, aber so langsam fragte ich mich, wie viel davon der Gehirnwäsche zuzuschreiben war, der Professor X mich unterzogen hatte. Dreimal wöchentlich. Ich schüttelte mich. »Gut, dass du mich da rausgeholt hast.«

Er nickte und schenkte mir Kaffee aus einer silbernen Kanne ein. Der Tisch war üppig gedeckt, mit Kristall und frischen Blumen, einem zugedeckten Körbchen, aus dem es nach frisch gebackenem Brot duftete, Rührei, locker und goldgelb, mit Schnittlauchröllchen bestreut, Marmeladen in allen Farben, die aus silbernen Näpfchen leuchteten, Honig und süßes Gebäck, Orangensaft, Schinken und Käse … mir lief das Wasser im Mund zusammen. Das Frühstück auf der Insel war gut gewesen, nahrhaft, aber das hier glich dem Tisch in einem Luxushotel. Nicht, dass ich so was je am eigenen Leib erlebt hätte. Jetzt erst merkte ich, dass mir der Magen knurrte, und ich fing mit großem Appetit an zu essen.

Irgendwann fiel mir auf, dass mein Vater mich lächelnd dabei beobachtete, wie ich Essen in mich hineinschaufelte wie eine Geisteskranke. Er saß entspannt im Sessel und nippte an seiner Tasse. Wenn er überhaupt etwas gegessen hatte, dann war das eine kleine Scheibe Toast gewesen.

Ich schob hastig den Teller beiseite und wischte mir mit der Serviette den Mund ab. »Das war toll«, sagte ich verlegen. »Ich hatte Hunger.«

»Du hast gestern eine Mahlzeit verpasst.« Er stellte seine Tasse ab und faltete die Hände. Die Geste erinnerte mich an Mr Holland, was mir einen kleinen Stich versetzte. Ich hatte Toms Telefonnummer nicht und würde sie jetzt wahrscheinlich auch nie mehr bekommen.

Dann ging mir ein ganzer Kronleuchter auf. »Du hast Tom in die Klinik gebracht, stimmt das?« Er hatte nur »Mr Nygren« gesagt – und das war schließlich auch der Name meines Vaters! Diese Erklärung war viel naheliegender, immerhin hatte er mich ja auch am Unfallort aufgesammelt.

Mein Vater sah mich kurz verständnislos an, ehe er blinzelte und nickte. »Ja, das ist richtig.« Er lächelte ein wenig gequält. »Können wir uns später darüber unterhalten? Jetzt habe ich etwas Wichtiges mit dir zu besprechen, das keinen Aufschub duldet.«

Ich nickte und streckte die Hand aus, um seine zu berühren. »Danke«, sagte ich. »Danke für alles.«

Er wirkte beinahe verlegen, aber er nahm meine Hand und drückte sie. »Du bist meine Tochter.«

Ich hatte mir so sehr gewünscht, diese Worte einmal zu hören, dass mir Tränen in die Augen stiegen. »Ich hab dich vermisst«, sagte ich und rieb mir mit dem Handrücken über die Augen. Albern. Wie ein kleines Kind.

Mein Vater blickte aus dem großen Fenster aufs Meer. Der Himmel war blassblau und wolkenlos. »Wir müssen an die Arbeit«, sagte er halblaut. »Gegen Mittag werden wir wieder in Sichtweite sein, bis dahin möchte ich, dass alles vorbereitet ist.«

Von irgendwoher kam eine Männerstimme: »Wir sind so weit. Bringt uns das Aufzeichnungsgerät, Grandseigneur.«

Ich fuhr zusammen. »Hat er alles mitgehört?«, fragte ich.

Mein Vater riss sich vom Ausblick los. Er musterte mich nachdenklich. »Nein, nein«, sagte er geistesabwesend. »Keine Sorge.« Er streckte die Hand aus. »Gib mir das Tetradrachmon, Kind.«

Ich fingerte verwirrt an meinem Halsausschnitt herum und zerrte die Münze an ihrer Kette hervor. »Warum?« Ich legte die Athene in seine Hand. Er schloss die Finger darum und schien erleichtert, ich wusste nicht, warum.

»Das hier«, er hob die geschlossene Faust, »ist unsere Eintrittskarte und der erste Schritt zu unserem endgültigen Sieg. Und du hast sie uns gebracht.«

Ich starrte ihn groß an und verstand gar nichts.

Er lachte und legte mir die Hand auf den Rücken – die freie Hand. Er schob mich zur Tür und sagte: »Du wirst gleich verstehen, Livvy. Ich bin so stolz auf dich, so überaus stolz!«

22

Der Raum, in den er mich brachte, war ein düsterer, fensterloser, mit Computern und Instrumenten vollgestopfter Saal, bei dessen Anblick mir die Brücke der Enterprise in den Sinn kam. Ich erwartete jeden Moment, Captain Picard oder Spock durch die breite Tür kommen zu sehen.

Ich sah mich neugierig um. Es hätte mich nicht überrascht, wenn man sich von hier aus in die fernsten Winkel der Galaxis hätte beamen können.

Aus einem Drehsessel vor einem klavierbreiten Terminal erhob sich ein junger Asiate und stand grüßend stramm. »Grandseigneur!«, sagte er und dann: »Ms Nygren!« Damit meinte er wohl mich.

»Stehen Sie bequem, Mr Zhou«, sagte mein Vater. Meine Augen gewöhnten sich an das Halbdunkel in dem großen Raum, der vor allem durch die vielen Anzeigelämpchen und einige Bildschirme erleuchtet wurde, und ich sah die Silhouetten von drei anderen Menschen, die reglos vor großen Terminals und mit grünlicher Schrift flimmernden Monitoren saßen. Eine Frau wandte den Kopf und sah mich neugierig an, aber als ich ihren Blick einfing, drehte sie sich schnell wieder um.

»Hier, Mr Zhou.« Mein Vater reichte dem Mann meinen Anhänger. »Damit sollten wir alles zusammenhaben.«

Der junge Chinese nickte und lächelte mich kurz und freundlich an. »Gute Arbeit, Ms Nygren«, sagte er und wandte sich seinen Apparaturen zu.

»Wissen hier alle, wer ich bin?«, flüsterte ich meinem Vater zu. Der Gedanke irritierte mich.

Er schüttelte leicht den Kopf. »Zhou ist einer meiner Komture«, sagte er leise. »Und er ist der Chef der IT. Deshalb ist er über so gut wie alles informiert, was hier vor sich geht.«

Ich nickte erleichtert. Es hätte sich seltsam angefühlt, wenn all die Fremden über mich Bescheid gewusst hätten.

»Was ist mit der Athene?«, fragte ich. »Wozu braucht er sie?«

Mein Vater setzte sich in den Drehstuhl neben mich und fuhr herum, bis wir Knie an Knie saßen. »Dein Tetradrachmon ist eine Art Aufnahmegerät«, sagte er nüchtern. »Alles, was über die IT-Systeme der Schule gegangen ist, ist dort abgespeichert. Signale, die die Überwachungskameras steuern, die Codes der Türschlösser, die Alarmanlage …«

»Wow.« Ich war beeindruckt. »Dann hätte Jayce gar nicht probieren müssen, die Überwachung lahmzulegen, ihr hättet sie einfach ausschalten können?«

Mein Vater verzog die Lippen. »Jetzt gleich können wir das, ja. Sobald der Chip ausgelesen wurde.« Er sah zu seinem Chefingenieur hinüber, der eifrig in seine Tastatur hämmerte. »Wir hatten gehofft, das Signal über Satellit empfangen zu können, aber die Störfelder der Sicherheitsanlage waren zu stark. Mein Bruder hat an alles gedacht.« Er runzelte die Stirn. »Wie immer. Aber dieses Mal haben wir ihn an den Eier…« Er unterbrach sich und sah mich schuldbewusst an. »Entschuldige. Ich wollte sagen, wir haben ihn.«

Ich lachte und er wandte sich ab, um der Frau, die mich vorhin angesehen hatte, eine Frage zu stellen.

Es war alles so unwirklich. Ich saß hier im Bauch eines riesigen Schiffes und half meinem Vater und Nadir dabei, den endgültigen Sieg über die Ritter der Dunkelheit zu erringen? Wow. Das war doch ein Film, nicht die Wirklichkeit!

Kurz dachte ich beinahe schuldbewusst an den netten Mr Holland und an den Bibliothekar. Aber was immer jetzt kam, es war ja nicht gesagt, dass irgendjemand dabei zu Schaden kam, oder? Angestellte der Schule waren genauso unschuldige Opfer wie die Schüler selbst. Mein Onkel war der Bösewicht, und seine Gefolgsleute, von denen sicher auch etliche auf der Insel weilten. Wenn mein Vater die aus dem Verkehr gezogen hatte, dann waren alle anderen frei. Das konnte doch nur gut und richtig sein. Ich drehte mich zu meinem Vater um und fragte leise: »Was passiert, wenn ihr die Daten überspielt habt?«

Er legte seine Hand auf meine. Sein Blick war müde, beinahe traurig. »Ich habe eine Handvoll Leute auf der Insel«, sagte er ebenso leise. »Einige davon kennst du ja. Jayce wird uns helfen, die Überwachungsanlage lahmzulegen, und die von dir gesammelten Daten sorgen dafür, dass wir sie von hier aus unter Kontrolle halten können. Hoffentlich.« Er rieb sich mit dem Daumen über die gefurchte Stirn. »Wir gehen über die Steilküste, von da wird niemand einen Angriff erwarten, und sehen zu, dass wir das Haus möglichst unblutig übernehmen. Dann knacken wir den Zugang zu den Geheimlabors …«

Ich konnte ein Zittern nicht unterdrücken. »Möglichst unblutig?«, hauchte ich. »Glaubst du, glaubst du … es wird Widerstand geben?«

Er presste die Lippen zusammen. »Selbstverständlich«, sagte er schroff. »Arvid hat seine Leute nicht zur Verzierung dort postiert. Die Insel ist sein Hauptquartier. Wenn er die verliert, wenn er das Institut verliert – dann fällt sein Imperium.«

Ich schlang fröstelnd die Arme um mich. Das klang nicht wie ein Spiel, und so war es mir bisher erschienen. Ein spielerisches Duell zwischen zwei Gruppen, die mir so fantastisch erschienen, dass ich an ihre Realität kaum glauben konnte. Aber das hier war kein Film und kein Roman, das war die Wirklichkeit. Es würde Verletzte geben, vielleicht sogar Tote … und ein Ende, dessen Konsequenzen ich nicht absehen konnte. Ich wusste nur das, was sie uns in Aranea Hall über die Chaoskriege gesagt hatten und was ich an Material darüber hatte lesen dürfen. Wer hatte einmal gesagt, dass die Sieger es waren, die die Geschichtsbücher schrieben? Was bedeutete das? Wie sehr konnte ich überhaupt irgendeiner Aussage in diesem Krieg – denn das war es unbestreitbar – oder irgendeinem der Beteiligten Glauben schenken?

Ich schluckte und kniff mich in den Arm, um nicht zu weinen. Ich fühlte mich so hilflos und so ausgeliefert. Das konnte ich nicht leiden, ich hasste es, als Spielfigur benutzt zu werden, und der Verdacht lag nahe, dass genau das jetzt mit mir geschah. Erst hatte der Professor mich über sein Spielfeld geschoben und jetzt war es mein Vater, der das versuchte. Und ich wusste nicht, wem ich wirklich vertrauen konnte, denn beide hatten nicht mit offenen Karten gespielt.

Mein Vater las mir die Zweifel von meinem Gesicht ab, denn er legte seine Hände auf meine Schultern und sah mich eindringlich an. »Du bist auf der richtigen Seite«, sagte er ruhig. »Deine Entscheidung, von der Insel zu fliehen, war schon lange gefällt. Vertraue deinem Instinkt, Olivia. Du hast eine gute Intuition. Glaube daran!«

Ich atmete zitternd ein und wieder aus und schloss die Augen. Verdammt, das war ja die Frage. Konnte ich meinem Bauchgefühl überhaupt trauen?

Mein Vater stand auf. »Komm, lassen wir die Spezialisten arbeiten«, sagte er ruhig. »Wir sollten miteinander reden, findest du nicht?«

O ja, das fand ich allerdings.

Es war ein wunderschöner Tag, sonnig, nicht besonders kalt und beinahe windstill. Nur der Fahrtwind zauste mein Haar und streichelte meine Wangen.

Wir lehnten nebeneinander an der Reling und blickten über die scheinbar endlose Wasserfläche, auf deren kleinen Wellen sich glitzernd das Sonnenlicht brach.

Irgendwo dort draußen lag England – oder fuhren wir in die andere Richtung, auf die französische Küste zu? Es war mir gleichgültig. Ich musterte den Mann neben mir. Ich wollte ihm so gern vertrauen, aber ich kannte ihn nicht. Genau genommen kannte ich ihn noch weniger als seinen Bruder, mit dem ich immerhin einige Stunden im Gespräch hatte verbringen dürfen. Ich verschränkte meine Finger ineinander und starrte ins Wasser, das unter dem Bug schäumte. »Ich kenne dich überhaupt nicht«, sagte ich laut.

Er beging nicht den Fehler, mich anzufassen, sondern stand mit locker vor der Brust verschränkten Armen da und kniff die Augen gegen das Sonnenlicht zusammen. »Nein«, gab er zu. »Das war uns vom Schicksal nicht vergönnt. Ich bedauere es unendlich.«

Ich nickte. »Was willst du eigentlich von mir?« Die Frage kam schroffer heraus, als ich es beabsichtigt hatte, aber mir war wirklich elend zumute.

Er drehte sich so, dass er mit der Hüfte an der Reling lehnte und mich ansehen konnte. »Meine Leute haben mir von dir berichtet, seit du auf der Insel bist«, sagte er nüchtern. »Besonders Jason ist sehr angetan von dir. Er hat mir auch empfohlen, dich an Bord zu holen und einzuweihen.« Er lachte auf. »An Bord holen – das meinte er bildlich. Aber nun habe ich dich tatsächlich hier.«

Ich nickte und kniff die Augen zusammen. Jayce war einer von ihnen. Malik, sein engster Freund, gehörte auch dazu. Mein

Vater baute auf ihre Loyalität, wenn es an die Invasion ging. Hoffentlich hatte er recht. Ich hatte Visionen von schrecklichen Kämpfen, mit all den Waffen, die in den Übungsräumen zur Verfügung standen. Bogen, Schwerter, Luftpistolen, alle möglichen asiatischen Wurf- und Schlaginstrumente, dazu die ausgeklügelten waffenlosen Techniken … mir wurde schlecht. Das konnte doch nie und nimmer ohne Blutvergießen abgehen! Und dann die Schüler, die sich »Bruderschaft der Rose« nannten. Was würden sie sagen, wenn sie tatsächlich für Nadir gegen Arachne kämpfen sollten?

Ich sprach meine Befürchtungen laut aus und mein Vater nickte langsam. Mein Herz wurde noch schwerer.

»Nein, du hast recht«, sagte er. »Es wird nicht kampflos über die Bühne gehen, dafür wird mein Bruder schon sorgen. Unser Jugendkader soll nicht in die Kämpfe hineingezogen werden, wir werden sie so weit wie möglich heraushalten. Und was die anderen angeht, verspreche ich dir, ich werde schonungsvoll mit deinen Freunden verfahren. Sie können nichts dafür …« Er verstummte und rieb sich über die Stirn.

So eine elende Mistsituation. Ich wünschte mich weit fort. »Ich glaube nicht, dass ich dabei sein will«, sagte ich. Das war nicht mein Krieg. Ich wollte nach Hause.

Er legte mir sehr vorsichtig seine Hand auf die Schulter. »Ich halte auch dich raus, so gut es geht«, versicherte er mir. »Aber es kann sein, wenn unser Plan nicht aufgeht, dass ich deine Hilfe benötige. Was ich nicht hoffe«, fügte er eilig hinzu, als er mein entsetztes Gesicht sah.

Dann veränderte sich sein Gesichtsausdruck, er sah aus, als würde er jemandem zuhören. Jetzt erst bemerkte ich den Knopf in seinem Ohr. Er legte die Hand übers Ohr und sein Gesicht verfinsterte sich. »Ja«, sagte er dann knapp. »Habe verstanden. Ich komme.«

Er ließ die Hand sinken und stieß einen Laut des Unmuts aus. »Komm mit«, befahl er. »Im Kontrollraum hat sich etwas Neues ergeben. Ich fürchte, ich werde deine Hilfe tatsächlich noch benötigen.«

Mit einem Magengrummeln und dem Gefühl, mich übergeben zu müssen, folgte ich ihm erneut in die dunkle Kommandozentrale. Ich war doch normalerweise wirklich kein Schisser. Aber das hier wuchs mir in einem Maße über den Kopf, dass ich mich selbst nicht mehr kannte.

Der Chinese erwartete meinen Vater mit einem Gesichtsausdruck, der gar nichts sagte, und einem Schwall von Technobabble, aus dem ich heraushören konnte, dass die Daten, die ich unwissentlich geschmuggelt hatte, unbrauchbar waren. Mein Vater unterbrach den Mann nach einer Weile mit einer ungeduldigen Handbewegung und sagte: »Klartext, Mr Zhou. Die Daten sind korrupt, richtig?«

Der Chinese nickte und zeigte auf den Monitor, neben dem er stand. Die Reihen aus Ziffern und Buchstaben sagten mir nichts, aber mein Vater blickte angewidert auf den Bildschirm und seufzte. »Wie befürchtet«, sagte er. »Er hat damit gerechnet und die Signale verzerrt.«

»Oder nachträglich zerhackt.« Der Chinese zuckte mit den Achseln. »Ich könnte versuchen, sie zu rekonstruieren, aber das dauert.«

»Keine Zeit.« Mein Vater hob die Hand, um ihn zum Schweigen zu bringen. »Ich brauche eine Leitung zum Großkomtur.«

Eine der schweigsamen Silhouetten kam in Bewegung und reichte meinem Vater nach ein paar hektischen Tastaturklicks einen Hörer.

»Drew?« Durch die eiserne Beherrschung in seiner Stimme drang ein Schimmer seiner wahren Gereiztheit hindurch.

»Worst Case. Wir müssen den Alternativplan anlaufen lassen.« Er lauschte der anderen Seite, dann schnaubte er. »Ich kann nichts daran ändern. Zhou … Ja.« Er hörte mit Zeichen steigender Ungeduld zu, dann sagte er: »Also Plan B. Wir kreisen noch eine Weile, heute Abend sind wir dann am verabredeten Platz. Bell legt die ostseitige Überwachung lahm und er und deine Kids sorgen dafür, dass die Reparaturdrohnen nicht durchkommen. Kriegt ihr das hin?« Pause.

»Ja, ich weiß, wie riskant das ist«, fauchte er dann. »Hast du einen besseren Plan? Also. Du sorgst dafür, dass mein Bruder uns nicht dazwischenfunkt. Er darf auf keinen Fall irgendein Signal absetzen, ich fürchte, dass er einen Mechanismus zur Selbstzerstörung installiert hat. Wir werden versuchen, mit den Zugangskarten der Jungs in die Area einzudringen. Nicht elegant, aber effektiv, hoffe ich. Nachts ist nur die Wachmannschaft dort präsent, oder hat sich daran etwas geändert?«

Ich hörte dem einseitigen Dialog zu und mir wurde immer banger. Das klang nicht nach einer schnellen, gewaltfreien Aktion. Das klang nach Mord und Totschlag. Selbstzerstörung? Ach du heiliges Warndreieck! Am Ende flog die ganze Insel mit uns in die Luft?

»Alles Weitere vor Ort«, schloss er das Gespräch mit grimmiger Miene. »Wir werden leider improvisieren müssen. Ich bin nicht sicher, ob der Schlüssel bereit ist.« Sein Blick streifte mich, und ich begann zu frieren.

Ich wandte mich ab und ging zur Tür. Die Wände schienen immer näher zu kommen und die Luft war dick wie in einem Grab.

Irgendwie fand ich den Weg zurück an Deck und ließ mir die frische Brise um die Nase wehen. Mein Verstand arbeitete wie ein Motor auf Hochtouren, aber im Leerlauf. Ich wollte das alles nicht, aber es gab keinen Weg, es zu verhindern. Davon abgesehen: Vielleicht musste man manchmal etwas wagen, um die Welt von etwas Bösem zu befreien. Wenn dabei ein paar Menschen zu Schaden kamen, dafür aber Hunderte andere gerettet wurden – war es diesen Preis nicht wert?

Nur – wer waren in diesem Spiel die Guten? Arachne und ihr Gehirnwäscheprogramm oder Nadir, die mit Gewalt und dem Risiko von Todesopfern diese Insel einnehmen würden? Mir erschienen beide reichlich fragwürdig.

Jemand rief meinen Namen und ich zuckte zusammen. Mein Vater kam mit langen Schritten auf mich zu. Er hielt nicht inne, sondern nahm mich fest in seine Arme. »Alles wird gut«, flüsterte er mir ins Ohr. »Ich verspreche es dir, Livvy. Alles wird gut!«

Ich wollte es so gerne glauben! Mit einem peinlichen Schluchzen legte ich den Kopf an seine Schulter und ließ zu, dass er mich tröstete.

23

Das Boot summte vor Aktivität. Ich hatte mich in die Kabine gerettet, in der ich auch die Nacht verbracht hatte, und dort zwischen Dösen und Grübeln den Tag verstreichen lassen. Meine Zweifel und das Gefühl, ein Spielball der mich umgebenden Kräfte zu sein, ließen mich nicht zur Ruhe kommen. Aber was sollte ich tun? Ich war hier, auf einem Boot, das irgendwo im Ärmelkanal schwamm, und ohne den Schimmer einer Ahnung, was ich hätte unternehmen sollen.

Also wartete ich, nervös wie eine Maus, vor deren Loch die Katze lauert.

Bei Einbruch der Dämmerung bemerkte ich, wie das Schiff aufhörte, Kreise zu ziehen, Fahrt aufnahm und auf den langsam im Meer versinkenden Sonnenball zuhielt. Wir fuhren auf der orangerot schimmernden Flut nach Westen. Ich stand am Bullauge und beobachtete die langsam verschwindende Sonne, bis der Himmel sich nachtblau verfärbt hatte und Sterne am Zenit funkelten. Es war so weit. Was auch immer jetzt geschah – ich würde Teil davon sein, ob ich wollte oder nicht.

Etwas veränderte sich. Der Klang der Maschinen wurde leiser, das Tempo gedrosselt. Die Lichter auf dem Boot erloschen und wir glitten in totaler Dunkelheit auf unser unsichtbares Ziel zu. Die Insel. Ich presste die Nase an das dicke Glas des Bullauges. Zackige Umrisse löschten den Glanz der Sterne am Himmel aus. Wir waren da.

Die Motoren verstummten. Dann gab es einen dumpfen Schlag, der das Schiff erschütterte. Ich vergrub mich schaudernd in der dicken Wolljacke, die mir ein schweigsamer Matrose zusammen mit einer schwarzen Mütze vor einer halben Stunde in die Kabine gereicht hatte.

Es klopfte, dann öffnete sich die Tür. »Ms Nygren?«, sagte eine Stimme höflich. »Ihre Anwesenheit an Deck wird gewünscht.«

Ich folgte dem Mann hinauf und durch das stumme, hektische Treiben, das an Deck des Bootes herrschte. Dunkel gekleidete Menschen, die kurzläufige Waffen trugen, kletterten über das Fallreep an Land und eilten den Abhang hinauf. Am Fuß der steilen Klippen verschmolzen sie vollständig mit der Dunkelheit, und ich stellte mir vor, wie sie wie Spinnen an der Felswand emporkrabbelten.

Mein Vater stand wie ein Fels in der Brandung inmitten der Menschen. Sein Blick wanderte von rechts nach links, hinaus aufs Meer, dann wieder zurück zu den Klippen. Ich konnte den Computer hinter seinen Augen geradezu summen hören. Ab und zu bewegten sich seine Lippen, und ohne das Mikrofon zu sehen, wusste ich, dass er mit seinen Komturen sprach. Die Aktion lief.

Meine Eskorte geleitete mich zu ihm und zog sich mit einem Nicken zurück. Mein Vater atmete tief durch und schaltete mit einem Fingerdruck das Mikrofon seines Headsets aus. Er beugte sich zu mir und sah mich eindringlich an. »Ich brauche dich auf der Insel«, sagte er leise. »Du wirst mir dabei helfen, die Kommandoeinheit zu übernehmen. Bist du an meiner Seite?«

Ich suchte nach Worten. »Wie?«, fragte ich dann.

Er lächelte, als hätte ich ihm zugestimmt, und legte seinen Arm um meine Schultern. »Du bist meine Tochter«, sagte er zufrieden. »Keine Sorge, du wirst es können. Dein Talent mag noch schlummern, aber ich weiß, dass du es wecken kannst, wenn es darauf ankommt.« Er nickte bekräftigend und schaltete das Mikrofon wieder ein. »Wir kommen, Drew«, sagte er. »Wie weit sind deine Kids?«

Ich hörte eine ferne Stimme antworten: »Die Beobachter sind ausgeschaltet. Ihr könnt euch in Bewegung setzen.«

»Ja!«, formten die Lippen meines Vaters stumm. Er schenkte mir ein breites Grinsen und stieß eine Faust in die Luft. Auf dieses Zeichen hin wurde das Gewusel an Bord noch hektischer.

Wir gingen von Bord und liefen zwischen schwarz gekleideten Männern auf die Klippen zu. Im Näherkommen sah ich die winzigen Lichtpunkte, die von den Stirnlampen der Männer stammten, die an der Wand hochkletterten. Von oben fielen lange Strickleitern herab, die den Nachfolgenden den Aufstieg erleichterten.

»Muss ich da hoch?«, fragte ich beklommen. Das hätte ich bei Tageslicht schon sehr ungern gemacht, aber in der Finsternis der Nacht erschien es mir wie ein Selbstmordversuch.

Mein Vater schob mich zu zwei Männern, die mich schweigend erwarteten. Zwischen ihnen hing ein Geschirr aus Gurten, das sie mir schnell und geschickt anlegten, bis ich in einer Art Fluggeschirr hing. Ein Sicherungsseil wurde zusätzlich daran befestigt, es gab ein paar Instruktionen, was die Felswand und eventuelle Berührungen damit betraf, und dann wurde ich schon in die Höhe gezogen.

Den Flug hätte ich unter anderem Umständen wahrscheinlich sogar genossen. Das Geschirr schnitt zwar ein wenig ein, aber ich fühlte mich sicher darin verwahrt.

Die Fahrt war schneller vorbei, als das Verschnüren gedauert hatte. Oben befreiten mich zwei ebenso geschickte Männer aus den Gurten und ließen mir dann rücksichtsvoll ein wenig Zeit, meinen Pulsschlag wieder zu normalisieren.

Immer noch zogen sich Männer über den Rand der Klippe und liefen zum Waldrand, wo sie mit der Dunkelheit verschmolzen. Wie viele Menschen waren an Bord dieses Schiffes gewesen, eine ganze Armee? Es schien so. Was wollten sie, die Insel komplett plattmachen?

Ich schrak heftig zusammen, als mein Vater neben mir auftauchte wie ein Geist. »Zum Haus«, sagte er gedämpft. »Du kennst den Weg besser als ich, geh voran.«

Wir trabten durch die wispernde, atmende, blätterrauschende Finsternis. In der Ferne konnte ich gedämpfte Explosionen vernehmen und glaubte, Schreie zu hören.

Mein Vater atmete scharf ein. »Die erste Gruppe ist im Gebäude«, sagte er halblaut, ob zu mir oder zu einem der Zuhörer in seinem Funknetz – ich wusste es nicht.

»Das hatte ich befürchtet. Wo ist Bell?«, fragte er. Also redete er doch nicht mit mir. Dann sah er mich an und hob eine Hand. »Warte. Weißt du, wo der Zugang zu dem ist, was ihr die ›Area 51‹ nennt?«

Ich nickte und deutete nach vorne ins Dunkel. »Der linke Seitenflügel«, sagte ich. »Die Tür ist außen.«

»Gut. Gut.« Er schob mich an und wir begannen zu laufen. Das Geräusch von Schüssen wurde lauter und jetzt hörte ich tatsächlich auch Geschrei. Mein Vater rief in sein Mikro: »Drew! Schick Bell zum Area-Eingang. Hast du gehört? Wir kommen.«

Wir rannten. Das Wäldchen lichtete sich und wir gelangten auf die Rasenfläche. Das Gebäude war hell erleuchtet und auch die Außenbeleuchtung brannte. Flutlicht ließ den Rasen in einem kalkigen Ton erstrahlen. Schwarze Gestalten rannten im Hof herum, Gewehrfeuer dröhnte durch die Nacht.

Verdammt, das war ein Gemetzel, was ich da beobachtete! Mir wurde schlecht, aber ich ließ mich von dem Sog des Geschehens mitziehen. Jetzt war es ohnehin zu spät, um gegenzusteuern. Falls das überhaupt je eine Option gewesen war.

Wir bekamen stummen Geleitschutz von vier bis an die Zähne bewaffneten Typen, als wir den Hof durchquerten. Mein Vater redete ununterbrochen via Mikro mit seinen Hauptleuten. Er gab Anweisung, Professor X nichts zu tun, ihn irgendwo festzusetzen, und rief winkend einen Mann herbei, den er zum Gebäude schickte, um dabei zu helfen.

Dann standen wir vor der unauffälligen Seitentür, die schwer umkämpft wurde. Männer des Inselsicherheitsteams versperrten den Weg, aber sie wurden einer nach dem anderen vor meinen Augen überwältigt und aus dem Weg geschafft.

Dann standen wir vor der Tür und ein Mann mit einer blutigen Schramme auf der schmutzigen Stirn salutierte und sagte: »Sollen wir sprengen, Grandseigneur?«

»Aber wir könnten doch mit Jayce' Karte …«, rief ich unbedacht. Der Gedanke, dass sie das schöne alte Gemäuer mit Sprengstoff traktierten, machte mir Angst. Außerdem würden dabei sicher Menschen verletzt werden, wir wussten doch nicht, wer hinter dieser Tür stand.

Mein Vater schüttelte den Kopf. »Leider nein. Der Eingang – alle Eingänge wurden alarmgesichert und verriegelt, als der Angriff losging. Wir kommen dort nur noch mit Gewalt hinein … oder …« Er sah mich an.

»Oder?«, schluckte ich den Köder.

Er neigte den Kopf und schien mit sich zu kämpfen. »Komm her«, sagte er dann und reichte mir die Hand, um mich vor die Tür zu ziehen. Mit einem Wink befahl er seinen Männern, Abstand zu nehmen.

»Du bist mit einem ganz besonderen Talent gesegnet«, sagte

er in gedämpftem Ton. »Ich weiß es, weil ich erlebt habe, wie du es anwendest. Dir ist es aber womöglich nicht vollkommen bewusst.«

Ich musste ihn angeglotzt haben wie ein Karpfen, denn er lächelte gequält und tätschelte mir die Wange, was ich befremdlich und ein bisschen peinlich fand.

»Du wirst es gleich sehen«, sagte er, drehte den Kopf und sprach in sein Mikro: »Wo bleibt Bell?«

»Hier bin ich, Grandseigneur.« Ich erkannte Jayce' atemlose Stimme und fuhr herum. Da stand er, ein wenig zerzaust und mit einem Ausdruck im Gesicht, den ich bei jedem anderen als eine Mischung aus Verzweiflung und Panik interpretiert hätte. Aber doch nicht beim coolen Jason Bell!

Er kam an meine Seite und sah meinen Vater starr an. »Wie lauten Eure Befehle?«

Meine Güte. Sein Verhalten war wie ein Guss aus einem Eimer mit kaltem Wasser – mit einem Mal war mein Kopf wieder total klar. Das war doch nicht derselbe Jayce, der mich davor gewarnt hatte, mich gehirnwaschen zu lassen? Ich streckte die Hand aus und kniff ihn fest in den Arm. »Spinnst du?«, wisperte ich.

Er zuckte leicht zusammen und warf mir einen schnellen Blick zu. Ein winziges gequältes Lächeln zuckte um seinen Mund und war wieder verschwunden.

Mein Vater nickte ihm kurz zu und horchte weiter auf das, was ihm über sein Headset gesendet wurde. Dann stieß er genervt den Atem aus und deutete auf die Tür. »Bell«, sagte er. »Du kannst den Mechanismus nicht zerstören, richtig?«

»Leider nein, Grandseigneur.« Jayce stand trotz der Nachtkühle der helle Schweiß auf der Oberlippe. »Die Verriegelung wird über das zentrale Computersystem der Insel gesteuert. Als der Alarm ausgelöst wurde, sind alle Schlüsselkarten inaktiv gesetzt worden und das Notfallprogramm hat übernommen. Das kann ich von hier aus nicht beeinflussen.«

Mein Vater knurrte unzufrieden. »Bei diesem Einsatz läuft nichts nach Plan«, sagte er zornig. »Also gut, dann geht es nicht anders. Wo ist der Großkomtur?«

»Er ist auf dem Weg.« Jayce wischte sich mit dem Ärmel übers Gesicht. Das Flutlicht machte sein Gesicht zu einer kalkig weißen Pantomimenmaske mit dunklen Augenlöchern.

Mein Vater wandte seine Aufmerksamkeit wieder mir zu. Sein bohrender Blick ließ mich erstarren. »Olivia«, sagte er, »hör mir jetzt gut zu. Du wirst diese Tür für mich öffnen.«

Kurz setzte mein Gehirn aus, dann bewegte sich mein Mund und sagte: »WAS werde ich?«

Er schüttelte ungeduldig den Kopf. »Du hast eine Fähigkeit, an deren Vervollkommnung unsere Wissenschaftler lange gearbeitet haben«, sagte er. »Deshalb war mein Bruder auch so erpicht darauf, dich seiner Sammlung einzuverleiben. Wenn wir Zeit hätten …« Er nahm meine Hand und legte sie auf das kalte Metall der Tür, gleich neben dem elektronischen Schloss. »Konzentriere dich«, sagte er. »Du kannst es spüren. Bringe es dazu, sich dir zu öffnen.« Er lächelte kurz. »So wie du Menschen dazu bringen kannst.«

Ich konnte *was*? Was redete er da? Mir schwirrte der Kopf. Ich sah unwillkürlich zu Jayce hin. »Aber …«, sagte ich hilflos.

»Tu es einfach!«, fuhr mein Vater mich an. »Bell, meinetwegen halt ihr die Hand dabei, wenn sie das braucht. Aber öffnet endlich diese Tür!«

Jayce kam an meine Seite und berührte meine Hand. »Tu, was er sagt«, murmelte er. Sein Haar klebte in schweißnassen Strähnen in seiner Stirn und ich sah jetzt erst, dass er aus einer Schürfwunde blutete. »Wir müssen das zu einem Ende bringen, sonst gibt es noch mehr Tote.«

Das erschreckte mich so sehr, dass ich hastig die Hand wieder auf die Tür legte und meine Augen schloss. »Wie?«, flüsterte ich.

Er legte seine Hand über meine. »Du kannst das, Liv«, hauchte er. »Vertrau dir.«

Ich zwang mich, langsam und gleichmäßig zu atmen. Vor meinen Augen tanzten helle Funken, die Nachbilder des grellen Scheinwerferlichts. Sie ordneten sich zu einem Bild, das mich an eine technische Zeichnung erinnerte, und begannen zu pulsieren. Ein schwacher orangeroter Schein zog eine gekurvte Linie durch das Feld von Funken, das tanzte und sich neu formierte, bis es einem Spinnennetz glich. Ich zuckte zusammen, aber Jayce' Berührung sandte beruhigende Wärme durch mich hindurch.

Der orangerote Schein wurde stärker und schließlich zu einem Pfad, der sich entlang der Fäden durch das Spinnennetz schlängelte. Er wurde heller und klarer. Er wechselte langsam seine Farbe, durch das Spektrum hindurch, von Rot zu Violett, dann verschwand er kurz, um dunkelblau schimmernd wieder aufzutauchen, ins Grüne zu wechseln, das langsam in ein zitroniges Gelb überging, sich in ein strahlendes Gold verwandelte und schließlich über das feurige Orange wieder in ein dunkel pulsierendes Rot changierte. Dabei blieb es, und nun änderte sich der Linienverlauf. Ich hörte meinen keuchenden Atem wie etwas Fremdes, dazu das dumpfe Pochen meines Pulses wie eine Basstrommel.

Der verschlungene rote Pfad streckte sich, schnitt quer durch die Gitterlinien des Spinnennetzes, durch sein Zentrum, und wurde zu einem Pfeil, der zwei Punkte verband. Es waren die Standorte des schwarzen Ritters und der weißen Frau auf dem Bild, begriff ich.

Die Punkte zitterten und vibrierten, aber als die Verbindungslinie sich straffte, kamen auch die Punkte zur Ruhe. Das

Spinnennetz verschwand und der Pfeil leuchtete auf, wurde so grell, dass ich unwillkürlich die Augen öffnete – und als ich das tat, hörte ich das scharfe Klicken des Türschlosses und fühlte, wie sich die Tür unter meiner Hand bewegte.

»Wir sind drin, Grandseigneur«, sagte Jayce ruhig.

»Endlich.« Mein Vater schob mich eher unsanft beiseite, sagte zu Jayce: »Kümmere dich um sie!«, und riss die Tür auf. Es war dunkel dahinter, aber nun kamen Männer mit Taschenlampen und begleiteten meinen Vater hinab in den geheimen Keller.

Meine Knie wurden weich. Ich sank langsam in die Hocke und Jayce kniete sich neben mich. »Ist dir kalt?«, fragte er, weil ich anfing, mit den Zähnen zu klappern.

Ich schüttelte den Kopf. Es war keine Kälte, die mich durchschüttelte, es war pure Panik. »W-was machen wir hier nur?«, brachte ich zitternd heraus.

Jayce legte seinen Arm um mich und zog mich fest an seine Brust. »Wir kommen hier raus«, flüsterte er. »Hab keine Angst. Wir kommen hier heil raus.«

Er verstand mich nicht. Ich hatte keine Angst um mich selbst. »Die anderen«, sagte ich und stemmte meine Hände gegen seine Brust, damit er mich losließ. »Das hier ist falsch, Jayce. Wir müssen …«

Ich wurde unterbrochen, als irgendwo unter uns eine dumpfe Explosion ertönte, die den Boden tanzen ließ. Jayce wurde schneeweiß. »Der Keller«, sagte er.

»Mein Vater«, stöhnte ich.

Aber meine Sorge löste sich im gleichen Moment in Luft auf, denn mein Vater rannte aus der Tür, gefolgt von einer Handvoll seiner Männer. »Falle!«, rief er mit einer Wut in der Stimme, die mich zusammenschrumpfen ließ. »Dieser elende Bastard hat den Keller vermint.« Er stapfte an mir vorbei und gab Jayce einen herrischen Wink. Der schob seine Hand unter meinen

Ellbogen und zog mich hoch, hinter meinem Vater her. »Es tut mir so leid«, flüsterte er mir zu. »Das habe ich alles nicht gewusst.« Keine Ahnung, was er damit meinte.

Wir marschierten auf das Schulgebäude zu, während mein Vater Anweisungen erteilte. Ich sah zum ersten Mal den Mann, der sich, auf einen altmodischen Stock gestützt, humpelnd bemühte, mit ihm Schritt zu halten. Zuerst erkannte ich ihn nicht, dann wurde mir mit einem Schock klar, dass es Mr Holland war. Ohne seinen Rollstuhl.

»Drew, lass sie alle zusammentreiben. Dort.« Mein Vater wies auf die Bibliothek. »Du weißt, wer die Begabten sind. Einser und Zweier. Die anderen interessieren mich nicht.«

Der Vertrauenslehrer nickte und winkte ein paar Männer zu sich, denen er mit gedämpfter Stimme Befehle erteilte. Ich hörte: »Die Cafeteria räumen.« und »Die Zimmer durchsuchen.«, und vergaß beinahe zu atmen. Ich klammerte mich an Jayce' Arm. Drew. Andrew. Mr Holland war der Großkomtur?

»Er ist auch ein Maulwurf?«, fragte ich und schämte mich, dass ich so jämmerlich klang.

Jayce atmete stöhnend ein. »Nadir hat die Schule seit Jahren systematisch unterwandert«, sagte er sehr leise. »Der Großmeister ist ein Genie. Wenn er Aranea Hall hat …« Er vollendete den Satz nicht, aber ich wusste es ja schon von meinem Vater selbst. Wenn er die Schule eingenommen hatte, dann konnte er seinen Gegner vernichten, endgültig.

Ich fragte mich, ob das wirklich so eine tolle Sache sein würde. Und wenn ich Jayce' bleiches Gesicht ansah, dann wusste ich, dass diese Zweifel nicht nur an mir nagten.

24

Die Bibliothek war unser Ziel. Ich kämpfte immer noch darum, die Ereignisse zu verarbeiten, die mich bis hierher geführt hatten. Hatte ich tatsächlich gerade diese verschlossene Tür geöffnet – nur mit meinem Geist? Und was bedeuteten die Worte meines Vaters, dass seine Wissenschaftler daran gearbeitet hätten? Ich war ja nun kein Retortenbaby oder ein Roboter. Was hatten also irgendwelche Wissenschaftler mit dem Inneren meines Kopfes zu schaffen?

Noch drängender war allerdings die Frage, was mein Vater vorhatte. Er hatte mir versichert, dass niemand zu Schaden kommen würde. Oder … nein, das hatte er tatsächlich nicht getan. Er hatte nur gesagt, dass er so wenig Schaden wie möglich … ach, verflucht. Ich steckte in einer üblen Zwickmühle. Was konnte ich tun, um das alles hier zu einem guten Ende zu bringen?

»Jayce«, flüsterte ich, aber er schüttelte den Kopf und zerrte mich weiter. »Jetzt nicht«, sagte er gepresst.

Wir gelangten zum Eingang der Bibliothek und traten ein. Der große Lesesaal war schwach beleuchtet und voller Menschen, die sich verängstigt und schweigend zusammendrängten. Ich sah einige meiner Mitschüler, ich sah ein paar Lehrer, ich suchte nach Miki und meiner Cousine, nach Mr Sharma, nach Karen und dem Professor, aber keiner von ihnen schien hier zu sein.

Ich schob mich in eine Ecke des Saals und schlang die Arme

um mich. Mein Vater hatte Jayce zu sich gerufen und redete auf ihn ein. Ich sah, wie durch die hintere Tür Malik und der wundersam, wenn auch humpelnd, auf eigenen Beinen daherkommende Mr Holland auf die beiden zusteuerten. Malik strahlte förmlich, ihm schien das Geschehen nicht im Geringsten zuzusetzen. Neben Jayce sah er aus wie jemand, der eine Fahrt auf der Achterbahn aus vollen Zügen genoss, während sein Nachbar sich die Seele aus dem Leib kotzte.

Die vier steckten die Köpfe zusammen, dann hob mein Vater die Hand und rief: »Ich bitte um Ihre Aufmerksamkeit.«

Das Gewisper und Geraschel verstummte, alle sahen meinen Vater an. Ich sah, wie sich einige verstohlen anstießen und auf Mr Holland zeigten, und hörte, wie hier und da verwundert sein Name genannt wurde.

»Meine Herrschaften«, sagte mein Vater, und er klang durchaus gereizt, »es wird Ihnen nichts geschehen, wenn Sie den Anweisungen folgen, die wir Ihnen im Folgenden geben. Bitte hören Sie gut zu und verhalten Sie sich ruhig.«

Er sah Mr Holland an und der nickte knapp und wandte sich um. »Sie kennen mich alle.« Sein freundliches Gesicht war ernst und ein wenig besorgt, als wollte er sagen: Ich kann nichts daran ändern, die Situation ist unangenehm, aber wir schaffen das schon.

Irgendwie schien das die Leute wirklich zu beruhigen. Schultern entspannten sich und geballte Fäuste wurden geöffnet, ein Mädchen hörte auf zu weinen und sah Mr Holland mit einer solchen Hoffnung an, dass es mir in den Zähnen wehtat.

»Wir bedauern es sehr, dass Sie sich zurzeit in dieser unbequemen Situation befinden, und arbeiten daran, dass sich die Lage baldmöglichst wieder entspannt und Sie in Ihre Betten zurückkehren können. Ob und wie der Schulbetrieb weiterlaufen wird, können wir jetzt leider noch nicht sagen. Bitte achten Sie auf die Durchsagen und die Nachrichten am Schwarzen Brett.« Er warf meinem Vater einen schnellen Blick zu und setzte hinzu: »Professor Nygren wurde von seinem Amt als Schulleiter entbunden. Es wird aber dafür Sorge tragen, schnellstmöglich einen Ersatz für ihn zu finden. Bis der normale Betrieb wieder aufgenommen wird, möchten wir Sie bitten, eigene Lerngruppen zu organisieren, damit Sie nicht zu sehr unter dem Ausfall zu leiden haben. Die Cafeteria wird in Betrieb bleiben, Sie werden also nicht verhungern.« Er lächelte und erleichtertes Lachen klang hier und da auf.

Mein Vater murmelte ihm etwas zu und Mr Holland nickte ungeduldig. »Noch ein Hinweis«, rief er in das aufkommende Gemurmel. »Das bewaffnete Sicherheitspersonal soll nur dafür sorgen, dass es keine weiteren unangenehmen Zwischenfälle gibt, also vertrauen Sie bitte auf deren Urteilskraft und folgen Sie den Anweisungen, die man Ihnen gibt. Danke für Ihre Aufmerksamkeit.«

Er nickte knapp und blickte sich suchend um, dann ließ er sich mit einem hörbaren Seufzer auf den Stuhl fallen, den Malik ihm hinschob.

»Was ist denn das für eine Scheiße?«, murmelte ich. Jayce, der ein Stück hinter meinem Vater stand, sah mich an, als hätte er meine Worte gehört. Er hob kurz die Schultern und ließ sie wieder fallen.

Am Eingang entstand Unruhe, dann wurde ein Pulk von Menschen hereingetrieben, die Hände hinter den Köpfen gefaltet und blanke Angst in den Gesichtern. Mir wurde eiskalt. Da war Miki, ihr Kumpel Jeroen, die Zwillinge, Kaj und zwei ihrer Freundinnen … ich erkannte eine Reihe von Schülern, die Zugang zur Area hatten. Verdammt, das waren die »Begabten«, nach denen mein Vater vor allem gesucht hatte! Ihnen folgte Mr Sharma, der sich offensichtlich gewehrt hatte, denn er sah arg zerrupft und sehr wütend aus und er war mit Handschellen gefesselt. Ich suchte nach dem Professor, aber der war nicht bei der Gruppe.

Mein Herz schlug so laut, dass ich es hören konnte.

»Sehr gut«, sagte mein Vater laut. »Bringt sie hierher und alle anderen gehen bitte nach nebenan. Verhalten Sie sich ruhig, dann können Sie bald wieder gehen.«

Die größere Gruppe löste sich zögernd auf und verschwand durch den Nebeneingang in den kleinen Saal, der gelegentlich für Veranstaltungen genutzt wurde. Ein Bewaffneter schloss die Tür und stellte sich breitbeinig davor auf.

Was kam jetzt? Ich setzte mich zögernd in Bewegung, um in die Nähe meiner Freunde zu kommen. Jayce, der mich beobachtete, gab mir Zeichen, ich solle stehen bleiben, aber ich ignorierte ihn.

Mein Vater beachtete mich nicht. Er fixierte den Bibliothekar und hatte dabei ein unangenehmes Funkeln in den Augen. »Dipaka, alter Freund«, sagte er sanft. »So sehen wir uns also wieder.«

»Fahr zur Hölle, Viktor.« Mr Sharma sagte das ohne große Emotion, eher so, wie man jemandem guten Tag wünscht. Der Zorn war aus seiner Miene verschwunden, er stand ruhig und ohne jede Angst da. »Was immer du hier vorhast, es wird scheitern.«

Mein Vater lachte und schüttelte den Kopf. »Immer noch der gleiche Träumer«, spottete er. »Nur dieses Mal, lieber Freund, wirst du leider einen Albtraum erleben. Aber tröste dich, es wird dein letzter sein.«

Er winkte einem seiner Männer, der vortrat und ihm seine Pistole reichte, als mein Vater darauf zeigte.

Ich schnappte nach Luft. »Was hast du vor?«, rief ich.

Er sah mich nicht an, sondern sagte nur: »Halte dich raus,

Kind. Das hier ist nötig.« Er wandte sich wieder an den Bibliothekar. »Wo hält sich mein Bruder versteckt?«

Mr Sharma schüttelte nachsichtig den Kopf. »Aber das kann ich dir doch nicht sagen, Viktor«, sagte er tadelnd. »Arvid ist unser Magister. Er muss mit Leib und Leben beschützt werden.«

»Nun, dann solltest du das auch tun«, sagte mein Vater scharf. Er hob die Pistole und ich wusste, dass er keine Show abzog. Er würde Mr Sharma töten oder schwer verletzen. Vor meinen Augen.

»Ein letztes Mal: Wo ist er?« Er lächelte leicht, als der Bibliothekar den Kopf schüttelte. »Ich werde Befehl geben, die Bibliothek anzuzünden«, sagte er im Plauderton. »Mit all den jungen Leuten darin, die jetzt im Nebenraum darauf warten, dass die Nacht zu Ende geht. Willst du das auf deine Kappe nehmen, Dipaka?«

Der Bibliothekar biss so fest die Zähne zusammen, dass seine Kiefermuskeln hervortraten. Er holte tief Luft und erwiderte gepresst: »Ich habe dir nichts zu sagen, Viktor.«

»Berühmte vorletzte Worte«, murmelte mein Vater, schwenkte die Pistole herum, zielte auf Miki und drückte ab.

Ich wusste nicht, woher der Impuls kam. Kraft floss durch mich wie Strom durch eine Leitung. Ich schrie wie am Spieß und hechtete nach vorne, um Miki aus der Schusslinie zu befördern.

Es knallte ohrenbetäubend und jemand gab mir einen sehr unsanften Schubs, wie einen heftigen Stoß mit dem Ellbogen in die Rippen. Mir blieb kurz die Luft weg und dann gaben meine Beine nach und ich fiel über Miki, die wie ein nasser Sack zu Boden krachte. »Du hättest Fallen üben sollen«, dachte ich geistesabwesend, während alles wie in Zeitlupe abzulaufen schien. Ich hörte Schreie und das Poltern von Stühlen, aber das alles war unwichtig. Miki jammerte leise, aber sie schien nicht verletzt zu sein, denn sie kam auf die Knie und starrte mich durch ihren wirren Pony mit riesigen Augen an und fing an zu kreischen.

Meine Güte, hatte das zierliche Mädchen ein Organ! Ich hätte mir gerne die Ohren zugehalten, aber meine Arme waren mit einem Mal so schwer. Genauso schwer wie meine Lider. Ich wäre jetzt gerne in meinem Bett, würde die Decke über den Kopf ziehen und den ganzen Lärm und die Aufregung hinter mir lassen. Und die Schmerzen.

Es tat weh. Wahrscheinlich hatte ich mir bei dem Aufprall alle Knochen gebrochen. Tom lag reglos über dem Lenkrad, er blutete alles voll. Ich hatte keine Angst, obwohl es nach schmorendem Plastik roch und nach Gummi, nach Benzin, nach heißem Metall. Um Angst zu haben, hätte ich Kraft aufwenden müssen, und die lief gerade eimerweise aus mir heraus. Rot und warm. Ich lag in einer warmen Pfütze. Es war wohl doch nicht Tom, der alles vollblutete …

Ich wollte Luft holen, um etwas zu sagen, aber mein Atem pfiff nur kraftlos über meine Lippen. Etwas war in mir drin kaputt gegangen, aber so richtig.

Mit dem Gedanken ließ ich los und fiel in die Dunkelheit.

25

»Wird er es tun?« Es war meine Stimme, die diese Frage stellte, ängstlich, zornig. »Wird er tatsächlich die Bibliothek in Brand setzen? Mit all den Menschen drin?«

Ich rollte unruhig mit den Augen. Es war meine Stimme, aber sie kam nicht aus meinem Mund, da war ich mir verdammt sicher. Und außerdem war das eine wirklich blöde Frage, sorry. Natürlich würde er! Ich hatte den Ausdruck in seinen Augen gesehen, als er auf Miki schoss. Er war komplett wahnsinnig. Gaga. Irre. Durchgeknallt …

Ich öffnete den Mund und wollte meiner Stimme sagen, dass sie nicht so saudumme Fragen stellen sollte, aber alles, was herauskam, war ein Hauch von einem Ächzen. Blöde Stimme. Dumme Fragen stellen, aber nicht gehorchen, wenn ich sie mal wirklich brauchte!

»Ja«, sagte eine andere Stimme nüchtern. Ein Junge, er klang vertraut. »Ja, das wird er tun, wenn der Professor sich ihm nicht stellt.«

»Aber mein Vater ist gar nicht auf der Insel! Er ist in Genf!« Meine Stimme, die immer noch dummes Zeug von sich gab. Mein Vater war auf der Insel, das *war* ja das Problem!

Dieses Mal stöhnte ich energischer und die Stimmen verstummten. Der grauweiße Anblick vor meinen Augen, die sich einfach nicht scharf stellen wollten, wurde von zwei Köpfen verdeckt. Augen starrten mich an. »Liv?«, sagte meine Stimme. »Bist du wieder da?«

Blöde Stimme, die blöde Fragen stellte. Wo sollte ich denn sonst sein? Ich schnaubte, oder versuchte es zumindest.

Eine Hand landete auf meiner Stirn. »Sie braucht einen Arzt«, sagte der Junge verzweifelt. »Dein Erste-Hilfe-Kurs in Ehren, aber er hat dich kaum auf Schusswunden vorbereitet, Kaj.«

»Das weiß ich auch, du Idiot«, fauchte meine Stimme ihn an. »Aber zumindest ist sie noch nicht verblutet.«

»Nicht«, flüsterte ich und meinte: Fauch ihn nicht an! Er kann nichts dafür, dass ich hier liege.

Mein Kopf klärte sich ein wenig und ich wusste wieder, was geschehen war. Ich war zwischen Miki und den abgefeuerten Schuss geraten. Dumm gelaufen. Mein Vater war ein Verbrecher. Ein Irrer. Ein wahnsinniger Mörder.

»Fuck«, flüsterte ich.

Der Junge schob sich in mein Blickfeld. Jayce. Das war sein Name. Seine türkisblauen Augen waren dunkel vor Schock und Sorge. »Halt einfach durch, Liv«, sagte er. »Bitte. Der Großmeister lässt einen Sani vom Schiff holen. Der kann dir vielleicht helfen.«

Vielleicht. Ja klar. Ich schmeckte das Blut in meinem Mund. »Was …«, brachte ich heraus, »passiert … gerade?« Mir war schwindelig, aber die Schmerzen waren auszuhalten. Wenn ich nur klar denken könnte, wäre alles ganz einfach, das wusste ich.

Jayce hielt meine Hand, das merkte ich jetzt erst. Es tat gut, sich gehalten zu fühlen. Ich rutschte ab, mit jedem mühsamen Atemzug ein bisschen mehr. Wenn er mich festhielt, dann würde ich vielleicht nicht fallen. Vielleicht.

»Ich halte dich«, versicherte er mir, und ich sah Tränen in seinen Augen. Er war gar nicht so cool, wie er sich immer gab.

Ich schwamm davon, das Wasser war warm und schaukelte mich sanft. Über mir in der Dunkelheit glühte das Spinnennetz aus roten und weißen Rosen. Es war schön, obwohl ich wusste, dass irgendwo in seinem Herzen die Spinne lauerte.

Oder war das sogar ein Trost? Zu wissen, dass die Spinne über uns wachte?

Ich ließ mich schaukeln und betrachtete das Netz. Es umfasste alles, mich, Jayce, Arachne, Nadir, die Welt, das All, und dennoch erschien es mir so nah, dass ich meinte, es mit den Fingern berühren zu können. Ich hob die Hand, die schwer war wie ein Elefant, und verschob einen der roten Punkte, der zitternd wieder in seine Ausgangsposition zurückschnellte. Wenn ich es nur richtig anstellte, könnte ich ihn bewegen, und das würde den Lauf der Dinge ändern.

Ich folgte den zarten Linien des Netzes von außen nach innen. Wenn ich die Seidenfäden alle ablief, dann würde alles gut, das wusste ich. Also sollte ich mich mal besser auf die Socken machen, denn der Weg nach Hause war schrecklich lang, und ich war so schrecklich müde.

Wispernde Stimmen, die mich störten. Ich war bei der vierten Kreuzung Richtung Südwesten – oder schon bei der fünften? Wenn ich mich ablenken ließ, musste ich von vorne beginnen. Die Stimmen sollten schweigen.

»Sie ist ganz kalt«, sagte eine Stimme. »Sie stirbt, Jayce. Was können wir nur tun? Kannst du nicht die Tür öffnen, du kannst so was doch.«

»Nein, es ist ein mechanisches Schloss. Wenn ich das zerstöre, ist die Tür immer noch zu, das habe ich schon früher probiert. Es ist dann wie zugeschweißt«, sagte die andere Stimme müde. »Und selbst wenn wir hier rauskämen – was würdest du dann tun? Sie hier liegen lassen, damit sie ganz alleine stirbt?«

Die Stimmen schwiegen, o großes Glück. Ich zählte die Kreuzungen und ging weiter. Ich konnte meine Füße und meine Beine gar nicht mehr spüren, so viel war ich gelaufen. Aber ich musste ja weitermarschieren, davon hing alles ab.

»Jayce?« Die erste Stimme. Nervensäge. Ich hielt an und wartete ungeduldig, dass sie sagte, was sie zu sagen hatte. Ich musste weiter, verstanden sie das denn nicht? Im Herzen des Netzes war der Ausgang, den musste ich erreichen, sonst ging die Welt unter.

»Was?« Der Junge klang müde.

»Du … könntest ihr helfen.« Die Stimme zitterte. »Ich habe gehört, wie meine Eltern über dich gesprochen haben. Du kannst es, du willst bloß nicht, sagt mein Vater.«

Der Junge fluchte, aber es klang halbherzig. »Kaj«, sagte er dann ruhig, »ich wollte, ich könnte ihr helfen. Aber ich bin jemand, der zerstört. Heilung liegt nicht in meinem Charakter.«

»Dummes Zeug!« Das Mädchen wurde wütend, und ich verstand sie, auch wenn ich mir wünschte, sie würde endlich die Klappe halten, damit ich meinen Weg fortsetzen konnte.

»Du redest dir das ein, weil du dich damit besser fühlst. Frag mich, wieso, das ist bestimmt so ein Jungsding.« Sie redete sich regelrecht in Rage. »Bloß immer cool sein, bloß nicht am Bad-Boy-Image kratzen. Es könnte ja rauskommen, dass du auch nur ein ganz normaler Mensch bist, der heult, wenn man ihm wehtut.«

»Halt die Schnauze«, knurrte der Junge, den das offensichtlich getroffen hatte. Aber das Mädchen ließ nicht locker. Ein echter Terrier – wenn sie die Ratte am Wickel hatte, dann ließ sie nicht mehr los. Ich mochte sie.

»Dein Vormund ist ein Arschloch, das weiß jeder«, fuhr sie unbarmherzig fort. »Du hast deinen Großvater geliebt, aber er ist gestorben und hat dich allein gelassen. Dein Vater …«

»Lass. Meinen. Vater. Aus. Dem. Spiel!«

»Hör auf, die Mimose zu geben, Bell!« Jetzt wurde sie richtig laut. »Es geht hier ausnahmsweise mal nicht um deine seidenweiche Babyhaut, du Jammerlappen. Olivia liegt im Sterben und du könntest ihr helfen und tust es nicht, nur damit du dir nicht eingestehen musst, dass du vielleicht doch kein durch und durch verdorbener Schurke bist. Du Idiot!«

Ich runzelte die Stirn. Die beiden Streithähne holten mich zurück in eine Wirklichkeit, der ich mich im Moment tatsächlich lieber nicht stellen wollte. Ich begann mich zu erinnern, wer sie waren und wer ich war. Und warum ich hier im Nirgendwo schwamm und den Ausgang suchte. Das war keine schöne Erinnerung, denn über allem schwebten die vollkommen wahnsinnigen, hasserfüllten Augen des Mannes, der mein Vater war. Der gedroht hatte, Feuer zu legen und Menschen zu töten.

Ich seufzte und begann loszulassen. Der Weg war zu weit, die Anstrengung zu groß. Vielleicht lag dort im Herzen des Netzes die Antwort auf alles. Vielleicht aber auch nicht, und was dann?

Ich lockerte den Klammergriff meines Geistes. Es war gut, jetzt zu gehen, bevor ich erleben musste, was der Wahnsinnige noch alles zerstörte. Jetzt …

Ich japste und hätte beinahe die Augen geöffnet. Ein fester, unbarmherziger Griff legte sich um mein Inneres, hielt das zusammen, was auseinanderfasern und davontreiben wollte. Ich wollte Luft holen, um zu protestieren, aber der Griff verhinderte jede Bewegung. Ich lag da, äußerlich und innerlich paralysiert, und musste über mich ergehen lassen, was nun geschah.

Etwas wühlte sich durch meinen Körper. Es war eine seltsam unpersönliche Berührung, wenn man bedachte, dass sie mein Innerstes durchpflügte. Tat es weh? Ja, schon, aber der Schmerz war ganz weit weg, wie etwas, das anderen Menschen auf der anderen Seite des Globus passiert. Erdbeben oder ein Lotteriegewinn. So weit weg.

»Was machst du?«, hörte ich Kaj hauchen. »Jayce, was *machst* du?«

Er atmete schwer. »Worum du mich gebeten hast, du Flachbirne«, sagte er mit angestrengter Stimme. »Ich kann das nicht, verdammt. Ich kann kaputt machen und dann wieder heilen, aber das hier hab ich nicht … O verflucht!«

Ich hatte meine Stimme wieder. »Aua«, sagte ich. Das war es eigentlich nicht, was ich hatte sagen wollen, aber anscheinend war es das, was herauswollte.

Das Wühlen und Bohren ging weiter. Ich konnte fühlen, wie sich Dinge in meinem Körper veränderten. Zerrissene Dinge wurden geflickt – grob, wenn man mich fragte –, gebrochene Dinge wurden zusammengekittet, ausgelaufene Dinge wurden nachgefüllt – davon gab es eine ganze Menge, wie es schien – und das alles passierte in mir drin. So musste sich ein Auto in der Werkstatt fühlen.

»Lass den Motor drin«, sagte ich laut.

»Was sagt sie? Sie fantasiert!« Kajs Stimme überschlug sich.

»Halt den Mund. Halt. Einfach. Den. Mund.« Jayce klang so atemlos wie ein Marathonläufer nach vierzig Kilometern. »Das ist schwer, was ich hier mache …«

Etwas drückte gegen meine Rippen und schob Knochen wieder in die richtige Position. Ein dumpfer Schmerz, mit dem ein Fremdkörper sich aus meinem zerrissenen Fleisch löste und mit einem leisen Klimpern auf dem Boden landete.

»Ist das die Kugel?«, fragte Kaj erstickt. »Wie hast du die …?«

»Frag nicht.« Jayce klang so erschöpft, als würde er jeden Moment zusammenklappen. »Halt das mal. Ich will den Verband abnehmen. Nur nachsehen … Oh, mein Gott!«

Stille. Anhaltende Stille. Ach, war das schön! Konnten die

beiden nicht mal einfach ein paar Minuten den Mund halten und mich schlafen lassen? Der Klammergriff um mein Inneres, das Bohren und Wühlen hatte aufgehört. Ich fühlte mich himmlisch.

»Jayce«, hauchte meine Cousine. »Jayce, du bist ein …«

»Oh, seid doch mal für *zwei* Minuten still«, fauchte ich und hob den Kopf. »Ihr macht mich wahnsinnig!«

Kaj und Jayce starrten mich mit großen, dunkel umrahmten Augen an. Beide sahen aus wie Gespenster, völlig fertig. Ich sah mich um und stellte fest, dass wir in einem der kleinen Zimmer auf der Krankenstation waren. Ich lag auf einer Liege, die mit durchgebluteten Laken und Verbänden bedeckt war. Ich setzte mich auf und drückte die Hand gegen meine Rippen, denn da drückte ein dumpfer Schmerz, wie ein gezerrter Muskel.

»Was ist passiert?«, fragte ich, denn mein Gehirn meldete sich jetzt zu Wort und lieferte einige sehr seltsame Erinnerungen. »Ich bin angeschossen worden?«

Beide nickten stumm.

Ich senkte den Blick auf das, was Kaj in den Fingern hielt wie etwas, das ihr jeden Moment ins Gesicht explodieren würde. Es war ein Stückchen platt gedrücktes Metall. Ich schluckte und drückte fest gegen meine Rippen. »War das … in mir drin?«

Meine Cousine nickte mit weit aufgerissenen Augen. »Du warst beinahe tot«, flüsterte sie. »Er hat dich geheilt.«

Ich fühlte mich komplett durch die Mangel gedreht, in meinem Kopf schwirrte alles durcheinander. Mein Vater, die Menschen in der Bibliothek, Miki, das Spinnennetz, der Schuss und das Davondriften – ich stöhnte und lehnte mich vornüber, weil mir mit einem Mal kotzübel war.

»Was ist?« Kaj stürzte an meine Seite und hielt mich fest. »Bell, was hat sie?«

Jayce bewegte sich jetzt erst, mühsam wie ein alter Mann. Er kniete sich neben mich und nahm meine Hände. »Alles okay, Liv?«, fragte er heiser. »Wie geht es dir?«

»Toll«, sagte ich und meinte es tatsächlich auch so. Mir war schlecht, aber das kam von den Geschehnissen der letzten zwei Tage. »Mein Vater ist ein komplett durchgeknallter Irrer und du bist ein verdammter Maulwurf, aber mir geht es gut.«

Jayce stieß ein nicht weniger durchgeknallt klingendes Lachen aus und umarmte mich fest. Der dumpfe Schmerz in meinen Rippen ließ augenblicklich nach. »Mensch, ich glaube es nicht«, raunte er in mein Ohr. »Kampfküken, du bist das erste Ding, das ich nicht kaputt gemacht habe und trotzdem reparieren konnte!«

Ich knuffte ihn mit dem Knie. »Ich bin kein Ding, du Arsch.« Aber ich erwiderte seine Umarmung, die tröstlich war. Und etwas mehr als nur tröstlich. Mir wurde warm und ich drückte ihn weg. »Was machen wir?«, fragte ich. »Wie halten wir das Monster auf?«

Jayce' Gesicht verlor alle Farbe. »Der Großmeister«, sagte er heiser. »Ich bin so ein Idiot. Ich dachte … es ist alles meine Schuld, Liv. Das alles wäre nicht passiert, wenn ich ihm nicht geholfen hätte!«

»Warum hast du es dann getan?«, fragte Kaj laut und genervt. »Du und dein bescheuerter Freund! Warum habt ihr das getan? Mein Vater hatte dich gerne!«

Jayce sackte in sich zusammen. Er blickte auf seine Hände, die er so fest ineinander klammerte, dass seine Knöchel weiß wurden. »Ich … ich dachte«, begann er stockend, »ich war ganz allein.« Er wandte sich an mich, sah mich an, als wäre ich seine Rettung. Seine Augen flehten um Vergebung. »Mein Vormund ist ein eiskaltes Arschloch. Ich hatte keine Familie und keine Freunde mehr, außer Malik.« Er senkte kurz den Blick, beschämt, wie es mir vorkam. »Ich dachte, es wäre gut, zu etwas zu gehören, das größer ist als man selbst. Der Professor hat mich immer freundlich behandelt, aber ich habe mich wie ein Versager gefühlt, weil ich meine Gabe nicht zu nutzen wusste. Alle hier auf der Insel lernen, ihre Gabe zu beherrschen, nur ich war zu dämlich dazu.« Er atmete tief. »Malik hat mich nie mit irgendwas unter Druck gesetzt. Er war auf meiner Seite, ohne Wenn und Aber. Seine Familie gehört schon lange insgeheim zu Nadir. Und ich habe ihm geglaubt, dass er und Nadir für etwas Besonderes stehen.« Jayce verstummte und legte das Gesicht in die Hände. Er schien am Boden zerstört zu sein, was ich nachvollziehen konnte. In gewisser Weise ging es mir ähnlich wie ihm. Ich war meinem Vater auf den Leim gegangen.

Allerdings hatte Arachne auch alles getan, um mich abzuschrecken.

Ich rieb mir die Stirn und sah, dass meine Hände mit getrocknetem Blut überzogen waren. Mein Blut. Ich schauderte und sah schnell woanders hin. Kaj bemerkte das und stand auf. »Du musst dich waschen«, sagte sie und klang geradezu erleichtert, dass sie etwas tun konnte. »Und andere Klamotten, deine sind schmutzig.«

Genauer gesagt: steif von getrocknetem Blut und zerrissen von allem, was mit mir passiert war. Ich hob den Kopf und ignorierte meinen Zustand. Mir ging es gut.

»Jayce«, sagte ich langsam, »was immer du getan hast – es war nicht entscheidend. Er hatte seine Leute doch längst hier postiert. Mr Holland zum Beispiel. Die Bruderschaft …«

»Keiner von denen hat das ernst genommen«, sagte Jayce verzweifelt. »Ich hingegen wusste, was dahintersteckt, genau wie Malik, und natürlich der Großkomtur, er hat das Ding hier ja aufgezogen. Die anderen haben nur mitgemacht, weil es spannend war und geheim und sich irgendwie verboten angefühlt hat.«

»Jayce«, sagte jetzt Kaj, die mit einer Schüssel und einem Handtuch aus dem Nebenzimmer kam, »du bist ein Idiot, aber du bist kein Mörder. Er hat dich eingewickelt.« Ihr Blick flog zu mir, sie zuckte mit den Achseln. »Tut mir leid, dass ich so widerlich zu dir war. Aber ich wusste, dass du so was wie ein Kuckucksei bist. Ein … eine Art eingeschmuggelte Bombe. Wie auch immer. Mein Vater hat darüber geredet – nicht mit mir«, fügte sie hastig hinzu und wurde rot. »Mit meiner Mutter. Ich hab das zufällig gehört. Er sagte, dass sein Bruder dich für irgendwas benutzen will. Und dass er es vielleicht knacken kann.«

Ich nahm ihr das Handtuch ab und tauchte einen Zipfel ins Wasser. Mein Kopf schmerzte. »Mein Vater hat mich manipuliert, das stimmt«, sagte ich rau und rieb mir übers Gesicht. »Und ich glaube, er hat noch mehr getan als das. Er hat mich nicht nur benutzt, er hat gesagt, dass seine Wissenschaftler mich … hergestellt haben. Oder so.«

»Meine Güte«, sagte Kaj und wurde blass.

»Aber woher soll ich wissen, dass Arachne nicht genauso böse ist?«, fragte ich und hielt ihrem zornigen Blick stand. »Ihr betreibt hier Überwachung und Gehirnwäsche und was weiß ich, was noch alles!«

»Das ist doch völliger Schwachsinn!« Kaj wurde laut. »Die Überwachung ist zu unserem Schutz. Mein Vater ist ein guter Mensch! Und Arachne sorgt dafür, dass sich die Fäden der Weltgeschichte nicht verwirren, wir sind schließlich die Weber. Arachne und Nadir existieren beide in der Matrix, es geht meinem Vater vor allem um das Gleichgewicht! Nadir will bloß zerstören.«

Ich knurrte sie an, aber Jayce, der immer noch meine Hand hielt, unterbrach uns. »Wir müssen hier raus«, sagte er.

»Und wir müssen deinen Vater warnen. Er ist tatsächlich nicht auf der Insel?«

Kaj biss sich fest auf die Lippe. »Inzwischen weiß er garantiert, dass hier etwas nicht stimmt. Er wird zurückkommen und läuft genau in die Falle.« Sie verzog das Gesicht. »Er wird meinen Vater umbringen«, sagte sie tonlos. Ich fand es ganz schön tapfer, dass sie nicht losheulte. Ich an ihrer Stelle hätte es wahrscheinlich getan. Wir saßen wie die Kaninchen in der Falle und das Unheil nahm seinen Lauf.

Jayce runzelte die Stirn. »Wieso waren in den Labors keine Unterlagen zu finden?«, fragte er. »Hat der Professor gewusst, dass sein Bruder eine Invasion plant?«

Kaj starrte ihn an. »Ach, die Area«, sagte sie. »Nein, das ist das normale Prozedere. Die Daten liegen verschlüsselt auf dem Hauptserver, und wenn man ohne den Autorisationscode an die Computer will, kommt man an sie nicht ran. Mein Vater traut den Sicherungssystemen nicht.«

Ich musste lachen. Paranoia schien in der Familie zu liegen.

Jayce schien die Antwort zu beunruhigen. »Das findet er raus«, sagte er. »Wenn er es nicht schon weiß. Deshalb will er deinen Vater haben, nicht, um ihn zu töten.« Er rieb nervös die Hände aneinander. »Wo ist der Hauptserver?«

Kaj hob die Schultern. »Keine Ahnung.« Ihr Blick flackerte.

»Wer könnte es wissen?«, drängte er.

Kaj sah ihn misstrauisch an. »Wie kann ich wissen, dass du nicht immer noch für die Bruderschaft arbeitest?«

Jayce senkte den Kopf. Seine Kiefer mahlten. »Das kannst du nicht«, sagte er. »Aber ich bin nicht wahnsinnig, Kaj. Nur dämlich.«

Ich warf das blutverschmierte Handtuch auf die Liege und stand auf. »Ich traue dir«, sagte ich kurz. »Hört auf zu quatschen. Wenn wir hier abwarten, bis uns einer holt, sind wir geliefert.«

26

Wir standen vor der geschlossenen Tür und starrten sie an, als würde sie alleine durch unsere gemeinsame Willensanstrengung zum Aufgeben gebracht und sich uns öffnen.

»Falls wir hier rauskommen …«, begann Kaj.

»Wenn«, sagte Jayce und sah mich an. Ich nickte.

Kaj lachte. »Grammatikdiskussionen in so einer Situation, ihr spinnt doch.«

Ich lachte und Jayce grinste. Ein Stück der Anspannung fiel von uns ab und machte den Kopf frei.

»Also, *wenn* wir hier rauskommen – wo gehen wir hin und was unternehmen wir?«

Das war eine ziemlich gute Frage. »Was hat er vor und worauf will er hinaus?«, überlegte ich laut. »Er will die Schule übernehmen. Warum ist ihm das so irre wichtig?« Er hatte gesagt, wenn er die Insel hat, dann fällt ihm nach und nach auch der Rest von Arachne in den Schoß. Ich schauderte. Ganz egal, ob die Spinnen oder die Bruderschaft der Rose nun die Bösen waren – mein Vater jedenfalls war Sauron persönlich.

»Das alte Kloster«, flüsterte Kaj und biss sich auf den Daumenknöchel. Das war ein Tick, den ich von mir kannte. Ich nahm ihre Hand und drückte sie beruhigend.

»Was ist das alte Kloster?«, fragte Jayce. »Hier auf der Insel kenne ich nur die Kapelle …«

»Die gehörte dazu.« Kaj atmete tief durch und sah uns beide an. »Ihr müsst schwören«, sagte sie. Ihr blasses Gesicht mit den dunklen Schatten unter den Augen erschien mir wie ein Blick in den Spiegel. »Schwört, das niemandem zu verraten. Ich darf darüber nicht sprechen, aber das hier ist doch eine Notsituation, oder?«

Wir nickten stumm. Das war es, absolut.

Kaj schauderte und reckte dann das Kinn. »Wir schaffen das, auch ohne meinen Vater.«

»Wir schaffen das«, murmelten Jayce und ich wie Kinder, die Verschwörung spielten.

»Das alte Kloster ist die eigentliche Zentrale«, wisperte Kaj. Wir beugten uns vor, um die Köpfe aneinander zu legen. Das war gut, denn wer wusste, ob wir hier abgehört wurden? Wir hatten schon viel zu viel gesagt. Mein Magen grummelte.

»Die Area ist nur eine Art Schullabor«, fuhr sie fort. »Sie tarnt den echten Laborkomplex, und der liegt in und unter dem alten Kloster. Dort ist auch der Hauptserver untergebracht.« Sie warf Jayce einen herzzerreißend verzweifelten Blick zu. »Wenn du wirklich ein Verräter bist, kannst du mich jetzt genauso gut umbringen«, flüsterte sie. »Ich bin nämlich tot, wenn irgendwer rauskriegt, dass ich euch das verraten habe.«

Jayce legte seine Hand aufs Herz und hob sie dann zu einem stummen Schwur. Sein Gesicht war sehr ernst und überhaupt nicht mehr cool. Ich hätte ihn am liebsten geküsst.

Die Geste schien Kaj zu beruhigen, denn sie fuhr mit festerer Stimme fort: »Ich denke, dass die Einser dort die Stellung halten. Sie sorgen dafür, dass der Schleier, der das Kloster verbirgt, stabil bleibt.«

Ich blinzelte schnell. Die Einser? Schon wieder dieses Wort, was bedeutete es nur? Ich war inzwischen einigermaßen sicher, dass es dabei nicht um Schulnoten ging.

»Die Einserbegabten?« Jayce stöhnte. »Natürlich, die sucht er. Verdammt.«

Kaj sah mich an. »Du hast sie bestimmt schon bemerkt. Sie unternehmen hin und wieder nachts die Geistertour, um das Mysterium um die Area zu untermauern und die neuen Schüler zu erschrecken.« Sie grinste.

Ich erinnerte mich an die Gruppe Vermummter mit den farbigen Lichtern. Das war alles andere als abschreckend gewesen, eher hübsch und Neugier erregend, zumindest für mich. »Was bedeutet ›Einserbegabte‹?«

»Keine Zeit. Das Kloster«, sagte Jayce. »Wir müssen hier weg, ich hab ein ungutes Gefühl. Wenn der Sani vom Schiff kommt …«

Kaj nickte heftig. »Erst hier raus, dann der Rest der Geschichte«, sagte sie bestimmt.

Wir drehten uns wieder zur Tür. Die war noch immer verschlossen. Ich seufzte und sah Jayce an. »Du kannst das Schloss nicht zerstören, richtig?«

Er nickte mit gerunzelter Stirn.

Ich nahm meine Lippe zwischen die Finger und zog daran. Auch so ein blöder Tick. »Ich hab das Schloss zur Area geöffnet. Vielleicht klappt es auch hier.« Wobei ich tatsächlich nicht wusste, *wie* ich das gemacht hatte. »Hältst du mich wieder?«, fragte ich Jayce verzagt. »Und … du vielleicht auch, Kaj? Ich brauche alle Unterstützung, die ich kriegen kann.«

Wortlos nahm Jayce meine Hand und Kaj legte mir den Arm um die Schulter. Ich presste meine freie Hand gegen das Türschloss und machte die Augen zu.

Das Spinnennetz pulsierte grell hinter meinen Lidern. Ich keuchte und riss die Augen wieder auf, blinzelte ein paarmal, um das Nachbild zu vertreiben, und schüttelte den Kopf, als Kaj mich flüsternd fragte, was los wäre.

Wieder schloss ich die Augen, dieses Mal war ich gegen den Schockeffekt gewappnet. Trotzdem fühlte es sich an, als würde jemand ein glühendes Eisen direkt in mein Gehirn drücken. Mein Mageninhalt wollte hinaus und alles begann sich zu drehen.

Ich biss die Zähne zusammen. Wenn das der Preis war, dann musste ich ihn wohl oder übel zahlen. Ich atmete langsam und zählte meine Atemzüge, bis die Übelkeit und der Schwindel verschwunden waren.

Dann konzentrierte ich mich auf das neonleuchtende Netz vor dem dunkelroten Hintergrund meiner Lider. Ich folgte den Strängen, blieb an pulsierenden Knotenpunkten hängen, wartete auf eine Eingebung. Endlich, endlich begann sich eine Spur hellrot zu verfärben. Sie verlief entlang der Spinnennetz-Windungen, schlängelte sich langsam vom Rand zur Mitte, verknäulte sich dort mehrmals und wanderte dann gemächlich zum anderen Rand des Netzes. Ich begriff, dass diese Verbindung, wenn ich sie auf das Deckengemälde der Bibliothek hätte projizieren können, erneut zwischen dem schwarzen Ritter und der weißen Gestalt verlief. Genau wie der Pfeil, mit dem ich die Tür zur Area geöffnet hatte.

Ich stieß meinen angehaltenen Atem aus und murmelte: »Los.« Die geschlängelte, sich windende Zeichnung streckte sich und wurde zu dem Pfeil mit zwei Enden. Sie strahlte hell auf und ich hörte das Knacken des Schlosses.

»Geil«, murmelte Kaj und ließ mich los. »Du und Bell, ihr könnt im Zirkus auftreten.«

»Die unglaublichen Schlossknacker Bell und Noack«, sagte Jayce vergnügt, aber ich hörte das Beben in seiner Stimme. Ich sah ihm ins Gesicht und er fuhr sich nervös mit der Zungenspitze über die Lippen. »Das war abgefahren«, flüsterte er, und ich wusste, er hatte es auch gesehen. Das Spinnennetz.

Wir schlichen auf verschlungenen Wegen durch das gespenstisch leere Schulgebäude. Es war hell erleuchtet, aber nirgendwo waren Menschen zu sehen. Die meisten Türen standen offen und die Räume dahinter waren leer.

In den Gängen hallte entfernter Lärm. Männerstimmen, das Geräusch schwerer Stiefel, hier und da eine kleine Explosion – Schüsse?

Wir hatten im Schwesternzimmer eine Hose und ein Shirt für mich gefunden, sodass ich mich aus meinen schmutzigen, blutverkrusteten Kleidern schälen konnte. Das fühlte sich schon mal besser an, aber mir war kalt.

»Wartet.« Jayce ging in die Knie und schob sich zu einem Fenster. Von hier aus konnte man den Bibliotheksflügel sehen. Mir gruselte bei dem Gedanken, dass dort vielleicht schon ein Massaker im Gange war.

»Nichts zu sehen.« Jayce zog den Kopf ein. »Kein auffälliges Licht, keine auffälligen Bewegungen. Noch ist es ruhig. Schnell weiter.«

Kaj hatte uns im Telegrammstil erklärt, wo wir nach dem Kloster suchen mussten, damit wir uns wiederfinden konnten, falls wir getrennt wurden.

Wir hatten es beide nicht glauben wollen – eine vorgelagerte kleine Insel, eigentlich nur ein sehr großer Felsen, beherbergte das ehemalige Kloster. Die Insel war so nah, dass eine Brücke sie mit unserer Insel Stakkey verband, und bestand im Prinzip nur aus dem Kloster und dem Felsen darunter, der wiederum komplett mit Gängen, Vorratsräumen, ehemaligen Mönchszellen, einem Verlies, der alten Bibliothek und was weiß ich noch für Räumen durchzogen war wie ein Schweizer Käse mit Löchern.

»Das war die Burg«, flüsterte Kaj. Wir hockten in einer Fensternische und warteten darauf, dass der Suchtrupp den Flügel verließ, durch den wir hindurch zu den Wirtschaftsräumen gelangen wollten. Wir hörten die Männer poltern, schimpfen und lachen. Der Lärm entfernte sich langsam.

»Die Burg des Spinnenordens?«, fragte Jayce, der überaus konzentriert zugehört hatte. Mich interessierte das alles nicht so wie ihn, ich war viel zu sehr damit beschäftigt, das leuchtende Abbild des Spinnennetzes von meiner realen Sicht fernzuhalten. Seit ein paar Minuten sah ich es auch mit offenen Augen und es machte mich wahnsinnig.

»Ja.« Kaj verschränkte die Hände vor den Knien. Sie lehnte an der Wand und sah schrecklich müde aus. »Sie wurde aufgegeben, als Aranea Hall gebaut wurde. Heizung. Elektrisches Licht. Fließendes Wasser.« Sie grinste schief. »Aber der Vorgänger meines Vaters hat dort eine Art Rückzugsquartier einrichten lassen, falls Nadir dem Orden mal wieder zu sehr auf die Pelle rücken sollte.« Sie seufzte.

»Dort hat dein Vater den Hauptserver untergebracht«, sagte Jayce.

»Und die echten Labors.« Sie nickte ergeben.

»Und das ist es, was mein Vater sucht.« Ich schlang die Arme um meinen Oberkörper und blinzelte heftig. Das Spinnennetz nervte, nervte, nervte!

»Weiter.« Es brauchte die Aufforderung nicht, wir standen schon wieder auf den Füßen und hasteten durch die verlassenen Räume der Schule. So gespenstisch. So …

»Stopp«, zischte ich und hielt meine Cousine am Ärmel fest. »Deckung.« Jayce, der uns ein Stück voraus war, schien schon abgetaucht zu sein, aber wir standen mitten im Gang, und nirgendwo war eine Möglichkeit in Sicht, uns zu verstecken. Die Schritte und Stimmen, die mich alarmiert hatten, kamen schnell näher. Wenn die Männer um diese Ecke bogen, hatten sie uns voll im Blickfeld.

Das Spinnennetz lockte mit einer neongelben Spur, die sich gemächlich über einen der Fäden auf das Zentrum zubewegte.

Das hatte ich inzwischen kapiert – das Zentrum war entweder der Ort, an dem ich mich befand, oder das Ding, das ich öffnen wollte. Zu öffnen hatte ich gerade nichts, also symbolisierte diese gelbe Linie womöglich die auf mich zumarschierenden Männer?

Kaj stand wie paralysiert da. Ich schloss die Augen, atmete tief ein und verschob kurz entschlossen mit meinem Geist den nächsten Knoten, den das gelbe Leuchten auf seinem Weg zum Zentrum kreuzen würde. Die Linie zitterte, hielt inne, dann wechselte sie den Faden und bog quer zum Zentrum ab, um auf die linke Seite des Spinnennetzes zuzuhalten.

»Sie entfernen sich«, flüsterte Kaj und prustete erleichtert. »Scheiße, das war knapp.«

War es, dachte ich. Wenn du wüsstest, wie knapp!

Während wir die Wirtschaftsräume durchquerten, gespenstisch leer wie Geisterstädte, dachte ich über das nach, was ich gerade getan hatte. In meinem Kopf war etwas ganz und gar nicht in Ordnung, und ich war tausendprozentig sicher, dass das die Schuld meines Vaters war. Er oder seine Wissenschaftler hatten in meinem Kopf herumgepfuscht und jetzt konnte ich Dinge verändern, Menschen ohne ihr Wissen beeinflussen. Das gefiel mir nicht.

Aber im Moment war ich ganz froh, dass ich diese Fähigkeit besaß – so, wie Jayce mich »repariert« hatte. Wir waren schon ein paar echte Freaks.

»Keine Freaks – Begabte«, flüsterte ich, und wieder löste sich ein Rätsel.

Die Luft war angenehm frisch, als wir ins Freie traten, und ich nahm einige tiefe Atemzüge. Das klärte meinen Kopf und ließ das Geisterbild vor meinen Augen ein wenig verblassen.

Der Morgen kündigte sich mit grauem Zwielicht an, aber noch würde es einige Stunden dauern, bis die Sonne aufging. Wir mussten diese Nacht überstehen, das war mein Mantra. Es war still auf dem Gelände, und ich wusste nicht, ob das ein gutes oder ein katastrophales Zeichen war. Das Unheil lag zum Greifen spürbar in der Luft. Ich hielt mich an Jayce' Arm fest, weil ich plötzlich zu schwanken begann.

»Planänderung«, sagte ich hastig. »Zwei von uns gehen in die Bibliothek. Ich hab ein ganz mieses Gefühl.«

Jayce nickte, und ich konnte seiner beklommenen Miene ansehen, dass es ihm ähnlich ging. Auch Kaj nickte verbissen.

»Du und Kaj«, sagte ich. »Erzählt ihm, ich wäre gestorben. Vielleicht bringt ihn das ja für einen Moment aus dem Tritt. Ich nutze die Gelegenheit und öffne den Hintereingang zum Saal. Die Leute müssen da raus, ehe er tatsächlich die Bibliothek abfackelt.«

Das war es, was mich bedrückt hatte. Als ich meinen dürftigen Plan aussprach, fühlte ich eine Erleichterung, dass ich hätte jubeln können. Natürlich hätte ich mich gerne im alten Kloster versteckt – aber dann starben womöglich eine Menge Menschen, nur weil ich mich in Sicherheit gebracht hatte wie ein erbärmlicher Angsthase.

»Gut, das kriegen wir hin«, sagte Jayce. »Ich könnte behaupten, aus Kaj was rausgeprügelt zu haben, eine Info, wo ihr Vater ist. Irgendwo auf der Insel.«

Ich nickte zweifelnd. Das war gefährlich, aber andererseits … wir würden das hier doch womöglich ohnehin nicht unbeschadet überleben. Wie denn? Wir waren auf der Insel gefangen, wie alle anderen.

Ich grinste die beiden an. Einmal war ich schon fast gestorben, also sollte ich mich jetzt nicht davor fürchten, es ein zweites Mal zu riskieren. »Ab mit euch«, sagte ich. »Gebt mir einen kleinen Vorsprung, damit ich am hinteren Eingang in Position bin. Sorgt für Aufsehen!«

Ich klatschte Jayce und Kaj ab und drehte mich um.

Scheiße.

Malik steuerte zielsicher auf uns zu. Er winkte und rief: »Bell, komm in die Hufe, Alter, du verpasst das Feuerwerk!«

Scheiße, scheiße!

»Kaj«, zischelte ich, »tu was!«

Sie vertrieb den Schock aus ihrem Gesicht und lächelte Malik strahlend an. »Da bist du«, sagte sie mit so viel Schmelz in der Stimme, dass es einen Gletscher zum Abtauen hätte bringen können. »Mali, ich hab mir solche Sorgen um dich gemacht! Geht es dir gut?«

Der Charmefrontalangriff zeigte Wirkung. Malik verlangsamte seinen Schritt und Verwirrung malte sich auf seinem Gesicht ab. »Kaj?«, sagte er. »Wo kommst du her? Ich dachte, ihr seid irgendwo sicher untergebracht.«

»Der Sani hat uns rausgelassen«, plapperte meine Cousine und hängte sich bei ihm ein. »Liv geht es besser, sie wollte zu ihrem Vater.«

Die Betäubung ließ nach und Misstrauen malte sich auf Maliks Zügen ab. »Was?«, fragte er und sah Jayce an. »Bell, was geht hier ab?«

Jayce schüttelte den Kopf in meine Richtung und streckte die Hand zu seinem Freund aus. »Malik, hör zu«, sagte er eindringlich. »Wir haben darüber schon gesprochen. Das hier läuft übel, richtig übel. Willst du wirklich, dass es auf diese Weise endet?«

Malik sah ihn mit großen Augen an. Noch nie hatte ich ihn schöner gesehen als jetzt, mit dem erleuchteten Schulgebäude im Rücken, dessen Licht einen goldenen Schimmer auf seine Locken legte und ihm beinahe einen Heiligenschein verlieh. Er sah aus wie der Erzengel, der vor dem Paradies darüber wachte, dass die Menschen es nicht wieder betraten.

»Lass es«, sagte ich unterdrückt. »Er ist einer von ihnen.« Ein Fanatiker. Das hatte ich nie erkannt, aber jetzt sah ich es so klar, als trüge er einen Button mit dieser Aufschrift.

Malik wich zurück. »Du verrätst ihn?«, fragte er fassungslos und wartete Jayce' Antwort gar nicht ab. Er wandte sich zum Haus, holte tief Luft …

Und Kaj traf ihn mit einem gut gezielten Handkantenschlag an der Kehle und dann mit dem Ellbogen an der Schläfe. Ich hatte ganz vergessen, dass sie Karate und all so was praktizierte.

Malik brach zusammen, ohne einen Ton herausgebracht zu haben. Kaj kniete neben ihm nieder, fühlte seinen Puls, hob ein Lid, um in seine Augen zu sehen. »Er lebt noch. Leider«, sagte sie mitleidlos. »Was machen wir mit ihm?«

Jayce schüttelte seinen Schock ab und packte Maliks Arme, um ihn in den Schatten des Gebäudes zu schleifen. »Wir legen ihn hier ab, mit ein bisschen Glück stolpert keiner über ihn«, keuchte er und verschnaufte einen Moment. Dann wischte er sich übers Gesicht und hob den Kopf. »Wie lange wird er bewusstlos sein?«

Kaj zuckte mit den Schultern. »Keine Ahnung, ich hab das noch nie gemacht.« Sie sah sich fahrig um. »Finden wir etwas, um ihn zu fesseln und zu knebeln?«

»Keine Zeit«, sagte ich scharf. »Planänderung.« Schon wieder. Aber Malik hatte etwas von Feuerwerk gesagt, und das klang übel. Sehr übel.

»Kaj, du alarmierst die Leute im alten Kloster. Sie müssen deinen Vater kontaktieren, egal wie.« Ich rieb mit dem Daumen über meine Lippen, sie waren trocken und rissig. Das Spinnennetz glühte sattrot vor meinen Augen wie ein Warnlicht. »Jayce und ich gehen da jetzt rein. Wir werden versuchen, meinen Vater aufzuhalten.« Das war ein irrsinniger Plan, der jetzt schon zum Scheitern verurteilt war. Nein, es war gar kein Plan, es war ein Selbstmordkommando. Das Einzige, was uns vielleicht retten konnte, war der Nutzen, den wir für Viktor Nygren möglicherweise hatten. Er war scharf auf unsere Fähigkeiten, das würde uns womöglich die Haut retten.

27

»Wie willst du ihn aufhalten?« Jayce rannte mit leichten, lautlosen Schritten neben mir her. Sein schwarzes Haar flatterte wie eine Fahne im Wind, seine Augen blitzten und jede seiner Bewegungen sagte: Bringt euch in Sicherheit, Bösewichte, denn der dunkle Ritter naht!

Ich dagegen fühlte mich gar nicht ritterhaft. Mein Magen schlug Salti, ich wäre am liebsten weggerannt und hätte mich in einer dunklen Ecke versteckt, bis alles vorüber war. Und vor meinen Augen vibrierte das dunkelrote Spinnennetz und sandte Alarmsignale durch mein Gehirn. Kurz: Es ging mir auch schon mal besser.

»Keine Ahnung«, keuchte ich und blieb stehen, um nach Luft zu schnappen wie ein Fisch auf Landgang. »Du hast ihn gehört, Jayce. Feuerwerk!«

Er nickte düster. »Ich bin schuld«, sagte er.

»Quatsch.« Ich setzte mich etwas langsamer wieder in Trab. »Auch nicht mehr oder weniger als ich. Er hat mich voll eingewickelt.« Und dabei hatte er mich als Maulwurf benutzt, als Paketbombe, als Sabotageprogramm. Ich war so wütend, ich hätte am liebsten jemanden geschlagen.

Jayce streckte die Hand aus und berührte meinen Arm. »Du bist seine Tochter«, sagte er. »Dich trifft keine Schuld an dem, was er mit dir gemacht hat.«

Ich blieb erneut stehen und hielt ihn fest. Es brannte mir auf der Seele. »Was auch immer gleich passiert«, sagte ich mit klopfendem Herzen. »Wenn wir das alles hier nicht überleben. Dann will ich wenigstens eins noch getan haben.« Und mit diesen berühmten letzten Worten nahm ich meinen Mut zusammen und küsste Jayce. Aber so richtig.

Er schmeckte nach frischem Wind und salzigem Wasser, nach Holz und Schweiß und … nach Jayce. Für einen seligen, endlosen Augenblick war das Spinnennetz verschwunden und die Gefahr, die auf uns wartete, nur ein kleines Wölkchen an einem strahlend blauen Sommerhimmel.

Unsere Lippen lösten sich voneinander und wir sahen uns in die Augen. »Ich glaube, ich liebe dich«, sagte er, und Staunen lag in seiner Stimme und auf seinem Gesicht.

»Blödsinn«, sagte ich und stieß ihm sacht die Faust in die Seite. »Du kennst mich gar nicht.« Aber trotzdem taten mir seine Worte an einem ganz stillen Ort tief in mir drin unendlich gut. Wenn ich starb, dann hatte wenigstens einmal ein Junge zu mir gesagt, dass er mich liebte. Und noch dazu so ein Hottie …

»Weiter«, sagte ich. »Leise. Vielleicht können wir erkennen, wo das Feuerwerk geplant ist.«

Wir gingen schnell weiter und näherten uns dem Eingang der Bibliothek. Er war nicht gesichert, es standen weder Wachen davor noch war die Tür verriegelt. Ich öffnete sie mit klopfendem Herzen und trat in den Vorraum, um durch die breite Flügeltür zu blicken.

Das Licht war gedämpft, der große Saal schien auf den ersten Blick menschenleer zu sein. Dann hörte ich eine Stimme, sah eine Bewegung im Halbdunkel der Nischen.

Ich straffte meine Schultern, warf Jayce einen letzten Blick zu und ging los, während ich mit den Blicken das düstere Interieur durchforstete. Auf den Buchrücken schimmerte es golden und kupferfarben, es roch nach Leder, altem Papier und Holz. Und es roch nach Schüssen und Blut und Angst.

Eine schlanke Gestalt erhob sich aus einem Sessel und sah mich an. Helles Haar, helle Augen. »Livvy?«, sagte mein Vater. »Du lebst?« Die Hoffnung in seiner Stimme rührte mich wider Willen.

»Ja«, sagte ich nur und trat zu ihm. »Dank Jayce.« Jetzt erkannte ich die anderen, die dort in der Runde saßen, Mr Holland, zwei der Männer vom Boot, zwei blasse, ängstlich dreinschauende Ritter der Bruderschaft – Karen und der stämmige Sergej. Ich nickte allen zu.

»Es geht dir wirklich gut?« Mein Vater legte seine Hände auf meine Schultern und musterte mich eindringlich. Das Spinnennetz flammte so hell auf, dass ich Angst hatte, er könnte es in meinen Augen erkennen. Ich musste mich zusammenreißen, um seinen Blick zu erwidern und einfach nur zu nicken.

Er ließ mich los und wandte sich Jayce zu, der mit verschlossener Miene dastand, die Hände in den Hosentaschen, und auf den Boden starrte.

»Bell«, sagte mein Vater, und seine Stimme klang wie eine Glocke. »Du hast mir meine Tochter zurückgebracht und es ist dir endlich gelungen, dein Potenzial zu wecken. Ich bin stolz auf dich.«

Jayce nickte knapp und sah Mr Holland an, der wieder in seinem Rollstuhl saß, die Hände gefaltet, wie er es immer tat. Er lächelte, aber das Lächeln kam nicht bis zu seinen Augen, die uns klar und kalt ansahen. »Wo ist Kajsa?«

Ich zuckte mit den Schultern und gab mich gleichgültig. »Wir sind draußen Malik begegnet, als ich sie das letzte Mal sah, hielten sie Händchen.«

Mein Vater lachte und ich konnte ihm ansehen, dass die Sache damit für ihn erledigt war. Malik war ein treuer Gefolgsmann, dachte er, dem man die Tochter des Feindes sehr gut anvertrauen konnte.

Ich sah mich ostentativ um. »Wo sind die anderen alle? Die … die Geiseln?«

»Jason hat dich überzeugt?« Mr Hollands Stimme war sanft wie eine Katzenpfote.

»Das hat er wohl.« Ich hob das Kinn und erwiderte den Blick des miesen Verräters. »Ich habe meinen Vater wiedergefunden, das ist alles, was für mich zählt. Der Rest hier ist nicht mein Krieg. Ich bin froh, wenn es vorüber ist und wir von dieser verfluchten Insel verschwinden.«

Er nickte langsam, aber das Misstrauen verschwand aus seinen Augen. »Wir haben es bald geschafft«, sagte er.

»Sehr bald.« Mein Vater legte den Arm um meine Schultern. »Ich bin stolz auf dich. Du wirst meine Schildträgerin, mein Generalschlüssel zu den Herzen der Menschen sein. Wir beide werden Großes erreichen.«

Ich fühlte den Puls in meiner Kehle. Etwas stieg heiß und säuerlich-bitter aus meinem Magen auf und ich schluckte es hastig herunter. Das fehlt noch, dass ich ihm hier vor die Füße kotzte.

»Wo sind die Geiseln und was wird mit ihnen geschehen?«, wiederholte ich.

Mein Vater rieb sich mit dem Daumen über die Augen. »Die entbehrlichen habe ich in die größere der beiden Turnhallen gesteckt«, sagte er gleichgültig. »Diejenigen, die uns noch nützlich sein können, stehen in der Cafeteria unter Bewachung.«

Ich atmete auf. Dort war Miki wahrscheinlich. Aber dann fuhr es mir kalt durch die Knochen. »Entbehrlich?«, fragte ich ungläubig.

Er nickte und hob den Blick zu seinem Großkomtur. »Wir haben entschieden, die Bibliothek erst später abzufackeln, als

Demonstration unserer Entschlossenheit«, sagte er. »Wie ich meinen Bruder kenne, braucht es ein wenig mehr Druck, damit er aus seinem Versteck kommt, als ein paar Bücher.«

Unersetzbare, wertvolle, alte Bücher! Ich hätte ihn am liebsten angebrüllt. Abfackeln! Diese wunderbare Bibliothek mit all ihren Schätzen! Mein Blick flog zur Decke, doch das Gemälde war in der Dunkelheit nicht zu erkennen. Nur hier und da schimmerte es golden wie der Sonnenaufgang, der einen neuen Tag versprach.

»Also – was?«, fragte ich heiser. Womit wollte er den Professor erpressen? Mit den »entbehrlichen« Geiseln in der Turnhalle etwa?

»Du kommst gerade rechtzeitig«, sagte mein Vater und grinste, was sein Gesicht seltsam jungenhaft wirken ließ. Er griff zu einem Headset, das auf dem Tisch lag neben dem Glas, in dem eine bernsteinfarbene Flüssigkeit einen Finger hoch schwappte.

Er setzte das Headset auf und räusperte sich. »Achtung, Achtung«, sagte er halblaut, und ich hörte draußen über die Anlage der Schule seine Stimme donnernd laut verstärkt über den Hof schallen. Er machte eine Bewegung mit dem Daumen und einer seiner Männer schob hastig einen Regler an einer Art Minimischpult in eine andere Stellung.

»Hier spricht Nadir«, sagte mein Vater. »Hier spricht Viktor Nygren. An alle Arachne-Anhänger, die es bis jetzt nicht gemerkt haben sollten: Es ist vorbei. Arachne hat verloren, der Orden ist vernichtet oder wird es in Kürze sein. Wer sich uns jetzt ergibt, kann mit Milde rechnen, wer sich uns anschließen will, ist willkommen.«

Er pausierte, während das Echo seiner Stimme durch das Schulgebäude hallte. Ich hatte Mühe, mich der Macht seiner Stimme zu entziehen, sie hatte eine geradezu hypnotische Kraft.

Ich schauderte, zwang mich aber, eine neutrale Miene zu bewahren.

»Nun zu dir, Arvid«, sagte er grollend. »Bruder, unser Kampf ist beendet. Wenn du größeren Schaden vermeiden willst, dann ergib dich nun. Ich garantiere dir, dass deiner Familie nichts passieren wird. Ich will dich – nicht deine Frau und nicht deine Tochter.«

Er schloss die Augen und ich sah das Beben in seinen Fingern. Er log, und wie er log!

Etwas leiser, aber immer noch durch die Übertragung dröhnend verstärkt, fuhr er fort: »Ich gewähre dir die letzte Chance, dich zu ergeben. Wir haben deine Schutzbefohlenen als Geiseln genommen. Wenn du mir in den nächsten fünf Minuten kein Zeichen deines guten Willens gibst, werde ich damit beginnen, sie zu erschießen.«

Ich atmete jäh ein und presste die Faust vor den Mund, um nicht aufzuschreien. Holland warf mir einen scharfen Blick zu, und ich schwieg.

»Solltest du dich weiterhin feige hinter deinen Schülern verstecken wollen, werde ich allerdings die Erschießungen aussetzen. Die dir anvertrauten Kinder befinden sich in sicherem Gewahrsam in einer der Sporthallen. Die Halle ist mit Brandsätzen versehen worden, ebenso wie die Bibliothek. Solltest du dich nicht innerhalb der nächsten halben Stunde ergeben, werde ich diese Halle mit allen, die sich darin befinden, in die Luft jagen lassen.«

»… in die Luft jagen lassen …«, schepperte das Echo durch den anbrechenden Morgen.

Mir war schlecht. Wenn Kaj die Wahrheit gesagt hatte, dass der Professor gar nicht auf der Insel war, dann würde es an diesem Morgen ein Gemetzel sondergleichen geben, das niemand aufhalten konnte.

Jayce regte sich unruhig. »Grandseigneur«, sagte er drängend, »Kaj behauptet, ihr Vater sei nicht auf der Insel. Sollten wir nicht sichergehen …«

Mein Vater öffnete die Augen und starrte ihn an. Das fanatische Feuer in seinem Blick erschreckte mich noch mehr als seine Drohungen. Seine Augen glitzerten wie falsche Juwelen. »Ist das nicht gleichgültig?«, flüsterte er. »Sie werden doch ohnehin sterben. Du solltest lernen, Kanonenfutter zu erkennen, Bell. Das ist entbehrliches Material, für nichts zu gebrauchen, noch nicht einmal für Experimente. Befreien wir die Welt von diesem unnützen Ballast, machen wir sie ein wenig reiner.«

Er drehte sich um, gab dem Mann am Pult ein Zeichen und sagte: »Bringt Nadir das erste Opfer, meine Ritter.«

Karen, die bis jetzt starr und reglos dagesessen hatte, wimmerte leise. Der stoische Sergej griff nach ihrer Hand und drückte sie warnend. Karen nickte und schwieg, aber aus ihren weit aufgerissenen Augen liefen Tränen. Sie sah mich an, ein einziges stummes Flehen im Gesicht.

Ich warf einen Hilfe suchenden Blick zur Decke. Dort war das Spinnennetz, das ich ständig vor meinem Blick sah, es war groß und voller Kraft. Mit dem ersten Licht der Sonne konnte ich einige der weißen und roten Rosen erkennen. Die Knotenpunkte des Netzes, Nadir, Arachne, die Matrix, die alles umfasste.

Das Netz begann zu glühen, als sein Abbild in meinem Kopf sich mit den Rosenpunkten des Gemäldes vereinigte. Ich konnte sehen, wie es sich über die Decke der Bibliothek ausbreitete und wie die Rosenknotenpunkte größer und greller wurden.

Das Netz leuchtete immer heller, nicht im gewohnten Orange oder Dunkelrot, sondern in einem kalten, scharfen Weiß. Es schien sich von der Decke zu lösen, während ich es betrachtete.

In der Ferne hörte ich Schreie, jemand brüllte sich die Seele aus dem Leib. Wahrscheinlich die arme Sau, die sie gerade aus der Sporthalle zerrten, um sie zu exekutieren. Ich zwang mich, ruhig und konzentriert zu bleiben. Das hier war wichtig. Ich wusste, dass es etwas zu bedeuten hatte, und wenn ich es verstand, dann würde es uns allen helfen.

Ich musste die Ritter der Rose stoppen, und dazu brauchte ich das komplette Netz. Mit einem Ruck, der mir beinahe das Gehirn aus den Ohren quetschte, riss ich das grell leuchtende Gebilde an mich und schleuderte es von mir wie ein Fischer, der sein Netz über dem Wasser auswirft. Ich hielt es und ließ es gleichzeitig los. Es formte sich aus meiner Kraft und meinem Willen und saugte mir die Energie ab. Meine Beine gaben nach, ich begann zu zittern. Das grellweiße Licht flackerte und drohte zu erlöschen, und wenn das geschah, war alles umsonst.

Jemand hielt mich, schlang seine Arme um mich, hielt meinen Kopf. Ich hörte, dass jemand rief: »Sie wird ohnmächtig«, aber das war es nicht. Ich war vollkommen bei Bewusstsein, ich war so klar, wie ich es noch nie gewesen war. Es war das Netz, worauf es ankam. Das musste ich halten, das musste ich aus mir selbst speisen, auch wenn es mich umbrachte.

Ich hörte einen stöhnenden Schrei, der zu meinem Erschrecken aus meiner eigenen Brust brach. Mit diesem Schrei flammte das Netz so hell auf, dass es mich blendete. In völliger Dunkelheit ließ ich es endlich los und schickte es an seinen Bestimmungsort, zu jedem einzelnen Nadir-Kämpfer auf der Insel. *Fang sie alle!*, dachte ich und ließ mich in die samtige Dunkelheit fallen, gehalten von der stillen Kraft des Menschen, der mich aufgefangen hatte. Jayce.

28

»Gute Arbeit, Noack«, sagte jemand in mein Ohr. Die Stimme war mir nicht vertraut, es war eine raue Männerstimme mit einem amerikanischen Akzent. »Damit können wir was anfangen. Konzentrier dich, du kanalisierst jetzt noch einmal deine Schlüsselenergie, und ich schicke diesen Nadir-Abschaum dann zur Hölle. Sag mir, wenn du bereit bist.«

Ich war mit einem Ruck wieder in der Realität. Die Bibliothek sah aus, als hätte ein Kampf stattgefunden. Überall lagen umgekippte Tische und Stühle, der Boden war übersät mit Büchern und den Fragmenten zerschmetterter Monitore. Hier und da lag ein regloser Körper auf dem Boden, und ich wollte lieber nicht wissen, ob einer meiner Freunde darunter war.

Ich hob den Blick und sah den Mann an, der mit mir gesprochen hatte. Es war ein junger Mann, vielleicht gerade mal Anfang zwanzig. Ich kannte ihn vom Sehen, er …

»Du bist einer von den Einsern«, sagte ich. Meine Lippen fühlten sich taub an. »Kaj hat euch gefunden.«

Er lächelte schwach. Sein Dreitagebart war so dunkel wie seine Haut, seine krausen, kurzen Haare ziegelrot gefärbt. Er sah nett aus. »Hat sie«, sagte er. »Und der Professor ist auch unterwegs. Alles wird gut, Noack. Aber jetzt …« Er deutete mahnend mit dem Zeigefinger auf mich.

Ich ignorierte den unausgesprochenen Befehl. »Leben alle noch?«, fragte ich. »Die Sporthalle ist vermint worden …«

»Wir wissen Bescheid. Mr Sharma ist gerade mit ein paar Leuten dabei, die Zünder zu entfernen.«

Ich brauchte ein wenig, um das Gehörte einzuordnen. »Mr Sharma? Der Bibliothekar?«

Er lachte und seine grünen Augen funkelten vergnügt. Er sah aus wie ein dunkelhäutiger irischer Leprechaun, obwohl er dafür entschieden zu groß und zu kräftig war. »Er ist einer der Magister, Babe. Da muss man mehr können als nur Bücher sortieren.« Seine Miene wurde ernst. »Bitte. Wir dürfen nicht so lange warten, sonst entkommen die Scheißtypen noch.«

Ich holte tief Luft. »Noch eine Frage«, sagte ich schnell. »Jayce?«

»Lebt und macht sich nützlich. Im Gegensatz zu dir.« Er warf mir ein charmantes Grinsen hin, um seinen Worten die Spitze zu nehmen.

Ich nickte und verschränkte die Arme vor der Brust. Jetzt erst merkte ich, wie erledigt ich war. »Was muss ich tun?«

Er hockte sich neben mich auf den Boden. »Ich werde die Energie nutzen, die du kanalisierst«, sagte er und erklärte mir damit rein gar nichts, was er wohl meinem Gesicht ansah.

»Du machst das, was du vorhin gemacht hast«, erklärte er geduldig. »Als der Oberschurke die erste Exekution befohlen hat. Erinnerst du dich?«

Ich nickte unsicher und biss mir auf die Lippe. »Ich weiß, was ich gemacht habe – glaube ich«, schränkte ich ein. »Ich habe das Netz ausgeworfen. Aber ich habe keinen Schimmer, was dann passiert ist.«

Jemand regte sich in einem der tiefen Sessel. Karen Castillo tauchte daraus auf, immer noch blass mit großen Augen, aber einem Lächeln auf den Lippen. »Du warst der Hammer, Liv«, sagte sie. »Was du da gemacht hast … Hammer.«

»Ja, danke für den Wortbeitrag, Castillo«, fuhr ihr der junge Mann über den Mund. »Wenn wir dann bitte weitermachen dürften?«

»Ach, halt dich doch geschlossen, Washington«, murmelte Karen und grinste mich an. »Mach das noch mal, Liv. Die Typen hier in der Bibliothek sind umgefallen wie die Kegel.«

Ich war immer noch nicht schlauer, aber zu müde, um weiter auf eine Auskunft zu warten. »Was muss ich also tun?«

»Wie auch immer du das gemacht hast«, sagte der junge Mann – Washington? – geduldig. »Sammele die Energie. Und wenn es dir nichts ausmacht, würde ich gerne hier hinter dir sitzen und dich berühren, damit ich weiß, wann ich an der Reihe bin.«

»Tu, was du nicht lassen kannst«, murmelte ich. Er rückte herum, bis er hinter mir saß, und dann zog er mich an den Schultern nach hinten, bis ich bequem an ihn gestützt mehr lag als saß. Mein Blick fiel so auf das Deckengemälde und ich *wusste*.

Ich beruhigte meinen Atem und folgte den unsichtbaren, für mich so deutlichen Linien des Spinnennetzes zu ihrem Zentrum. Während ich das tat, leuchteten die Rosen an den Knotenpunkten sanft auf, glühten rot, dann orange. Die Linien zwischen ihnen wurden heller und formten das Netz. Ich seufzte leise und Washington flüsterte: »Genau so. Du machst das toll.«

»Kannst du das Netz sehen?«, fragte ich, aber er verneinte.

»Ich spüre, was du tust. Die Energie sammelt sich um dich wie flüssiger Honig.«

Ich mochte das Bild. Verträumt lief ich die gewundenen Pfade entlang und sammelte Licht, das wie Honig durch meine Finger tropfte. Mehr und mehr, heller und heller. Kalte Hitze, die in mir pulsierte und freigelassen werden wollte.

»Gut so, gut so«, flüsterte er in mein Ohr. »Sag mir, wenn du am Maximum bist.«

Ich überquerte den letzten Knotenpunkt und betrat das Zentrum des Netzes. »Jetzt«, hauchte ich und öffnete die Tür.

Eine fremde, dunkle und sanfte Macht umfasste meinen leuchtenden Kern und gab ihm eine Form, die Form einer riesigen, funkelnden Spinne. *Sehr passend*, hörte ich Washingtons amüsierte Stimme in meinem Kopf. *Dann schauen wir mal, was sie fängt.*

Jetzt erst bemerkte ich, dass er nicht allein war. Da waren andere wie er, ein Dutzend Wesenheiten, die sich mit seinem Geist verbunden hatten. Die leuchtende Spinne lief durch sie hindurch, wurde kleiner, heller, heißer, bis sie nur noch ein gleißender Ball Energie war. Das letzte Bewusstsein, das die Spinnenfeuerkugel verließ, vollführte eine geistige Bewegung, die einem energischen Schlag mit einem Baseballschläger glich. Der Spinnenfeuerball beschleunigte und schoss davon in die Dunkelheit.

Die Welt hielt den Atem an. Dann bebte der Boden unter mir und eine Explosion ließ die Fensterscheiben klirren. Das riss mich aus meiner tranceartigen Konzentration. Ich schrak hoch und mein Kopf knallte unter Washingtons Kinn.

Der jodelte und robbte rückwärts, lachend und sich das Kinn haltend. *»Holy shit«*, stöhnte er und wackelte mit dem Unterkiefer. »Du hast einen harten Schädel, Noack.«

»Was ist passiert?« Ich kam auf Hände und Knie und richtete mich schwankend auf. »Da war eine Explosion, war das die Sporthalle?«

Washington rieb sich das Kinn und lauschte in sich hinein. Dann grinste er und hob den Daumen. »Wir haben das Schiff erwischt. Treffer und versenkt.« Wieder lauschte er, dann hob er die Schultern. »Kann sein, dass die Oberschurken es noch geschafft haben, sich abzusetzen. Leute, beim nächsten Mal sollten wir besser zielen.«

Die Tür sprang auf und knallte gegen die Wand. Jayce stürmte herein. »Am Anleger ist was in die Luft geflogen«, rief er.

»Das Schiff«, sagte ich und sackte kraftlos in seine Umarmung. »Mein Vater hat es aber geschafft. Das weiß ich.« Das wusste die Spinne in mir. Ich sah das schwach glühende Netz in meinem Kopf. Es pulsierte rötlich. Keine akute Gefahr, aber es war nicht vorbei …

Jayce barg meinen Kopf an seiner Schulter und streichelte meinen Rücken. »Du hast es tatsächlich geschafft«, sagte er leise. »Niemand ist erschossen worden. Die Bibliothek steht noch, die Sporthalle auch. Die Geiseln sind befreit worden, auch aus der Cafeteria. Dein erster Schlag hat die Nadir-Männer lange genug betäubt, dass sie überwältigt werden konnten.«

»Nur mein Vater nicht«, flüsterte ich, und Erleichterung wallte auf. Ich war nicht schuld an seinem Tod. Das hätte ich nicht ausgehalten. Oberschurke oder nicht – er war mein Vater.

Wir standen noch eine Weile da und horchten auf den Herzschlag des anderen, während rund um uns die Aufräumarbeiten begannen. Die Einser kamen und organisierten das Chaos, schickten Schüler in die Krankenstation, gaben Anweisungen, was mit den Toten zu passieren hatte.

Ja, es hatte Tote gegeben, aber glücklicherweise nicht allzu viele. Das Sicherheitsteam war dezimiert worden, als die erste Angriffswelle heranrollte. Dann hatte es die Schulärztin erwischt, ausgerechnet, wie Washington bitter ausrief. Und eine unserer Lehrerinnen, Cornelia de Freytas. Sie hatte versucht, Andrew Holland aufzuhalten, und er hatte sie kaltblütig erschossen.

Ich hasste ihn beinahe noch mehr als meinen Vater. Ihn und seine sanfte Stimme und die verständnisvolle Miene und die lachenden Augen. Ich hatte hinter die Maske des beliebten Vertrauenslehrers gesehen und es schauderte mich, als hätte ich in eine Grube mit verfaulendem Fleisch voller ekliger Maden geblickt.

Ich löste mich aus Jayce' tröstlicher Umarmung und strich ihm die Haare aus dem Gesicht. »Hast du etwas von Malik gehört?«, fragte ich.

Jayce kniff die Lippen zusammen. »Nein«, sagte er schroff. »Er war weg, als ich nach ihm gesehen habe.«

Tot oder geflüchtet. Es war mir egal, ich hatte nur gefragt, weil er Jayce' bester Freund war. Gewesen war. Ich berührte seine Hand. »Es tut mir leid.«

»Mir nicht.« Er reckte das Kinn. »Frühstück?«

Ich lachte und hakte mich bei ihm ein. So unglaublich es klang, aber ich hatte tatsächlich Hunger. »Kaffee und ein Spiegelei. Nein, zwei!«

29

Drei Monate später

»Und womit hast du dich seit unserem letzten Treffen beschäftigt?« Professor X klopfte auf dem Kopf seiner Pfeife herum. Ich betrachtete ihn mit gemischten Gefühlen. Er und mein Vater sahen sich grauenhaft ähnlich, auch wenn mein Onkel sein Haar länger trug und dazu einen Bart. Ich war mir ziemlich sicher, dass er das tat, um so wenig wie möglich an Viktor zu erinnern. Aber alles andere – die klangvolle Stimme und die Macht, damit umzugehen; die Gestik, das jungenhafte Grinsen und die einfühlsame, sanfte Art, einen auszufragen und – ich schluckte etwas Bitteres hinunter – zu manipulieren … das alles war aus einem Ei gekrochen. Nur, dass der Professor seine Macht nicht missbrauchte. Hoffte ich wenigstens. Ich hatte immer noch nicht alle Zweifel an Arachne hinter mir gelassen, in dunklen Stunden kehrten sie zurück und bissen mich in den Hintern. Aber der Professor gab sich alle Mühe, mit mir über alles zu reden, und das half tatsächlich. Er machte wirklich nicht den Eindruck, ein machtgieriger Wahnsinniger zu sein, sondern war klug und ruhig und sehr nüchtern in allem, was er tat und sagte. Ganz und gar nicht wie mein Vater.

Ich lehnte mich zurück und dachte über seine Frage nach. Mein Onkel war fast vier Wochen unterwegs gewesen, in der Schule munkelte man, er habe eine heiße Spur seines Bruders verfolgt. Wie auch immer. In dieser Zeit hatte ich endlich meine Tante kennengelernt und meine Mutter war auf eine kurze Stippvisite gekommen, um mich und ihre Schwester zu sehen. Ich hatte mich gefreut, aber trotzdem war da ein gewisses Gefühl der Distanz, das ich nicht hatte ablegen können. Ich wusste, dass sie mich nicht abgeschoben hatte, sondern keinen anderen Weg gesehen hatte, mich in Sicherheit zu bringen. Immerhin war ich nach dem Unfall vier Tage lang wie vom Erdboden verschwunden und alle hatten befürchtet, dass es mein Vater gewesen war, der mich entführt hatte.

Meine Versuche, mit ihr über ihn zu reden, hatte meine Mutter abgeblockt. Also hatten wir Small Talk betrieben und ich war nicht sonderlich traurig gewesen, sie wieder abreisen zu sehen.

Die Zeit war also ereignisreich gewesen, aber das war es nicht, was mich beschäftigte.

Der Professor wartete geduldig, aber als ich nur seufzte und die Hände hob, weil mir so viel durch den Kopf ging, legte er die Pfeife weg und beugte sich vor. »Wie war das Treffen mit deiner Mutter?«, fragte er.

Ich atmete auf. Das war ein Thema, das ich bewältigen konnte. »Nett«, sagte ich also.

Er lachte. »So schlimm?«

Ich hob die Schultern. »Es hat sich so angefühlt, als hätte sie Angst vor mir. Vor dem, was ich …« Ich suchte nach Worten und tippte mir dann an den Kopf. »Davor.«

Professor X wurde ernst. Wieder griff er nach seiner Pfeife und begann auf dem Mundstück herumzukauen. »Ja«, sagte er dann. »Du hast recht, sie hat Angst.« Er stieß den Atem aus und ich erwartete beinahe, blaugrauen Tabakrauch zu sehen. »Zünde sie an«, sagte ich. »Echt, das stört mich null. Ich mag den Geruch von Pfeifentabak.« Das stimmte. Einer meiner Lehrer, ich erinnerte mich nicht mehr, in welcher Ecke der Welt, hatte

Pfeife geraucht. Wenn wir in sein Sprechzimmer kamen, roch es danach und ich verband diesen Geruch immer noch mit seiner beruhigenden Gegenwart. Ich war noch klein gewesen, ziemlich verschreckt …

Ich fuhr aus meinen Erinnerungen hoch und nickte bekräftigend. »Ich verrate dich auch nicht. Versprochen.«

Einen Moment noch zögerte er, dann murmelte er etwas, das wie »Ach, scheiß drauf« klang und griff nach seinem Feuerzeug.

Er paffte den Tabak in Brand, stieß eine aromatische Rauchwolke aus und entspannte sich sichtlich. »Das hab ich gebraucht, danke«, sagte er mit einem leisen Stöhnen.

»Tante Astrid ist doch nicht da.«

Er riss in gespieltem Entsetzen die Augen auf. »Aber sie hat Augen und Ohren überall, wusstest du das nicht? Wenn ich im Schulgebäude in Anwesenheit einer meiner zarten und anfälligen Schutzbefohlenen rauche, erfährt sie es sofort. Und kastriert mich«, schloss er düster.

Ich lachte und entspannte mich endlich auch. »Deine zarten Schutzbefohlenen rauchen doch auch«, sagte ich.

»Ja, aber es ist verboten.« Er wackelte mit den Augenbrauen. »Gleiches Verbot für alle.«

Ich nickte und sah ihn an. »Warum hat meine Ma solche Angst?«, fragte ich.

Er wurde ernst. »Genug gekaspert, zur Sache«, murmelte er und nahm seine Pfeife zwischen die Zähne. Nach zwei langsamen Zügen legte er sie beiseite und beugte sich wieder vor. »Deine Eltern und deine Tante und ich haben uns an der Universität kennengelernt«, sagte er. »Viktor und ich waren naturwissenschaftlich orientiert – ich studierte Physik, Viktor fand sein Spezialgebiet in der Biochemie und später in der Genetik. Das war der Punkt, an dem alles seinen Anfang nahm.«

Meine Mutter und ihre Schwester hatten Wirtschaft und Sprachen studiert. Das Institut teilte sich die Mensa mit den Naturwissenschaftlern und dort waren die Zwillinge und die beiden Schwestern, die sich beinahe so ähnlich sahen wie Zwillinge, unweigerlich voneinander angezogen worden.

Dieses unvermeidbare Zusammentreffen hatte auch noch einen weiteren Grund: Diese Universität gehörte zum Netzwerk von Arachne, dort war auch eine große Anzahl von »Begabten« vertreten. Einser bis Dreier, wie Arvid, mein Onkel mir jetzt erklärte. Das waren Bezeichnungen, die der Orden verwandte, um den Grad und auch die Art der jeweiligen Begabung einordnen zu können. Die technisch Begabten, wie Miki oder meine Mutter und ihre Schwester, waren Dreier. Dreier besaßen zwar unter Umständen auch mentale Fähigkeiten, aber schwach ausgeprägt und dazu solche, die häufig vorkamen. Ein wenig Präkognition, hin und wieder unter Stress die Fähigkeit der Telekinese, schwach und nicht sehr weitreichend. Hauptsächlich waren sie in ihren Fachgebieten besonders befähigt, so wie Miki an ihrem Computer.

Arvid war ebenfalls ein solcher Dreier, seine Fähigkeit bestand in einem IQ jenseits sämtlicher Standardmesswerte, aber er hatte keinerlei übersinnliche Kräfte, deshalb hatte er sich auf die Physik konzentriert. Es war damals schon klar, dass er seinem Vater als Erster Magister des Arachne-Ordens folgen würde.

Viktor, mein Vater, hatte keinerlei Interesse an Arachne, er war besessen von genetischer Forschung, humangenetischen Experimenten, dem Versuch, besondere Fähigkeiten im Einser-Bereich künstlich herzustellen. Im Labor, in der Retorte und später, als er sich zum Oberhaupt von Nadir aufgeschwungen hatte, per Züchtung.

An dem Punkt unterbrach ich meinen Onkel, so sehr entsetzte mich die Vorstellung. »Er hat Menschen dazu gebracht, begabte Kinder in die Welt zu setzen?«

Der Professor nickte unbehaglich. »Das hat er. Seine Anhänger sind ihm begeistert in sein Zuchtprogramm gefolgt. Er ist besessen davon, durch Kreuzungen einen neuen Menschen zu schaffen, einen Supermenschen, den Homo novus, der nach und nach den mängelbehafteten Homo sapiens ablösen soll. Das ist im Augenblick das vorrangige Ziel von Nadir. Alles andere, was sie betreiben, ist Ablenkung und eine Beschäftigung, die das Fußvolk ruhig hält und Geld in die Kriegskasse bringt.«

Mir war schlecht. »Was bin ich?«, stellte ich die schmerzhafte, naheliegende Frage. »Ein genetisches Experiment? Ein Retortenbaby?«

Er wich meinem Blick aus. Das beantwortete meine Frage für meinen Geschmack allzu deutlich. Ich biss die Zähne aufeinander.

»Ja und nein«, sagte er nach einer Weile. »Du bist das Kind deiner Eltern, auf natürlichem Wege gezeugt und geboren.« Meine Erleichterung schien so deutlich zu erkennen zu sein, dass er kurz innehielt und mich aufmunternd anlächelte.

»Also hat er an mir herumexperimentiert«, zog ich den naheliegenden Schluss.

Mein Onkel seufzte und steckte seine Pfeife, die ausgegangen war, wieder in Brand. »Ja«, sagte er und paffte einige Züge. »Und er wollte, dass deine Mutter sich für ein genetisches Zuchtprogramm zur Verfügung stellt.«

Ich ballte unwillkürlich die Fäuste. »Woraufhin sie die Koffer gepackt und ihn verlassen hat.«

Er stützte das Kinn in die Hand, sein Blick war verschleiert. Ich konnte ihm ansehen, wie schwer es ihm fiel, darüber mit mir zu sprechen. Und ich verstand, warum meine Mutter es gar nicht gekonnt hatte. »Sie ist mit dir untergetaucht«, sagte er langsam. »Ich habe ihr angeboten, euch beide zu verstecken, aber zu diesem Zeitpunkt hat sie niemandem mehr vertraut. Schon gar nicht jemandem, der ihrem Mann wie aus dem Gesicht geschnitten war.«

»Scheiße«, flüsterte ich. Deshalb war sie mit mir um die Welt gejettet, hatte es nirgendwo länger ausgehalten. Sie war tatsächlich auf der Flucht gewesen.

»Ich wollte dich hierher auf die Schule holen«, fuhr er fort. »Als ihr euch in Hamburg eingerichtet habt, wusste ich, dass er euch finden würde. Deine Mutter glaubte, dass er nach all den Jahren das Interesse verloren haben würde, aber ich kenne Viktor besser.« Er seufzte. »Sie wollte dich nicht zu all diesen Freaks sperren, hat sie mir an den Kopf geworfen. Du solltest endlich mal ein normales, ruhiges Familienleben kennenlernen.«

»Der Unfall«, flüsterte ich, »das war er.«

»Das hatten wir angenommen, ja.«

Und dann hatte er mich als Wanze zurückgeschickt und abgewartet, bis ihm die Ergebnisse in den Schoß fielen. Ich war ihm dabei so wichtig, wie ein nettes technisches Spielzeug es einem Sammler war. Es wäre hübsch gewesen, mich zu besitzen, aber das Leben ging auch sehr gut ohne mich weiter. Ich zwang mich, meine Fäuste zu öffnen. »Hast du eine Spur von ihm gefunden?«

Er schüttelte den Kopf. »Wir denken, dass er sich mit seinen Komturen in einer unterirdischen Nadir-Basis irgendwo in Südamerika eingemauert hat und dort seine Wunden leckt. Er baut die Organisation wieder auf, wir haben ihr nur einen kleinen Schaden zufügen können. Solange Nadir seine Geschäfte ruhen lässt, versuchen wir, so viel wie möglich davon zu stören. Aber keiner von uns gibt sich der Hoffnung hin, dass Nadir jetzt geschlagen sei. Angeschlagen, ja. Besiegt …« Er schüttelte den Kopf.

Ich schloss die Augen und ließ das Revue passieren, was mir mein Onkel über den wahren Konflikt zwischen Arachne und Nadir erzählt hatte. Einst waren beides Brüderorden gewesen – was für eine Ironie, wenn man bedachte, dass es nun tatsächlich Brüder waren, die die gegnerischen Teams anführten! Aber irgendwann hatte es ein Zerwürfnis gegeben und die Kluft hatte sich im Laufe der Jahrhunderte immer weiter verbreitert und vertieft. Nadir wollte eine Welt schaffen, in der es keine Abweichungen von der vorgegebenen Ordnung geben sollte. So sollten die unzähligen Konflikte aus der Welt geschafft werden. Natürlich würde Nadir über diese neue Weltordnung herrschen und dafür sorgen, dass niemand daraus ausbrach. Mittlerweile konnte ich mir sehr lebhaft vorstellen, mit welchen Mitteln diese Ordnung aufrechterhalten werden würde. Mit Gewalt, mit Waffen und Soldaten, mit geistiger Beeinflussung.

Die Ausrichtung des Ordens war im zwanzigsten Jahrhundert dann stark technologisch orientiert gewesen. Das Heil lag in den Maschinen, den Computern, den Programmen, mit denen man alle Probleme der Welt in den Griff bekommen wollte. Optimierung, Überwachung, Steuerung … und letztlich auch Überwachung, Optimierung und Steuerung jedes einzelnen menschlichen Organismus. Gentechnik. Eingepflanzte Chips. Das komplette Arsenal eines durchgeknallten Science-Fiction-Wissenschaftlers.

Ich fragte mich, warum er mir den Chip, mit dem er die Insel hatte ausspionieren lassen, nicht gleich implantiert hatte. Aber wahrscheinlich hatte er Sorge gehabt, das Ding könnte im Krankenhaus entdeckt werden. Und der Anhänger hatte ja auch funktioniert.

Arachne dagegen war auf einem anderen Weg, auch wenn er sich in manchen Dingen glich. Der Spinnenorden glaubte an das Individuum und seine Kräfte, und er glaubte daran, dass letztlich immer das Gute im Menschen die Oberhand behalten würde. Naiv? Ja, vielleicht. Aber ganz ehrlich, mir war diese Einstellung deutlich sympathischer.

Arachne bildete seine Ritter dazu aus, den Terror, den Nadir in die Welt brachte, zu bekämpfen.

Überall, zu jeder Zeit. Dafür wurden wir – denn ich hatte angefangen, mich dazugehörig zu fühlen – in Schulen wie dieser und an den Arachne-Universitäten überall auf der Welt geschult.

Ich holte tief Luft und öffnete die Augen. »Wir werden sie schlagen«, sagte ich voller Überzeugung.

Er lächelte mich an. »Ja, das werden wir«, sagte er und ich konnte erkennen, dass er sich über mein erstmals laut ausgesprochenes Bekenntnis zu Arachne freute.

~

Kaj hatte sich mit mir in der Cafeteria verabredet. Als ich an ihren Tisch kam, saß Miki schon da und rührte geistesabwesend in ihrem Kakaobecher herum. Womit ich nicht gerechnet hatte: Tyrell Washington streckte seine langen Beine unter dem Tisch aus und winkte mir grinsend zu, als ich durch den Raum auf sie zusteuerte.

»Hi, Liv«, rief er. »Sehen wir uns nachher noch zum Tischtennis?«

»Hatten wir einen Termin?«, fragte ich und zog mir einen Stuhl vom Nebentisch heran. »Ich dachte, wir sehen uns erst morgen früh wieder.«

»Tischtennis« war unser Code für das Training, das ich bei den Einsern im Kloster absolvierte. Der alte Steinbau auf dem schroffen Felsen, der von außen wie eine Ruine aussah, barg in seinem Inneren hochmoderne Labors und eine Computerzentrale, mit der man wahrscheinlich eine Marsmission hätte durchführen können. Ich ging jetzt mehrmals in der Woche über die schmale Hängebrücke hinüber ins Kloster und trainierte mit Ty und den anderen meine neu entdeckte Fähigkeit. Ich war für sie das Küken, was aber nicht hieß, dass sie mich schonten.

Das Öffnen von Dingen fiel mir inzwischen so leicht wie ein Fingerschnippen. Ich war sogar schon ganz gut darin, verschlüsselte Dateien zu knacken. Schwierig waren nach wie vor die Menschen, vielleicht auch, weil ich innerlich davor zurückschreckte, einem anderen Geist etwas anzutun, was sich für mich wie eine Gewalttat anfühlte. Ich übte mit Freiwilligen, aber trotzdem. Es war mir klar, dass meine Fähigkeit, Menschen zu manipulieren, nicht nur für meinen Vater wertvoll war. Ich sollte lernen, Nadir-Anhänger im Notfall stoppen zu können – so wie ich es in jener Nacht der Nadir-Invasion getan hatte.

Ich hatte mit Jayce darüber gesprochen, dem es ähnlich ging, auch wenn er über völlig andere Fähigkeiten verfügte. Er war derjenige, den man rief, wenn etwas kaputt war. Jayce reparierte alles, er bezeichnete sich hin und wieder in resigniertem Ton als »Hausmeister von Aranea Hall«. Aber das, was er wirklich tun wollte, weil es schon sein Großvater getan hatte, war das Heilen von Menschen. Bei mir hatte er es geschafft, aber danach nie wieder.

»Das ist, weil du mitgeholfen hast«, sagte er, um leise hinzuzufügen: »Und weil ich dich liebe.«

Ich hätte beinahe losgeheult, als er das sagte.

»Ihr spielt Tischtennis? Darf ich auch mal mitmachen?« Miki war aus ihrem Kakaokoma erwacht. Ty und ich wechselten einen resignierten Blick. Miki würde schrecklich enttäuscht sein, wenn sie begriff, dass sie bei diesem speziellen Spiel nicht mitmachen konnte.

»Ihr solltet mal in Halle drei einen der Tische aufstellen«, sagte Kaj schnell. »Das wäre schön, alle sind dieses ständige Kampfsporttraining ein bisschen leid.«

Miki freute sich und ich dankte Kaj mit einem schnellen Blick. Das Training war höllenanstrengend, und das sich zur Entspannung anschließende Tischtennismatch aller Beteiligten fand ohne Schläger statt, und meistens auch ohne Tisch. Es war ein irrer Anblick, wenn die Pingpongbälle – allein durch geistige Kraft gesteuert – durch die Luft schossen und wild von Wänden und Möbeln abprallten, ehe ein anderer Spieler sie wieder einfing und zurückschoss.

Ty verabschiedete sich und Miki zog an einen anderen Tisch, als Jeroen mit zwei der Mädels aus Mikis Arbeitsgruppe hereinkam. Ich lehnte mich vor und fixierte meine Cousine. »Also reist du wirklich ab? Nach New York, zu deiner Mum?«

Sie nickte und verzog den Mund. »Ich gehöre hier nicht hin«, sagte sie mit leiser Stimme. »Okay, ich passe perfekt in die Kategorie ›Schuladel‹.« Sie lachte trocken auf. »Aber hast du eine Ahnung, wie es ist, unter lauter Superhelden gerade mal eine miese Drei zu sein? Nein, das hast du nicht, du Einserkandidatin.«

Ich zwang mich, nicht zurückzublaffen. Kaj war seit der Nadir-Invasion kein bisschen zickig zu mir gewesen. Und nicht nur zu mir – sie hatte sich vollkommen gewandelt. Das hatte sie sehr schnell ihren Posten als Königin des Bienenstaates gekostet – den hatte ihre frühere Freundin Ginnie inzwischen inne. Und die gab sich alle Mühe, Kaj an Zickigkeit und Boshaftigkeit noch zu übertreffen. Die armen Neuen.

»Ich verstehe das besser als alle anderen«, sagte ich deshalb nur. »Du musst um deine Position hier kämpfen und fühlst dich komplett minderwertig. Und irgendwann hast du keine Lust mehr, um dich zu beißen, und gibst einfach auf.« Ich runzelte die Stirn. »Aber im Ernst, die anderen schwachen Dreier hier kommen gut klar. Und da sind ein paar echt nette Typen drunter. Die würden sich freuen, wenn die Kronprinzessin ihnen mal ein bisschen Aufmerksamkeit schenkt.« Als ich das sagte, hätte ich mich am liebsten in den Hintern gebissen. Wie doof war das denn?

Sie lächelte gequält. »Wenn ich schon nicht die Königin der Elite sein kann, dann wenigstens die der Loser, meinst du das?«

Ich hob entschuldigend die Hand. »Nein, das geht hier nicht. Woanders ja, aber nicht mehr hier.«

»Verbrannte Erde«, stimmte sie mir zu.

Wir schwiegen beide, vermieden das eigentlich schmerzhafte Thema wie einen losen Zahn.

Kaj traute sich als Erste heran. »Malik hat mich ganz schön manipuliert«, sagte sie traurig. »Er hat mich zappeln lassen, dann wieder den heißen Lover gemimt, dann hat er mir wieder die kalte Schulter gezeigt und mit anderen geflirtet, vor allem, wenn ich es sehen konnte. Deswegen habe ich dich auch so angefeindet, Livvy.«

Ich nickte kurz. Vergeben und vergessen. »Er hat beim Meister gelernt. Ich bin absolut sicher, dass er und mein Vater sich gut kennen.«

Sie seufzte leise. »Ich komm drüber weg«, sagte sie. »Ehrlich. Hab ihn schon fast vergessen.« Sie lächelte über die dicke Lüge hinweg und blinzelte schnell ein paarmal, aber ich hatte die Tränen in ihren Augen gesehen.

»Vielleicht ist es wirklich gut, dass du weggehst«, sagte ich nachdenklich. »Obwohl ich das absolut scheiße finde. Ich hätte dich gerne besser kennengelernt.« Und das stimmte. Kaj und ich waren uns ähnlich genug, um uns gegenseitig voll zu nerven, aber auch unterschiedlich genug, damit wir uns mochten. So musste es bei Schwestern sein.

Sie legte ihre Hand kurz auf meine. »Geht mir auch so. Aber

ich bin ja nicht für immer weg, ich komme in den Ferien natürlich nach Hause. Und ich werde wahrscheinlich irgendwann hier anfangen. Wenn ich mich für ein Studium entschieden habe, heißt das.« Sie biss sich auf die Lippe. »Meine Mutter möchte, dass ich ins Management von Wanax einsteige. Mein Vater findet, ich könnte gut hier seinen Job übernehmen, wenn ich vorher ein paar Jahre als Lehrerin gearbeitet habe. Und ich weiß nicht, was ich will.«

»Dann finde es raus«, sagte ich. »Und wenn du feststellst, dass du in der Arktis Pinguine erforschen willst, dann machst du das.«

Sie legte den Kopf in den Nacken und lachte. Das Sonnenlicht fing sich in ihren blonden Haaren und ließ sie schimmern wie einen goldenen Helm. »Du blöde Nuss«, sagte sie und stand auf. »In der Arktis. Pinguine. Klar. Und den Yeti gleich mit.« Sie grinste mir zu. »Also mach es gut. Wenn wir uns wiedersehen, bist du garantiert ein Einser!«

Sie sah sich um, dann beugte sie sich zu mir hinunter und flüsterte: »Und schnapp dir unbedingt Ty. Er ist der süßeste Junge der Schule.«

Belämmert sah ich ihr nach. Was hatte sie denn damit gemeint? Ich war mit Jayce zusammen, das wusste sie doch. Und ich war glücklich mit ihm. Er hatte sich auch verändert, wie alle, die diese schreckliche Nacht überlebt hatten. Er war in sich gekehrt und nachdenklich, hatte die Bad-Boy-Attitüde vollkommen abgelegt. Aber deswegen mochte ich ihn fast noch lieber. Der neue Jayce war verletzlich. Und er liebte mich, das hatte er mir mehr als einmal gesagt.

Aber ich hatte das nie erwidert.

30

Weil ich bei meinem Date mit Kaj nicht auf die Uhr gesehen hatte, kam ich prompt eine Viertelstunde zu spät zu meinem Bibliotheksjob. Ich galoppierte also im vollen Lauf durch die große Flügeltür und rannte Mr Sharma um. Er stolperte, fing die Bücher, die ihm von dem Stapel im Arm zu rutschen drohten, mit einer geschickten Armbewegung auf und sagte mild: »Hoppla.«

Ich stotterte eine Entschuldigung und dann gleich noch eine, weil ich zu spät kam. Er nickte nur gleichmütig, packte mir den Bücherstapel auf und verschwand in seinem Büro.

Während ich Bücher einräumte, dachte ich über das Rätsel des Deckengemäldes nach. Nach der Ermordung unserer Kursleiterin war eine Weile der Unterricht ausgefallen, dann übernahm ihn Mr Horák, der von einer der anderen Arachne-Schulen hierher versetzt worden war. Er war jung, nervös und offensichtlich überfragt, was das Rätsel anging, das Cornelia de Freytas uns gestellt hatte.

Daraufhin hatten wir uns hier in der Bibliothek getroffen und unsere Ergebnisse verglichen. Was dabei herauskam, hatte uns alle noch ratloser zurückgelassen.

Jeder von uns hatte etwas anderes aus dem Deckengemälde herausgelesen, andere Rechercheansätze und andere Spuren und Hinweise verfolgt. Und bei jedem von uns hatte de Freytas die Zwischenergebnisse oder sogar die Lösungen mit einem Haken versehen. Wir lagen alle richtig, jeder von uns.

»Das kapier ich nicht«, hatte Miki gemurmelt. Ich wusste, dass sie solche Vieldeutigkeiten hasste wie die Pest. Dinge waren richtig oder falsch, schlimmstenfalls noch nicht geklärt. Aber das hier …?

Ich blieb stehen und sah zur Decke. Jetzt, wo ich die anderen Lösungen kannte, konnte ich jede davon dort oben wiederfinden. Dort waren die Toten und die Sterbenden, und dort waren die Heiler, die sie behandelten.

Dort waren die geometrischen Formen, die durch die Verteilung der Vegetation gebildet wurde.

Dort waren die Sternzeichen und die Auflistung der Sonnenfinsternisse in den letzten fünfhundert Jahren. Dort waren die Kriege und die menschengemachten Katastrophen, dort war Hiroshima, dort die größten Errungenschaften der Naturwissenschaften, dort die Friedensnobelpreise, dort die Doppelhelix, dort der Atomkern, dort die menschliche DNA-Sequenz … alles in verschlüsselter Form, alles deutlich zu sehen, wenn man wusste, wonach man suchte.

Ich lächelte in mich hinein, während ich das letzte Buch wegräumte und zu Mr Sharma ging, um ihn zu fragen, was er noch für mich zu tun hatte. Er blickte auf, musterte mich zerstreut und fragte dann: »Worüber amüsieren Sie sich so, Olivia?«

Ich erzählte ihm von meinen Gedanken und er nickte und klappte das Buch zu, in dem er gelesen hatte. »Sie verstehen es.«

Ich bejahte zögernd. »Es hat etwas mit den Begabungen zu tun«, sagte ich. »Jeder hat das gefunden, was ihm entspricht. Miki den Binärcode und irgendwelche Programmzeilen. Ich das Spinnennetz und die Kraft, die darin steckt. Und alle anderen haben sich ebenfalls dort mit ihren speziellen Fähigkeiten wiedergefunden. Es war kein Aufnahmetest.«

»Oder es war der eigentliche, einzig wichtige Test«, korrigierte Mr Sharma mich sanft. »Wir wissen von Ihnen allen, dass Sie in irgendeiner Weise aufgefallen sind. Dass Sie Fähigkeiten haben, die sich von denen anderer Menschen unterscheiden. Die meisten, die hierherkommen, haben schwache mentale Kräfte, weil sie aus Familien stammen, die solche Fähigkeiten weitervererben.«

»Wie Kaj.«

»Wie Ihre Cousine, ja.« Er schenkte uns Tee aus der Kanne neben seinem Schreibtisch ein. Ich bekam immer den Becher mit den blauen Blümchen und er nahm sich meist den »Coffee, quick!«-brüllenden Snoopy, was in seiner eleganten braunen Hand unglaublich bescheuert aussah.

»Und dann sind da die tatsächlich starken Begabungen, die aber noch schlummern. Wie bei Ihnen.« Er trank und lächelte mir dabei über den Rand seines Bechers zu. »Das Gemälde bietet dieser Begabung einen Fokus, einen Hohlspiegel, in dem sie sich bündeln, konzentrieren und verstärken kann, bis wir das Signal empfangen.«

»Und wer hat all das in dieses Gemälde eingebaut?«, fragte ich. »Ich meine, da gibt es doch unendlich viele Möglichkeiten, auf die ein einzelner Mensch gar nicht kommen würde.«

Er wurde ernst, aber in seinen Augen blitzte der Schalk. »Ich verrate dir ein Geheimnis«, sagte er und nippte an seinem Tee. »Das Gemälde schafft das ganz alleine.«

»Ha, ha«, sagte ich, weil er das von mir erwartete, aber ganz tief in meinem Inneren dachte ich, dass er wahrscheinlich die Wahrheit gesagt hatte.

Wir besprachen noch meinen Arbeitsplan für diese Woche, dann stand ich auf und reckte mich. Mein Blick fiel auf den »Flüstertisch« und ich grinste. »Die ahnen das auch nicht, oder?« Dort in der Nische neben der Tür ins Nebengebäude saßen zwei

Mädchen, hatten die Köpfe zusammengesteckt und tauschten offensichtlich irgendwelche Geheimnisse aus. Wenn jetzt jemand dort in dem kurzen Abschnitt vier Gänge weiter stand, genau unter dem Bogen, konnte er jedes Wort mithören, das sie sich zuflüsterten, wie ich es am ersten Tag in der Bibliothek erlebt hatte.

Mr Sharma hob die Brauen. »Das verrate ich ja auch niemandem. Es war ein Zufall, dass du es herausgefunden hast.«

Ich blinzelte ihm zu. »Das Geheimnis geht mit mir ins Grab«, versprach ich. »Und tut mir leid, dass ich Ihnen den Lauschangriff versaut habe. Womöglich hätte der uns einiges an Ärger erspart.«

Mr Sharma legte mir die Hand auf die Schulter und begleitete mich zum Ausgabetisch. »Nein, wahrscheinlich hätte es nichts geändert«, sagte er leise. »Wir wussten von Malik und wir hatten Mr Holland im Verdacht. Es ist immer gut, wenn man den Gegner glauben lässt, seine Tarnung wäre intakt.«

Ich nickte stumm. Der Gedanke an das, was hier in der Bibliothek geschehen war, verursachte mir immer noch eine Gänsehaut. Man starb nicht beinahe an einer Schussverletzung, ohne dass das dem Bewusstsein ein paar interessante Albträume mitgab.

Auf der Treppe vor der Eingangstür zog ich meinen dicken Pullover wieder an und sah zum Himmel auf. Es war ein schöner, klarer Wintertag und ich hatte Lust auf einen Spaziergang an der Küste, ehe ich zum Training ins Kloster ging. Salzig-feuchte Seeluft und ein frischer Wind, um den Kopf freizupusten, das hatte ich mittlerweile so richtig zu schätzen gelernt.

Ich wusste, dass Jayce jetzt gerade in einer Arbeitsgruppe saß, also machte ich mich allein auf den Weg zu unserem Baum am Abgrund. Es war ein komisches Gefühl, weil ich bisher immer nur mit ihm zusammen dort gewesen war, aber heute fühlte es sich okay an. Ich zog den dicken Kragen hoch, bis er mein Kinn und die Ohren bedeckte, und steckte die Hände in die Taschen. So stapfte ich durch den Park und genoss das Alleinsein.

Als ich aus dem Wäldchen trat, schlug mir der Wind mit Macht ins Gesicht und trieb mir Tränen in die Augen. Ich blinzelte und durch die Schleier sah ich Jayce, der auf der dünnsten Stelle des Baumstamms balancierte, die Arme ausgestreckt, und ganz offensichtlich komplett durchgeknallt und lebensmüde war.

Ich verzichtete darauf, seinen Namen zu brüllen, weil ich ihn nicht auch noch erschrecken wollte. Als ich mich dem Baum näherte, drehte er sich um und sah mich an. Sein Gesicht war gerötet vom Wind und er kniff die Augen zusammen, als er mich erkannte. Seine Miene war finster. Der Bad Boy war wieder da. Was für eine Laus war ihm über die Leber gelaufen?

Ich hockte mich auf das untere Ende des Stamms und wartete. Das Holz bebte unter seinen Schritten, dann war er mit einem großen Satz bei mir und schlang seine Arme um mich. Die Umarmung überraschte mich noch mehr als sein zorniger Gesichtsausdruck.

»Alles okay?«, fragte ich, obwohl es das ganz offensichtlich nicht war.

»Verdammt, nein«, sagte er und vergrub sein Gesicht in meinem Pullover. Ich hob die Hände und legte sie sanft um seinen geneigten Kopf. Sein Haar war weich zwischen meinen Fingern und ich liebkoste ihn wie ein verletztes kleines Tier.

»Was ist los?«, flüsterte ich nach einer Weile, in der ich ihn nur festgehalten und seinem wütenden, rauen Atem gelauscht hatte. Sein Herz schlug schnell. Er war vollkommen außer sich.

Jayce hob den Kopf und sah mich mit seinen Schlafzimmeraugen an. »Kuss«, forderte er. »Jetzt. Dann reden.«

Ich folgte verwundert der Aufforderung. Was auch immer ihn so aufwühlte, es war etwas Elementares. Jayce war nicht so leicht aus der Ruhe zu bringen. War jemand gestorben? Aber er hatte doch nur seinen Vormund, und den konnte er nicht ausstehen.

Sein Kuss war wild, hart, drängend. Da war nichts von der Zärtlichkeit, die er sonst mir gegenüber an den Tag legte. Ich folgte ihm trotzdem, ließ zu, dass er sich nahm, was er brauchte, und hielt ihn dabei fest umschlungen, damit er wusste, dass ich bei ihm war.

Endlich ließ er mich los und rieb sich mit dem Handballen über die Augen. »Tut mir leid.«

»Kein Grund, sich zu entschuldigen«, sagte ich abwartend.

Er streckte die Beine und blickte aufs Meer. Sein Profil erschien mir so abweisend wie eine Felswand. »Hast du kein Training?«

»Später.« Ich wunderte mich über sein Ausweichmanöver. Er sprach selten mit mir über meine Trainingseinheiten im Kloster. Ich wusste nicht, ob er es guthieß oder nicht, aber letztlich war das auch gleichgültig. Ich war ein Einser in Ausbildung, damit musste er lernen, klarzukommen. Wenn er sich nicht andauernd dagegen sträuben würde, wäre er das auch – das hatte er ja bewiesen, als er mich vom Rand des Todes zurückholte. Aber er blockte das total ab und war so stur wie ein Maulesel, wenn ich versuchte, es anzusprechen.

»Ty ist ein netter Kerl«, sagte er völlig aus dem Blauen heraus.

»J-ja«, erwiderte ich zögernd. »Das ist er. Warum?« Dann ging mir eine ganze Lampenfabrik auf. »Du bist eifersüchtig!?«

Er neigte den Kopf, sagte weder Ja noch Nein dazu. Ich nahm seine Hand und brachte ihn dazu, mich anzusehen. Seine Augen waren gerötet, aber das war wohl eher dem scharfen Wind zuzurechnen.

»Ich hab nichts mit Ty«, sagte ich. »Er ist ein netter Kerl, fast so was wie ein großer Bruder.« Mein Lächeln fiel ein bisschen mühsam aus, das konnte ich fühlen. »Aber du bist mein Freund. Ty ist nur ein Mitschüler.«

Er sah mich unverwandt an. »Sag es«, forderte er.

Ich fragte nicht, was er meinte. Ich hatte es nie laut ausgesprochen, weil ich das Gefühl hatte, es wäre zu früh oder noch nicht ganz wahr oder … ach, ich weiß nicht.

»Du weißt es doch«, flüsterte ich und der Wind riss mir die Worte von den Lippen.

Jayce seufzte und seine Schultern sanken herab. Meine Antwort schien ihn noch unglücklicher zu machen. Was war los mit ihm?

Ich wartete, aber er sagte nichts, saß nur da und starrte zum langsam dunkler werdenden Horizont. Wolken zogen auf.

»Jayce«, sagte ich, des Wartens müde, »ich brauch deinen Rat und vielleicht deine Hilfe.«

Er wandte mir das Gesicht zu, wartete. Ich fischte in meiner Hosentasche herum und zog den gefalteten Briefumschlag heraus. Der Brief war vor ein paar Tagen in meiner Post gewesen, ohne Absender, und darin nur ein Blatt, auf dem eine Telefonnummer stand und daruntergekritzelt: »Das war ich dir noch schuldig.«

Ich zog den Brief aus dem Umschlag und reichte ihn Jayce. Der blickte verständnislos drauf und gab ihn mir wieder.

»Und?«, fragte er.

Ich steckte den Brief wieder in seinen Umschlag, faltete ihn vorsichtig zusammen und gab ihn Jayce. »Verwahr das für mich«, sagte ich. »Ich glaube, Holland hat ihn geschickt.« Oder mein Vater.

Jayce riss die Augen auf, mit einem Mal hellwach und anwesend. »Was ist das für eine Telefonnummer?«

Ich verschränkte die Arme und zog die Schultern hoch. »Keine Ahnung«, sagte ich müde. »Eine Nummer in Deutschland. Irgendwo in Bayern. Ich glaube …« Meine Stimme versagte und ich schluckte ein Schluchzen hinunter. Jayce wartete geduldig.

»Ich glaube, es ist Tom. Die Rehaklinik.« Ich suchte seinen Blick, der so finster war wie die Mitternacht. »Ich kann das von hier aus nicht recherchieren. Aber du hast doch gelegentlich Zugang …«

Er hob den Kopf und schloss die Augen. »Ich finde das raus. Und dann? Soll ich da anrufen?«

»Würdest du das für mich tun?« Ich fühlte eine Erleichterung, dass ich hätte singen mögen. Natürlich hätte ich meinen Onkel fragen können. Aber alles in mir sträubte sich dagegen. Tom war irgendwie in der Hand von Nadir und ich wollte ihn nicht gefährden, schon gar nicht durch Nachforschungen durch den Arachne-Leiter.

»Okay«, sagte Jayce kurz und steckte den Umschlag ein. »Ach, was das angeht – ich gehe weg. Aber ich schicke dir eine Nachricht über den Schulserver, wenn ich etwas herausgefunden habe.«

Mein Mund klappte auf. »Du – gehst weg?«, stotterte ich. »Wohin? Wann? Für wie lange?«

Da war wieder dieser dunkle Schmerz in seinen Augen. »Ich wollte es dir schon längst sagen. Aber ich habe es nicht geschafft. Ich tu dir nicht gerne weh, Kampfküken.«

Ich atmete tief durch. »Tust du nicht«, sagte ich schroff. »Ich kann mit so was umgehen. Also: Wohin und warum?«

Er nahm meine Hand und zog mich auf die Füße. »Gehen wir besser, da zieht was auf.«

Wir marschierten Seite an Seite stumm durch den Wald. Dann schnalzte er wütend mit der Zunge. »Also gut. Ich gehe mit Kaj, bleibe ein paar Tage in New York und ziehe dann weiter nach Durant. Das ist in Oklahoma.«

Mein Gesicht musste ausgesprochen komisch ausgesehen haben, denn er lachte kurz auf.

»Oklahoma?« Meine Stimme klang schrill. Ich hatte mit allem gerechnet – London, Rom, Vancouver … aber Oklahoma?

Er blieb stehen und nahm mich in den Arm, drückte mich kurz an sich und ließ mich wieder los. »Da leben meine Leute«, sagte er. »Die Choctaw Nation of Oklahoma. Wusstest du, dass der Name dieses Bundesstaates aus unserer Sprache stammt?«

Das war mir so was von scheißegal. »Was willst du da? Ich dachte, du bist Kanadier.«

»Bin ich auch.« Wir gingen weiter und ich trat kleine Steine und Holzstücke aus dem Weg. Wütend? Aufgebracht? Durcheinander, das war es.

»Ich brauche eine Ausbildung«, sagte er zu meiner Überraschung. »Mein Großvater hätte das übernommen, aber er ist tot. Ich brauche einen der Heiler meines Volkes. Einen Medizinmann.«

Alle Wut floss aus mir heraus wie aus einem lecken Eimer. Ich fasste seinen Arm und sagte: »Jayce, das ist großartig! Genau das musst du tun!«

Ein Lächeln brach wie Sonnenlicht durch dicke Wolken und vertrieb den düsteren, zergrübelten Ausdruck von seinem Gesicht. »Ja, denkst du das?«, fragte er leise.

Ich konnte nicht anders, ich packte sein Gesicht und drückte ihm einen festen Kuss auf die Lippen. »Du Idiot«, sagte ich. »Natürlich denke ich das. Glaubst du, ich finde es toll, demnächst ein Einser zu sein und du hängst als Hilfshausmeister hier ab und verschenkst deine Gabe wie eine miese Zwei?«

Er grinste und wurde wieder ernst. »Das hat der Professor

auch gesagt. Und mein Vormund war zum ersten Mal seit Ewigkeiten richtig nett zu mir. Er war total erleichtert, das habe ich gemerkt.« Er schüttelte den Kopf. »Dabei dachte ich, er hasst mich.«

Wir hielten uns an den Händen, während wir weitergingen. Ich hatte total vergessen, dass ich zum Kloster musste, aber Jayce lotste mich zielsicher dorthin.

Am Fuß der schmalen Hängebrücke blieben wir stehen. Das alte Gemäuer auf dem schroffen Felsen war auf die kurze Entfernung kaum zu erkennen, der Tarnschleier verhinderte, dass der Blick sich daran festhielt. Ein guter Trick, den Ty ausgeklügelt hatte. Wer hier spazieren ging, der registrierte zwar den Felsen, aber schon die Brücke rutschte komplett durch das Aufmerksamkeitsraster.

»Dann sagen wir uns jetzt tatsächlich auf Wiedersehen?«, fragte ich zögernd. Kaj wollte mit der späten Fähre aufbrechen, die erst am anderen Morgen zur Insel zurückkehrte. Ich war die nächsten Stunden hier beschäftigt, also würde ich das Ablegen verpassen.

Er nickte und versuchte zu lächeln, was ihm misslang.

»Ich kann das hier absagen.« Meine Hände krochen unter seine Jacke und legten sich um seine Taille. »Wenn du nur noch die paar Stunden hier bist …«

»Nein«, sagte er sanft und seine Lippen suchten meinen Mund. Er küsste mich und fuhr dann leise fort: »Ich muss noch packen und ein paar Worte mit dem Professor reden, der hat noch Unterlagen, die ich meinem Vormund mitbringen muss. Und ich werde etwas essen und mich eine halbe Stunde aufs Ohr legen.«

Er legte seine Stirn an meine. Seine Augen waren tiefe, dunkle Teiche, in denen schimmernde Sterne schwammen.

»Aber in Wirklichkeit habe ich Angst, dass ich es nicht schaffe zu gehen, wenn du bei mir bist«, flüsterte er. »Ich komme wieder. Heiliges Ehrenwort, Livvy. Ich komme zu dir zurück.«

Ich konnte nichts sagen, weil meine Stimme in Tränen ertrunken wäre. Ich war froh, dass er ging, um seine Kraft zu schulen. Aber es brach mir trotzdem das Herz. Ich hatte bisher nicht sagen können, ob ich ihn tatsächlich so liebte, wie er mich zu lieben schien. Aber jetzt wusste ich es, und das Wissen tat weh.

»Ich liebe dich«, sagte ich.

»Ich liebe dich auch.« Er küsste mich ein letztes Mal, fast verzweifelt, dann ließ er mich los und lief mit lang ausgreifenden Schritten davon, tauchte in die Dunkelheit des Waldes und war fort.

Ich blieb noch einen Moment stehen und sah ihm nach. Dann blinzelte ich die Tränen aus meinen Augen, drehte mich um und legte die Hand auf das Geländer der Brücke.

Die Arbeit wartete und ich freute mich darauf.

Oliver Schlick

Miranda Lux

Denken heißt zweifeln oder warum jede Geschichte zwei Seiten hat

384 Seiten
Hardcover
ISBN 978-3-7641-7059-2

ebook **Auch als E-Book erhältlich!**

Die Welt steckt voller Geheimnisse

Ist eine antike Tragödie für Ereignisse in der Gegenwart verantwortlich? Leben Außerirdische unter uns? Und warum sind Matratzenläden immer in Eckhäusern?
Die Welt steckt voller Geheimnisse und nichts ist so, wie es scheint. Niemand weiß das besser als die 15-jährige Miranda Lux, Expertin für Rätsel und Verschwörungen jeder Art. Miranda bezweifelt alles. Kein Wunder, denn ihre Eltern waren prominente Verschwörungstheoretiker, bis sie bei einem mysteriösen Hubschrauberabsturz ums Leben kamen – was Miranda selbstverständlich infrage stellt.
Als sich ein mysteriöser Todesfall ereignet, der unbestreitbare Parallelen zu Mirandas Eltern aufweist, gibt es endlich eine frische Spur. Sie führt zu einer Gruppe mit einem brisanten Geheimnis und zu einem unerbittlichen Gegner …

www.ueberreuter.de
www.facebook.com/UeberreuterBerlin